特种王牌3

绝密反击

磨剑少爷◎著

北京时代华文书局

图书在版编目（CIP）数据

特种王牌．3，绝密反击／磨剑少爷著．-- 北京：
北京时代华文书局，2020.1
ISBN 978-7-5699-3391-8

Ⅰ．①特… Ⅱ．①磨… Ⅲ．①都市小说 - 中国 - 当代
Ⅳ．① I247.5

中国版本图书馆 CIP数据核字（2019）第 285308号

特种王牌 3：绝密反击
TEZHONG WANGPAI 3：JUEMI FANJI

著　　者｜磨剑少爷

出 版 人｜陈　涛
责任编辑｜张彦翔　周连杰
装帧设计｜小徐书装
责任印制｜刘　银
出版发行｜北京时代华文书局 http://www.bjsdsj.com.cn
北京市东城区安定门外大街 136 号皇城国际大厦 A 座 8 楼
邮编：100011　　电话：010-64267955　64267677
印　　刷｜河北照利印刷有限公司　13031030811
（如发现印装质量问题，请与印刷厂联系调换）
开　　本｜700mm × 990mm　1/16　　印　　张｜20　　字　　数｜296千字
版　　次｜2020年 4月第 1版　　印　　次｜2020年 4月第 1次印刷
书　　号｜ISBN 978-7-5699-3391-8
定　　价｜45.00元

目 录

01 代号夜煞

小丽转过目光的时候，秦帅的嘴巴还在动，喉管也咽了下，手上正把酒杯放下。不用说，小丽以为秦帅已经把那杯放了药的酒给喝下去了。

很快，服务生为小丽拿来一个酒杯，小丽倒上了酒，举杯敬秦帅。

秦帅装作不动声色，陪着她喝，一杯一杯的。小丽的目光时不时地盯在秦帅脸上，注意他的表情反应。

“怎么，帅哥没有点什么想法吗？”小丽试探着问。

她怎么觉得秦帅根本就没有那种意乱情迷的感觉啊？

“想法？”秦帅故意装纯，“什么想法啊？”

小丽那双眼睛马上就带着暗示性，手也放到自己的胸上，装作弄裙子，说：“譬如，玩点比较刺激的啊。”

秦帅一笑：“是吗？你想怎么玩？”

小丽说：“要不，我坐到你旁边来怎么样？”

“可以啊。”秦帅说，“你想坐哪都行。”

“那……”小丽说，“我坐你大腿上？”

“大腿就算了吧，你裙子那么短，会有事的。”秦帅说。

“有事不正好嘛。”小丽笑着，已经莲步轻移，格外妩媚妖娆地走到秦帅身边，把一只手放到秦帅的肩膀上，故意让胸顶着秦帅，去刺激他。眼睛始终盯着秦帅的脸，看他的药性发作没有。

“还是坐开点吧，老子很热。”秦帅说着，把小丽推开了。

“热不正好嘛，要不咱们去找个包厢开着空调玩玩？”小丽递话暗示。

“包厢就算了吧，如果你想刺激，不如就在这里，你自己脱了，然后你想怎么样，我配合你，怎么样？”秦帅故意为难她。

其实他可以顺着她的话，配合她表演，看她怎么玩。但他就反着来，不按照她的路子走，看她怎么办。

“帅哥你开玩笑了，这里这么多人，怎么能行？”小丽说。

秦帅说：“有什么不行啊，譬如到舞池里，那么多人，都挤着也看不见，两个人挨在一起，直接把裙子掀起来就解决了，非常简单，非常直接，也非常刺激，要不咱们去舞池试吧，就按照我说的这样？”

“嗯，我不喜欢站着的姿势，咱们还是去找个包厢吧。”小丽说。

秦帅摇头道：“我对包厢没有感觉。”

这时候，一直等在暗处的大猫哥，见秦帅始终一脸正常地坐在那里，小丽像是在和秦帅拉家常一样，等得有些不耐烦了。

当下，就发了个信息给小丽，问：“怎么回事，你们是在谈理想吗？”

小丽回信息说：“药已经给他吃了，可是，他没什么反应，不上道啊。”

大猫哥脑子一转，就说：“那你干脆直接坐到他大腿上，一只手抱住他，一只手把自己的裙子给扯掉，然后大叫起来就行……”

小丽回了声好，再回头看着秦帅，柔声细语，吐气如兰：“怎么，帅哥你真不去包厢吗？我正有感觉哦。”

她边说边坐到秦帅的大腿上。

秦帅冷笑了一声：“不要跟老子演戏了，你想干什么，直接说吧，你那药老子根本就没喝！”

小丽一愣，马上就知道，除了按照大猫哥的吩咐，没有别的办法了。

当下，一只手勾住秦帅的脖子，一只手就扯坏裙子的肩带，像个疯子似的大声喊叫起来：“救命啊，非礼啊……”

秦帅冷静地看着小丽煞有介事的表演。

“音乐，关掉。”大猫哥吼了声。

早安排在音响设备那里的保安迅速关掉音乐，全场瞬间安静下来，都回头看向喊叫着的小丽这边来。此时的小丽已经离开了秦帅的大腿，裙子的一边吊带被扯断，半边身子裸了出来，一看就是被侵犯了。而她的整个表情也显出惊恐和愤怒，还在指着秦帅骂："你神经病啊，没见过女人啊，人家不愿意，就动手强来！"

秦帅根本没鸟她，而是继续拿起啤酒瓶，倒了一杯酒，若无其事地喝下。而大猫哥已经带着一二十人，手提球棒往这边冲了过来。人还没冲到，大猫哥已经扯开喉咙吼了起来："竟然敢在这里闹事，给我废了他！"

秦帅抬起头，便看见了大猫哥，一眼就认了出来，是上次那个嚣张跋扈但最后被迫向他道歉的家伙，顿时明白了怎么回事，原来是这家伙策划的。表面看来，场子里的佳丽出事，保安是有责任出来解决的，而多数的内保对场子闹事的人也确实凶神恶煞。但今天不一样，因为大猫哥一伙人还没到，已经武断地吼着动手了。正常情况应该是赶到现场，先问问到底是什么事，才会动手。而且音乐关得那么快，人来得这么积极，一切都像是准备好的，这个道理就不难明白了。

一名内保当先冲近，不由分说，扬起手中的球棒就往秦帅的头部击落！秦帅一伸手，同时站起身来。左手抓出，伸手抓住那根球棒，右手的啤酒瓶直接就往内保的头部砸了下去。"哗啦"一声响，啤酒瓶碎裂，玻璃碴飞溅，内保魁梧的身子晃了晃，当场栽倒在地。后面的内保也跟着冲过来了，挥着手中的球棒，打算攻击秦帅。

秦帅往地上那名倒着的内保猛地踢了一脚，将内保踢出去，撞向冲过来的另外两名内保。两名内保还来不及攻击秦帅，就已经被撞得扑倒在地，而且，正好扑倒在秦帅面前。

秦帅抬腿就是两脚，直接跺在两人的背上，两人的身体瞬间塌了下去。虽然这些都是练家子，在平常人眼里算得上高手，在一些不入流的武者眼里也是精英，但在秦帅面前，无论是力量还是速度，他们差得太远，他们的攻击永远都不可能伤得了秦帅。

秦帅眨眼间击倒三人，顺手从旁边抄起一只高脚凳。一名内保冲到，挥出球棒。秦帅直接将高脚凳砸出，斜劈在肩膀上，直接就将其打倒在地。

大猫哥见秦帅如此之猛，当即也伸手抓起一只高脚凳，手臂用力，将高脚凳当暗器一般朝秦帅的头部摔砸而去，然后，他的双眼如鹰一般盯着秦帅的动静。看秦帅会不会被砸倒，或者会怎么退让，他马上就会挥着球棒扑过去。但秦帅并没有倒，也没有让，而是突然飞身而起，腾空一脚，迎着那高脚凳猛踹而出，高脚凳“呼”的一声原路返回，直接砸向大猫哥。

大猫哥大吃一惊，赶紧往旁边闪开。结果，高脚凳就砸到了后面的一名内保，他直接栽倒下去，像件没有生命的东西，连点叫声都没来得及发出来，就倒在地上不动了。

秦帅直接冲向大猫哥，他不屑让虾兵蟹将充当炮灰，要打就打指使的，幕后黑手！

两名内保还是挥着球棒拦截秦帅。一左一右，一棒挥击腰部，一棒挥击腿部。秦帅迎着腿部那一棒踢出，再伸手抓向腰部那一棒。腿部那一棒被秦帅直接给踢飞出去，腰部那一棒则被秦帅抓到了手里。秦帅奋力一拉，就把那根球棒抢到手里，内保也站不稳，朝秦帅面前跌跌撞撞而来，秦帅飞身跃起，重膝顶击其胸部，直接将其顶摔飞出去。然后反手一棒，击打向另外一名内保头部。那名内保倒有些道行，反应挺快，本能反应地挥手臂格挡，也或者是觉得他手臂够硬。

结果，“砰”的一声，球棒砸到他的手臂上，直接将他的手臂打骨折，他“哇”的一声就叫了起来。秦帅再往他的腿上补了一棒，他整个人都萎下去了。

大猫哥眼见秦帅的杀气势不可当，心里有些害怕了，尤其是秦帅那双杀气腾腾的眼睛看着他，宛若锋利的刀子，他竟然已经没有之前那种要亲手捏死秦帅的勇气了。

他只是在那里喊着：“给我上，给我上，拦住他，弄死他！”

但蝼蚁尚且贪生，何况人。这些内保见识了秦帅的凶残——根本就没人近得了他的身，但凡近身的还没来得及出手，就已经被秦帅重击倒地，发出杀猪一样的哀号，跟死狗一样凄惨，谁还敢去送死，见到秦帅提着球棒冲过来，吓得纷纷退开。

秦帅很容易就冲到了大猫哥跟前，大猫哥怕是怕，但既然无路可退，怎么也得拼死一战。眼见秦帅冲近，他直接抓起一张桌子，猛砸向秦帅。秦帅不闪不躲，龙虎锥出手，迎击向砸来的桌子。

“咔嚓”一声，桌子顿时断裂。大猫哥反受到强力冲击，退后几步，秦帅杀气如虹，使出暴风腿绝招之“风卷残云”，一脚狂暴地横扫向大猫哥腰部！气势之猛，如同摧枯拉朽；力量之强，如同泰山压顶！

大猫哥见到那气势，吓得仓皇倒退。退开一招，秦帅的暴风腿接着又猛扫。他再退，秦帅却步步紧逼，一脚快过一脚，一脚猛过一脚。终于，大猫哥接连退了数步之后，退无可退。秦帅使出暴风腿中的“金钩倒挂”，弹身而起，空翻倒劈向大猫哥的颈部。大猫哥已经来不及闪躲，本能反应地在倒退之时用手去格挡秦帅扫来的腿。结果只听得“咔嚓”声响，接着就是“呼”的一声。

大猫哥的手臂被秦帅劈断，人也直接被劈得坐倒在地。大猫哥还想爬起来，秦帅直接给他头上一脚，再一脚就踩到了他身上。

目光环视之间，秦帅指着在边上看热闹的小丽，吆喝了声：“你，给我过来。”

小丽吓得身子一颤，不但不敢过去，还倒退了几步。

她感觉秦帅像老虎，要吃了她似的。

“喊你过来没听见吗，要我抽你，是吧？”秦帅又逼问了一句。

小丽畏畏缩缩地只好走过去，心里七上八下的。

“这，什么情况啊？”突然，芳姐妖娆地出现了。

她戴着一副黑色墨镜，手里拿着粉红色钱夹，大波浪卷发，高跟鞋包臀裙，后面跟着几个肌肉发达的魁梧保镖。

她走近时目光落在秦帅身上，意外了下：“是你？”

秦帅说：“看来你记性还不错，还认得我。”

芳姐看了眼被秦帅踩在脚下的大猫，问：“这又是怎么回事啊？”

“芳姐，他当众侵犯我，大猫哥出来帮我，他们就打起来了。”小丽恶人先告状道。一是想让芳姐帮她的忙，二是替大猫哥说话。

结果，话才说完，就听得“啪”的一声响，秦帅直接一耳光打在她脸上，打得她一个趔趄，差点摔倒。当然，是秦帅控制了巴掌的力度，要不然直接把她打坏。

“喂，你怎么打人啊！”芳姐一见，立马变了脸色。

她身后的四个大个子保镖也都跃跃欲试。

秦帅说："我对可恶的人从来都不客气，别说打，惹毛了，我让她这辈子都后悔做人！"

"到底什么事，可以先说，也不能先动手吧，你是存心来砸我场子的吗？"芳姐杏目圆睁。

要是换别人，她或许早让保镖动手了，但她知道秦帅的厉害。上次秦帅跟熊胖子一战，她看得真真切切，可怕的还不只是秦帅的武功，而是他的胆魄，那份从容的底气。之后被抓走后放出来，她也打听了，是贾家大少替他说的话。这说明秦帅背后还是有人的，一切都不是他表面的这种普通。而且，今天这情况也很明显，整个旺角酒吧的保安系统全都崩溃了。连带头的大猫都被秦帅踩在脚下，还有几个没受伤的保安，手里提着家伙却已经吓破胆似的不敢乱动。

秦帅的目光还是盯着小丽的脸，小丽不敢对视他的目光，只是用手捂着那半边被打红的脸，满脸的委屈与怨恨。

"你说吧，到底怎么回事，说真话，我放过你。要是再给老子血口喷人，我敢保证，从今以后，你再也不可能是一个完整的女人。别以为我在吓你，也别以为谁保得了你，我说要怎么样，天都不能阻挡！"秦帅说。

"好狂，老子今天……"

芳姐身后的一个保镖忍不住，昂着头就要冲上来跟秦帅干架，却被芳姐一伸手喊住了："憨子！"

叫憨子的保镖自然不服气地说："芳姐，这家伙太狂了，仗着自己有点本事，竟然在我们的场子里如此目中无人，要不收拾他，他不会知道天高地厚！"

"收拾我？"秦帅冷笑一声，"不是老子瞧不起你，就你这样的货，老子闭着眼睛，三拳两脚就能把你打趴下，你还有资格在老子面前说狂！"

"你真是狂得不知道自己爹妈是谁了，老子今天就要看看你到底有多牛！"憨子看着芳姐说，"芳姐，这下你总看见了吧，他已经狂得不知道自己是谁了，完全没把咱们放在眼里，不收拾他难以服众，以后咱们在江湖上也没脸混了！"

"好吧，既然话说到这个分儿上，那就打吧。"芳姐把目光看向秦帅，

“你真的想好了，非得要打吗？”

秦帅淡然一笑道：“你的人不服气，我除了让他服气，还能怎么样？我又不是他爹妈，难道还得惯着他？”

“你说的是闭着眼睛，三拳两脚把他打趴下？”芳姐问。

她这是在给秦帅挖坑，通常情况，别人说老子两根手指都能捏死你之类，都属于狂妄、夸张。芳姐觉得，秦帅今天说这话，闭着眼睛都能打趴憨子，也差不多就是心里有气，说出来没有遮拦，而她就抓住这点来给秦帅挖坑。

秦帅若是不敢闭着眼睛跟憨子打，那就是他承认自己讲了大话，他若答应，那肯定就惨了。

即便秦帅再厉害，芳姐也肯定不信他能闭着眼睛把憨子打趴下，而且还是三拳两脚的。

没想到，秦帅答应了：“是的，闭着眼睛揍他，而且就这种货色，还要不了三拳两脚，心情好的话，估计就是那么一两下的事情。反正不会超过三拳两脚！”

“好，话说得够响，那就看你本事了。”芳姐说，“出来吧，外面宽敞些。”

秦帅看着小丽：“这女的可不能跑了，你们得看住，我跟她还有账算的。”

芳姐说：“放心吧，在我这里，她跑不了。”

随即就吩咐一个保镖把小丽给看住。

其余人则到了酒吧外面的空地上，秦帅和憨子站在正中，其他人围在四周看热闹。

“去拿个眼罩过来。”芳姐吩咐。

这事一点都不能马虎，事关她的面子，事关旺角酒吧以后的生意和名声，憨子必须得赢。即便是秦帅蒙着眼睛，但只要能打赢他，那也是他自己说大话闪了舌头。这个时候，不是讲公平的时候，是讲胜者为王的时候。

芳姐把眼罩递给秦帅，还给自己找台阶：“要输了或者怎么样了，出去别说我芳姐欺负你，是你自己觉得自己了不起，我只是在给你一个表现自己的机会而已。”

“还是看到了结果再想想怎么去江湖上传颂吧。”秦帅说着，戴上了眼罩。

然后他往憨子一伸手：“请吧。”

“去死吧！”憨子早憋不住了。

其一是秦帅太狂，其二是想在芳姐面前表现，其三现场这么多人看着，这些人会把这消息带去江湖，这是他扬名的大好机会，他把秦帅打得越惨，自己就显得越威风！

那身高将近一米九的大个子，仿佛练习狂野角斗士的兽人，冲起来的时候，旁边的人都能感觉到像是一座山迎面压来！而秦帅却站在那里一动也不动，在外人的眼里，他肯定惨了。

众人看来，憨子只需要一拳就能把他打成肉酱。毕竟憨子的个子比秦帅要高大许多，在憨子面前，秦帅就像是个矮子。不过，芳姐的心里还是有些忐忑，她是江湖上打滚出来的老油条，她早知道秦帅不凡，虽然她不信秦帅闭着眼睛能打赢憨子，但秦帅也不是傻子，他如果真没这本事，他会这么作死吗？江湖之中藏龙卧虎，谁也不知道哪个卖菜的捡破烂的就是世外高人。

憨子迎着秦帅的面部就是一拳轰出。那一拳在铁塔般的身躯推动之下，仿佛重锤。一股风起，拂动秦帅身上的衣衫。但在拳头离秦帅的脸还有一指距离的时候，秦帅突然退了半步！当憨子发力冲向他的时候，他就已经启动了嗅觉，准确地定位出憨子的方位、速度以及与他的距离。他之所以在拳头近脸之时突然后退半步，是想让憨子那猛击的一拳落空，力道全消，手还没有收回之时，秦帅双手锁拿而出，环形锁住憨子那已经没有半点力气的拳头，同时挺步上前，脚下一招“勾魂索命”！

憨子大惊，赶紧抬起一只脚。秦帅脚下勾空，双手锁力下沉，一个撞肩，直接撞在憨子的胸膛之上。憨子顿感胸口一闷，骨头欲散。但他这铁塔般的身体，骨架大且强硬，秦帅的撞肩居然没有将其重创，他反提起膝盖，撞向秦帅裆部！这也是极为凌厉而狠毒的杀招。

秦帅没练过童子功的，要是被憨子这猛人以膝盖顶撞到要害，那不死也废了。情急之下，秦帅只好松开锁住憨子的手，一掌击落。在憨子的膝盖顶撞到秦帅裆部之前，秦帅的手掌击在憨子的腿上，把他的腿击落下去。憨子趁机后退，再挥铁拳猛击秦帅头部。秦帅一咬牙，使出龙虎锥，迎着憨子的拳头重击而出！眨眼过去两招，他说的三拳两脚拿下憨子，所以绝不能超出五招之外！

龙虎锥迎击上憨子的铁拳，痛得憨子神情一颤，手臂一缩。显然，他的拳头不是秦帅龙虎锥的对手，当他痛得力量消散之时，秦帅的另外一只手已经再次以迅雷不及掩耳之势猛击而出，直接击向憨子的软肋！憨子大惊失色，想退，但根本退不及。

秦帅后面这一记龙虎锥是早有算计和预谋的，就是第一记龙虎锥牵制对手之后，随后而出的杀手锏，如毒蛇窜出草丛，凶狠，防不胜防！而就这一记龙虎锥，便彻底瓦解了憨子。强硬的龙虎锥，蜷曲的中食二指骨节，强硬，具有锐利的穿破力。而软肋是人体薄弱的部位，也是练武者难以通过训练强化的地方，遭遇重击之下，憨子如大厦般轰然倒塌！

秦帅潇洒地取下了眼罩，看着倒在地上的憨子，问："怎么样，你觉得我说闭着眼都能打趴你这样的货色，是在骗你的吗？我有可以狂的本钱吗？"

憨子完全是斗败的公鸡，耷拉着脑袋，已经没有了任何斗志。那是一种从云端跌落、粉身碎骨的感觉，这么多人看着，他被侮辱得很彻底。

秦帅直接将眼罩扔到他身上，说："江湖之中藏龙卧虎，就算我这样的本事，也不敢随便张牙舞爪，何况你这点三脚猫的功夫，动不动就要教训人，你真当自己是高手了？"

芳姐马上过来圆场："帅哥果然是好本事，让我大开眼界了，正如帅哥所说，江湖之中藏龙卧虎，谁也不能称最强，很多时候还是得讲规矩，讲道理，是不是？"

"当然，你现在知道给我讲道理了，那我就来跟你讲道理吧。反正我这样的人，要跟我打架的我接招，要跟我讲道理的我也奉陪。"秦帅说。

芳姐问："那今天是怎么回事呢，小丽说你对她强来？然后我们的人出来管，就打起来了是吗？"

秦帅的目光看向小丽，小丽吓得赶紧把目光垂到地上，显得心虚。

“你再告诉你们老板娘一遍，到底怎么回事。记住，不要给我胡编乱造，事情到这里，你也应该明白，在我面前耍花招，会死得很难看！”秦帅说。

但小丽还是不知道该怎么说，因为真相的话得出卖大猫哥，也会让她自己难堪。可是帮秦帅说话，又会坏了酒吧的名声。

“说啊，怎么回事？”芳姐看着小丽喝问了声。

小丽低着头，看着被人扶着的大猫哥，还是不敢说。

芳姐顿时有些明白她的顾忌，就说：“不要怕谁，是怎么回事直说就行，有我做主。”

小丽略犹豫一下之后，当即就把大猫哥让她在秦帅酒里下药，引秦帅去包厢，然后好教训秦帅的事给说了。

“真的是这样？”芳姐问。

小丽点头。

“混蛋，竟然敢在自己的地盘上这么乱来，砸自己的场子！”芳姐冲着大猫哥怒吼。

“你为什么要陷害他？”芳姐问。

大猫哥把头转向一边，不敢面对芳姐。

“我在问你，耳朵聋了吗？”芳姐气得娇躯发颤，大声喝问。

要知道她一个女人打拼到今天，付出了多少心血，忍受了多少委屈，在夹缝里生存，结果却被这么一个她信任的自己人搞成这样，她如何不怒。

今日之事，让她摔了两个跟头：第一个跟头，是她手下的人这么阴谋陷害客人，以后谁还敢到她的酒吧玩？第二个跟头，秦帅单人匹马，把她一个酒吧的保安都干趴了，她的酒吧还有什么安全感。而且，还蒙着眼，三两下干趴她的保镖，让她的面子往哪搁。

大猫哥在芳姐的怒火之下只好说了实话，就是因为上次秦帅让他道歉，他心里不服，所以才想在今天出一口气。

“你的气出了吗？你扬眉吐气了吗？”芳姐问。

大猫哥不敢吭声，显然他已经颜面扫地无地自容了。

“枉我觉得你有本事，把整个场子的安保交给你，没想你就是这么坑我的！上次的事是我亲自处理，你这么做是对我不服吗？我看你真是要翻天，居然拿着我的工资，砸我的场子！”芳姐气得胸疼。

“教训手下的事就私下里去说好了，还是先说说这事怎么办吧。”秦帅说。

芳姐回过目光，知道秦帅的意思，要给他一个交代。

“这事确实是我的人不对，作为这里的老板，我先给帅哥你道个歉，帅哥你说怎么解决吧，我尽量配合。”芳姐毕竟在江湖混迹多年，这种时候，也强硬不了。态度诚恳点，往往会让人的火气消下去，事情也许就会好解决一些。

秦帅说：“你们不是有江湖规矩的吗？按照江湖规矩解决吧！”

“行，那我就按照江湖规矩解决好了。”芳姐说着，目光看向大猫哥，“规矩你也知道，那也怪不得我了，江湖上有句话叫不作死就不会死，我要你一只手，你不会有什么意见吧！”

“一只手，那也未免太轻了点。”秦帅说。

“啊？”芳姐一愣，“轻了吗，那帅哥你的意思是？”

秦帅说：“我的意思是，这种人就该直接废了，因为他觉得自己有本事，动不动就要收拾人，所以就应该让他变成弱者，以后偶尔也被收拾一下，这才是一个人人生中最生动的课！”

“废了的话有点过，给他一次改过的机会吧。”毕竟是自己的手下人，如果被整得太惨，说出去也不大好，所以芳姐不想这么重地处置。

“既然你自己下不了手，那我帮你吧。”秦帅说着，大步走向被保安搀扶着的大猫哥。

这举动吓得大猫哥直退，本来身上就遭受了秦帅重击，骨骼断裂，身子就没法受力，全靠保安扶着，这下吓得自己倒退，忘记身上没法受力，顿时一下子就摔倒下去。

芳姐身边的保镖见状，准备出来阻拦。虽然秦帅可怕，但怎么说他们端的也是芳姐的饭碗，还是要表现出忠诚，维护自己人的。

但芳姐却一伸手拦住了保镖，说了句：“让他解决吧。”

她很清楚，今天这里没人阻挡得了秦帅。秦帅闭着眼睛，三两下就把憨子给打倒在地，这种功夫只能用恐怖形容，也越发让芳姐对他有深不可测之感。以芳姐的经验，这种猛人，只能顺着他，不能对他逆着来。龙有逆鳞，触者必死！

芳姐让手下人不要动，无论是保安还是保镖，自然都求之不得，免得惹到秦帅这恶魔。

秦帅直接走到摔倒的大猫哥面前，俯视着他，眼神中凶光四射："不是很嚣张吗？怕什么。我都说了，上次要不是给你老板面子，就会废了你，只让你道个歉，你还觉得不服气。世界这么大，江湖那么深，你一个小小酒吧里的内保头子，敢那么猖狂。虽然你不会有机会后悔了，但不要忘了把你的故事讲给别人听，这样对很多狂人会有帮助，免得他们重蹈覆辙！"

"兄弟，是我不对，有话好说，好说啊。"大猫哥的语气里已经开始带着哀求。

"好说？"秦帅一声冷笑，"你觉得咱们能怎么好说，给个建议？"

大猫哥以为看到了机会，还认认真真地说："譬如，我可以给你道歉，然后，给点赔偿，你说怎么都可以。"

这个时候，面子已经不重要了。留得青山在不怕没柴烧这个道理，他还是懂的。

"我说怎么都可以吗？"秦帅问。

"嗯，你说怎么都可以。"大猫哥说。

秦帅说："那行，我没有别的想法，就是想废了你，从你在我面前咆哮那一刻开始，我就有这念头了。我还是遵循自己的本意吧。毒蛇，必须得拔牙，否则再咬人就是我的错了！"

说罢，抬脚就往大猫哥的手臂踩下去，直接把手臂踩断。然后，秦帅又是两脚，分别踩在他的腿上，结果不用说，必须是断了，大猫哥痛得杀猪般哀号。秦帅非得把他两只手两只脚都打断了，才住了手。

"好了，以后我想你应该会老实了，让你爸妈不要感谢我，我喜欢做这样的事而已，但你要记得教好你的孩子，家教千万不能失败，一旦失败，就是你这样的下场！”秦帅说罢，潇洒地从身上掏出烟盒，抽了一根烟出来。

吐了口烟雾，秦帅的目光再扫了一下现场，然后落到芳姐脸上：“感觉你还算是个会处事的女人，所以我就不过分为难你了，一个女人混江湖也不容易，好自为之吧！”

说罢，秦帅在那一片目光注视下，安静地离开了。

教训完人渣，再抽上一根烟，这感觉是很爽的。只是，他还是希望这社会和谐点，人性都美好点，能少些人渣，他也不用搞得这么忙碌。毕竟，他并不爱好暴力，暴力只是一种没有选择时的手段。

离开之后，秦帅拿出手机看了看时间，已经十一点多了。是该休息了，明天还有明天的事呢。可是，去哪休息呢？是回和川岛樱子住的那里？还是去上官白雪那里？他离开的时候，上官白雪说等他的。但白天在猎鹰特种部队基地发现了川岛樱子的踪迹，觉得她跟医院里杀熊胖子有关，也与追风和黑妞这个神秘组织有关，他得去跟她接触，从她身上套点东西出来。那么，还是回租房那里去吧。

但刚做完这个决定，他的电话就响了。一看屏幕显示，竟然是上官白雪打来的。

秦帅当即接了电话，“喂”了声。

上官白雪问：“怎么，你的事情还没忙完吗？”

秦帅说：“忙完了啊，怎么了？”

上官白雪说：“忙完了还不回来？”

秦帅问：“有什么事吗？”

上官白雪说：“你不是要飞龙组织的情报吗，都差点忘记告诉你了，你得回来跟我商量该怎么行动啊！”

秦帅也想了起来，他一直想弄清楚飞龙杀手为什么要刺杀自己，因为他感觉飞龙杀手刺杀自己和追风冒充地狱使者等这一系列事件是有关系的，这是破解地狱使者案件的一个重中之重！

秦帅就问了上官白雪在哪开的房之后，拦了辆出租车。才刚上出租车，川岛樱子也打电话来了，问他在哪。

秦帅说：“在外面有事呢，怎么了？”

川岛樱子说：“没什么，见你这时候还没回来，问一下，怕你在外面出什么事嘛。”

“怎么，你担心我啊？”秦帅笑问。

川岛樱子说：“担心你不是很正常吗。”

“是吗？”秦帅问，“怎么担心我很正常了？”

川岛樱子说：“因为咱们是朋友啊，不是吗？”

“哦，朋友。”秦帅说，“那还是你这朋友好，会担心我。我那么多朋友，就没一个担心我的，你的担心里面是不是有点什么特别的意思呢？”

川岛樱子心里一跳，明知故问：“什么特别的意思？”

秦帅说：“你都这么问，看来是没特别的意思了，好啦，早点休息，我还要去跟朋友喝酒呢。”

“还要去喝酒啊？”川岛樱子问，“要我去照顾你吗？”

秦帅说：“不用了，你明天还要上班呢，早点休息，晚安。”

“嗯，晚安。”川岛樱子也只好跟着说了句。

电话里已经传来了嘟嘟的忙音。

她觉得心里有些莫名的失落，似乎一整天都没见到秦帅人了，心里格外地想他。想他能回来，想看到他，可她也没有一个正当的理由，毕竟她也不是他的谁。

其实她不知道在下午的时候她已经见过秦帅了，而且还和秦帅有过生死搏杀，那个让她觉得强大而可怕的骷髅人，就是秦帅。她更不知道的是，秦帅已经发现了她的身份并且对她有了新的计划。而这个计划就是，要跟她走得更近，进到她的心里，去把她心里的那些秘密给掏出来。所以，秦帅在跟川岛樱子的电话里故意撩她。撩完川岛樱子之后，秦帅继续赶往上官白雪的酒店。

他的脑子里在想一个问题，既要和上官白雪假扮情侣，又要和川岛樱子谈恋爱，而他真正喜欢的却是唐雨若，这出戏该怎么演？必须和川岛樱子谈恋爱，才能知道真正的秘密。一个女人只有喜欢上一个男人了，爱上一个男人了，才愿意不顾一切，才会充满信任，全无戒心，愿意鞍前马后相随。

秦帅赶到了上官白雪住的酒店——唐镇半山酒店，果然也是豪华套房。

“不是吧，开这么好的房间，你当国家的钱不是钱啊，给你经费就随便乱用啊。”秦帅说。

“什么叫我当国家的钱不是钱？”上官白雪说，“我自己出钱好不好！”

“你自己出钱？”秦帅说，“不是吧，你这么有钱啊？”

上官白雪说：“废话，忘记我买衣服随便都是成千上万的吗？不过我跟你说好，咱们搭档是搭档，你可别开口找我借钱，我是不会借给你的！”

这话一下子就让秦帅不爽了。

秦帅说：“你想多了，我什么都缺，就不缺钱。”

“哼。”上官白雪冷哼一声。

秦帅说：“说正事吧，除了正事，你身上没有任何东西值得我浪费时间。”

“去死！”上官白雪骂了声。

秦帅说：“实话而已，平常在街上看见女人穿个短裙，我都受不了。你就算系个浴巾，站在我面前，我也没法有半点欲望。所以，赶紧说事，说完了我好睡觉。”

上官白雪真是气得咬牙切齿，眼睛瞪着秦帅，恨不得杀了他。

她一直以为自己很强大，什么样的男人敢惹她，就一个死字，但她拿秦帅真是没办法，她想，只能用一句话来形容，那就是人至贱则无敌！

秦帅说：“行了就行了，记得以后不要这么傲娇，你有钱是你的事，别人再没钱，你也不必摆出高姿态，因为有钱人和没钱人，尊严都是平等的！”

上官白雪才明白秦帅是因为她说别找她借钱的事故意反击，心里那个恨啊，却也无可奈何。

“好了，不跟你扯了，说正事吧，你是要飞龙组织的资料吗？”上官白雪问。

秦帅说：“是。”

上官白雪说：“飞龙组织华夏境内总势力的头目是东虎堂堂主张天虎，外号天虎，他的掩饰身份是一位超级地产商。其根据地具体位置位于江南省，总部为飞天集团，旗下主要经营房地产一条龙，包括倒卖地皮、房屋承建，以及房屋销售。另外也涉足娱乐场所、大型酒吧和KTV，甚至操控着江南省的地下黑拳赛场。”

“张天虎？”秦帅皱了皱眉，“他是飞龙组织的人？”

他是知道这个张天虎的，江南省的风云人物，财雄势大，跺着江南黑白道，跺跺脚就有地震，就连江南叶家这种武林世家也得卖张天虎七分面子。

秦帅一直以为他就是一个恶霸枭雄，和大多数城市的地头蛇一样，没想到他是飞龙组织的人，而且，还是飞龙组织在华夏境内总势力的头目。

上官白雪说：“我的情报你不用怀疑。”

“你怎么知道他是飞龙组织的人？”秦帅问。

上官白雪说：“这个可是我的秘密，你无权知道。”

“行，你有个性。”秦帅说，“那你可以告诉我，既然你知道张天虎是飞龙杀手组织的人，你为什么没有跟有关部门联络，铲除这颗毒瘤？你不知道飞龙组织在国内有多起杀人案在警方立案，被上面下A级通缉令吗？”

上官白雪说：“我也是最近一个星期，中情局领导说军方要求配合调查飞龙组织资料，由我进行调查才知道的好不好。”

“原来是最近一个星期才知道的。”秦帅问，“那你早干什么去了？”

上官白雪说：“早些时候国内国外的情报一大堆，没有命令，谁有闲心来管这点破事？国际情报战争刀光剑影，每一条情报都事关国家利益，谁没事去管几桩杀人案？你当中情局是公安局的刑侦科呢，要不是地狱使者的案子太大，我根本就不会来掺和这点破事。”

“好吧，你牛！”秦帅问，“你对飞龙组织还了解多少？”

上官白雪说：“我还知道飞龙组织在金三角地区有一个基地，号称西狼堂，西狼堂堂主姓名不详，出身于泰拳发源地，外号野狼，他的掩饰身份是一位军火商，暗中为张天虎提供军火，两人的来往较为密切。貌似野狼的很多军火都是通过张天虎的道上关系进入国内的。”

“东虎堂，西狼堂。”秦帅说，“分别在华夏境内和金三角地区，看来韩飞龙在七大洲四大洋都有布局了。”

上官白雪说："那是当然，韩飞龙本身是亚马逊特种教官，将飞龙组织全军事化打造，二十多年来发展得如日中天。他本身是华夏人，被华夏政府通缉，他绝不可能只是在华夏或者华夏边缘建立势力。他自己和核心势力，肯定是离华夏越远越好的。"

"那你知道韩飞龙和他的总部势力在什么区域吗？"秦帅问。

上官白雪摇头道："不知道，还没有查出来，不过我让中情局的人监控了张天虎的通话，如果运气好，也许能从里面知道某些信息。"

"行，能监听出信息来是好事，如果监听不到也没关系。张天虎是飞龙组织在华夏境内总指挥，只要找得到这个张天虎，咱们就可以打开一个缺口了。"

"你打算怎么办？"上官白雪问。

"怎么办？"秦帅说："当然是去会会这个张天虎了！"

"去会张天虎？"上官白雪问，"那唐镇这里怎么办？猎鹰基地才刚遭到袭击，神秘势力还没露出端倪，地狱使者也了无踪迹，这节骨眼上，你跑去惹飞龙组织干什么？"

秦帅说："因为飞龙派人杀我。"

"飞龙派人杀你？"上官白雪问，"所以，你要公报私仇，把地狱使者的案子放下来，去找飞龙报仇？"

秦帅拿眼睛盯着上官白雪，也不说话。

"看什么，不认识吗？"上官白雪被盯得心中没谱。

秦帅说："任务的事我做主，所以，你不要以小人之心度君子之腹！"

上官白雪问："我怎么小人之心度君子之腹了，难道不是吗？"

秦帅说："飞龙找人杀我，跟地狱使者的案子是一体的。所以，跟我不是私仇，明白吗？"

"什么，飞龙杀你跟地狱使者的案子是一体的？"上官白雪很意外。

秦帅说："当然。"

上官白雪问："怎么回事？"

秦帅说："看在你是搭档的分上，我就告诉你吧，不过要再次给我记住，少质疑我做事的目的，我做事，我心中有数！"

说罢，他就把河滩上草帽杀手跟踪追杀他，而追风冒充地狱使者等情况都仔细地说了。

上官白雪说："所以，你想弄清楚飞龙组织为什么杀你，看他们杀你是不是被人利用，故意挖的陷阱，把你的视线转移到飞龙组织身上去？"

秦帅说："看来你脑子还不算笨。"

"你能不能别动不动就人身攻击！"上官白雪瞪着秦帅。

秦帅说："你都好不到哪去，还管我？好了，就这样，明天启程往江南，去找张天虎，我也不跟你废话，先睡了。"

说罢，非常不客气，直接往床上就去躺着了。

"你干什么，谁让你睡这里了？"上官白雪一见秦帅这行为，马上炸锅了。

秦帅说："我高兴睡哪就睡哪，还要让人同意吗？"

上官白雪说："这是我出钱开的房，当然得我同意才行。"

秦帅说："不是你打电话喊我来的吗？"

上官白雪说："是喊你来，但没让你睡床上啊，这里有这么宽的沙发，你不可以睡吗？"

"让我睡沙发？"秦帅盯着她问。

"是啊，要不然呢？"上官白雪问，"你还想睡床上？让我这个出钱的人睡沙发？"

"不好意思，我的命不比你差，你有钱开个房了不起是吧，我还不稀罕睡了。"秦帅说罢翻身下床，"记住，手机保持二十四小时通话，明天早上八点钟准时出发！"

说罢，他就往门外走去。

"你去哪？"上官白雪喊道。

秦帅说："我住总统套房去，你管得着吗？要不你打个报告，说你睡床，让我睡沙发，我不配合？"

说罢，他"哐啷"一声就把门关上了。

上官白雪一时愣在那里，这点事她还真没法给影子教官打报告。她心里真是憋满了气，却没法撒出来，每次较量，她都没在秦帅手上讨到便宜。

秦帅离开了酒店，站在街边等出租车。他还是决定回出租房去睡，好好地跟川岛樱子发展一下感情。甚至，他想借机会嗅一下川岛樱子的房间。既然她是神秘势力里面的成员，那么她的房间肯定会有些秘密，譬如她穿的夜行衣，譬如她的杀人利器，那种特制的小刀。之前他压根就没想到，一个看起来阳光的美少女，有着自费周游世界的梦想，充满了正能量，居然是隐藏得很深的犯罪高手。而且，她还到酒店应聘，做一份普普通通的前台工作，隐藏得如此之深。这么推算起来，这盘棋就下得真大了，像个无底洞一般。

朱象冒充街头的流浪歌手，黑妞装成小女孩，潜伏在唐雨若身边，川岛樱子化身酒店前台，然后他们又用计掌控飞车党，嫁祸飞龙杀手组织……如果再加上地狱使者，挑衅世界军方，都属于一个系列的策划。那就真是大手笔了！这背后到底是个什么样的人在操盘？目的到底是什么？还有，那个戴着孙悟空面具的家伙又是什么来头？武功之高，真是罕见，绝对是江湖上大名鼎鼎的高手。真是一波未平一波又起。

秦帅上了一辆出租车。而就在他刚上出租车，出租车刚起步不过十几米的时候，突然，车身轻微一震，秦帅的心中也一震。他察觉到了，那震动不算大，也不算小，应该是一个人从高处跳下来的动静。而且，是以脚尖跳在车子的最边缘。因为如果以脚掌跳到车子顶棚正中，如果轻功不够登峰造极，铁定会把顶棚踩凹陷。唯有以脚尖踩在车子顶棚边缘，那是车顶最结实的部位，动静才会减到最小，加上车子正在行驶之中，本来就有一定的声音和动静，一般人都察觉不出来，起码司机就没有察觉出来。为了确定，秦帅启动了嗅觉，针对他感应出的位置。

果然，车顶上匍匐着一个人，一个男人，身上带着武器，武器的形状不规则，是秦帅比较陌生的一种钢制武器，但不知道具体是什么。这肯定是个超级厉害的家伙，因为从高处突然落到一辆正行驶的出租车上，以脚尖踩到车子的边缘，这种力度的掌控，非千锤百炼不可。而且，秦帅推断这个家伙应该是先藏在酒店的某个地方，看见他上车，然后直接从酒店的某个地方飞落到车上。

厉害是厉害，但能不能比他厉害，就看各自的道行了，秦帅顿觉热血沸腾起来。可能比他遇见一个超级漂亮的女人还兴奋，高手，就是需要对手。而且像这种超级高手，绝不可能出自小势力，很可能是跟那股神秘势力相关。

目前为止，除了那个戴孙悟空面具的人，他所接触的对手之中，就只有朱象这伙神秘势力最强大了。从目前的状况看，他如果主动出击，进展会很缓慢，这是好不容易等到的一个真相大白的突破口，如果对方向他出手，他就好抓住狐狸尾巴了。就像草帽杀手对他的刺杀，引出追风。而他抓住追风，就引出一大波人袭击猎鹰基地。而猎鹰基地的袭击事件，他则发现了川岛樱子以及医院杀人事件。只要对方敢向他出手，他就有机会发现突破口！所以，他现在不怕麻烦，不怕人找他，而是求之不得！

“师傅，你到我的位置来，我帮你开一段吧。”秦帅说。

“啊？”司机一愣，然后就笑着说，“老板，你是开玩笑吧，又不是兰博基尼玛莎拉蒂，一个破出租车开着有什么劲。”

秦帅说：“没事，我就喜欢开出租车。”

“老板，你不会说真的吧？”司机问。

秦帅说：“真的啊，没开玩笑。”

但司机却拒绝道：“那不行，这个……如果你万一开出什么事来，我是要负责的，车子不能乱给别人开啊。”

“我就开一段，驾驶证也有，你看怎么样？”秦帅说着，从身上拿出五百块钱，“让我过个瘾就行了，反正车子是出租车公司的。”

“这也不行啊，你要技术不好，开出事了，几百块钱也于事无补，我不能为贪点小便宜，丢了我的饭碗啊。”司机虽然心动那五百块钱，但还是有顾虑。

秦帅说：“能拿驾驶证，技术还是不差的吧，而且又是这么好的路况，再说就算出事，不是有保险公司嘛，事情一发生，就换你回驾驶位了，再说，不可能有事的，你看看就知道了。”

秦帅说着，已经伸手过去控制好方向盘，让司机坐副驾驶来。

司机在犹豫之间，已经踩下了刹车。

秦帅一伸手就把司机给拉到了副驾驶，然后坐了过去。

“喂喂喂，这不行，你驾驶证呢？”司机见秦帅这么急着开车，越发忐忑，害怕出事。

他觉得秦帅肯定是才学会开车，技术很差劲，大概是没驾驶证的那种，起码，他得看个驾驶证才放心些。但秦帅身上根本就没带驾驶证，于是直接把五百块钱放他身上了，说：“驾驶证没带呢，坐稳了。”

他话音刚落，就松了离合器，踩下油门。

车子咆哮一声就飙出去了，强大的推背感让老司机都心惊胆战。当然，最吃亏的肯定是车顶上的人。秦帅可不是想开车，他是想好好玩一玩车顶的家伙，居然这么猖狂，直接趴在车顶上，是打算到时候等他下车，来个突然袭击，顶上开花吧？他要这么容易中招的话，还能在险恶江湖活到今天？

秦帅的车子突然加速，车上趴着的家伙果然失控了，差点被甩下去，不过他的力量也强大，很快就反应过来抓住车子边缘，而且借着肚子的吸力与车身紧贴，稳定好身体。

但这只不过是刚刚开始。

“你要能一直在老子的车上稳如泰山，老子改名换姓，再也不混！”秦帅心里嘀咕了声，当即把油门再踩到底，而且忽左忽右打偏方向盘，把摆动发挥到极限，争取把上面那家伙甩下去！

秦帅开着出租车，简直就像是一个喝醉酒的醉汉，在公路上左冲右突，吓得老司机大喊大叫：“喂，你干什么，赶快踩刹车！赶快踩刹车……”

司机边喊边去抓秦帅的手，他以为秦帅是不会开车慌神了呢，却不知秦帅开的是特技。

“别乱动，再动就出车祸了！”秦帅把老司机一把推开，喝了声。

老司机真的不敢乱动了，只是喊：“你快点踩刹车啊，踩刹车啊，要出事的……”

秦帅确实踩了刹车，但不是听老司机的话，而是有他的计划。他打算把速度跑到极限，再来一个急刹车，这样才会有最大的惯性力。最快的速度配合急刹，必定会像枪一样，把子弹强力弹射出去。果然，随着“吱嘎”一声响，尖锐的声音刺痛耳膜。趴在车上的杀手尽管之前用了很多种平衡法和抓力稳住自己的身体，但在秦帅这个猛烈的急刹之下，却是再也控制不住，“嗖”的一声，仿佛出膛的炮弹一般，直接往车的前方发射出去！

老司机心脏病都差点吓出来了，整个人面如土色。他看见一个人直接摔落在车的前方，以为是秦帅把人撞到了，心想这下完蛋了。

没想到，他接着看到了更可怕的一幕。

秦帅居然又踩下油门，“呼！”发动机猛地呼啸起来，轮胎与地面剧烈摩擦，出租车像发狂的狮子一般飙出，直接撞向摔倒在地的那个人。

这下真是把老司机吓得魂都没了。本来他想着秦帅撞了人，下去看看，如果是受伤的话，还可以赶快送医院抢救，没想到秦帅又踩下油门，直接猛撞过去！这哪里还能活命，而车子太快，他自己都坐不稳，双手扶着座位才能勉强坐住，根本没法阻止秦帅，此时此刻他心里万念俱灰。

没想到，不可思议的事情发生了。当出租车要撞到地上的人时，地上那个人突然之间扬了一下手，一道金光闪起，直射出租车的轮胎。同时，那人往旁边滚开去！

“砰！”急速奔跑的出租车被射爆了一边的车胎。车子突然一歪，车身急速地往旁边摆过去，秦帅赶紧松油门，转方向，控制车身平衡，这种一边爆胎的情况，是很容易翻车的。但秦帅开过特技车，应付这种情况还是很拿手，在原地打了两个旋之后，总算稳了下来。

秦帅随即亮起应急灯，打开车门，第一时间下车，对司机也喊了声：“快点下车！”

虽然是晚上，公路上的车很少，但因为车少，所以路上的车都会跑得很快，车突然在路中间抛锚，是很容易被撞上的。

而秦帅才喊完，那个被摔出去的家伙已经爬了起来，看上去很滑稽，穿着一件黑色T恤、一条休闲裤和一双旅游鞋。长发如女人披肩，戴着一副墨镜。而那墨镜，大概因为从车上摔下去摔得太猛，把镜片摔坏了半边，所以就变成半边有镜片，半边没有，看着不伦不类。

长发杀手看见秦帅下车，都来不及摘下那奇怪的墨镜，直接手一挥，一道金光闪耀，直往秦帅头部射来。秦帅迅速将头一偏，那束金光打在秦帅身后的出租车上，“叮”的一声响，居然溅起一片火花！见秦帅居然避过这一招突然的偷袭，长发杀手似乎意外了下，然后没有再突然进攻，而是缓缓地摘下了墨镜。

秦帅则把目光看向出租车，一把金色的三菱小刀正稳稳地插在出租车上！好强大的力量，竟然能穿透出租车的铁皮，这比起少林那钢针穿玻璃的功夫可是要强了。当然，也不绝对。因为秦帅嗅出来了，这金色三菱小刀乃是钢制，钢质的东西打造得锋利，在穿破铁皮时会占很大优势。

“是打，还是先聊聊天呢？”秦帅回过目光，看向长发杀手。

“那你是自杀，还是要我动手呢？”长发杀手很狂。

秦帅说：“我选择杀你！”

说罢，他脚下一蹬，如疾风一般向长发杀手扑去，双手龙虎锥已经准备就绪，一旦近身，便会对长发杀手施展凌厉杀技。

从刚才的出租车较量中，他已经知道了长发杀手的实力不容小觑。最好就是先下手为强！长发杀手一见秦帅扑过来，先连挥两下手，发出两把三菱小刀，分袭秦帅眉心和咽喉！秦帅知道，狙击手的最佳狙击点就是眉心，眉心中弹，瞬间致命。而咽喉就更不用说了，咽喉断，氧气断，命断！但唐云豪的暗器尚且伤不了他，何况这厮！

秦帅嗅着三菱小刀的味道，取位避开。而长发杀手则在那瞬间从身上摸出了两个手套一样的东西来，跟耍魔术一般戴到了手上。恰好这时秦帅已经避开三菱小刀，冲到长发杀手跟前。长发杀手挥拳就朝秦帅面部重击而来。

秦帅正准备以龙虎锥迎击，与对方比一比谁更强硬，但在那瞬息之间，他嗅到了长发杀手手套里传来的钢味气息，心里马上就明白了，这家伙戴的可不是一般手套，而是藏着暗器的手套。手套里藏有钢刺，一旦秦帅以拳头迎击，必然被藏在手套之中的钢刺所伤！难怪之前他在车里嗅到这家伙身上有不规则的武器，看来除了三菱小刀之外，还有这暗器手套，因为两样东西放在一起，所以味道融合，他嗅起来以为是一样奇特的武器，结果是两种暗器。

秦帅才不上他的当，眼见拳头朝脸部而来，当即使八卦步洞宾游湖，向斜前方游走避开，同时脚下暴风腿绝招“勾三搭四”使出。一脚两招变化。勾长发杀手左脚，踹长发杀手右脚。长发杀手果然不简单，左脚避开秦帅，右脚竟然迎着秦帅的小腿猛踢而出！

“噗”的一声，两人的腿结实相交。秦帅只觉得身子一震，小腿处传来一阵痛楚。而长发杀手显然要弱一些，因为他被秦帅直接踢退了三步。但已经是很可怕了。秦帅练过暴风腿，腿力之强，腿骨之硬，江湖之上罕有敌手。一般的高手只要跟秦帅硬拼一腿，都是直接被秦帅踢断的下场。可见这长发杀手应该修炼过少林罗汉腿或者泰式功夫中的腿法。

泰拳和泰腿，在世界武术之中是以强硬著称的。见长发杀手被踢退三步，秦帅毫不停留，立马趁热打铁，猛扑过去，龙虎锥攻击而出！长发杀手感觉腿差点被踢断似的，还没缓过来，秦帅的攻势已到，只好挥拳迎击。虽然他的力量会有所吃亏，但他有钢刺手套，根本不怕秦帅的重拳。

所以，他完全敢硬拼。但秦帅不会在拳上和他硬拼，龙虎锥再锋芒强硬，也不可能强得过钢刺。眼见两拳相交，秦帅的手腕一绕，避开长发杀手的拳头钢刺，将龙虎锥变为爪，顺势擒拿向长发杀手的手腕，再一招“顺手牵羊”，便把长发杀手直接给牵离了地，接着就摔飞出去。长发杀手扑地之时，秦帅已经冲到，直往其尾闾穴上空劈一腿。他没有瞄准命门穴，因为命门穴是三十六大死穴之重穴，和百会穴是一样脆弱不堪一击的，很容易把长发杀手一击致命，而他要留长发杀手的活口。击中尾闾穴，便可让其下半身经脉尽断，后半生瘫痪。

可长发杀手也不是吃素的主，摔倒之后算到秦帅会乘胜追击，当即在地上一滚。秦帅那一脚重击在地上，发出“啪”的一声爆响，溅起一片灰尘。但秦帅锲而不舍。此时长发杀手伏在地上，他的暴风腿正好可以发挥得淋漓尽致，他绝不给长发杀手站起来的机会，暴风腿接二连三地使出来，一脚快过一脚。长发杀手在地上急速翻滚，翻滚到第三下的时候就已经躲不及了。就算站着的情况下，他都很难跟秦帅的暴风腿比速度，何况他倒在地上的时候。

眼见秦帅一脚往他的腹部劈落，他已没法再躲，就算翻滚，身子最多刚侧身起来，就会被秦帅劈中，直接把软肋劈断。所以，最好的办法还是用手去挡。而用手去挡的后果也是惨痛的，胳膊扛不住大腿，他的手又如何挡得了秦帅的暴风腿。何况秦帅在上，他在下。

“咔嚓”一声，长发杀手的胳膊断得很干脆，但他也不会白白牺牲那条胳膊。当他决心牺牲那条胳膊来挡的时候，另外一只手已经快如闪电地发射出一枚三菱小刀，斜射向秦帅的咽喉，那三菱小刀仿佛从地底飘出的夺命勾魂一般，带着死亡的气息扑面而来。他真是个不要命的赌徒，打算用断一只手来换秦帅一条命。他料想秦帅的脚踩断他一只手的时候，力量刚好用尽，注意力也刚好集中在脚上，他另外一只残手的三菱小刀突袭，秦帅肯定没法提防。那么，他断一只手也是值得的。

但可惜他的对手是秦帅，一个有通灵嗅觉的天才，尤其是对武器的味道特别敏感。当那一抹浓重的钢味钻入秦帅的鼻孔，秦帅想都没想，凭借本能反应就往一边闪去。人的本能反应本来就是了不起的东西，天才的本能反应就更不用说了。三菱小刀几乎是擦着秦帅的脖子飞过，他感到了一阵凉意，但没有受伤。

长发杀手愣了愣，还准备继续出招时，秦帅已经抢攻而至，暴风腿凶猛出击，踢向其头部。秦帅并非要他的命，而是知道他还会挡。

当秦帅的暴风腿逼近时，长发杀手没法闪躲，只能把伤害减到最轻，用仅剩的那只手去挡，结果“咔嚓”一声，手臂顿时断掉，整个人贴着地面飞了出去。撞到公路中间的隔离带上才停下，连隔离带都差点被撞坏了，可见秦帅那一脚的力量有多猛。这一下，长发杀手束手无策了，两只手都被打断，而且秦帅强大的力量震得他五脏六腑都翻腾，缓不过神来，秦帅已经如巨人一般走到他的身边，俯视着他。

“怎么样，我说选择杀你，答案正确吧。”秦帅看着他问。

长发杀手咬了咬牙说：“让你狠。”

秦帅说：“那当然，要不然呢，算你狠，你也狠不起来啊。”

长发杀手冷笑一声：“你以为你杀得了我吗？”

秦帅一笑：“你看你就像死鱼，还能翻浪吗？我只听说过咸鱼能翻身的，没听说死鱼还能怎么样的。”

“但是……”长发杀手咬牙道，“老子不会给你杀我的机会！”

说罢，他嘴巴一张，就准备咬下去。

秦帅见状，迅速一抬脚，踢在长发杀手的喉管处，力量用得比较小，主要起到刺激作用。喉间有气管，遭遇击打之时，呼吸上不去，动作就无力。而事实上，长发杀手不是准备咬舌，而是服毒自杀，因为当秦帅的脚尖踢在长发杀手的喉管处时，竟然从他的口里掉出一粒红色胶囊状东西！还好，秦帅的速度够快，那胶囊没有被咬破。

秦帅弯腰捡起那粒红色胶囊：“不错啊，居然有自杀的勇气，看来你是真正的高级杀手，死士级别的。不过，现在没有毒药，你又能怎么死呢？你可别咬舌自尽，那是武侠小说里乱写，咬舌头那么容易死的话，吃个饭不小心咬到舌头就嗝屁了。再说，就算能咬舌自尽，在老子手里，也不会给你咬的机会！”

“行了，技不如人，生死有命，要杀要剐随你便吧！”长发杀手一副视死如归的神情。

秦帅说：“嗯，还像条汉子，我对有骨气的人多少都还是有几分敬佩的。不过，我喜欢有骨气的好人，不喜欢有骨气的坏人，再有骨气的人，也不能触我逆鳞！”

长发杀手没有说话。那瞬间，他看见了本来嬉皮笑脸轻松自然的秦帅眼神里锋芒的杀气，那杀气让他胆寒。

“行了，咱们换个地方聊吧，警察大概一会儿就来了。”秦帅说罢，一伸手就把长发杀手给提了起来。

然后看了眼目瞪口呆的出租车老司机，笑了笑说：“师傅，我开车技术还不赖吧。”

老司机吓得不敢说话。

秦帅提着长发杀手，消失在长街尽头。转角之后，他扯掉了长发杀手身上的T恤，直接给他撕成了布条，蒙到他的眼睛上，再拦了辆出租车，到青龙路。青龙路靠近猎鹰特种基地，他要把长发杀手提去猎鹰基地审讯。因为带去酒店的话，不但隔墙有耳，而且很容易被人报警。现在情况不明，最好是暗中调查，不要让警察来了，又没事地走了，这样很容易引人怀疑。而他也不能让这身份还不明的杀手知道他与军方有关，所以就给他蒙上了眼睛，没说直接到猎鹰基地，而是到附近。

上车之后，秦帅给侯连武发了条信息，让他到青龙路来接自己，他要带个人去猎鹰基地审讯。给侯连武发完信息后，他又给戴安全发了信息，让他给唐镇派出所打个招呼，今晚公路那里的撞车和搏杀事件，走个形式立个案就好，不要仔细去查了，是他抓人。

秦帅带着长发杀手赶到青龙路大概三分钟的样子，便看见一辆越野吉普远远地赶来，当即从身上取出骷髅面具戴上。

很快，侯连武开车赶到。

他准备说话时，秦帅对他做了个手势，侯连武马上就住了口。然后，秦帅先一掌切在长发杀手的颈部大动脉，将他打晕了过去，才对侯连武说："找一间密室，看不到任何军营标志的，也不需要审讯工具，周围也不要出现任何士兵的动静。"

侯连武想了想，说："可以，把他送去小黑屋就是。"

秦帅知道小黑屋是什么东西，就是特种部队关押秘密犯人的地方，只有极少数经过允许的特指人员才会知道里面的情况。

"可以，就小黑屋吧。"秦帅说，然后提着长发杀手上了车。

侯连武带着秦帅到了猎鹰基地的一间小黑屋，坐落在基地后方临河的地方，差不多就是青龙河的边缘。

"长官还有什么吩咐吗？"侯连武问。

秦帅说："没了，你辛苦一下，撤掉附近二十米内的警卫，然后去办公室等我，有需要我随时打电话给你。以后，别喊长官，喊老板吧，长官这称呼太军方化，万一被嗅觉灵敏的人看破就不好了。"

侯连武应声道："是。"然后便离去了。

秦帅关上了小黑屋的门。小黑屋就是小黑屋，屋子里空荡荡的，只有四面墙壁，连一床草席都没有。

秦帅收起了骷髅面具，用手按了长发杀手的人中穴。长发杀手便悠悠地醒转过来，看了眼秦帅，大概想起了怎么回事，马上转动目光确定自己在哪里。然而这一看，心里马上就有些慌了，居然是一个什么都看不见的空房间。

科学实验证明，人通常在两种情况下会有本能的恐惧感：第一种是眼睛被蒙上的时候，失去了方向感，仿佛被世界孤立了一般；而另一种就是完全陌生、什么都没有的地方。

“你……你想干什么？”长发杀手的声音有些颤抖，目光里闪过一丝惊恐。

作为一名手段残忍的职业杀手，在这种情况下，完全能够意识到可能会发生的恐怖的事情。

秦帅还是淡然一笑道：“你是聪明人，应该不需要我说得太明白。但我怕你装不明白，所以我还是跟你说明白点好。”

长发杀手听得很认真，也许他已经懂了，只是在思考是要投降配合，还是咬牙坚持面对即将到来的风暴。

秦帅说：“我的大概意思就是，你如果跟我配合，应该岁月静好，你能得到治疗；而你要是反抗，我应该有很多种让你哀号的方式，但不会让你死去，而是要让你一直生不如死。你身上的骨节、器官，所有有用的东西，我都会一点一点地给你废去。而这一切，都将以你的三菱刀划破你的皮肤，放上一点盐腌制开始。最后，我会找两条饿得不行的流浪狗，来吃你这块腊肉。我一直想做这种实验，但还没成功过，因为从没有一个人坚持下来，总是才开始一会儿就哭着求饶了……”

“你到底是什么人？”长发杀手的心里已经开始害怕。

秦帅说的酷刑，虽然轻描淡写，但只是想象就已经很可怕。

“我是什么人，还轮不到你来问，现在，应该是我问你，你给我老老实实地回答，知道吗？”秦帅晃动着从他身上拿出的三菱刀，在他的脸上轻轻地触碰着，制造他心里的恐惧感。

“说吧，你是什么人，为什么杀我？”秦帅问。

“我是飞龙组织的钻石杀手，代号夜煞。”长发杀手居然回答得很干脆。

看来，他很清楚今天这一劫，他已经见识了秦帅的武功，知道他的强大。

秦帅皱了皱眉道："你是飞龙组织的？"

夜煞点头道："是。"

秦帅没再说什么，直接把他翻了个身，扒掉他的裤子，果然看见了属于飞龙的标记，而且这标记的颜色是白色。他记得上次草帽杀手的颜色比较暗黄，但一条龙飞翔于白云，他确实是飞龙杀手没错了。

秦帅问："飞龙杀手分很多级别吗？钻石又是个什么级别？"

确定对方的级别很重要，这样就大概知道飞龙对这件刺杀案的重视程度，以及这位钻石杀手能知道多少有用的东西。当然，他是希望这家伙的级别高些的。他正打算去找张天虎，如果能从这家伙口里问出东西，也就省得那么麻烦，跑去江南了！

夜煞说："飞龙组织的杀手一般分为四个大的级别，由下往上分别是铜牌杀手、银牌杀手、金牌杀手和钻石杀手，而每个牌子的杀手又分三个小等级，分别是红、黑、白。譬如钻石杀手则分红钻杀手、黑钻杀手、白钻杀手。金牌杀手分为红金杀手、黑金杀手、白金杀手，每个级别的杀手价格都不一样。"

秦帅问："那你是什么钻的杀手，价格多少？"

夜煞说："我是白钻杀手，在升黑钻杀手之际，价格一千五百万。"

秦帅说："那也是个高级别的杀手了，你应该是受张天虎直接指挥的吧？"

"啊？"夜煞一愣，"你怎么知道虎哥的名字？"

秦帅冷笑一声，道："老子这样的人，上通天文下通地理，有什么是老子不知道的？老子让你回答问题，只是给你一个活命的机会而已。继续说吧，你们的总堂口、分堂口，都在什么地方，又是谁让你来杀我，说得越多，越有价值，你活命的机会就越大。"

夜煞说："总堂口在江南省，具体地点我不知道，我只是有一次无意中听见分堂主说起，而分堂口有很多，但我只知道西虎堂，因为我是西虎堂的人。但为什么杀你，我也不知道，这是总堂主的命令。”

“行，那你说西虎堂在什么地方？”秦帅猜测应该是一个离唐镇较近的地方，这样才会更方便调人对他出手。

果然，夜煞回答：“就在唐镇。”

“就在唐镇？”秦帅来了精神，“唐镇什么地方？”

夜煞答：“海天娱乐城。”

“海天娱乐城？”秦帅问，“就是飞龙杀手组织的西虎分堂？”

夜煞答：“是，里面的保安有一多半都是伪装的杀手。”

秦帅说：“那西虎分堂的负责人是谁？”

夜煞答：“蜈蚣哥，外号黑蜈蚣，也就是海天娱乐城的老板。”

“你有张天虎的联系电话吗？”秦帅问。

夜煞摇头道：“没有，只有蜈蚣哥才有虎哥的直接联系号码，上面有命令，也是直接传达给蜈蚣哥，由蜈蚣哥直接传令给我们。这是为了安全起见，免得我们出卖高层机密。所以，高层机密只会让少数几个人知道。”

“好吧，你把黑蜈蚣的号码告诉我。”秦帅说。

夜煞说了黑蜈蚣的电话号码，秦帅用手机直接拨打了出去。

“喂。”

电话中传来一个阴沉的声音。

秦帅问：“你就是黑蜈蚣。”

黑蜈蚣问：“你谁啊？”

“我叫秦帅，这个名字你应该不会陌生吧？”秦帅说。

“秦帅！”黑蜈蚣一惊，但马上就装起糊涂来，“我们认识吗？有事吗？”

秦帅说：“你既然是飞龙组织西虎堂的负责人，那肯定不会比一只猪更蠢。所以，你就不要跟我装了，你知道我打电话给你是发生了什么事！”

“夜煞这个蠢蛋，居然贪生怕死出卖我！”黑蜈蚣果然不装了，开始骂夜煞，“他是想死了吗？

秦帅笑：“他不出卖你，你以为在我手里就能活得了吗？”

黑蜈蚣说："你牛，直说吧，你想怎么样。"

秦帅说："我想让你做一道选择题，看你够不够聪明了。"

黑蜈蚣问："什么选择题，老子从小读书成绩不好，讨厌的就是做这样那样的题！"

秦帅说："放心吧，我这道题很好做，只要你智商没有问题，基本上都做得下来。"

"有屁快放吧，老子没时间跟你打嘴仗。"黑蜈蚣说。

"行，听好了。"秦帅说，"答案A，告诉我张天虎的电话号码。答案B，我把你的人送去警察那里，让警察来拜会你。我想，在之前飞龙犯下的案子里，一定会有很多未解的悬案吧，给警察同志好好立点功吧？"

"这个蠢猪，果然什么都吐出来了！"黑蜈蚣气得直骂。

秦帅说："你就不要骂他了，落到我手里的人，就没几个扛得过去的，换你也一样，还是赶紧好好答题吧。若不然，老子帮你选了！"

黑蜈蚣陷入了沉默。这道题虽然只有A、B两个答案，可是，这两个答案都很关键，选什么都是一个坑。张天虎身为飞龙组织在华夏区域的总带头人，他的资料信息被要求绝对保密，知道他信息的除了上面的人，下面就东西南北几个分堂主知道。若出卖他的信息就等同于叛徒。可是，如果不出卖张天虎的信息，秦帅就会把夜煞送去警察局，必会引来警察对海天娱乐城的扫荡。

"快点啊，老子可没有时间跟你耗，你要再不给我答案，我就只有把人送给警察，让你跟警察谈了！"秦帅下最后的通牒。

黑蜈蚣突然脑子里灵光一闪，说："能等我打个电话吗？"

秦帅知道，黑蜈蚣肯定是想打电话给张天虎。也行，看看张天虎是怎么个意思吧。

当下他就答应了："行，看在你没读过书的分上，老子给你一个特权，允许场外求助，但只有一分钟的时间，超过一分钟，老子就直接把人送走了！"

说罢，直接挂掉了电话。

黑蜈蚣接着就打了电话给张天虎。过了好一会儿，张天虎才接了电话，声音懒懒地“喂”了声，还能遥遥地听见听筒里传来鬼哭狼嚎的声音。显然，张天虎正在KTV里面，走到巷道外或是洗手间里接的电话。

“虎哥，不好，出事了。”黑蜈蚣的声音有些慌张。

“什么事啊，这么大惊小怪的，天要塌了吗？”张天虎的声音里充满了不快。

黑蜈蚣说：“我们的人又、又失手了。”

“什么！又失手了。”张天虎的声音突然提高分贝，充满了意外和震惊。

“是的，又失手了。”黑蜈蚣又确认了一遍。

“扯淡！”张天虎问，“你派的什么废物出去，一个小单被你搞得一砸再砸！”

黑蜈蚣说：“是按照虎哥你的吩咐啊，派的白钻杀手出去，就是夜煞，虎哥你曾经还称赞过他的三菱刀法很不错！”

“他？”张天虎想了起来，“他各方面确实都已经够格了，真的又失手了？”

事到如今，他还是不敢相信。本来一个一两百万的小单，按照规矩，派铜牌杀手都可以解决的。结果，派出银牌杀手出去，被杀了。飞龙老大为了给雇主一个交代，特别谨慎地吩咐用钻石杀手。他当时还极力反对，觉得这是高射炮打麻雀，大材小用，因为他觉得一个钻石杀手出去干掉一个两百万的小角色，应该只需要用两根手指就能捏死的。毕竟，钻石杀手出单，都是刺杀江湖上那些声名赫赫的高手，或者独霸一方的枭雄。而秦帅不过是一只江湖上名不见经传的菜鸟。结果又失手了？

这是什么情况？难怪张天虎不信。

黑蜈蚣说：“不会假的，夜煞把我都卖出来了，秦帅刚才给我打过电话了。”

“什么！夜煞把你卖了？”张天虎问，“钻石杀手的口里不是随时都准备有火毒胶囊，一旦失手立马自杀的吗？他被活捉了？”

黑蜈蚣说：“具体情况我也不知道，但应该是被活捉。因为秦帅刚才给我打了电话，而且还知道我是海天娱乐城老板，除了夜煞告诉他，别无可能。”

“那姓秦的给你打电话说什么？”张天虎问。

黑蜈蚣说：“他让我选择，是把虎哥你号码给他，还是让他把夜煞交给警察，让警察来海天娱乐城找我。哎呀，糟了，他说只给我一分钟时间，没给答复就把人送去警察局，这一分钟应该超过了！”黑蜈蚣突然急了起来。

“你慌什么啊！”张天虎骂了声，“你那里那么多一流杀手，你慌什么？而且边境有我们的人，万一国内待不下去，屁股一抹油就去东缅了，怕什么？”

“也是。”黑蜈蚣说。

张天虎说：“这些年这么多兄弟被警察通缉，就算老大都被警察通缉，而且还是被国际刑警组织通缉，他不照样过得神仙一样自在吗？有什么可怕的！”

黑蜈蚣赶忙解释道：“其实也不是怕，我主要是觉得在唐镇这里发展很久了，各方面都挺扎实，突然放弃会很可惜。”

“可惜什么，天下都是打下来的，有本事的话在哪里不能重建天下！”张天虎说，“而且，你没有动脑子想一想，这个秦帅为什么让你选择吗？”

黑蜈蚣的脑子还是要笨一些，面对张天虎又诚惶诚恐，思路更是堵塞，想什么都不通窍。

张天虎说：“一句话，他肯定也有什么案底，没办法报警。所以，只能拿这个威胁你。要不然，你以为他傻啊，还跟你谈判。难道他再厉害，还能比整个警察队伍厉害？能借刀杀人，还非得自己来拼命？”

“嗯，是哦，我居然没想到，还是虎哥你高瞻远瞩。”黑蜈蚣的心里顿时淡定了许多，“这么说来他就是故弄玄虚，拿个空话威胁我，他不敢真的报警！”

张天虎说：“肯定的，现在看来，我多少明白为什么他武功这么高，却默默无闻了。”

黑蜈蚣问："为什么？"

张天虎说："大概是他以前犯过什么大案，也被警察通缉，所以只能隐姓埋名，低调地过日子，没想到他的仇家一直在找他，想花钱干掉他。只是他的这个仇家很可恶，明明知道他武功很高，却只含糊地说他就是练过武，具体武功怎样不知道，把飞龙老大都给蒙骗了。本来是千万级的单，结果只收了两百万，还让我们低估了对手，白白地损兵折将！"

"那现在虎哥的意思呢？咱们不理他？"黑蜈蚣问。

"怎么能不理他呢？"张天虎说，"他杀了咱们一个人，抓了咱们一个人，对雇主也还没交代，能不理他吗？赶紧查找他的位置，再派黑钻杀手去干掉他！"

"嗯，好的。"黑蜈蚣答应。

"对了，稳妥点，派两个黑钻杀手吧，一个还是很悬，不知道他隐藏多深，以防万一的好。"张天虎说。

黑蜈蚣还是答应。

这大概是分堂刺杀史上最大的动作了，因为分堂的杀手级别，除了堂主属于红钻级之外，其余最高就只有黑钻杀手。华夏境内，只有张天虎的总堂才有红钻杀手。而现在，张天虎让派两名黑钻杀手出马，确实是天价了。一名黑钻杀手的价格是两千五百万，两名黑钻杀手的价格是五千万，相当于一名最高级别的红钻杀手价格了。

和黑蜈蚣通完电话之后，张天虎赶紧跟韩飞龙汇报情况。毕竟，五千万的价格还得飞龙出，要经过飞龙财务支付。张天虎肯定不可能瞒着韩飞龙，自己来出这笔钱。

韩飞龙听张天虎说第二次钻石杀手的刺杀再度失败之后，沉默了良久。然后，也同意了张天虎的安排："行，就两名黑钻杀手吧，这钱我们组织出。"

"老大找天眼社调查的事情，有什么消息了吗？"张天虎问。

韩飞龙说："暂时还没有，但他们说已经有人到唐镇那边去了，而且也启动了唐镇地方情报网，会尽快给我们弄清楚这个姓秦的底细。"

“好的，那就这样，有情况我再向老大汇报。”张天虎挂掉了电话。

而这边的秦帅总算等到电话响起，黑蜈蚣回电话了。

“怎么样，咨询好了吗？”秦帅问。

黑蜈蚣一声冷笑道：“不是说限定一分钟，超过一分钟，你就把人送去警察那里的吗？这好像都好几分钟了吧，你还没去？”

“你的意思是不把张天虎的号码给我，要我把人送给警察了？”秦帅问。

黑蜈蚣说：“是啊，求你帮忙送去吧，这种出卖组织的混蛋，老子都不想动手杀他，会脏手，让警察弄死他多好啊！”

“你以为警察会放过你？”秦帅问。

“不会，但老子不怕，可以吗？”黑蜈蚣十分张狂。

经过张天虎的分析后，黑蜈蚣觉得秦帅肯定是戴罪之身，也不敢跟警察打交道，所以，他根本就肆无忌惮。

“好吧，既然你想死，老子成全你，等着！”说罢，秦帅挂掉了电话。

秦帅回过目光，落到夜煞的脸上。

“那个死蜈蚣的话你也听见了，飞龙那里你是回不去了，你现在唯一活命的机会只能是我给你了，我现在打算灭了海天娱乐城和那只死蜈蚣，你还有什么具体的资料提供给我吗？”秦帅问。

夜煞问：“你要什么具体资料？”

秦帅说：“譬如，你们西虎堂的杀手集训中心，杀手成员数目及名单，死蜈蚣的生活日常，他喜欢到什么地方，喜欢干什么事，以及大概的时间点，多少保镖等等之类。”

夜煞说：“这个我知道一些，但知道得不完全。”

秦帅说：“知道多少说多少吧，你大概也知道，就算我放过你，黑蜈蚣也不会放过你。所以，只有我干掉他，你才真正地安全！”

夜煞点头道：“嗯，这我知道，现在我没有退路可走，我一定会全力配合你。”

秦帅说：“那就别磨叽了，说吧。”

夜煞说："飞龙的杀手集训中心在一处很远的山里面，没有地名，也不知道路线，因为我们每次去或者回来，眼睛上都戴了眼罩，没得到允许不准取下来。另外，在海天娱乐城的飞龙杀手具体数目我不知道，但估计百余人。关于黑蜈蚣的情况，他的行踪一直不定，居无定所，至今我们都不知道他住哪里，好像经常换酒店住。但有一点，最近娱乐城大厅来了个驻唱歌手，黑蜈蚣喜欢她，在打她的主意，每天晚上基本上必来捧场。"

"嗯，很不错的信息。"秦帅问，"你们的一百多个杀手成员，大致级别如何？"

夜煞说："黑钻杀手应该在五名左右，白钻杀手应该在八名左右，金牌杀手应该在二十名左右，其余的则为银牌和铜牌杀手。"

"你是白钻杀手吧？"秦帅问。

夜煞说："是。"

秦帅说："黑钻杀手五个，白钻杀手八个，等于说武功和你比肩甚至比你更高的高手，一共有十多个，还有那么多金牌杀手、银牌杀手和铜牌杀手，看来，海天娱乐城是龙潭虎穴啊！"

夜煞说："这还只是真正的飞龙杀手，还有些是娱乐城的内保，一旦你到那里去闹事，他们会和飞龙杀手一起对你出手的，里面的保安力量一共有两百多人！"

"两百多人？"秦帅问，"这么多？"

夜煞说："那当然，海天娱乐城算是唐镇顶级的夜场了，大厅经常会有二三线明星走穴，有一百多个包厢，去里面玩的也都是道上大哥或者商界大老板，安保工作必须做到位，人少了根本忙不过来。"

"好吧，我知道了，你先在这里待着吧，我会找人来给你把两只手接上的！"秦帅说着，出了小黑屋，关上了门。

随后，他戴上了骷髅面具，打了电话给侯连武。

侯连武出来，见到了秦帅，问："老板，那是谁啊，跟地狱使者案有关吗？"

他比戴安全还是专业得多，秦帅吩咐戴安全别喊长官，但戴安全好多次都把一个长字喊出口才想起。但秦帅跟侯连武吩咐了一遍，别喊长官，喊老板，他马上就记住了，这显然是经过特种训练和没有经过特种训练的区别。

“按道理说，和地狱使者是有关的。”秦帅说。

“是吗？那他交代了什么东西出来没有？”侯连武问。

秦帅说："交代了一些，但有些还得看我们自己怎么操作。"

“老板有需要只管吩咐，为了抓地狱使者，猎鹰随时待命，赴汤蹈火在所不辞。”侯连武掷地有声。

秦帅看了他一眼，淡淡地说了句："今天好好养精蓄锐，明天晚上，有一场硬仗要打！"

“明天晚上？”侯连武随即点头，“好，明天等老板你的召唤！”

秦帅说："送我一段吧。"

侯连武应了声“是”，然后开车送秦帅出猎鹰基地。

秦帅在下车之前，突然想起什么，说："对了，你应该先去做点准备工作。"

侯连武问："什么？"

秦帅说："明天晚上我们的目标，是海天娱乐城，你得去查看一下那里的位置和环境，晚上八点半之后，天一黑下来，猎鹰的人就得立马各就各位，等候行动命令。"

“海天娱乐城？”侯连武问，“地狱使者会在那里出现吗？”

秦帅说："地狱使者会不会在那里出现我不知道，但会有和地狱使者相关的人在那里，明天等我行动命令吧。"

侯连武应声："是。"

秦帅说："记住了，你亲自去勘察地形，埋伏狙击手以及抓捕人员，押送车辆要随时待命。据说海天娱乐城里有两百多名内保，差不多都是要抓的对象！"

“两百多名内保，都要抓？”侯连武愣了下，这规模得多大？

秦帅说："当然不全是罪犯，但鱼龙混杂，得全部控制之后才能够辨别。另据情报所知，最少有一百人是我们要拿下的真正穷凶极恶的罪犯。既然让你参与这一切，而且事先让你知道了，我就告诉你这些是什么人吧，你也好有一定的心理准备。"

侯连武问："不是跟地狱使者相关吗？"

"是跟地狱使者相关。"秦帅说，"但他们是飞龙组织的人。"

"飞龙组织的人？"侯连武一愣，"地狱使者是飞龙组织的人吗？"

"唉，这事太复杂，就不跟你仔细说了，你按照我说的做就行了。到时候你自然会知道真相的，记住，直到明天晚上八点半行动之前，不要让任何人知道消息。出了什么纰漏，你可负不起责！"秦帅说。

"嗯，好的，我一定守口如瓶，谁也不说。"侯连武说。

"还有，回去找个医生给那家伙的手骨接上，还是不要让他知道自己在什么地方，不要让他知道跟军方有关。"

侯连武应声。

很快，秦帅被送出了猎鹰基地，然后随便找了个地方下车。

02 攻心为上

秦帅在路上抽了一根烟，然后散着步往出租房回去。烟雾缭绕中，他在思考，拿下海天娱乐城是唯一的选择。本来，他打算跟上官白雪去江南会一会张天虎，但从今天晚上的情况看来，直接去江南会张天虎恐怕没什么效果。

黑蜈蚣那个电话肯定是打给张天虎的，问张天虎怎么选。然而让秦帅意外的是，张天虎竟然宁肯让他把夜煞往警察手里送，也不让秦帅知道他的号码。这里面暴露出两个很关键的信息：第一个信息，就是张天虎不会轻易和外人接触，不会轻易把自己的资料信息透露给外人；第二个信息，则说明张天虎根本就不怕警察，他大概已经习惯被警察追了，不过就是逃亡而已。何况他们在海外有势力，可以偷渡出去，所以就没有那么多的顾忌。那么，秦帅若和上官白雪贸然前往江南，和张天虎的交锋恐怕一开始就会势如水火。

张天虎大概已经告诉黑蜈蚣做好破釜沉舟背水一战的准备了。即便万一警察出动，以海天娱乐城的实力，跟一群警察对抗，还是没什么压力的。毕竟多数警察都是负责一般的民事和刑事案件，对付江湖老练的杀手的本事不是很强。张天虎根本就有恃无恐!

呵呵，秦帅一声冷笑，老子看你有恃无恐。明天晚上你就知道老子会怎么收拾你了。

秦帅突然想起，上官白雪说过，中情局有监听张天虎的事，那么，中情局不是知道张天虎的联系方式吗？他掏出手机，准备打电话给上官白雪，找她要张天虎的联系方式。但转念一想，现在这样要张天虎的联系方式，给他打过去，又好像不妥。首先，他突然一个电话打给张天虎，问韩飞龙的联系方式，张天虎肯定不搭理他；其次，这个突然的电话，会让张天虎怀疑他的身份，他怎么知道这么秘密的电话？然后，以张天虎的老奸巨猾，很有可能想到是官方的介入，他的秘密其实已经泄露了，所以，这个电话一打，必然会打草惊蛇。一旦张天虎真正怀疑到官方介入进来，而且掌握了他的某些东西，他肯定会跑。所以，最好的办法是先把西虎堂给摧毁，大大地打击飞龙组织，在飞龙组织正头痛的时候，他带走黑蜈蚣。无论黑蜈蚣说不说张天虎的信息，他都可以再从中情局拿到张天虎的联系方式打给他。这样一来，张天虎就不会怀疑他跟官方有关系，而是认为黑蜈蚣出卖了他。然后，他再和张天虎谈判，那个时候的张天虎就不会再猖狂。

他再分析一下，如果是有人请飞龙杀他，那可能是在给飞龙挖坑，所以飞龙最好的出路，就是跟他合作，把背后的雇主交代出来，他要的真相才会浮出水面。在秦帅看来，如果他的推断不错的话，那个请飞龙杀他的人，就是跟朱象、黑妞一伙的那个背后神秘人策划的。他故意花钱让飞龙来招惹他，让他和飞龙自相残杀，而背后那个雇主坐收渔人之利。从目前情形看来，他只要让飞龙明白被人利用了，那么他才可以更轻松地借助飞龙的势力，把背后的神秘势力找出来，并且跟飞龙联手对付背后这股神秘势力！把这股神秘势力解决掉后，再回过头来干掉飞龙，除掉这颗一直让警方深感头疼的毒瘤，一箭双雕。

一根烟很快就燃完了，时间已经是凌晨一点，街灯昏黄，把秦帅的影子拉得很长。他正走着，突然，“吱嘎”一声，一辆车在秦帅的身旁停下。

秦帅抬起目光一看，不禁愣了下。真的没想到，竟然是唐雨若！两个人的目光对视着，竟是柔肠百结，爱与恨一起涌了出来，但真正在心底发酵的，还是想念。无论历经多少风雨，只要看见彼此的样子，心里就会有种说不出的感觉，觉得温暖、亲切，觉得有彼此的存在，才是自己想要的世界。

“这么晚了，你还在外面？”秦帅很意外。

唐雨若一般都是十点多钟不超过十一点就睡觉的，而现在已经是凌晨一点。

“今天，有点事。”唐雨若说。

“什么事还要你这位唐家大小姐亲自跑？你真以为在这唐镇之上没人敢惹你，可以随便乱跑？”秦帅还是担心她的，明知道她身边有一颗定时炸弹，而她不知情，却还当这是太平世界，当这里还是唐门的天下。

不知道为什么，唐雨若的心里莫名热了一下。秦帅的话虽然说得很不客气，但她听得出里面的关心。如果是以前，若非至亲长辈，谁敢用这种口气跟她说话，她马上就会顶撞。但此时，秦帅这么说她，她一点也没有逆反心理，她其实希望有个喜欢的男人管一下她。那种感觉，才叫被爱。

“不是，我本来睡了，是冰冰突然打电话给我，说她身子不舒服，让我过来陪她去医院的，才刚送她回去。”唐雨若说。

“哦，好吧，你也早点回去休息吧，唐镇近来不是很安全，没事最好不要乱跑。”秦帅随便说了声，转身就走。

“去哪，要我送你吗？”唐雨若居然问他道。

秦帅回过头：“不用了，我随便坐个出租车就行。”

“这路段，这时候，不好坐车了，还是我送你吧。”唐雨若说。

秦帅犹豫了一下，他其实还是想上车让她送的，最起码能和她多待一会儿，多说几句话。可是，有必要吗？他曾为她做过那么多，然而，她却对他毫无信任，觉得他是个下流、猥琐、卑鄙无耻的小人，以为他在觊觎她什么。

其实，在维加斯见到她第一眼的时候，他心里确实猥琐地想过，然而慢慢接触，有了些了解之后，觉得她不只是漂亮，而且才华横溢，出淤泥而不染，心地善良，是个真正的好女孩。他想好好地爱她，想好好地保护她，直到有一天能够娶她。在他心里，他甚至早已把她当成了自己的女人。而结果却惊动了唐云豪，让兄弟反目。本来一件很美好的事情，最后竟弄到这种难堪的地步。

他现在只有一种感觉，很累，真的很累。地狱使者的案子错综复杂，世界第一杀手组织飞龙也卷入进来；戴着孙悟空面具的神秘人是更神秘的势力，追风和穿山甲还在他们手里，不知道他们到底想干什么；影子老大派来个搭档，挺傲娇的，这让他很不高兴。这些感情的事，还是先搁一边吧。他这样的人，在如此错综复杂的环境里，强敌环视，说不准哪天就死了，还是让自己清醒一些，不要被这些剪不断理还乱的东西干扰了。

终于，他让那本来柔软的心坚硬起来，说："我想，我这么猥琐、卑鄙无耻的一个混蛋，就不祸害你这个唐门大小姐了。唐门这么大的势力，真要一个不小心出手对付我，到时候恐怕我都不知道自己怎么死的。惹不起，还是躲开的好。"

然后，转身走了。

那一刹，仿佛一把锋利的刀子从唐雨若心上划过，疼痛得令她抽搐，眼泪一瞬间就流了下来。她从秦帅的话里听出来对她深深的恨。为什么，她想他好好爱她，而结果，他却对她如此之恨。她是不是真的伤了他的心？可明明她才是无辜的，她才是无辜的！

"秦帅，你给我站住！"唐雨若受不了了。

她觉得很委屈，她觉得秦帅没有资格这么对她，凭什么还恨她，她那么单纯地爱着一个人，只是想一心一意跟他好好的，都是他出的问题好不好！她必须让他明白，她没有欠他的，也没有对不起他！

秦帅站住了脚步，转过头来，然后也愣住了，他看见了唐雨若泪流满面。这种场景刺痛了他的心，令人不忍。

"怎么，你还想要怎么样吗？又想拿唐门大小姐的脾气对我吆三喝四？"秦帅问。

"你是不是觉得我对不起你，觉得我欠你的？"唐雨若流着泪问。

秦帅讽刺一笑："我可没这么想过，我追踪了你又偷看了你，我怎么可能觉得你对不起我。我只是觉得内疚，你唐大小姐这样的千金玉体，竟然被我这么一个无赖看到了，我现在每天都在忏悔呢。"

"行了，你不要再把话说得这么酸了，其实你偷看我的事，我并没有放在心上。如果我真喜欢一个人，真愿意跟他一起，我会有所准备，也不会把那样的事看得多严重。"唐雨若说。

秦帅冷笑一声："是吗？那你的意思是因为你不喜欢我，不想跟我在一起，所以我偷看了你，才会很严重吗？"

唐雨若说："你不要老是曲解我的意思好不好！"

秦帅问："那你是什么意思？"

唐雨若说："有些事要想人莫知，除非己莫为。你以为你在我面前表现得多好多好的样子，我就不知道你背后是怎么样的吗？"

"呵呵。"秦帅冷笑一声，"怎么，这个黑点是越描越黑了，我又在背后对你干了什么吗？"

唐雨若说："你不是说你跟别的女人的关系都清清白白的，只是一心一意地喜欢我吗？我问你，这话是真的还是假的？"

秦帅问："现在说是真的还是假的有什么意义吗？"

唐雨若说："你别管，你只告诉我答案就行了。"

秦帅说："是真的，你就告诉我你想说什么吧？"

唐雨若问："既然是真的，那你为什么会跟另外一个女人亲密地牵着手，她身上还穿着你的T恤。你别否认，这是我跟冰冰在街上亲眼看见的！"

秦帅愣了愣，还真不知道该怎么回答。

唐雨若流着泪说："我说过，我没有真正喜欢过一个人，一旦喜欢了，就希望两个人都能真心对待，不要有欺骗和谎言。可是，你跟我在一起才几天，你就谎称很忙去跟别的女人吃饭，还没有解释清楚，一转眼又跟另外的女人好上，你让我还能怎么相信你？"

"那时候我们好像已经说好做普通朋友了，算不得背叛吧？"秦帅只能这么辩解。

"说好做普通朋友？那天晚上你为什么还要抱我，还要那么一往情深地看着我？而且，我们吵架才多久，一两天而已，如果不是你跟那个女人之前就有关系，跟我吵架之后的一转眼你们就能好成那样？"唐雨若问。

"好吧，我确实不知道该怎样和你解释。"秦帅叹息一声，"你就当我是个人渣吧，所幸我也没有得到你的身体，也没有骗过你的财产，应该也不至于多么罪大恶极。我们好聚好散，你就不要没完没了地对我兴师问罪了，可以吗？"

"难道你就没什么可解释的吗？"唐雨若哭着问。

她之所以把这件事对秦帅说出来，是因为她希望这是一个误会，她想听秦帅解释。只要秦帅能给出一个合理的理由，哪怕牵强的理由，她也就傻傻地相信他了。

然而，秦帅却说：“我没有什么可解释的，我只想说我从来都没有想过要骗你。却最终还是骗了你，这不是我本意，不过是造化弄人。你是唐门大小姐，集优秀于一身，你有在万千男人中去挑选的资格，你会很幸福。我不过出身草莽，路过江湖，刀光剑影，我有我的归处。人生有聚散，忘掉伤害，偶尔想想彼此的好，也许更值得怀念，你说呢？”

“我说？”唐雨若泪流满面，“我从不轻易喜欢一个人，在万千男人当中挑选的一个人，我希望能好好对我，不说怎么宠我，起码不能欺骗和伤害我，这么点小小的要求你都做不到！你知道我心里多难受吗？没遇到你之前，我的生活很平静，我也过得很开心。可自从遇到你之后，一开始我讨厌你，后来慢慢地喜欢你，开始想念你，你却又骗我，我现在总是辗转反侧睡不着，有时半夜突然醒来，一想起来心就会痛，你把我的一切都毁了，现在你却对我连个解释都没有！”

秦帅突然觉得心里像是被什么狠狠地撕扯一般。他是一个从来都很洒脱的人，无论天大的事，也拿得起放得下。就算性命攸关，也心中泰然。然而，看着唐雨若的难过，他心里却是乱得一团糟。他一开始是希望她能幸福的，没想却带给她如此的伤害。可见，唐雨若是真的爱他，对他用情至深。

在他的人生信条里，对那些不友好的、别有用心的人，他可以用最强大的手段去反击和报复。而对他好的人，哪怕让自己吃亏，让自己委屈，也绝不辜负。他怎么能忍心看着她难过。

他伸手打开了副驾驶的门，坐了上去，然后伸出手替她擦拭脸上的泪。

她的心里还是有恨的，对他不解释的态度也极为不满，她挡开了他的手，哭着说：“别碰我！”

“真的别碰你吗？”秦帅说，“只要你再说一句别碰你，我会走得很干脆，以后也绝不会再碰你！”

唐雨若不说了，她不敢说了。也许，她了解秦帅的性格。无论怎样，即便是恨，她也不想失去他的音讯，不想真跟他像仇人一样。虽然他如此负她，她也想不理他，可爱还是浓于恨，爱得刻骨铭心，难舍难分。

见唐雨若不再那么强烈地反抗，秦帅伸手扶在她肩背上，轻轻地把她抱进怀里。她居然没有反抗，顺势就倒在他的怀抱之中，靠着他宽厚的胸膛。

秦帅把她拥抱在怀里，也不知道说什么，只是那双手臂把她抱得很紧。而她突然大声地哭了起来，心里所有的悲伤与痛楚都一起爆发。努力的隐忍和假装的坚强一起被粉碎，就像是一场决堤的洪水。

秦帅轻抚着她的后背，替她舒缓情绪。

“你为什么要骗我？为什么要骗我？你说过会对我好的……”唐雨若抽泣着，心里很痛苦。

秦帅说：“我说过我没有骗你，只是你不信。我对你的好，你也都没有领会。”

“那我看见的是怎么回事？”唐雨若问。

秦帅说：“你看见的只是幻觉。”

唐雨若说：“我要真正的解释，不是这种含糊其词！”

秦帅说：“我不想再解释什么了，因为我也很累、很烦。我还有很多头疼的事情要解决。江湖之中刀光剑影，虽然我是强者，但我也不知道在明天睁开眼之前，还能不能看见明天的太阳。所以，我想，我们不应该再计较和争吵，还是珍惜活着的每一分每一秒吧。因为我们真的不知道下一刻会发生什么可怕的事情。”

唐雨若沉默了，秦帅的话触动了她。是的，在明天睁开眼睛之前，她也不知道她能不能见到明天的太阳。气虚症是压在她心里的一枚定时炸弹，随时都会爆发。时光流逝，她还徘徊在鬼门关口。

“我想珍惜你，可是你告诉我，你要我怎么珍惜一个说着爱我，却把衣服给别的女人穿，牵着别的女人的男人？”唐雨若抬起泪眼婆娑的目光，看着他。

“你的意思就是我不值得珍惜了？”秦帅说，“其实，你珍不珍惜我也都无所谓了，浪迹天涯这么久，多少人来过，多少人又走了，我还不是注定要前行。只是我想告诉你，无论你看到了什么，我心里真正爱着的那个女人是你，我想珍惜的人也是你。只是有时候，有些事情确实有心无力。我们都只是人，不是神。我们不能颠倒世界，我们无法扭转乾坤，有时候，我们会眼睁睁地看着自己最亲近的人留下一个远去的背影，心里像破碎的玻璃。我们咬着牙，我们握紧拳头，但在命运和现实面前，我们都是弱者。我没想到你是唐门的大小姐，如此的尊荣显贵，还愿意跟我好，为我伤心落泪。无论怎么说，我都想谢谢你。若是我做得不好的，希望你忘记；若是觉得我对你好的，可以放在心里。无论如何，你幸福就好了。这是我的真心话。”

“可是，要跟你在一起我才会幸福，没有你，我心里像被撕裂了一样痛苦。”唐雨若说着，眼泪又涌出一串。

秦帅说：“那你就跟我在一起，不要想那么多。”

“那你能答应我不要再对我说谎，不要再跟别的女人有关系了吗？”唐雨若说，“只要你答应，以前发生什么我都忘了，我们从头开始。”

秦帅摇头：“跟你，我能真心对待。然而，跟这世界的很多人，我还有很多戏要演。有些事，由不得我自己。”

“那你告诉我，你是不是特种军人，在唐镇要执行秘密任务，你跟那个女人在一起，只是搭档演戏，你们不是真的喜欢，不是真的在一起？”唐雨若掀开了这张最后的底牌。

自从唐云豪为她分析之后，她一直揣着这张底牌，像谜一样，想弄清楚。

这件事只有两个真相：一种真相就是秦帅脚踏两只船，骗了她；另一种真相就是秦帅是特种军人，在执行任务，和那女人只是在搭档演戏。

她直觉秦帅不是个薄情寡义的人，那么很可能是第二种真相。而且，之前都没见过那个女人，秦帅气她还是找另外一个女人冒充女友，牵手的这个女人好像是突然冒出来的。越想，她觉得越是这样。所以她想弄清楚，想知道真相。

秦帅的心里很纠结，他看着唐雨若的眼睛，那一瞬间，他很想点头说是。这种真相压在心里特别难受，如鲠在喉不吐不快。但这事能坦白吗？就算最低级的特种军人，也绝不可能随随便便泄露自己的身份，甚至出卖自己的搭档，那是违反纪律，也是对自己和战友的不负责！

“你想象力真是丰富，把电视剧里的情节都搬出来了。”秦帅说。

唐雨若问：“怎么，你的意思不是这样吗？那你说喜欢我，不喜欢那个女的，你为什么跟她在一起？”

秦帅没有说话，他实在不知道怎么回答。他抬起目光看着唐雨若，他很想说这件事到此为止，算了吧，她怎么看他都行，他也不想解释，可他知道这样她会难过，而且，毕竟相爱，何必决绝？她其实有权利知道真相。

“要不这样吧，我给个建议，你考虑下。”秦帅说。

唐雨若问：“什么建议？”

秦帅说：“如果你真的爱我，愿意跟我在一起，等我两个月。这两个月里，你不要管我任何事，我想做什么，你也不要计较，就当我们只是普通朋友，或者不相干的人。两个月后，你如果觉得还愿意跟我在一起，我们就在一起。如果不愿意，随便怎么都可以。”

“为什么要等两个月？”唐雨若说，“而且两个月里，还不能管你做任何事，你可以理直气壮地去玩很多女人了？”

秦帅看着她问：“你始终觉得我是一个渣男，很卑鄙无耻，是吗？”

唐雨若看着他，那浓眉大眼之中，有一种光芒。她在抉择，要不要信他，这也许是给彼此的一个机会。因为现在的两个人已经陷入泥潭之中，没法澄清而在一起，也没法那么决绝地一刀两断，让彼此能有个缓冲期是最好的。

“好，我给你两个月时间。”唐雨若终于答应了，“可是这两个月里，我们怎么相处？”

秦帅说：“你想怎么处都可以，可以不跟我联系，可以不用接我电话，也可以跟我做朋友，或者，你要晚上害怕，喊我过去陪你睡觉，只要我有时间，我都会答应。”

“你想得好，我才不会喊你陪我睡觉！”唐雨若说，“在我们没有和好之前，我是不会让你碰我，也不会让你有亲密行为的。你别想跟别的女人玩着，又来占我的便宜！”

秦帅说：“可以啊，你说怎么样都可以。”

唐雨若说：“那好，就给你两个月，今天是七月一号，到九月一号的时候，就决定我们在不在一起。”

秦帅说：“可以，就九月一号吧。”

“我给你说，这两个月你最好表现好点，不然，到时候我不会心软的。”唐雨若说。

其实她心里期望两个人到时候能在一起，但话得说得有面子，所以装作给秦帅机会的样子。

秦帅也没介意这个，只是说：“我可以对你表现好点，那你要不要也对我表现好点呢？”

唐雨若问：“对你表现什么？”

秦帅说：“譬如，现在亲我一口，我肯定会很高兴。”

“别想，说了没好之前不会让你碰我，不会跟你有亲密的行为。”唐雨若说。

秦帅说：“是这样，可是……”

“可是什么？”唐雨若问。

秦帅说：“人家分手还有一个最后的拥抱和亲吻，我们现在的纠结也算是告一段落，你就不能大方点？而且，我在江湖上仇家那么多，和范九龙的半月之约，眨眼将近，我要是一不小心出个什么意外，你连一个最后的吻都没给我，你不会感到遗憾？”

“呸，不能乱说，你会好好的。”唐雨若心里慌了一下。

也许是她自己的命运随时都会浪大船沉，所以她特别担心秦帅会有这种人生的意外。

“想我好好的，那就给我个幸运之吻啊。”秦帅说。

两个人的目光对视着。唐雨若还是有些犹豫，他们都不是情侣关系，凭什么说吻就吻啊！可是，她又想。秦帅等着呢，她不想让他失望。无论他做过多么对不起她的事，她似乎都狠不下心来。在他面前，那个曾经傲娇得让人望而却步的冰冷女神，却也变得乖巧听话。最终，她还是把嘴巴凑了过去。

那一瞬间，秦帅的双臂就用力地抱紧她，她心中一颤，感觉自己像是一场被融化的春雪。如果没有失去，珍惜的感觉不会如此强烈。两个本来相爱的人，却在命运造化前，弄得满是伤痕。而他们以后的命运也是未知。唯有此刻真实的拥有，才是永远值得铭记与怀念的甜蜜与幸福。这一刻的世界，再也没有误会和伤害。

唐雨若的羞涩不再，顾虑不再。她朝思暮想的爱人，此刻正拥抱着她，热吻着她，那是她想要的幸福，她从没有像此刻把秦帅抱得那么紧，甚至表现得很主动和配合。

芳香的少女，温柔的娇躯，两颗炙热之心的碰撞与燃烧，像是一场泛滥的洪水，冲垮两个人心中的堤岸。

秦帅控制不住了，虽然他一开始只是想轻轻地吻吻她。但感觉太强烈，就开始覆水难收了，想要爱得更深入。

秦帅开始把手伸向唐雨若的裙子，唐雨若的身子一颤，她意识到了什么。那是她最后的底线，必须得是她堂堂正正的男朋友，让她无怨无悔了才可以给予。而秦帅，还不到她可以给的时候。

“啊，不要！”唐雨若叫唤了声，她抓住了秦帅的手，把嘴巴也抽离开去，挣扎着离开了秦帅的怀抱。

“你知不知道这种时候戛然而止，对于男人来说，是一件很痛苦的事情。”秦帅说。

唐雨若说：“如果你能澄清自己让我相信，你能保证以后好好对我，你要什么我都可以给你，但你做得到吗？”

“好吧，早点休息吧。”秦帅不想纠缠这些事。

他知道，就算此刻他多么想跟唐雨若有一场天荒地老，她都不会答应，不可能的事情何必浪费时间呢?

他伸手打开了车门。

“去哪，我送你啊。”唐雨若说。

秦帅说：“没事，我想一个人散散步，夜深人静的时候，一个人走在街上，会特别轻松和自由，有一种众人皆醉我独醒的神圣感。”

“那我把车子停着，陪你走一段。”唐雨若说。

秦帅问：“那你做好了我随时控制不住把你推倒在小草坪上的准备

了吗？”

“不想跟你说，一说就没句正经的。”嘴里这么说，可她心里其实就喜欢他不正经的感觉，这种感觉似乎更亲近和自然。

“那好吧，晚安了。”秦帅说着，转身便走。

但走两步，突然想起什么，转过身来，对唐雨若说：“对了，问你一件事。”

唐雨若问：“什么事？”

秦帅问：“还需要在你手机里装追踪器吗？如果有什么事情的话，可以第一时间通过快捷键拨打我的电话，我就会及时赶到救你。”

“可以啊，只要你不怕麻烦。”唐雨若说。

秦帅说：“我再怕麻烦，对你这位唐门的大小姐，还是可以巴结一下的，万一我以后缺钱要找你借呢。”

说着已经回到车上。

唐雨若把电话递给了秦帅。秦帅从身上摸出一枚微型追踪器，装到了唐雨若的手机上。

“针孔摄像头呢？还需要装吗？”秦帅故意问。

“能不能不要提这事，你知道想起来我就有杀了你的冲动吗？”唐雨若瞪着他。

那件事，真是想起来就令她害臊，感到无地自容。就算在自己的老公面前，也不可能那么毫无遮拦地做那些太随意的动作。

秦帅还在逗她：“那样不是很好吗，连一只蚊子想伤害你，我都能帮你杀了它。”

“想得好，你还想看！”唐雨若拒绝。

“什么叫我还想看？”秦帅说，“让你知道里面有摄像头，你不是就可以注意穿衣服了吗？”

唐雨若说：“在自己的卧室里，谁能随时想得起要穿衣服？起身上个厕所，难道也还要那么麻烦穿一次衣服，万一忘记了呢？”

“好吧，你不愿意就算了，万一再出现个花万红，那就别怪我不能及时赶到帮你了。”秦帅说。

唐雨若说："少吓唬我，你看不见里面，我就不能直接拨快捷键喊你吗？再说，你就算装了摄像头，还能时时刻刻都盯着监控画面吗？"

"好吧，你这么有文化，不好骗就算了，先走了。"秦帅说着，下车，替她关好车门，挥了挥手，真的转身走了。

就这样原谅他了吗？唐雨若在问自己。她也想不明白，为什么曾经她心里那么坚硬，对一个男人要求尽善尽美，必须宠她爱她疼她，对她一心一意，不能有半点欺骗和怠慢，否则，她绝不会给一点机会。到头来，遇到秦帅这个混蛋，这么伤害她，她的心却一点都坚硬不起来，哪怕再恨，但更多的还是想念。

两个月的约定，是给彼此的一个机会。其实，也许彼此心里都明白，这个约定，就是一根连着他们的线。而这根线是会把他们牵在一起，还是会断掉，她也不知道。也许，要看这两个月里，秦帅会怎么找回那些让她失去的信任，弥补她心里的伤口了。

她不知道答案。而秦帅，也不知道答案。秦帅之所以说两个月的约定，是他觉得，两个月时间，应该足够解决掉地狱使者的案子，结束和上官白雪的搭档，他可以重新隐藏王牌的身份，卸掉身上的重任，归隐成江湖浪子，然后和唐雨若好好地走下去。可谁也不知道命运会不会按照他计划的轨道去运行。

秦帅回到了出租房，川岛樱子和杨雪莲都早睡了。但在秦帅打算洗个澡的时候，川岛樱子却起来了。川岛樱子是职业杀手，而且是毒蛇杀人榜前三的高手，她的警惕性很强，一点动静都能惊醒她。所以，听见开门关门的动静，她就知道是秦帅回来了。想了一整天没有见到他，突然听到他回来，顿时睡意全无，一翻身就爬了起来。

"秦帅哥哥，你回来了啊。"川岛樱子问。

秦帅说："嗯，回来了，你还没睡吗？"

他抬起目光，看到川岛樱子穿着一件粉色半透明睡衣，雪白的肌肤和饱满的部位若隐若现，秀发披肩，睡眼蒙眬，格外撩人。好一个青春性感美少女，谁知道会是超级冷血杀手呢？

川岛樱子说："睡着了，听见开门，以为是进贼了，所以就起来看看，没想是你。"

秦帅一笑："看来，你警觉性很高啊。"

川岛樱子转移话题："你怎么这么晚才回来啊？都凌晨两点多了。"

秦帅说："和朋友玩呗，一聊天就收不住，哎，先不跟你说了，我洗个澡。天气热，浑身都是汗，黏黏的一点都不舒服。"

川岛樱子说："嗯，好的。"

秦帅进了浴室。

川岛樱子并没有去睡，而是坐到了沙发上。她在等秦帅洗澡出来，和他再说说话，要不然秦帅现在休假，她在上班，两个人一天都没法见面说话。她有种隐隐的感觉，秦帅在外面应该在和美女接触发展，她如果不主动点，也许会错失良机。不过，话又说回来，天下有哪个女人可以和她抢男人呢？先不说她那如花似玉的美貌，就算拼美貌和吸引力不行，她神不知鬼不觉地把那个女的给杀了，看谁还能和她争！以她的手段，就算是这地球上，又有几个漂亮的女人挡得住她的击杀？所以，她倒也不是太担心秦帅落到别的女人手里，但她还是希望能顺顺利利地和秦帅好上，这个其实说起来也不知道哪里好的男人，却总是让她有别样的感觉。

几分钟时间，秦帅就洗完澡出来了。

"怎么还不睡啊？"看着沙发上的川岛樱子，斜睡着的姿势，两条腿翘到了沙发的靠背上，睡裙显然遮挡不住那雪白的玉腿。

在秦帅的角度看过去，真是不忍直视。秦帅忍不住吞了口口水，一个邪念马上就冒了起来。男人毕竟也是一种动物啊！

"醒了一下子就睡不着了。"川岛樱子说。

这倒是，秦帅是知道的。在以前魔鬼式训练的时候，压力太大，经常半夜醒来，一旦醒来，好久都难以睡着。

"可你明天还得上班呢。"秦帅装作像大哥哥一样的关心，不让川岛樱子察觉到他心中的变化。

"没事，反正上班干的都是手上活，很轻松。"川岛樱子说，"秦帅哥哥你要过来坐会儿，陪我聊会儿天吗？"

“聊天？”秦帅的眼珠一转，看向川岛樱子的房间，“可以啊，要不到你房里去聊吧？”

“啊？”川岛樱子表示惊到了，小嘴张得老大，“去，去房里聊啊？”

秦帅说：“你别误会，我的意思是雪莲姐睡了，我们在客厅里聊天会吵到她，到你房间里聊，隔音效果会好些……”

“哦，这样啊，也是，可以啊，到我房里聊吧。”川岛樱子答应。

她心想，秦帅应该不至于对她做过分的事吧，她肯定是不会答应的。怎么说，虽然她喜欢秦帅，但也不会轻易就跟他做那种事。反正秦帅也强来不了，因为她完全反抗得了。

当下，她就起身，带着秦帅进了她的闺房。她并不知道，秦帅的目的并不是想和她聊聊天，之所以说到她房里聊，也不是怕打扰到杨雪莲，或是对她有什么非分之想，而是想借这个机会去嗅一下她房间里的动静，看她房间里都有些什么见不得人的东西。平常时候关着门，加上里面有属于女人的香水味，会很大程度干扰到秦帅的嗅觉，虽然也可以嗅到一些气味大的东西，但还是在房间里面嗅得更清楚。

房间里飘散着一股清淡的香水味，这香水味和少女身体的香味融汇在一起，嗅起来让人特别心旷神怡，有一种陶醉感。

“坐嘛，秦帅哥哥。”川岛樱子往床上一指。

里面其实有一把椅子，放在一张书桌前，但上面凌乱地扔着川岛樱子的衣物。

“秦帅哥哥你答应我的事，还没兑现呢。”川岛樱子挨着秦帅旁边坐下。

少女身体的清香味扑鼻而来，秦帅的嗅觉灵敏，嗅着少女身上的味道，就好比普通人直接把鼻子挨着少女的身体去嗅一样，那感觉，醉人啊。川岛樱子还两只大大的眼睛盯着他，轻抿嘴唇，满脸天真。

“啊，是吗？”秦帅问，“答应你什么事没兑现啊？”

川岛樱子说：“说是帮我治疗怕蛇恐惧症啊，你忘啦？”

“哦，是，是答应过，你不说我还真忘了，那看找个时间我教你就是了。”秦帅说。

“就明天可以吗？”川岛樱子问。

“明天？”秦帅想了下，明天还是有时间的，海天娱乐城的行动必须等到晚上黑蜈蚣去那里，所以，白天会有时间，于是就说，“可以，就明天，中午吧，刚好中午你有时间。”

“好啊，那就明天中午。”川岛樱子很高兴，“一言为定，不准食言哦。”

秦帅笑：“不会，我答应别人的事都能做到，不过有时候事情多容易忘记，你到时候打电话提醒我一下就好了。”

边说着，他已经开始启动嗅觉，在房间里地毯式地嗅着。果然，他嗅到了在川岛樱子的旅行袋里，藏着那种美工刀或是铅笔刀的味道，从味道上判别，起码有数十把之多。除了这种刀子的味道，再没有其他的秘密，就只有川岛樱子的一些衣物了。还有的秘密，应该都在川岛樱子的心里。

能够独立在一边，却又参加袭击猎鹰基地那么重大的行动，加上秦帅见识到的川岛樱子的武功，看起来川岛樱子的地位不会比那个被抓的追风低。追风知道的秘密，她也一定会知道。可惜的是，在追风心里已经动摇了，即将吐露秘密的时候，救兵杀来，他大意了，让追风被面具人救走了。

“哎，你这床睡着应该很舒服的吧。”秦帅开始想法刻意拉近与川岛樱子的距离。

可以说，在江湖里滚打的这几年，比他的杀技更高明的，就是怎么样征服女人。那个狂妄的科学家说，给他一个支点，他就能撬起地球。而他也可以毫不夸张地说，只要给他半点机会，他都能把再难搞的女人搞定。

“床，睡着都差不多吧，我这个也就是主卧，比你们的房间大点而已。”川岛樱子还是很单纯，以为秦帅就是跟她谈床，却不知秦帅是故意在撩她。

秦帅说：“那也不一样，你看你这被单上洒的香水，多香啊，闻着就特别有感觉，我房间里简直只有汗味，要是能睡你这床上，梦都要做得香些。”

“秦帅哥哥你真会开玩笑。”川岛樱子口里这么说，心里终于还是懂了。

秦帅是想睡这里的节奏吗？还不到那一步啊，关系都没确定呢。虽然牵过一下手，但还是假装恋爱，所以，她不能松这个口。

见川岛樱子不上道，秦帅只好脸皮更厚了：“要不，就让我在你这里睡一晚，感受一下怎么样？”

按照计划，他说睡这里梦都要做得好些，川岛樱子应该顺着他的话说，那你就睡这里，看能不能做个美梦出来，然后他就说好啊。结果，川岛樱子一点都不解风情。到底只是少女啊，要是杨雪莲的话，肯定就按照套路来了。

然而，他厚着脸皮，川岛樱子还是拒绝了他："那怎么行啊，你睡这里了，我睡哪，我去睡你那个满是汗味的床啊？"

秦帅说："你也睡这里啊，我们可以一起睡嘛。"

川岛樱子说："那不行，会出事的。"

秦帅说："怎么会呢，我很老实的嘛，你看我们牵手假装男女朋友，也没出什么事啊。哎，牵着你手的感觉真好，我要是真能找到你这么好一个女朋友就好了。"

"你说真的吗？"川岛樱子大大的眼睛看着他。

秦帅说："当然是真的啊，你不会真的愿意做我女朋友吧？"

其实，他是故意装得好喜欢川岛樱子，还有种面对女神追不到的感觉，给川岛樱子的心里制造惊喜。少女在这方面的虚荣心是很强的，一旦她们高兴了，就会很大方。一旦她们对男人大方了，就会死心塌地。只要川岛樱子对他死心塌地了，他想要的目的就达到了。虽然，这样骗一个女人很卑鄙。可这些隐藏在背后的杀人恶魔又能好到哪去呢？他不过是想以其人之道还治其人之身而已。

第二天一大早，秦帅就被电话吵醒了，他拿过电话一看，是上官白雪打来的，便接了。

"在哪个房间？"上官白雪问。

秦帅问："干吗，要过来跟我一起睡吗？"

上官白雪说："睡你个头，不是说今天赶早去江南有事的吗？"

"哦，不去江南了，我有新的计划了。"秦帅说。

"新的计划？"上官白雪问，"什么新的计划？"

秦帅说："现在我瞌睡正好，不要打扰我，睡醒了再找你！"

说罢，直接把电话给挂掉了。

上官白雪在那里气得简直捶胸顿足，她怎么就遇到这种人，如此可恨，总有一天她要好好收拾他！

秦帅又好好地睡了个回笼觉。九点半的样子醒来了，他才想起上官白雪这个搭档来，打电话问她在哪。

“你管我在哪！”上官白雪还有很大的气。

“行，不管你在哪是吧，你自己怎么来的怎么回去吧。”秦帅说完就挂了电话。

上官白雪得承认，她又一次败了。因为她必须得配合秦帅执行任务，她不能就这样回去。她怎么回去呢？跟影子教官说秦帅让她回去，然后影子教官肯定打电话给秦帅，秦帅就会说打电话问她在哪，她不说。最后，还是她的错。

她拨打了秦帅的号码。

闹归闹，不能耽误了正事，秦帅还是接了她的电话。

上官白雪说："我还是在昨天这里。"

秦帅说："行，你等着我，我马上过来。"

二十分钟后，秦帅赶到了上官白雪的房间。

上官白雪打开门看见秦帅的第一眼，那双目光就像锋利的刀子一样，恨不得杀了他的节奏。

秦帅只是淡然一笑："怎么，看不惯我却又奈何不了我的感觉，很难受吗？"

上官白雪咬着牙："你不要嚣张，总有一天我会让你跪着求我的。"

“呵呵，跪着求你？”秦帅说，“你当这世界的女人都死光了啊，非得求你？”

“你找死！”上官白雪顿时气得脸色铁青，挥手就是一巴掌。

本来傲娇的她，一直以来在人前有着天生的优越感，而到了秦帅这里，却是处处吃瘪，秦帅完全不知道尊重她，她真的很生气。

也管不得彼此是不是搭档了。那一巴掌，带着强大的力量，扇出了一阵风来，直往秦帅身上落下。秦帅一招“拨云见日”，出手挡向上官白雪的手臂，同时间挺步上前，脚下一招“斜风细雨不须归”，踢向上官白雪的小腿。此招连贯，上下配合，有令人防不胜防之感。但上官白雪好歹也是中情局的精英，脑子的反应力奇快。在秦帅脚下的偷袭将到之时，将那只被袭击的脚迅速抬起，变招为膝，猛地顶向秦帅的裆部！

这么狠！秦帅赶紧收腹提臀，以一只手掌按向上官白雪的大腿，把她的腿按下去，才能破除顶裆的威胁。两人在房间里你来我往，打得砰砰作响，还真有点棋逢对手的感觉。毕竟，今天的上官白雪是真生气了，像母老虎一般发飙，恨不得把秦帅打趴在地，虐他一万遍，把她浑身的绝学都使出来了。

她的绝学分为两种：一种是暗器雪花针，另一种是碧海柔波掌。这两种功夫都挺厉害，雪花针一出手，那针像是刚出生的小蝌蚪，或是密密麻麻一条直线射出来，或是弯弯曲曲虚实难辨。而碧海柔波掌则属于阴柔功夫，一掌击出，看似轻描淡写，其实掌后之力如潮涌，绵绵不断。

上次在青龙河滩秦帅和上官白雪较量，因为一开始上官白雪的大意，让秦帅扯坏了她的裙子，上官白雪的雪花针和碧海柔波掌都还没使得出来。但这一次，她攻防兼备，杀伐勇猛。秦帅一开始还被上官白雪逼得险象环生，几次惊魂。但后来上官白雪的步步紧逼把秦帅惹火了，使出了暴风腿来。上官白雪的碧海柔波掌专攻上门，而秦帅的暴风腿则专取下盘。就不说秦帅的暴风腿之猛了，单是腿比手长，秦帅也要占优势。

在一番暴风腿的猛攻之下，上官白雪连续接招，累得香汗淋漓。时不时地使出几根雪花针，才能勉强化险为夷。而秦帅看准机会，钻了个空子，在上官白雪的碧海柔波掌之“排山倒海”双击秦帅胸前而来之时，秦帅立马使出龙虎锥，迎击向上官白雪掌心劳宫穴。当然，他控制好力度，他只是想教训上官白雪，并不会重伤她。

“啊！”上官白雪的劳宫穴遭遇秦帅的龙虎锥迎击，那尖利的刺痛感让她忍不住叫唤一声，手臂痛得一缩，力量全消。而秦帅趁机贴身上前，一个撞肩，撞到上官白雪的胸口，直接把上官白雪给撞飞出去，重重地落在了那宽大的床上，连床都砸得轰地一响。

上官白雪翻身想爬起来，秦帅已经一阵风似的逼近，把她的脚一拖，她又倒了下去。然后，秦帅重重地压在她身上制住了她，并且以俯视的姿态与她面面相对，她只要把头抬一下，就能跟秦帅的脸亲上，所以，她不敢动了。

“怎么样，你觉得自己很天才吗？”秦帅问。

“你想怎么样，快点给我让开！”上官白雪又急又怒。

这算什么，她千金贵体，冰清玉洁，被一个臭男人这么压着。

“呵呵，让开可以，求我啊。”秦帅说，“都已经是手下败将受制于人了，难不成还强硬地命令我，我可是男人，吃软不吃硬的。”

“你再不滚开，信不信我让你滚回去种田，或去蹲监狱，让你死很惨！”上官白雪彻底怒了起来。

“这么牛，我要不信呢？”秦帅问，“你爸很厉害，你妈很厉害，可以在背后弄我是吗？你别这么威胁我还好，你要这么威胁我，我今天就让你长长记性！”

说罢，捧着她的脸颊，直接吻了下去。

“啊，你个混蛋……”上官白雪骂着，想把头努力偏开。可是秦帅的手捧着她的脸颊，那种力岂是她能反抗得了。于是，她就气愤地用牙齿咬，这个时候只要能逃脱魔爪，不管什么泼辣的手段都用得上了。但秦帅是老手，她根本咬不到秦帅。直到她突然觉得奇耻大辱而又无助，眼泪流了出来，秦帅才松开她住了手，说："记住，这是一个教训，不要以为自己很了不起，就时常一副盛气凌人的样子！"

“去死，你去死！”上官白雪抓起枕头扔向秦帅。

秦帅把枕头接住，放在一边，淡然一笑："放心，我肯定不会死的，不是有句话说，祸害遗千年嘛，我还得慢慢祸害你呢！哎，别说你脾气虽然烂，但闻起来感觉真好，你那嘴唇很柔软，香香甜甜的，简直令人回味无穷……"

上官白雪抹了一把眼角的泪，然后整理了下裙子，指着秦帅咬牙切齿地说："我跟你说，你死定了，你死定了！"

然后，她直接起身，愤怒地夺门而去。

“怎么，给你很牛的家里打电话吗？”秦帅淡然一笑，“我好怕哦。”

秦帅才不怕，好歹他也是华夏军方第一号王牌，现在正在接手世界第一号悬案，这件案子的成功与否关系到整个华夏的国家声誉，有哪一个人敢为了私怨而拿他怎样！再说了，如果真要让他解甲归田，他还乐意呢，现在局势这么凶险，指不定明天就被干掉了，跟唐雨若也是想爱不能爱，非得要把身份隐藏起来。如果喊他滚，他铁定拍拍屁股，说声“谢谢”，滚得飞快。然后就跟唐雨若说出一切，跟她恩恩爱爱地生一堆胖小子，那才叫人生和幸福啊！

秦帅干脆抽出一根烟来点燃，慢悠悠地吐着烟雾。想起刚才吻上官白雪的感觉，真爽。

上官白雪确实是到外面告状了。只不过，她不是向影子教官告状，而是打给她的老爸，安全部负责人上官飞虎！

“喂，白雪。”传来上官飞虎硬朗的声音。

“爸，我被欺负了，你要帮我报仇。”一接电话，上官白雪那满腹的委屈爆发，当即就哭了起来。

“什么，你被欺负了！”上官飞虎的声音顿时加大，如同炸雷，“谁敢欺负你啊，吃熊心豹子胆了，我弄死他，谁啊！”

上官白雪说：“就是跟我一起执行任务的搭档，死神，这个混蛋！”

“他？”上官飞虎意外了下，“他怎么欺负你了？”

他之所以意外，是因为他是少数几个知道秦帅真正身份的领导，当初影子教官选了上官白雪去搭档的时候，曾跟上官飞虎好好地介绍过。

上官白雪当即添油加醋地说了一番秦帅欺负她的事，一言不合就在房间内跟她动手，把她给亲了，还差点那个了……

“混蛋！简直是无法无天了，一名军人，竟然敢如此的禽兽不如，而且还是对我的女儿，这种败类若不惩治，那还得了。”上官飞虎听后勃然大怒。

“你说的是真的，没有撒谎吧？”上官飞虎毕竟是大领导，还是要尊重事实，又问了一遍。

上官白雪满腹委屈地说：“这种事人家能编造吗？我脑子又没坏！”

“行，你现在先避开他，我会帮你处理好的！”说罢，上官飞虎愤然挂掉了电话。

随即，上官飞虎直接拨打了影子教官的电话。

“首长。”影子教官尊敬地喊了声。

上官飞虎当即命令：“你马上去军部，我要成立军事调查组！”

“去军部，成立军事调查组？”影子教官一愣，“首长，出什么事了吗？”

因为上官飞虎不但是安全部的直接长官，而且兼任军部重职，包括神秘的王牌特种部队也在其管辖之下。所以，听到上官飞虎突然下达一个这样的命令，影子教官很愕然。以她的直觉和判断，立马就意识到和秦帅有关。其一，她是王牌负责人，跟其他特种机构或者兵种并不相关，若是军部有其他人员问题，根本不用她参与，除非跟王牌成员相关的事；其二，上官飞虎女儿现在正和秦帅搭档，所以，上官飞虎突然来了这么一道命令，影子教官再联想到秦帅放荡不羁的性格，心里当时就觉得不妙。

上官飞虎的语气里简直带有一股怒气加杀气。

“你调教出来的好手下，竟然敢欺负到我女儿头上！”上官飞虎怒气冲冲地说。

果然是秦帅和上官白雪的事。这个秦帅，在搞什么鬼，真是作死啊！影子教官在心里骂了声，随即问：“怎么了首长，是死神和美女蛇出什么问题了吗？”

“出什么问题？”上官飞虎说，“出的问题可大了，他死定了，居然仗着自己本事大，敢侵犯我女儿，我要把这种败类送去枪毙，死一百次都不够！”

“什么，死神他侵犯了美女蛇？”影子教官一听，当时心都凉了。

虽然她有着泰山崩于眼前而面不改色的心理素质，经历过太多的重大事件，但没有此刻让她为之动容，因为秦帅是她最心疼的爱将，这种感情，虽然复杂得说不清楚，像母子，像姐弟，像爱人，像师徒，但总之是同呼吸共命运般的情感。如果秦帅真是侵犯了上官飞虎的女儿，那就算她也救不了秦帅。因为她也在上官飞虎之下，是个听命令的角色。而从上官飞虎的怒火来看，这事断不会假，他肯定是接到了美女蛇的哭诉才来兴师问罪的。美女蛇是直接打电话给她老爸，而没有打给她这个临时上级，可见事态之严重。

唉，影子教官在心里重重的一声叹息。秦帅这混蛋，本来就是把美女蛇送去成全他，希望两个人能生出情愫，有个好结果的，他干嘛要控制不住自己乱来？肯定是见到美女蛇太漂亮，或者一个接触的偶然，他失控而对美女蛇做了什么吧？

影子教官还是说："首长放心，如果死神真有什么违法乱纪的行为，我一定会秉公铁断，绝不护短，该怎么样就怎么样。"

言外之意，其实也是在说，如果死神没有违法乱纪，那也不能乱来。

挂断电话之后，影子立马就给秦帅打电话。

秦帅一根烟还没抽完呢，结果看见电话屏幕上弹出"老板"两个字来，立马就知道，肯定是上官白雪告状了。告状就告状，他怕吗？

"喂，老板。"秦帅极恭敬地喊了声。

"你是不是活得不耐烦了？"一开口，影子教官就对他厉声指责。

秦帅问："怎么了，是那个美女蛇说我什么了吗？"

"她说你什么？"影子教官问，"你自己做了什么，还用得着人说吗？"

"我没做什么啊，我只是做了自己该做的而已。"秦帅理直气壮。

"做了自己该做的？"影子教官问，"该做什么，该侵犯她吗？"

"侵犯她？"秦帅问，"怎么，她跟老板说我侵犯她了吗？"

影子教官问："难道没有吗？"

秦帅说："当然没有啊，我干嘛侵犯她，她虽然长得人模人样，但脾气那么差，我又不可能有兴趣，倒贴给我我也不会愿意的好吧，我就觉得她脾气差给她点小小的教训而已。"

"你真没侵犯她？"影子教官问了一遍。

她觉得秦帅虽然一直放荡不羁，但也一直敢做敢当，就算是违反军纪的事，他做了，绝对敢于承认。譬如，有次一名士兵在某消费场所耍横，消费了不给钱，要欠账，说他爸是谁谁谁，部队的长官。秦帅走过去，直接给了他几耳光，让他付了钱，还让他不要影响部队的形象。后来那名士兵的老爸找来，秦帅承认得很干脆，说就是打了他，而且，连打的几耳光都记得清清楚楚。最后，理论一番，那父子俩灰溜溜地回去了。所以，影子教官心里又升起了一线希望，她觉得有可能是美女蛇小题大做了呢。跟秦帅发生一点不愉快，又奈何不了秦帅，然后就到上官飞虎那哭鼻子了，这也是有可能的。

“那是怎么回事，你仔细跟我说说。”影子教官吩咐。

秦帅当即就把第一天上官白雪开了一间房让他睡沙发，以及总是拿话警告他，让他不爽，然后两个人一言不合就打起来，不过她自己倒在了床上，他就过去控制住她，警告她以后低调点的这些恩怨细节都说了。

“真的只是这样，不是你想侵犯她？”影子教官问。

秦帅说：“老板你觉得我要是连这点纪律意识和控制力都没有的话，那一路走过来，这天下那么多美女，得有多少都遭我的毒手啊？再说，就算她长得漂亮，我想干什么，我也不至于那么笨，这样公然地侵犯她吧，那不是说得我一点智商都没有了？何况我确确实实对她就没有兴趣。”

影子教官说：“行了，上面已经准备成立军事调查组，对你进行立案调查，就算只是你说的这样，一言不合跟她动手，也是违反军纪，麻烦不小。现在你听我的，好好跟她谈谈，争取先从你们那里把矛盾消除，这样事情就会好办多了。”

“什么，让我跟她好好谈？”秦帅说，“这种人，我跟她有什么好谈的，老板你赶紧想法把她调回去吧，她在这里帮不了我，只会干扰我。”

“胡说！”影子教官一声斥责，“人家也是中情局里的精英，收集过许多重要的情报，包括飞龙组织的信息，世界情报机构的信息收集了十多年，都没什么线索，她才接手不到一个星期就已经找出线索，有你说的那么不堪吗？”

这个，好像也对。秦帅想起上官白雪提供的关于飞龙组织的一些线索，这些都将成为解开地狱使者谜团的有用信息，确实不能说她一无用处。

“我现在马上要到军部那边去，我会为你争取，你自己这边，记住，一定要让她的火气消下去，不能让她再紧咬不放，明白吗？”影子教官再次叮嘱。

秦帅说：“老板不要太为我担心，我对祸福看得很淡，做人但求问心无愧，若是上面一定要问责，我解甲归田又如何？总之，要让我对一个没有教养的小丫头去低头，这辈子我都不可能做到！”

“你……”影子教官问，“你是想气死我吗？地狱使者一案，举世关注，如今都指望在你身上，你跟我谈解甲归田？十年时间，我是陪你玩耍的吗？国家花那么多心血，对你们寄予那么多期望，是说能撒手就撒手不管的吗！？”

“如果国家还知道人才的重要性，就该知道怎么妥当处理，不要因为一个领导的话而干扰了正义，这叫以权谋私！我是国家真正的军人，我在最危险的第一线生死攸关，岂能因为她爸妈是谁，而由着她的性子向她道歉。士可杀，不可辱，我才不吃这一套！”秦帅也义正词严。

“你！”影子教官问，“能屈能伸大丈夫，没教过你吗？你不懂吗？”

秦帅说：“能屈能伸我知道，但我更知道什么时候该屈，什么时候该伸。对什么人可屈，对什么人可伸。就她那点破脾气，仗着爸妈有来头，不得了的样子，才是作为一名国家精英该反省的！”

“四年没见，看来你变了不少，也许是你的本事够大，没在江湖上吃过什么亏。所以，什么你都能以自我为中心了，是吗？”影子教官问，“你还知道自己是谁，知道我是谁吗？你还知道军人以服从命令为天职吗？”

秦帅说：“别说四年，就是四十年，我也是我，永不会变，老板你在我心里，是最值得尊重和感激的，亦师亦友的领导。”

“那你就听我的，按照我说的做！”影子教官说，“你起码应该相信一点，我永远不可能害你，我只希望你好！”

秦帅并没有说话，虽然影子教官把话说到这分上，但让他跟上官白雪低头，甚至可能道歉，他真的做不到。

“好了，你赶紧去解决吧，首长来电话了，没时间跟你说了！”

影子教官说着，挂断了电话。

03 血战海天

上官白雪回到房间看着秦帅，一副你要完蛋的样子。

秦帅把烟头掐灭，然后走向上官白雪，眼睛一直盯着她。

上官白雪见秦帅的眼睛里冒出一股莫名的威严，有些咄咄逼人的架势，吓得她后退了一步，保持戒备地问："你想干什么？"

秦帅在离她一步的地方停住，说："刚才的事只是我们个人的事，我不希望个人的事影响到大局。只要不影响到案子，你想怎么玩，我都奉陪到底，但你不要觉得自己家里有背景，就拿权势出来压人，听得懂我说的话吗？"

"怎么，你害怕了吗？我告诉你，你这种人就是不知天高地厚，以为自己从上边下来的有点本事，就像土皇帝一样胆大妄为，你也不去打听打听，从小到大，谁敢欺负我，欺负过我的人都是啥下场，你以为你是谁啊！"上官白雪又盛气凌人起来。

"我害怕了？"秦帅冷笑一声，"我告诉你，到目前为止还没有让我害怕的，刚才我老大打电话给我了，说是你家很牛，准备启动军事调查组，大概我得吃不了兜着走，所以让我给你道歉，让大事化小小事化了，但我没打算怕你，你想怎么样，我奉陪到底。但有一点我得先说好，若是调查组出面，你最好给我实事求是，不要污蔑我侵犯你什么！"

"什么实事求是，你不是侵犯了我吗？"上官白雪问。

秦帅反问："那叫侵犯吗？"

上官白雪说："那不叫侵犯吗？你都压到我身上来强行亲我了！"

“强行亲？”秦帅冷笑一声，“你以为我想亲你啊？你太高看自己了。我见过的漂亮女人太多了，你真不算什么。”

“我才不管那么多，你亲了我就是侵犯我！”上官白雪说，“别以为你是人才就了不起，这世界上的人才多了去了，多你一个不多，少你一个不少，你要是敢乱来，我随时都能叫你滚蛋！”

秦帅问：“你知道你现在在干什么吗？我告诉你，我若离开，地狱使者再出来兴风作浪，会有很多人因此而被你害死，你懂吗？”

“要脸吗？”上官白雪说，“说得好像地狱使者怕你一样，没有你这地球就不会转了？！”

秦帅说：“我不想跟你争论，我就想问你一句，你到底了不了解地狱使者的案子？”

上官白雪说：“当然了解，不了解我来干吗？”

秦帅说：“了解就行，那你告诉我，地狱使者的案子是个什么情况？”

上官白雪说：“很简单啊，地狱使者挑衅多国特种部队，袭击了多国的特种兵，击杀之后迅速逃脱，然后潜入我们国家袭击了猎鹰特种兵，接着，我们派了上级的精英特工人员下来，结果也死伤惨重。最后，就让我们搭档抓捕他，怎么了？”

秦帅说：“你也知道他挑衅多国特种部队，我们派了精英特工人员也是死伤惨重，这种情况下让我出手，你还觉得我是个一般人代替得了的吗？地狱使者一案正要出来点眉目，你竟然想动用权势栽赃陷害我！不管你信不信，我都告诉你，我要不管这个案子了，唐镇这里很快就能血流成河！”

上官白雪不说话了，似乎她这个时候才意识到地狱使者一案的严重性，以及秦帅的重要性。

秦帅说：“我知道，你不过是一只初出茅庐的雏鸟，虽然出身中情局，但入职不久，并不知道多少重大秘密。所以，你最好打电话问一下你家里那位权势通天的人物，在这个国家，还有几个可以取代我来接手这个案子的人！”

上官白雪愣了半晌，还是决定打个电话问问。因为她仔细思考了一下，秦帅确实有点不寻常。猎鹰特种部队被地狱使者袭击，而猎鹰特种部队已经是华夏排名第三的精英特种部队，所以上级派了更精英的成员下来，这一批的排名起码是高于猎鹰，应该是排名一二的战神或者天狮，结果这一批又死伤惨重，最后才是秦帅出马，让她协助。这么说来，秦帅确实是精英中的精英，是在危机关头出来挑大梁的。而她并不知道秦帅出于何处，如果是出自天狮或者战神特种部队，应该都有卷宗记录，但是上面都没有秦帅的信息，所以他应该属于秘密特种部队。因为战神、天狮和猎鹰是公开的三大特种部队。而实际上，每个国家除了公开的特种部队以外，都还有对外绝对保密的特种部队。

她好歹也是中情局的最强大脑，只要冷静地分析一下，马上就知道了秦帅确实不寻常。无论怎么说，她和秦帅虽然有矛盾冲突，但不能影响大局。比起恨秦帅，她更希望抓到地狱使者，替华夏扬威。

此时的军部办公室会议上，A 首长上官飞虎正和几大要员以及影子教官在探讨对秦帅的调查处理办法。按照上官飞虎的意思是立马将死神秦帅停职，拘禁起来，然后着手调查，再做论断。另外几大要员也对秦帅的所作所为深感愤慨，而影子教官则替秦帅辩解，说真相并非像美女蛇说的那样，两个人只是在性格上有些冲突，所以发生了一点摩擦而已。

“你的意思是我女儿会冤枉他吗？”上官飞虎对着影子教官剑眉倒竖，颇带指责，“你觉得一个女孩会无缘无故地拿这样的事情来冤枉别人吗？”

另外几大要员也说，怎么说美女蛇都不可能拿这事来冤枉死神，肯定是死神有侵犯行为。

影子教官说：“我给死神打过电话，问了下当时的情况，他说确实没有。”

“难道他说没有就没有，他不知道否认吗？他说的可以相信，难道我女儿的话就不能相信吗？”上官飞虎质问。

“这个……”影子教官说，“还是看事实证据吧，侵犯这种行为对军人来说是相当严重的，尤其是在执行任务期间，我们更不能妄下断言，得有证据才行。”

“影子教官你这是在护短吗？”上官飞虎质问。

影子教官说：“首长言重了，自我领导王牌以来，一直强调军纪第一，任何人都不能凌驾于军纪之上，我也处处以身作则。王牌是不可否认的华夏最优秀的特种部队，在座都是王牌的上级领导，应该从内心里爱护这样一支优秀的特种部队，也爱护这支优秀特种部队里的每一个成员，他们都是国家利益的捍卫者，当很多人都醉生梦死之时，他们却在为了国家利益和社会安定出生入死。”

“军人的伟大与不易，我们都清楚，用不着你来教我们。”上官飞虎说，“无论侵犯的事实与否，你也说了，他们有打斗冲突的事实，这没错吧？”

影子教官说：“是，没错。”

上官飞虎说：“那你告诉我，现役军人，尤其是在执行任务的时候，与战友冲突打斗，该如何处置？”

“但现在情况特殊，不……”

“你别跟我讲现在的情况，我就问你按军规如何处置。”上官飞虎逼问。

影子教官只好说：“若按军规，立马停止一切行为，召回部队，禁闭起来，待事件调查清楚，以情节轻重论处。”

上官飞虎说：“那就这么办吧，先把他们两个都召回来禁闭上，再慢慢调查案件真相吧！若是情节轻，部队还容得下他。若是情节重，该令其退役的，或者需要刑事问罪的，那是后话！”

“可是首长，现在地狱使者之案非常关键，死神已经花了许多功夫调查出眉目，这个时候把他调回来禁闭，实在是不明智的选择。”影子教官说，“毕竟，这件事关系我们国家的荣誉！”

“胡扯，难道就非他不可吗？”上官飞虎说，“几十张王牌，难道都只能做摆设吗？就算后面的王牌实力略逊一些，但天王牌和地王牌这两张王牌的战斗力不是跟死神相差无几吗？我不信派两张王牌出去，还抵不上他一张王牌！”

影子教官还是力挺秦帅：“我自己的人我清楚，死神能名列至尊王牌，并非是他的武力值高于其他王牌，而是他的头脑、战术、毅力、天赋以及心理素质等综合起来，无人能及。事实证明，在地狱使者一案上，他有功劳。此前无论是猎鹰特种部队，还是方块组王牌出马，地狱使者来者不拒，大开杀戒。但自从死神出马之后，虽然还未曾将其缉拿归案，但至少没再听说地狱使者公然挑衅的事发生。将功折罪，也不至于此时召他回来禁闭！如果首长执意如此的话，我只能说领导干涉过多，我将卸任王牌教官，不再过问任何军方事务！”

“你……”上官飞虎指着影子教官，“你是在威胁我！”

这个时候，他的电话响了起来。他看了眼号码，是上官白雪打来的，当即走到了会议室外面去接电话。

“怎么了宝贝？”上官飞虎问。

上官白雪问：“爸，我想问一下，这个死神秦帅是不是绝密特种部队成员？他已经是对付地狱使者的最佳人选吗？”

上官飞虎问：“你问这个干什么？”

上官白雪说：“如果真是这样的话，我不想因为个人的事影响到大局。”

“那你就白被他欺辱了吗？”上官飞虎问。

上官白雪说：“当然不能，我恨死他了，但我更讨厌那个地狱使者，那么猖狂，让世界军人都颜面无存，我希望他能在我们国家被伏诛。如果这个秦帅真是对付地狱使者的最佳人选，那就暂缓追究他，以后再跟他算账。”

上官飞虎的眼睛一亮，当即答应：“行，可以先让他破掉案子再说，以后再跟他算账。你再说说他对你的具体侵犯是个什么情况？”

上官白雪说：“就是，就是压着，亲，亲了我。”

“有做其他的吗？”上官飞虎问。

上官白雪说：“没有，我挣扎不过就哭了，然后他就放开了。”

“这蠢货，看我怎么收拾他！”上官飞虎不能想象自己女儿被秦帅按住强吻，并哭了的画面，他自己都心疼得舍不得碰她一下，这混蛋竟然敢这样欺负她！

“好了，爸，那就先这样吧。”上官白雪说着准备挂电话。

“喂，等等。”上官飞虎喊，“你就不用待在那里了，我找个人替换你回来吧。”

“不，我不回去，我任务都还没完成呢。”上官白雪说。

“还完成任务？”上官飞虎说，“你都被那混蛋欺负成这样了，难道你还敢跟他一起？指不定后面他会怎么欺负你呢！”

上官白雪说：“但这是我第一次出来执行任务，我必须凯旋而归，不能半途而废，我会小心的。”

“你一个女孩子，立那么多功干什么，找个好男人嫁了才是正事。”上官飞虎说，“而且中情局也相当于战场，有时候情报的战场比一线搏杀更重要得多！”

“不，我非得抓了这地狱使者，就这样了爸，我先不跟你说了。”上官白雪没等老爸说话就挂掉了电话。

一开始她来的时候，老爸就反对，现在老爸逮着个借口，非得把她说回去不可。但她来的时候已经发誓了，此番前来，必须抓住地狱使者。若现在半途而废的话，她自己都看不起自己。

上官飞虎只好回了会议室。然后看着影子教官说：“刚才你的话我也三思了，说得也有道理。我有个折中的办法，大家考虑下怎么样？”

影子教官问：“首长有什么折中的办法？”

上官飞虎说：“鉴于死神在任务中的重要性，现在突然抽调他回来禁闭，确实不妥，对大局会有一定的影响。但他犯了事，决不可无视，现在将他所犯的事如实调查清楚，记录在案，等地狱使者的案子结束后，再追究其责任，你觉得呢？”

影子教官点头：“嗯，这可以，那要派人过去调查吗？”

上官飞虎说：“我们可以先在这里对质一下，如果双方口实能对上，则不用去人。如果不能对实，则派专案调查组过去进行调查。现在你把死神和我女儿的电话都接进来，开扩音器，让他们当面对质。

影子教官答应，当即打电话给秦帅说了上官飞虎的意思。如果他说的能和美女蛇对上，则这边立案就行，地狱使者之案后解决。若是两方证词对不上，则由军部成立专案组前往调查。随后，上官飞虎也拨打了上官白雪的电话，说了大概意思，让她实话实说。

两个人的电话都接通后开了扩音器，随后专门有记录员对两个人的事件陈述进行记录。首先，由上官白雪陈述，秦帅听着，然后由秦帅陈述。

俩人说得大致都差不多，事情由口角争端而起，秦帅语言里有些冒犯，上官白雪先动手，然后俩人打起来，秦帅将上官白雪控制在床上，强吻了她。上官白雪哭后，秦帅松了手。两个人对事实都没有异议。上官飞虎让记录员将其另案保存，到时候再问罪。

“听见了吧，这就是你调教出来的人，如此狂妄，如此的无法无天！”上官飞虎看着影子教官，颇有怒气地说道。

影子教官辩解说：“人非圣贤，孰能无过。人都是有缺点的，死神的个性确实容易冲动，但首长的千金脾气似乎也不大好啊，毕竟是一个巴掌拍不响的事情，是不是？”

“你还在护着他！”上官飞虎很气愤，“你知道就凭他的行为，到时候他会面临什么样的后果吗？”

影子教官不温不火：“即便有后果，那也是他人生中的劫数，做了就该承担。但我希望首长能客观地处理这件事，不要带着个人的情绪，虽然我也能理解身为一名父亲知道女儿被欺负的感受。但家和国都该兼顾，身为上级领导，不要轻易毁掉一个国家的栋梁之材，言尽于此，告辞了首长。”

离开之后，影子教官立即打了个电话，打通之后只说了一句话：“帮我订一张到蜀中的机票！”

酒店的房间里，上官白雪和秦帅对视着。两个人的目光里都有各种的不友好，或者说是敌视。

“要不，你还是回去吧，我实在不想跟你搭档，很影响我心情。”秦帅说。

“凭什么，你谁啊，你喊我回去我就回去吗？我偏不回去！”上官白雪针锋相对。

秦帅正想说什么，电话又响了。他一看，又是影子教官打来的，当即看了上官白雪一眼，到卫生间里接了电话。

“老板。”秦帅喊了声。

影子教官说：“事情还没有过去，我希望你不要再给我惹这些不必要的麻烦了，听见了吗？”

“听见了。”秦帅说，“但是，老板你能把这个有公主脾气的拖油瓶给我调回去吗？”

“够了！”影子教官厉声斥责，“你以为你什么都是对的！你就不能别老盯着别人的缺点看，想想人家的好吗？”

“她的好？”秦帅说，“除了刁蛮任性、自以为是，我真没看出她有什么好来，会点武功，也派不上什么大用场。至于她的情报才华，在中情局里一样可以施展得开，没必要赖在我身边。”

“我只问你一句。”影子教官说，“她本是千金之体，她可以在中情局里逍遥自在，也可以在家里当她的公主，她不缺吃穿，不用为生计发愁，但她却来了第一线，面对那个令人谈之色变的杀人狂魔，她有错吗？”

秦帅一下子就被问住了。这么看来，上官白雪也不是没有闪光点，因为这个世界上的很多豪门二代都在忙于挥霍父母堆积如山的财富，面对地狱使者这种要命的事情，多少人贪生怕死避之不及。然而，上官白雪来了。

影子教官又说：“每个人都有缺点，你也不是完人，难道你就只能看见别人身上的不好吗？你觉得我会给你安排一个多么不好的人来拖累你吗？你要知道，当我决定让美女蛇来的时候，她老爸是反对的，不希望她来冒那样的险，但她坚决要来。作为一个娇生惯养的天才，她没有经历过你那么多的磨炼，有些小性子是在所难免的。身为搭档，你应该包容她，帮助她。我没有教过你吗？还是你出道之后，把我教的都抛到脑后了？”

“好吧老板，以后我让着她点。”秦帅突然也意识到自己确实过分了些。真的不是每一个人都能像他一样历经世事磨炼，上官白雪毕竟还是只雏鸟。

跟影子教官通完电话出来，秦帅心里的怒气消了许多。他看了上官白雪一眼，问：“现在我们可以谈案子了吗？”虽然心里谅解了许多，但语气还是有些生硬。

上官白雪说：“谈啊。”

秦帅说：“行，你不是说中情局那边有监听张天虎的电话吗，把他们这几天监听到的电话内容传过来，我先看看有没有什么有用的信息。”

上官白雪当即打了电话给中情局那边，让他们把张天虎这几天的通话记录传过来。

秦帅仔细翻阅了张天虎的通话记录，果然在里面发现了有用的信息。前面几天的通话记录无非就是和一些江湖巨头约着吃饭喝茶之类的聊天。真正的重点信息在昨天，有两个通话比较重要，说的是正事。

第一个通话是和蜀中这边，主要问杀手落到了秦帅的手里，怎么办。秦帅一看那个号码，就知道是黑蜈蚣，他果然请示了张天虎。而张天虎给出的回答则是不用怕，他认为秦帅可能也是有罪之人，不敢把夜煞交给警察，即便真给警察，海天也可做好拼死一战的准备，完事之后可以去东缅地区，也可以退居海外。这跟当时秦帅的判断基本吻合。然后，张天虎吩咐海天娱乐城随时备战，另派两名黑钻杀手出马，必须干掉秦帅。

第二个电话则是张天虎在向另外一个人汇报刺杀秦帅失手，派了两名黑钻杀手一事。张天虎汇报的对象疑似是飞龙组织的老大韩飞龙。韩飞龙说到一个关键的信息，那就是他已经跟天眼社联系过。天眼社已经派人前往唐镇，并且启用了蜀中地方情报网络，对秦帅的身份进行了调查。

天眼社也卷进来了！秦帅知道天眼社，其堪称全球第一大私人情报组织，极为神秘，也极为厉害。他们的情报成员可谓是无孔不入，有些是在著名的商业集团里卧底，有些是在官方部门岗位上潜伏着，有些是别人情报组织的细作，有些则可能只是一个街上的小贩，一个 KTV 的服务员，一个扫大街的环卫工。总之，他们的情报来源异常强大。除了向商业巨头、江湖枭雄以及明星大腕等出售情报以外，就连官方也常找他们购买关于商业以及军事方面的秘密情报。据说天眼社的情报网络已经遍布全球，七大洲四大洋的每一个角落、每一寸土地都有天眼社的情报成员存在。然而，却从没有一个人知道天眼社的大老板是谁，不知其国籍、性别、年龄、相貌，那人一直是江湖人心中的谜。如果说江南蝶门是国内众所周知的第一私人情报组织，那么天眼社就是全球的第一私人情报组织。

天眼社既然出手，秦帅就不得不小心了。由此，他也得出了一个很肯定的结论，那就是韩飞龙派人刺杀他，背后必有隐情。因为从张天虎和韩飞龙的通话可见，飞龙组织确实是接了追杀他的单，因为这个单，飞龙已经赔钱了。所以，韩飞龙才找天眼社的人出来调查。按照江湖规矩，为了雇主的安全着想，杀手组织只有权利收钱，有义务帮雇主杀人，但没有权利知道其他更具体的信息。而现在，韩飞龙犯忌，找天眼社调查，看来也是怀疑到了雇主的动机。

那么，这个神秘的雇主到底是谁？竟敢利用飞龙来对付他？而对方又为什么要对付他呢？因为知道他是军方的人，来插手地狱使者的案子？不对，完全不对。因为地狱使者一开始就猖狂地挑衅世界军方，闹出大动静，举世关注，这行为决不是偶然，肯定是有目的。而且，对于军方出马的人，地狱使者一直不客气，来者必诛，而当他来了，地狱使者却销声匿迹，不对他出手了，这是什么情况呢？地狱使者躲起来了？难道知道打不过他？不可能，他又没把天赋和强大的武力值写在脸上，地狱使者怎么会知道谁比较厉害？以地狱使者的猖狂，应该是遇到越强的人，他越会试一试的，一定不可能是因为怕他而躲起来。

实际上，地狱使者是真的销声匿迹了，取而代之的是飞龙杀手出来对他出手。一些跳梁小丑轮番登场，而真正的主角却没了影子。这个神秘势力到底在玩什么把戏，大闹军方，还把飞龙这全球第一杀手组织也卷入了进来，然后还在针对唐门而密谋。

“怎么，发现什么了吗？”上官白雪见秦帅一直没说话，终于忍不住问了。

秦帅问：“你看出什么来了吗？”

上官白雪说：“看出来了啊，飞龙派了人刺杀你，然后失手了，韩飞龙找了天眼社的人到唐镇来调查你的底细，还有，好像说海天娱乐城是飞龙的一处据点，没错吧？”

秦帅说：“你既然能看得出来，还问我干什么？”

上官白雪说：“这不是要看你有什么意见，有什么打算吗？”

秦帅说：“今天晚上扫荡海天，端了他的窝！”

上官白雪问：“这么急吗？”

秦帅看着她：“你觉得咱们现在有时间慢慢来吗？还有，张天虎不是和韩飞龙通话了吗？怎么没见通话记录上有韩飞龙的号码呢？我要他的号码！”

本来，他准备去江南找张天虎，想通过张天虎联系上韩飞龙，和韩飞龙谈一谈追杀他的事，看他是不是被人利用。如果能直接找出韩飞龙的号码，那当然是再好不过的事情。

但上官白雪却摇头："没有韩飞龙的号码，他用技术手段屏蔽了他的号码以及号码归属地，或者，他是借用的一种海外服务器，将来电进行转接，把所有地址信息都隐藏了。"

"这么狡猾！"秦帅骂了声。

上官白雪说："韩飞龙是世界级的特种军人，曾经在亚马逊的世界联合特种基地当教官，他很熟悉追踪和反追踪的谍战这一套，所以他的安全工作做得很严密，我花了一个多星期的时间找他的信息都无果而终。"

秦帅说："你才花一个多星期的时间而已，国际刑警以及世界各国情报组织已经花了将近二十年的时间都没有找出他的位置。而且，世界上很多国家的顶尖特种兵高手都是他的学生，你以为是闹着玩的啊！"

"这我知道。"上官白雪说，"所以，我觉得你这个时候摧毁海天，跟飞龙叫板，有些不合适。毕竟我们现在的主要对手是地狱使者，虽然我们不用怕飞龙，但如果被他们缠上的话，会很难分心对付地狱使者的。"

秦帅说："你忘记我说的了吗？飞龙组织对我的出手跟地狱使者的案子是一体的，找出飞龙追杀我的真相，揪出那只幕后黑手，就可能找出地狱使者和他身后的神秘势力。而不摧毁海天，不足以让韩飞龙警惕，他就不会老老实实地听我讲话。"

"好吧，你说怎么样就怎么样吧。"上官白雪问，"要现在开始计划吗？"

秦帅说："不用了，我已经计划好了，八点半之后就行动，你要参与的话，我就安排个角色给你，不参与就躺在家里睡觉好了。不过，你最好还是在家里睡觉，不要参加行动了。"

"我为什么要在家里睡觉，不参加行动，你是歧视我吗？"上官白雪很不满。

秦帅说："因为我惹不起你，所以想躲着你，可以吗？只是碰了下你的嘴巴，你家里人就要毁天灭地的，这要是你在战场上受了伤，那还了得，所以你就在家里睡觉吧，我对此真没意见。"

“我不跟你争论了，说任务的事，你要没安排我，我就给影子老大打电话。”上官白雪也很倔。

“好了，晚上跟我一起去吧。”秦帅不想再为难她，他想起了影子老大的话，其实上官白雪身上还是有闪光点的。毕竟他是个男人，应该大度点，不要太斤斤计较了。

“就我们两个人去吗？”上官白雪问。

秦帅说：“当然不是，唐镇军警全部出动。好了，我还得仔细想一想，你先不要老问我，想好之后我会告诉你怎么做的。”

上官白雪不作声了。从心里讲，她对秦帅有一种忌惮，觉得他要是爆发起来，肯定很可怕，就算她有后台，也不敢随便招惹他。

她一个人坐到了床上，想起之前秦帅侵犯她的那一幕，委屈又像潮水一样涨起来。这个混蛋，把她的初吻都夺走了！凭什么！她都还没有谈过恋爱。她想，就算她喜欢上一个男人，那也得她同意才行。可现在，她居然被一个她不喜欢的男人强行夺走了初吻！她咬着牙想，等地狱使者的案子结束后，她一定会让他付出代价的！

秦帅想了一会儿之后，打了个电话给戴安全，让他命令唐镇派出所警员全天待命，随时出警，包括蜀中那边的警员，起码要调一百名特警过来。大约在晚上八点过来，全线封锁唐镇。而在这之前，不能有半点声张，不准对任何手下警员泄露。唐镇往蜀中，七点钟开始交通管制，直到第二天早上七点，进蜀中的所有人员和车辆，必须严格盘查，可疑人员一律抓捕。唐镇出乡下的所有乡间公路，在晚上七点钟之时，必须出动警力，全副武装地封锁。如果人员不够用，找蜀中武警部队借人，就不用他亲自打电话了。

打完电话，秦帅开始闭目养神，后面俩人也一直没怎么说话。

秦帅待了一会儿，跟上官白雪扔下一句：“手机保持畅通，行动之前，大约在八点的时候，我会联系你。”然后就出门去了。

其实，秦帅也不知道去哪里，甚至不知道干什么。今天只有一件事，就是摧毁海天娱乐城这飞龙组织旗下的西虎堂，给这些年极为嚣张跋扈的飞龙组织一个打击，也给敢于挑衅他的黑蜈蚣和张天虎一个教训。当然，更重要的是从这里打开飞龙的缺口，获得和韩飞龙谈判的筹码。

秦帅抽了一根烟，在街上转了一圈。还是有种不知去哪儿的茫然，回上官白雪的酒店房间？还是川岛樱子的出租房？他都不想去。去哪儿呢？

突然，他的电话响了。拿出电话一看，居然是唐云豪打来的。秦帅接了电话，喊了声："大少。"

虽然彼此翻脸过，但他并没有往心里去，首先，那只是一场解释不清的误会，唐云豪心疼妹妹，理所当然。其次，他也并不是一个会随便记仇的人，何况他跟唐雨若的关系也已破冰。

唐云豪问："秦兄现在有空吗？"

秦帅问："大少有什么事吗？"

唐云豪说："我想约秦兄找个地方坐坐，喝喝茶，随便聊聊。"

秦帅说："行，大少定地方吧。"

唐云豪说："听雨楼怎么样，我觉得那里还算安静。"

秦帅说："行，就听雨楼吧。"

挂断电话，秦帅当即拦了辆出租车，说到听雨楼。

听雨楼前，几株老榆树飘了些干枯的叶子，落在门前。当空的烈日透过细细密密的树叶，洒落在地上斑斑点点的金色，与那晚秦帅来时全然不同。但秦帅的脑子里总是能浮现出方块八王牌战士满身伤痕、惨不忍睹地倒在血泊中的场景。热血在心里沸腾，钢牙咬出了声音来。无论如何，他必须得把这个巨大的谜团破解开，把地狱使者这恶魔擒到手！

也许是受人命案的影响，听雨楼的生意还是那么惨淡，里面几乎没什么人。服务员在无聊地玩着手机，见到秦帅来，一个服务员激动得手机都差点掉了，赶紧以立正稍息挺胸抬头的姿势喊："老板好，欢迎光临听雨楼。"

秦帅还是到了楼上一处靠窗的地方。透过窗子，秦帅又想起了那次唐雨若惊艳的路过，至今仍令他心头悸动，有种众里寻她千百度，蓦然回首，那人就在眼前的感觉。命运到底会怎么安排彼此呢？譬如，今夜的海天扫荡之战，结果又会如何？夜煞说有十多名钻石级的杀手，而他和上官白雪必须得在第一线应战，其凶险程度难以预料。

唐云豪来了，他还是那么风度翩翩。他直接走到秦帅的桌子对面，打了声招呼后，唐云豪却不知该怎么说，似乎因为那件事多少还是觉得有些尴尬。

“大少有什么事，直说无妨。”秦帅先开口。

“其实，我想跟你说声对不起。”唐云豪说。

“对不起？”秦帅一愣，“大少这话言重了吧，您哪有什么对不起我的啊？”

唐云豪说：“其实，说起来我还应该感谢你，是你保护了雨若，但我却……一时冲动，和你动手，伤害兄弟情谊。”

秦帅一笑：“这事也不是大少的错啊。确实是我自以为是，我也确实因为喜欢雨若，担心她的安危，所以就用了我自己的方式。她一时接受不了，也可以理解，大少生气，也是情理之中。如果是我妹妹发生这样的事，我也会气愤的。”

“秦兄能这么想，足以证明秦兄胸襟开阔啊。”唐云豪说。

秦帅一笑：“大少出身唐门，尊荣显贵，却能放下架子来跟我说声对不起，这份胸襟又岂是常人能及呢！”

“唉！”唐云豪感慨一声，“本来我是想跟你说声对不起的，结果却变成互相吹捧了。”

秦帅说：“小人多算计，英雄惺惺相惜嘛。”

“那倒是，既然秦兄胸襟如此坦荡，那这事咱们就一页翻过，不要搁在心里了，今后还是好兄弟，如何？”唐云豪说着，向秦帅伸出一只手。

秦帅也伸出手，与唐云豪紧紧地握住，说：“能认识大少是我的荣幸。”

唐云豪说：“客气话不说了，既然咱们还是好兄弟，那咱们说点正事吧。”

秦帅问：“什么正事？”

唐云豪说：“第一件事，听雨若说，花万红向秦兄交代了幕后人的信息，我想让秦兄把这信息告诉我，我必定倾尽唐门之力把这混蛋揪出来，将其碎尸万段，挫骨扬灰，方消我心头之恨！”

“这个……”秦帅说，“暂时不用大少费心，我已经找朋友去北方大漠抓那个家伙了。”

“什么，秦兄已经找人去大漠抓这混蛋了！”唐云豪颇感意外。

秦帅说：“当然，我说过我会好好保护雨若，谁若敢伤她分毫，我必让他死无葬身之地，唯有把幕后黑手找出来，一并除掉，她才会真正安全。”

“看来，秦兄对雨若真是一片真心。”唐云豪说，“我唐云豪自认为见多识广，阅人无数，却误会秦兄一片良苦用心，差点酿成大错，真是惭愧。”

秦帅说：“不是说了，这一页翻过去吗？大少怎么又说了？”

“好了，不说这个，不说这个。”唐云豪说，“听雨若说，秦兄怀疑真正的幕后黑手是神武道的范九龙？”

秦帅说：“是，基本上断定是他。”

唐云豪问：“秦兄有什么依据吗？雨若也没跟我说清楚，只说秦兄是这么怀疑的，当时她也觉得很可能。”

秦帅说：“依据很多，其一，雨若在唐镇并没什么仇家，而恰好那天她得罪了范九龙；其二，从时间点上，刚好是得罪范九龙的两天后，恰逢花万红从大漠赶来的时间；其三，范九龙其人阴险，干得出这样的事；其四，因为雨若插手，让大少你帮我出头，范九龙一时不敢对大少动手，所以就把这股气撒到雨若身上；其五，花万红其人隐藏很深，一般江湖势力根本找不到他，也花不起那个价钱。反正，我是想不出谁比范九龙更有可能了。”

“这老东西，他是想找死！”唐云豪骂。

秦帅说：“大少先不用急，等我朋友把那个介绍花万红和范九龙交易的中间人找到，到时候铁证如山，咱们再让范九龙死得心服口服吧。毕竟现在还只是推测。”

“嗯，秦兄的朋友大概要多久才能把那个中间人找到？”唐云豪问。

“这个……”秦帅说，“难说，我朋友也是内地的，派人赶过去起码也得三五天，到那之后还得熟悉环境什么的，为了稳妥，还可能潜伏下来观察一下那家伙的行踪，所以怎么也得十天半个月的。”

“需要唐门的人帮忙吗？”唐云豪问。

秦帅说："不用了，我相信我朋友完全能胜任这事，大少放心好了。"

唐云豪说："秦兄办事，我肯定放心，那就有劳秦兄费心了。不过，有句话我还是想问秦兄一下。"

秦帅问："什么事？"

唐云豪问："我想问秦兄是真的喜欢雨若吗？"

秦帅想也没想，肯定地说："当然是真的，这毋庸置疑。"

"那……"唐云豪迟疑了一下，但还是问了，"秦兄能在接下来的时间里像之前一样好好保护她，心疼她吗？"

"这……"秦帅愣了愣，看着唐云豪，似乎明白了什么，"大少为什么这么问？"

唐云豪说："我知道雨若喜欢秦兄，毕竟她也是第一次喜欢上一个人。和秦兄闹误会之后，她一直很难过。我相信这应该只是一场误会，而误会不应该拆散两个真心相爱的人。如果秦兄能对我承诺此后一心一意对雨若好，我愿意无条件相信秦兄，来撮合秦兄和雨若，秦兄的意思呢？"

秦帅愣了一下，看着唐云豪那充满信任的眼神，他心里忍不住一阵激动。他知道，这个时候他只要答应，也许就能和唐雨若之间水到渠成。但唐云豪的话里有一句潜台词，那就是一心一意对唐雨若好，意思是不能再和别的女人发生什么。这个，在地狱使者的案子结束之前，他还真做不到。

"感谢大少的信任，其实……"秦帅说，"我和雨若已经说好了。"

唐云豪一愣："怎么，你们和好了吗？"

秦帅说："也不算是和好，就是彼此之间没有芥蒂，我们会再慢慢地相处。"

"再慢慢地相处是什么意思？"唐云豪问。

秦帅就把和唐雨若的约定说了。"两个月再看？"唐云豪问，"为什么要两个月之后再看？既然你们的误会已经消除了，那就好好在一起啊。"

他知道小妹的身体，也不知道能撑到什么时候。所以，他希望在她最后的年华里，她能和她喜欢的人走过一段开心的旅程。人生最经不起的就是等待，很多人等着明天，等来的却是遗憾。

秦帅说："我想我们都需要缓和一下，而且我最近会有很多事务缠身，如果这个时候跟她在一起，会很难有时间陪她，她可能又会多想。我希望我们能好好的，不要再有误会和争吵，所以……”

“嗯，也是。”唐云豪是聪明人，大概明白了秦帅的意思。他在唐镇可能真的有什么任务，他有自己的苦衷。如果这个时候和唐雨若好，唐雨若肯定会时刻想着秦帅，但秦帅又没法认真地陪着她，她反而会多想。像现在这种慢慢走下去的感觉，也许会更好。

“如果有时间的话，我还是希望你能多陪陪她。”唐云豪说。

秦帅点头：“嗯，我会的。”

唐云豪说：“有时候她可能稍微任性了点，但她对待感情很慎重。以前我们都想方设法为她介绍过很多人，但她总是很挑剔，将人拒之于千里之外。不知怎么就对你上了心，长这么大，我没见她哭过，很多天塌地陷的事她都很坚强，但她却为你哭了，而且是我第一次见到她哭……”

秦帅说：“大少放心吧，无论最后我们能不能在一起，我都会把她当成我生命中最重要的人一样疼爱，虽然有唐门这么大的势力罩着她，我的微薄之力不值一提，但我还是会尽我所能去保护她的。”

“秦兄这话就错了。”唐云豪说，“唐门的势力再大，也不及她喜欢秦兄，秦兄才是她的全世界，你对她的丁点关心都比唐门给她的大片庇护更让她高兴和感动。我们都是成年人，我们都懂得。爱才是这世界上真正能温暖人的生命之光。”

秦帅点头：“嗯，我懂的。”

唐云豪说：“那就拜托秦兄了，有什么问题给我打电话，千万不要再跟她吵架，如果有什么误会，就先跟我说，我来想办法调解。今天有几位贵客要来唐门集团，我马上得去蜀中机场接人，就先失陪了。”

看着唐云豪离去的身影，秦帅突然觉得责任重大。他这一生最希望的就是得到别人的信任。然而，最让他如履薄冰的，也是别人对他的信任。别人越是信任他，他越会担心让人失望。唐云豪把自己的亲妹妹这样托付给他，这种信任是他绝不能辜负的。

突然他想起了什么，随即也起了身，到楼下买了单，然后叫了辆出租车到蝶恋花画廊。如果今夜剿灭西虎堂之战，他有什么不测的话，那唐雨若会多伤心！虽然他一直很有自信，在闭关时经历的各种恶劣环境，他都顽强地活了下来。但人生不是绝对的，自信与命运各是一回事。唐云豪说得没错，人生最经不起的是等待。如果有时间，应该多陪一陪自己爱的人。

画廊里，唐雨若正在教黑妞画画。

“老板，这幅画怎么卖啊？”突然传来一个声音。

唐雨若当时对这个声音还没反应过来，转过头来准备应付，发现进来的人是秦帅，那一瞬间她心中像花儿绽放般。喜欢一个人，喜欢到骨子里的时候，看见他的样子就有种幸福的感觉。

“怎么是你啊？”唐雨若努力抑制着心中的喜悦。

秦帅说：“怎么，不欢迎吗？”

唐雨若说：“欢迎啊，开着门做生意，所有的顾客都会欢迎啊。”

秦帅说：“那如果我不买画，你是不是就不欢迎了？”

“不买画，那你来干什么？”唐雨若故意问。比起秦帅来买画，她当然更希望秦帅是来找她的。

秦帅说：“逛到这里了，所以就进来看看，你不会赶我走吧？”

唐雨若说：“你那么无赖，我又打不过你，赶得走你吗？”

黑妞在那里画着画，看上去好专心的样子。其实她的注意力全都集中在秦帅身上，因为她知道秦帅其实是军方的人，会是他们在唐镇行动的绊脚石。当然，她并不知道秦帅的真正身份。知道秦帅真正身份的只有地狱使者，也就是朱象三兄弟。大老板没把秦帅是至尊王牌的身份告诉更多的人，以防消息被泄露出去。万一飞龙知道别人出两百万请来杀一个华夏军方排名第一的王牌，直接就跟他干上了，雇主也是不能欺瞒受雇人的。

“这孩子，很勤奋啊，画学得怎么样了？”秦帅走过去。毕竟黑妞在这里，他不能无视，把她当孩子逗逗，还能消除她的警惕之心。

“哥哥，我还在学。”黑妞装出一副很乖的样子。

唐雨若也过来说：“小妞很有天赋，也很勤奋，比一般的孩子自觉多了，以后说不定会成为大画家呢。”

“哈哈。”秦帅一笑，“大画家？你这个老师都是默默无闻的，怎么把学生教成大画家啊？”

“你什么意思啊，你是看不起我啊！”唐雨若瞪着他，娇嗔地说道。

“好啦，长得跟仙女一样，非得夸你才行。”秦帅说。

唐雨若一噘嘴唇：“我就是喜欢被人夸，没事你就夸我，我保证不会说你。”

“那如果我不夸你，我请你吃午饭，可以吗？”秦帅问。

“啊，吃午饭？”唐雨若愣了下。

秦帅说：“是啊，你不会拒绝我吧？”

“怎么会呢？”唐雨若说，“有人请我吃饭，这么美的事，我怎么会拒绝，求之不得呢。”

她心里其实已经很高兴了。真的，她就怕秦帅和她保持距离，彼此很生疏的感觉。其实她喜欢秦帅逗她，这样让她感觉两个人关系特别融洽，有种说不出的温暖和幸福。

唐雨若走到黑妞身边：“小妞，今天姐姐有事，你把画带回去，在家里画好不好，姐姐给你点零花钱，你自己去买东西吃。”

说着，拿出了一百块递给黑妞。如果是以前，她肯定就带黑妞一起去吃饭了。但现在，她可能略微自私了一些，想跟秦帅过二人世界。

黑妞还装作很懂事的样子，没有接钱，说：“这么多啊，姐姐我不能要，爸爸会骂我的。”

之前唐雨若也给过她零钱，一般都是十块二十块的。朱象来的时候也假装骂过她，让她别要唐雨若的钱，但唐雨若说给孩子买零食吃，朱象还是同意黑妞收下了。

唐雨若把一百块硬塞给了黑妞，目送黑妞走后，她就有些迫不及待地说：“走啊，请我吃什么？”

秦帅说：“唐大小姐你好大方啊，人家跟你学画不收学费，还倒贴钱给孩子，一出手就是一百。”

唐雨若说：“她家里条件不好，能帮的当然帮点了。”

秦帅说：“你这么大方，又这么有钱，怎么不一下子给他们几十万啊？”

“几十万？”唐雨若说，“那怎么行，一下子给他们那么多，他们就不知道该怎么办了，他们终究还得自己去努力挣钱嘛，何况这世界上困苦的人那么多，哪里帮得过来，只能略微尽到我的心意了。”

秦帅一笑：“看来，你自己还是有思想的。”

“废话，你什么时候觉得我没有思想了，是不是……”唐雨若说到一半就停住了。

秦帅问：“是不是什么？”

唐雨若说：“是不是我喜欢上你，是一件很没有思想的事情？”

“哈哈。”秦帅笑，“恰恰相反，只有喜欢我这一件事，是你最有眼光最有思想的决定。不然，怎么会有人请你吃免费的午餐呢？”

两人一起到美食街找了家西餐厅吃牛扒。安静的环境里有柔和的轻音乐，反复吟唱着永恒不变的经典旋律《月亮代表我的心》，两个人对面而坐，反而没有了太多的话，但心里却能感觉到对方的那份爱。

其实有好几次，话都卡她的喉咙口，没有说出来。她想把画廊关了，和他一起去旅行。旅途到了尽头的时候，也许她的生命就戛然而止了，那样她会走得没有遗憾。

吃饭期间，川岛樱子给秦帅打过一次电话，说是秦帅答应中午帮她治疗怕蛇恐惧症的。秦帅说今天有事，改个时间。他很难得和唐雨若有这样安静相处的时间，他不想被其他的事打扰。既然现在他没法给她足够的信任与安全感，那么，他力所能及地给她陪伴。

吃过东西后，秦帅准备送她回画廊。

“这就回去了吗？”唐雨若有些意犹未尽，不想走。

秦帅问：“不然呢？”

唐雨若说：“我下午想休息。”其实，话外之意就是想让秦帅陪她玩。

“那好吧。”秦帅说，“看在你昨天晚上亲过我的分上，就为你提供一次免费服务，你想玩什么，我都陪你。”

唐雨若说：“我想再去维加斯，去周游世界，你能陪吗？”

“可以啊，难道我会怕啊，去火星都可以。”秦帅以为唐雨若是开玩笑的，他故意说道。

“真的？”唐雨若的眼睛突然一亮看着他。

秦帅说：“是真的啊，可以马上走吗？”

“好啊，马上走。去航空公司订票。”唐雨若的心里特别兴奋。她开玩笑似的说出来，其实就是试探秦帅的想法，没想到他居然答应了，这让她很高兴，她就梦想着和心爱的人来一场说走就走的旅行呢。

秦帅一见唐雨若那劲儿，顿时愣了：“雨若，你不会是说真的吧？”

唐雨若说：“当然是说真的啊，你以为我开玩笑啊。怎么，你不愿意吗？”

“愿意，怎么会不愿意呢。”秦帅说，“能跟美女一起旅行，那是多么幸福的事情啊！可是今天不行。”

唐雨若问：“为什么？”

秦帅说：“我晚上还有事。”

唐雨若说：“你又在忽悠我，说好陪我玩的，怎么又有事了？”

秦帅说：“我是说下午陪你玩啊，不是晚上。”

“又是晚上有事？”唐雨若问，“是又要陪哪个女人吗？”

秦帅说：“以前我们是恋人，你不信任我。现在我们是朋友，你还是不信任我。难道你对我始终就没一点信任吗？”

唐雨若说：“不是我不信任你，只是我想不明白，你为什么总是晚上有事。以前都是很多人约我，被我拒绝。现在我主动约你玩，却好像我在热脸贴冷屁股一样……”说着，眼里顿时被泪水模糊了，两滴泪珠从脸庞滑落。她只是想在生命的最后，能多些时间跟相爱的人在一起而已，这要求很过分吗？

“不是，我确实有点事。”秦帅边解释边从身上摸出纸巾，替她擦去脸上的泪水，“你都知道我是个无耻的男人了，没事就想抱你，想亲你，如果不是真有事，我怎么会舍得放弃跟你相处的机会，是不是？”

唐雨若想起了老哥推测过秦帅可能是特种军人，在唐镇有任务的事。此刻，她越发觉得这种可能性很大，因为秦帅说得也有道理。秦帅在有机会和她亲近的情况下，是没有理由疏远她的。她虽然单纯，但人很聪明，很多男人无耻的套路，她都看得穿，而秦帅并没有这些套路。说明他应该不是为别的女人而抛弃她，而是有真正重要的事情。

她泪眼婆娑地抬起头，表示很理解地说了句：“我相信你。”

秦帅说：“这就对了嘛，这世界再大我都不想要，只要你相信我，就够了。”

唐雨若又关心地说：“可是，你自己要小心，不能有事。”

秦帅一笑：“社会这么太平，我又这么厉害，能有什么事。”

“哼，油嘴滑舌。”唐雨若说着，其实心里挺甜蜜。

“走吧，说去玩的，准备去什么地方啊。”秦帅说，他还是打算下午陪唐雨若的。

唐雨若说：“要不我们去海底世界玩吧，那些海洋生物好可爱。”

秦帅说：“可以啊，你想去哪儿就去哪儿。”

下午两个人一起去海底世界玩，玩得很开心。唯一的遗憾是秦帅没有牵着唐雨若的手。她想，她剩下的时间不多了，所以她不想等两个月的约定，想现在就跟他在一起。不管之前秦帅跟别的女人是真的还是假的，她都不想计较了。但有时候就算她刻意将身子与秦帅挨得很近，秦帅也没有顺其自然地牵她的手。

其实，秦帅看出了唐雨若的意思。只不过他现在还要去应付上官白雪和川岛樱子，他怕唐雨若太黏他，因此被束缚了手脚。一名优秀的特种人员，在一场无论明的还是暗的战争之中，必须自由发挥自己的战术，才能更大把握地获得胜利。在生死较量中，任何丁点儿的疏忽都可能造成无法估计的后果。

大概六点钟，两个人离开海底世界，找了个地方吃饭。

七点钟左右吃完饭后，秦帅将唐雨若送回了别墅，然后给上官白雪打了电话，让她出发去海天。随即，秦帅打了电话给侯连武，询问他的海天部署情况。

侯连武说：“海天娱乐城周围的地形我都已经勘察好，并且画了图出来，进出口位置我会部署主要兵力，人员和车辆都已经随时待命，只等天黑行动。

秦帅说：“行，再另外派二十名擅长近身搏斗、武功高强的特种兵乔装打扮潜伏在海天娱乐城的大厅，到时候协助一名戴着骷髅面具的人，对海天娱乐城老板黑蜈蚣进行抓捕。”

侯连武应声："是。"

秦帅说："行动之前，你把黑蜈蚣的照片给全体成员看一下，万一他趁乱逃出的话，首先对他出手，记住只针对那些有身手逃窜出来的罪犯，不得伤害普通群众。除了狙击手原地狙击之外，其他成员要随机应变，根据现场对罪犯进行抓捕，有必要的时候甚至需要一部分人进入里面支援！"

侯连武答应。

秦帅挂掉电话，然后就去和上官白雪会合，前往海天娱乐城。

八点半左右，整个唐镇正式开启夜生活模式，所有的灯都华丽地亮起，已经有些鬼哭狼嚎的声音遥遥地传来。

秦帅和上官白雪手挽着手进入了海天娱乐城，完全就像情侣一样。而且，两人都特别打扮了下，秦帅戴了个西部牛仔的帽子，把帽檐压得很低。因为秦帅和上官白雪走到海天娱乐城附近的时候，看见门口似乎增加了保安力量，对进出的人查看得特别严。他知道肯定是黑蜈蚣在防备他和警方。所以，他得戴顶牛仔帽，压低帽檐，然后再穿出一副潮男的样子。跟上官白雪如情侣般手挽着手，这样就会显得平常，减少对方的怀疑。

两人一路大大方方地走进了里面。挽着手臂，紧紧地依偎，其实上官白雪的心里有些慌乱，身子触碰太近，不可避免会有些感觉。虽然她心里还恨秦帅，可那种感觉却是难以忽视的，特别踏实而有安全感，就像是真的情侣一样。她甚至在想，假如有一天她能有个真正喜欢的人，也像这样手挽着手，半边身子依偎着对方，是多么甜蜜而幸福啊！可是现在居然是和这个混蛋，不但脾气很烂，还强吻了她，然后她还要和他假扮情侣，让他占便宜！但她接受过真正的特工课程的训练，知道任务高于一切。一名真正的特工人员，别说是这样假装情侣，若是任务真正需要的时候，也许连身体，或者生命，都是需要牺牲的！因为个人利益和国家利益比起来，是微不足道的。任何一个特工人员，都应该有为组织和国家牺牲的觉悟和准备。

两个人直接到了海天娱乐城的演播大厅，其实一般小的KTV是没有演播大厅的，但海天娱乐城的场子实在是太大，起码有几百间包厢，然后还有各种配套娱乐设施，所以就弄得像酒吧里的娱乐大厅。有舞池，也有舞台，各种灯光音乐也都是顶级的，效果非常好。

有服务生迎着秦帅和上官白雪走过来，他们在离舞台的第五排上要了一个小圆桌的位置，台上有一个穿着金光闪闪演出服的男歌手在唱歌，下面零零落落地坐了一些人。因为才九点不到，时间还比较早，很多人吃完饭，九点到十点左右才真正进入这种夜场。

“怎么样，来这种地方玩得多吗？”秦帅问。他其实不想和上官白雪说话，但必须得说。场子四处都是内保，而且有些还是飞龙杀手，那些像毒蛇一样的目光环视全场，他们有超强的嗅觉，能发现这里面行为反常的人。尤其是现在人还比较少的时候，四面八方的目光都可能在看着他们，他必须装出跟上官白雪聊得很嗨的样子。

“没有，第一次来。”上官白雪说。

“第一次？”秦帅问，“感觉怎么样？”

上官白雪说：“乱糟糟的。”

秦帅说：“这算什么乱，还没开始呢，等下这大厅里就会坐满人，包厢里的人也会出来看节目，到时候会有很多帅哥靓女的劲爆表演。”

“你经常到这种地方玩吗？”上官白雪问。

秦帅说：“差不多吧。”

上官白雪说：“所以，由此可见你人品怎么样了，一个特种成员，却经常出入这种乱七八糟的地方！”

“哈哈。”秦帅冷笑一声，“如果不是我这种经常出入的特种成员，这些地方有案子，你会知道从哪里进门吗？你要是畏畏缩缩地进来，早就被当成贼盯上了吧？特种成员不是拿来供着的，而是要可以适应各种环境，有很强生存能力的，懂吗？”

上官白雪顿时被说得无言以对。

“等下动起手来，场面会很乱，我们的主要目标是黑蜈蚣，擒贼先擒王，不要和其余的虾兵蟹将纠缠过多，但也得眼观六路耳听八方，以防被暗算。”秦帅传授她经验，“毕竟混战不同于单兵作战。单兵作战只要专心对付一个对手，混战却是处处都有意想不到的偷袭。”

“嗯，我会注意的。”上官白雪答应着，心里莫名一热。那是一种特殊的感觉，如果是爸爸妈妈对她的关心，她或许会习以为常。可秦帅是她的冤家对头，两个人水火不容，秦帅并没有小鸡肚肠地借这个机会把她置于险境，而是叮嘱她小心。虽然只是简单的一句话，但着实让她心里感觉温暖。

台上相继换了几拨人载歌载舞，还要了杂技。不知不觉已经到了九点半，大厅的人越来越多，差不多已经满了，只有前排几个位置是空着的。秦帅听见旁边的两个男人在讨论，大概是一个男的在说，我们坐前面去吧，看得清楚些。另外一个说，前排可不是一般人能坐的，那是蜈蚣哥的专座。那男的问蜈蚣哥是谁，另外一个男的就解释，说蜈蚣哥就是海天的老板，蜀中道上很低调的一个大哥。

秦帅的眼睛一直盯着前面，他猜测那可能是属于黑蜈蚣的位置。因为他留意了全场，一直都没有看见黑蜈蚣的影子。而夜煞说过，最近几天，因为来了一个长得很不错的驻唱歌手，所以，黑蜈蚣每晚必来给她捧场，但通常来得比较晚。

黑蜈蚣不会不来了吧？秦帅心里有点担心，他部署了这么大一个阵仗，如果黑蜈蚣不来，那岂不是白费功夫！如果黑蜈蚣不来的话，那就得给他找点事让他来了。

这时候，舞台上，主持人上了台，很隆重地有请才艺双全、貌似天仙的新生代压轴歌手小薇出场，为大家演唱歌曲《好久不见》。

一时间，台下的掌声如雷，像明星开演唱会中狂热的粉丝期待已久似的。一个穿着高腰短裤、烫着大波浪卷发的漂亮女孩在一队舞女的拥簇下隆重登场。然而，秦帅看着那张脸，感觉似曾相识，却想不起是在哪里见过。他启动嗅觉，发现对她身体的味道也很熟悉，那就绝对是在哪里见过她。

突然，秦帅想了起来，那个晚上，他被一个带着异香的女人给打败，被七彩带捆住的时候，恰好有个女孩路过帮他解开了带子。她说她叫苏小薇。当时他还想留她号码报答她，但是她拒绝了。原来是她！看来，夜煞说的那个新来的，被黑蜈蚣垂涎，每天为她捧场的驻唱歌手，应该就是她了，从主持人的隆重介绍和台下的掌声就可以见得。

舞台上穿着长裙的舞女翩翩起舞，像是在瑶池仙宫的仙女一般，尤其是那喷洒而出的烟雾，感觉很缥缈。苏小薇像个学生一样，安静地唱着那首有点伤感的《好久不见》，歌声确实情感饱满，能让人静下心来倾听，所以台下也难得安静了下来。

连上官白雪也轻声地赞美 ："嗯，这女的确实唱得好啊！"

秦帅说 ："是啊，情真意切的。"

一曲终了，台下响起一片掌声。这时候一人扯着嗓子就喊起来 ："嗯，唱得好，唱得好，果然名不虚传，不枉我跑一趟啊。"

秦帅循声而望，看见一个二十四五岁的青年，穿着挺光鲜的。手上名表，衣服裤子，系的皮带都是高级名牌，一看就是出身豪门。他左手提着啤酒瓶，右手端着酒杯，直接就往台上走去，后面还跟着两个毕恭毕敬的保镖，手里也提着酒瓶拿着酒杯。而保镖穿的 T 恤上面，竟然有个大大的"唐"字！

青年走到台上，说 ："小薇美女是吧，哎呀，你唱得真好，来，我敬你一杯。"

身后的保镖马上很懂事地倒了一杯酒递给苏小薇。

"好的，多谢帅哥了。"苏小薇接过酒杯，敬向青年。

青年挺高兴地与她碰杯，看着她一饮而尽，便也将杯中酒一饮而尽，说 ："来，再来三杯。"

身后的保镖马上上前替苏小薇倒酒，但苏小薇却用手挡住了，说 ："帅哥，我酒量不行，一般就只喝一杯。"

青年不悦起来 ："只喝一杯混什么夜场啊！你是觉得这样干喝没什么意思，想要点东西助兴是吧？"

青年当即对其中一名腋下夹着包的保镖示意了一下，那名保镖会意，立马从腋下拿出包，拉开了拉链，青年一伸手就从里面拿了一沓钞票出来，大概是一万块钱往苏小薇面前晃了晃 ："我这里提来的三瓶酒，你给我喝光，这钱就是你的了。"

"我不多喝就是不多喝，给再多钱都不喝。"苏小薇毅然决然地拒绝了。其实她知道，一旦喝了，就不会结束。

“你知道我是谁吗？居然这么不给我面子！”青年开始嚣张起来。

就在这个时候，好几名内保都上了台。但带头的那名内保却赔着笑脸说：“唐公子，小薇是新来的，是蜈蚣哥的朋友，还望唐公子能给个面子。”

“黑蜈蚣的朋友就不得了吗？”青年还是很嚣张，“她唱歌我敬她酒不可以吗？老子从南走到北，天上人间至尊豪门什么大场子没去过，谁说喝两杯酒都不行，还当老子是这里的超级VIP吗？还把老子放在眼里吗？”

内保头子对青年似乎也颇有忌惮，赶紧到一边打电话。电话很快打通，他说了大概情况。然后回到台上，把电话递到青年面前：“唐公子，蜈蚣哥跟你说话。”

“行啊，我看他能把老子怎么样。”青年拿过电话，仍然吼得很大声，“黑蜈蚣，你想怎么样啊？”

黑蜈蚣说：“二少，那小薇是我看中的相好，给我点面子吧。”

“你看中的相好？”唐二少说：“但老子也看中了啊，你那么老了，这个就让给我吧！”

黑蜈蚣说：“这个，要不我再另外给二少你介绍美女，怎么样啊？”

唐二少冷笑一声：“少废话，你这场子要是还想好好的，今天这事就不要管，我非得让她把酒喝了，把我认清楚点。”

说罢，也不理会黑蜈蚣，直接就挂了电话，把电话还给了内保头子。然后盛气凌人地看着苏小薇，说：“别以为老蜈蚣能罩得了你，你也不去打听打听老子是谁，说了也不怕吓到你，老子行不改名坐不改姓，姓唐名云杰，唐门集团的二少爷。别说在这唐镇中，就算是在整个华夏江湖，也没有老子摆不平的事！”

看着唐云杰咄咄逼人的样子，那些内保也不敢轻举妄动。如果是一般人，他们早就拳脚相加，弄成尸体一般拖出去了。但是，唐门的人就另当别论了。黑蜈蚣明面上是唐镇上的地头蛇，暗地里是飞龙组织的分堂主，凭他的实力绝对可以在江湖上肆意横行，毕竟有飞龙组织做后台。但是，唐镇中唯一一个他必须得买账的势力，就是唐门。因为韩飞龙亲自打过招呼，不要轻易去招惹唐门。既然韩飞龙都这么说了，黑蜈蚣再嚣张也不得不收敛，所以对手下的内保都吩咐过，若是唐门的人在场子里闹事，不要轻易出手，第一时间报告给他，由他出面处理。除唐门以外的人，谁在里面闹事就弄死谁。

那内保头子又到一边打通了黑蜈蚣的电话，说唐云杰步步紧逼，要不要出手。

黑蜈蚣吞下一口气，叹息一声："劝小薇配合一下吧，不要跟他对着来，胳膊拧不过大腿的。"

"可是……"内保头子很不服，"蜈蚣哥你不是喜欢小薇吗？"

黑蜈蚣说："女人到处都有，还是以大局为重吧，不要招惹唐门了，你先劝说一下，我也快到了。"

内保头子挂掉电话。此时舞台上僵持着，唐云杰非要苏小薇喝了三瓶酒，而苏小薇就是不喝。内保头子就过来劝说："小薇啊，你就喝了吧，三瓶啤酒也不会怎么样。唐公子是这里的贵客，也是蜈蚣哥的朋友，我刚才给蜈蚣哥也打电话了，说是给唐公子个面子。"

"我不干了行吧，我不赚这个钱了行吧。"苏小薇也倔，她就是不喝。

"好，有脾气，老子就喜欢有脾气的！"唐云杰一声吼，"再给老子端三打酒上来！"

马上有保镖跑下去，一口气就端了三打酒到舞台上。

唐云杰指着那三打酒对苏小薇说："现在老子宽容点，给你个选择，你要么喝下这三打零三瓶酒，要么就今天晚上另外想个办法让我开心，你自己选择吧！"

两滴晶莹的泪珠从苏小薇的眼角流了下来，这是身为一个弱者的无助，一个没有任何背景的女孩面对这种仗势欺人的场面，全无反抗之力。她走不了，却也不愿屈服。

"太过分了！"上官白雪看不下去，骂了声，就打算起身上台替苏小薇解围。

但身子才动，秦帅就一把按住了她，小声提醒："不要动。"

上官白雪看着秦帅很不满："为什么别动，都这么过分了，就算是铁石心肠也会看不过去，他们欺人太甚，唐门的人就了不起啊！"

"大事要紧。"秦帅把嘴凑到她的耳边提醒，"而且，那个黑蜈蚣应该就快到了，他的人打了电话出去，这么大的事他不可能不来，如果我们先出面，只怕会打草惊蛇。更何况，台上还是个僵局，唐云杰不可能一下子就把那女孩怎么样的，咱们到最后一步再出手也来得及。”

上官白雪听了秦帅所说，觉得也有道理，当即就不动了，安静地等待，只是心里仍然愤愤不平，忍不住骂：“真是个畜生！”

台上的僵局持续着，但唐云杰已经对这种僵持很不耐烦，当即就上前一手按住苏小薇的肩膀，一手把酒杯朝她灌下去，还说着：“既然你要敬酒不吃吃罚酒，那老子就好好陪你玩玩吧！”

苏小薇还是很倔，把嘴往一边挪开，手挡向杯子。结果，唐云杰手里的杯子一下子就掉了。他根本没想到苏小薇居然敢反抗，端着杯子的时候也只是拿了一点，加上溅了些啤酒出来，拿着比较滑，虽然他练过一些功夫，但只是唐门的皮毛功夫。

“臭丫头，敢跟老子动手！”唐云杰骂了声，抬手就往苏小薇甩出一耳光，打得苏小薇的身子一个踉跄，差点摔倒。她蒙了一下，但并没有吓到，而是怒视唐云杰，一脸宁死不屈的样子。

“唐公子消消气，消消气。”保安头子赶紧挡在前面。

秦帅的牙齿已经咬得咯咯响了，眼里杀气四射。本来这种事他从来都不能忍，何况他还欠苏小薇一个人情呢，怎么能眼睁睁地看着她被欺负。但他深知，这个时候他不能出去，一出去，消息立马会报告给正往这里赶来的黑蜈蚣耳里。以一名飞龙红钻杀手的灵敏嗅觉，黑蜈蚣肯定马上就能意识到什么。那么，今天晚上的整个行动计划都可能失败。真正的特种成员是一定能用理智压住情绪的，绝不会让情绪左右自己的行为，而影响真正事关重大的任务。

上官白雪也急得不行，心里的火一股股地冒。她侧眼看了看秦帅，看见他紧咬牙齿腮帮凸起，眼神里迸发出杀气，握紧的拳头发出“咯咯”的声响。她知道秦帅也在冲动的边缘，在极力地忍着，她就说了句：“这混蛋太可恶了，不要等了吧。”

秦帅很干脆而果断地说了三个字：“必须等。”

“我受不了了，我想杀了那个畜生！”上官白雪说。

秦帅看向她，压低声音说："忍住，不要给我因小失大，没有我的命令，谁敢乱动，军法处置！"

上官白雪又只好忍住了，而台上的唐云杰又开始对阻拦的内保施压，问是不是要干涉，是不是要逼他动手。内保头子只能耐心劝解，心里虽然杀机四溢，但奈何黑蜈蚣打了招呼，而他本身也知道唐门难惹，所以不敢翻脸。最终，还是被唐云杰逼到一边，不敢过问。唐云杰动手，打得这里一片破败，不过是赔钱。可要把唐云杰怎么样了，这个篓子就捅大了，说不定整个飞龙组织的西虎堂都得在这里毁掉。

见保安头子让开，唐云杰又逼近苏小薇面前，喝问："老子再问你一遍，是喝酒，还是陪老子玩！"

突然，秦帅的眼睛一亮，因为他看见门口那边进来一群人。前面的人把拥挤在道路上的人赶开，后面一位穿着花色T恤，左手臂和右手臂各有一道长长刀疤的老头子在数名保镖的簇拥下往场内而来。身子偏矮，不过一米六五的样子。皮肤很黑，在这晚上，映着灯光发亮的感觉。手臂上的两道刀疤，宛若蜈蚣爬行。不用说，这个人肯定就是飞龙组织西虎堂堂主黑蜈蚣了。和秦帅在资料上见过的照片也很相似，不过为了妥当，秦帅还是从身上拿出了黑蜈蚣的照片资料对照了一下，没错，确实是这混蛋！

秦帅的心里顿时激动起来，只要这死蜈蚣露面就好办了！当下，他拿出手机发了条信息给侯连武，信息内容为：黑蜈蚣已经出现在海天娱乐城里，穿花布T恤，两条手臂上都有较长的似蜈蚣的刀疤，身高一米六五，皮肤黝黑，年龄约五十岁，身材结实，短小精悍。通知里面的潜伏人员盯住目标，随时配合戴骷髅面具的男子出手。

发完信息，秦帅就对上官白雪说："可以行动了，自己小心。"说完，已经迅速地戴上了骷髅面具。

上官白雪则从身上取出了一副艺术框眼镜戴上，头发再往前面面颊垂落几许，在灯光不是很明亮的情况下，长相很难分辨得出来。

两人起身就往舞台那边走了过去。周围的人虽然发现了秦帅这个戴着骷髅面具的人，但仅仅只是有些奇怪，并没有在意。因为里面并没有不准戴面具的规定，而且这里也不是银行，看见一个戴面具的人就必须警惕。

所以就连看场的内保，也只是把他当一个怪人而已，心里大概还想了下，今天不是万圣节吧。

“二少，不要动气啊，有话好说。”黑蜈蚣赶到，赔着笑脸劝唐云杰。

唐云杰心知这唐镇之上没人敢惹他，黑蜈蚣再牛，也绝不敢动他，从黑蜈蚣这低声下气的样子他就知道了。于是他越发过分起来，当即指着黑蜈蚣说：“蜈蚣，你来了正好，你说老子在你这场子里消费多少钱了，随随便便几万是有的吧，老子不过在你这里看上了一个女人，她居然敢跟老子摆谱，这是没把我和唐门放在眼里吗？”

“二少息怒，二少息怒。”黑蜈蚣说，“我帮你劝劝怎么样？”

当下，黑蜈蚣走到苏小薇面前，好言相劝道：“小薇啊，你看二少也是我们这里的常客，这刚去国外玩了一圈回来，就到我们这里来照顾生意，这全唐镇中，还没人扫过他的兴。怎么说，唐门不但在唐镇，在整个华夏江湖可都是赫赫有名的啊，在江湖上混，面子是很重要的，你就给我个面子，给二少个面子，到台下去陪着二少喝几杯吧。”

苏小薇还是很倔：“我说了，有客人敬酒，我只喝一杯聊表心意，不会多喝的，既然今天这里没有王法和公道，我也奈何不了你们。行，那我就在这台上喝，我喝死在这里，让所有人都看着！”

说罢，就从啤酒箱里拿起一瓶啤酒。

“等等！”突然传来一声威严的声音。

场中人循声一望，便看见一个戴着骷髅面具的男子走过来。不用说，这个人就是死神秦帅。而上官白雪则离秦帅远远的，她要装成跟秦帅毫不相关的人，然后暗中配合。

“谁说这里没有王法，没有公道啊！”秦帅厉声而问，“难道他再牛，比王法和公道还牛吗？”

虽然骷髅面具挡住了脸，但那双目光却凌厉地扫视全场，让人胆寒。全场看着这半路杀出的程咬金，还有些反应不过来。

“你谁啊？”唐云杰看着秦帅，一脸凶狠，一言不合就要动手的架势。

秦帅没理他，直接走到了苏小薇面前，从她手里拿下啤酒：“这酒不要喝了，这里没你的事了，你先走吧。”

唐云杰大喊了声："今天谁也别想走！"

"你谁啊，谁让你到这里来像大哥一样指手画脚的啊！"黑蜈蚣也冲着秦帅来了。秦帅出场那气势，让他生气了。一个唐云杰在这里耀武扬威，那是仗着唐门，他忍一口气算了。现在又冒出个半吊子，还这么张牙舞爪，这世界还有人把他放在眼里吗？

跟着他的保镖和场中的内保也都立马虎视眈眈，随时准备出手的架势。

"你先不要跟我说话，让我好好会会这位唐门的败类再说。"秦帅霸气地将手指着黑蜈蚣，像在命令他一般，也没管黑蜈蚣什么反应。

秦帅转过头，看着唐云杰："你知道我是谁吗？"

黑蜈蚣被秦帅那一喝，本来准备下令动手的，听到秦帅这话也停住了。他想，先看看这家伙是什么来头再动手也不迟，他确实好奇这家伙是从哪里冒出来的，到底想干什么。

"你谁啊，来来来，说出来吓老子一下，吓不死老子，老子弄死你！"唐云杰一脸轻蔑，这华夏江湖中，谁还能比唐门的来头更大？

"听说过飞龙杀手组织吗？"秦帅一副睥睨天下的样子，看着唐云杰的眼神里也满是轻蔑，"像你这种豪门里出来的败类，孤陋寡闻，大概是不知道的。"

此言一出，黑蜈蚣心中一震，看着秦帅的眼睛不由睁大了几分。他是飞龙组织的？怎么可能？冒牌货？但他无缘无故怎么可能会冒充一个杀手，而且还是一个被警察四处通缉抓捕的杀手组织？黑蜈蚣开始觉得今天这场面真是有点扑朔迷离了，他估计会有什么事发生。

"飞龙杀手组织？"唐云杰确实一脸愕然，"什么玩意儿，你是杀手？那你敢杀我吗？你杀得了我吗？你动老子一根头发，唐门暗器都能把你打成筛子！"

"行，老子一路从东缅走到蜀中，本来是想玩玩，也从不管闲事，但我个人十分看不惯一个男人，不，应该说是一群男人欺负一个女人，这完全背离武道精神。今天这事，你有种让她走，老子来跟你玩，你敢吗？"秦帅故意激将道。

他要让苏小薇安全离开才行。不然先开战的话，他的目标必须是黑蜈蚣，而唐云杰和他的人肯定会趁乱把苏小薇掳走，这种败类可是什么都干得出来的。所以他把唐云杰激怒，把仇恨拉过来，唐云杰就很可能放弃苏小薇，和他争面子。而且因为他是冒充飞龙组织的人，又故意说是从东缅而来，也算是给了黑蜈蚣一记闷棍。如果是西虎堂这里的人，黑蜈蚣必然都认识，或者说西虎堂的人没谁敢在他面前这么没大没小。但他说是东缅野狼手下的人，黑蜈蚣就分辨不清了。野狼手下的人不知道这海天就是飞龙的据点，所以可以无所谓黑蜈蚣这些人。但黑蜈蚣清楚是自己人，就不会对他有太大的敌意，甚至还有可能会帮他，那么一切都好说了。而且他心里还有个大算盘，如果能成，则是莫大的功劳。

正如秦帅所料，唐云杰果然中了秦帅的计谋。当即就叫嚣起来："行，你想怎么玩，老子陪你玩，今天玩不死你，老子就不姓唐！"

"你是老板，你来做个公证人怎么样？"秦帅看着黑蜈蚣。

黑蜈蚣一愣："要我做什么公证人？"

秦帅的目光回到唐云杰身上："你今天带了多少人来？"

唐云杰说："六个，怎么了？你觉得不够收拾你吗？"

秦帅说："行，外加你七个，我一个人打七场，死伤后果自负，敢接招吗？"

"接，当然接！"唐云杰说，"今天要不把你弄死在这里，老子算白混了！"

秦帅看着黑蜈蚣说："你要做的就是见证我一个人挑他们七个，死伤后果自负。唐门若是再找我，你得站出来说句话，这是公平约斗，不算我欺负他们唐门的人。"

"行，我帮兄弟你作这个证！"黑蜈蚣掷地有声。

说实话，他超级看不惯唐云杰，真是想把唐云杰给捏死。但他负不起这个后果，唐门不只是在华夏称雄，在海外也有势力，唐门若是要追杀谁，恐怕不会比飞龙组织逊色。关键人家有钱有势有高手，还有很多江湖同盟。既然现在能有一个人替他出这口气，何乐而不为呢？而且还是飞龙的兄弟。虽然是野狼堂的手下，但好歹也是一家人，就算跟唐门闹起来，跟他也是没关系的。

“那就多谢蜈蚣老板了。”秦帅说着，然后看着苏小薇说，“你可以走了。”

苏小薇真是不知道怎么感激才好，虽然看不见这个男人的脸，但此刻在她心里他就像神一样。

全场起码上千人，在她无助绝望的时候，没有一个人能帮她，就算是这个场子的老板黑蜈蚣也把她往唐云杰怀里推，她当时真是抱着死在这里的决心。没想到在这个时候，骷髅人突然出现了。那种感觉无法形容，让她用什么报答，她都绝不会有半点犹豫。

“谢谢大哥，但是，你要注意安全啊。”苏小薇还是很担心他。

秦帅说：“不用谢我，我也不是帮你，我只是看不惯他仗势欺人。少磨叽了，走你的吧。”

这个时候，迟则生变。还是得把唐云杰的仇恨集中在他身上才行，要是他和苏小薇搞得像英雄救美以身相许的场景，唐云杰马上醒悟过来，就不会让苏小薇走了。

苏小薇又说声“谢谢”，然后离开了，没有人阻拦她。

秦帅开始他的下一步计划，装作突然想起什么似的看着黑蜈蚣说：“对了，蜈蚣老板，你还得做一件事才行。”

黑蜈蚣问：“兄弟有什么事请说。”

秦帅看了眼周围那么多的围观者，说：“今天晚上看来是没法好好娱乐了，这一架得打到午夜，这么多人在里面，万一发生点什么混乱，会造成好大的误伤。不如让这些人都走吧，场地也空得开些。至于损失的事情，如果我输，今晚所有的损失我出钱；如果是这姓唐的输，就由他出钱，反正不让你吃亏就是。”然后又看着唐云杰问，“怎么样，敢出这个钱吗？”

“放心吧，就算你输了，老子也替你出这个钱，反正，就当买你一条命！”唐云杰十分猖狂。

“行，那就这么说定了。”秦帅心里的一块石头落地，因为等下会有一场真正的大战，如果里面全部是人，首先会对今晚的抓捕行动造成极大的阻碍，飞龙杀手会混在人群里难以辨认，为埋伏在外面的枪手制造很大的难度。而且再怎么避免，百多名飞龙杀手和猎鹰特种兵拼杀起来，必然会造成许多无辜者伤亡。所以秦帅才用计把这些人全部都清除出去。战场清干净才正好大展拳脚。

“只让大厅的人走就行了吧？”黑蜈蚣问。

秦帅说：“不，今晚清场。蜈蚣老板不要担心，唐公子不是说了嘛，输赢他都买单，他赢了算花钱买我的命，输了应该买，反正不会亏了你。主要是我这个人比较低调，不喜欢影响太大，怕万一惊动了警察，那多不好。所以还是安安静静地打一架比较好。”

黑蜈蚣顿时会意，知道秦帅既然是飞龙杀手，那就肯定有案子在身，自然是动静越小越好。他当即下令，无论是大厅还是包厢的客人，一律请走。就算唐云杰不出这个钱，他也能白送一晚上。何况才十点左右，消费还不是很高。

苏小薇走了，场子里的所有观众也都被请出去了。上官白雪和二十余名伪装的猎鹰特种兵自然不会跟着滚滚人潮出去，而是去了包厢或者洗手间，打晕了里面的服务员，把身上的衣服换了下来，然后就在附近装作打扫收拾的样子。有些一时没法伪装的，就藏到了暗处，反正只要有动静，必火速出手。

埋伏在外面的侯连武见到大群的人往外面拥挤而出，还以为是里面已经开战了呢。但是，他死死地盯着那些出来的人群，虽然略有拥挤，却也是井然有序，并没有慌乱和逃跑，更没有看见打斗信号，显然都是些普通人的撤退。刚还有些纳闷的时候，潜伏在里面的指导员周云峰发了条信息给他，说是死神已经用计把里面的顾客疏散出来，留在里面的就只有飞龙杀手、海天内保以及一些工作人员了，等一下战斗开始，可以再支援三十名精英冲进里面，外面留五十名枪手狙击。当下，侯连武赶紧重新进行战略部署。

而此时的海天娱乐城内，寻常顾客已经全部都疏散出去，大厅空出来很大一块地方，除了有些岗位上需要的，多数场子的内保都集中到大厅这边来看热闹。而唐云杰和他的六个保镖已经威风凛凛地走向了场地中央。

秦帅慢吞吞地入场，他真正要做的，不是跟唐云杰和他的人打。虽然他很想把唐云杰狠狠地揍一顿，但这个时候不是很合适，因为他的主要战斗力得留着对付黑蜈蚣这杀人魔头。唐云杰顶多算是个可恶的无赖，而且还是唐云豪的弟弟，唐雨若的哥哥，这个时候他还不好贸然地大打出手。不知者不为过，可他是知道唐门的人的，还如此大动干戈的话，唐门的面子就难看了。

秦帅只是慢吞吞地拿出一根烟点燃，却有意无意地向黑蜈蚣靠近。他要等里面的人全部都撤完了，再动手。

“快点打啊，还磨磨蹭蹭的干什么？”唐云杰表现得很不耐烦的样子。

“老子烟都没抽完呢。”秦帅说。

“行，老子让你抽完，看你今天还能往哪儿跑！”唐云杰说。

秦帅没理他，而是看了眼现场。大厅和其他包厢都已经安静了下来，顾客大概都已经出娱乐城了。现在就只是猎鹰和飞龙杀手的战场了。

当下，秦帅看着黑蜈蚣招了招手：“蜈蚣老板，来，咱们商量点事。”

黑蜈蚣没怀疑有诈，径直朝秦帅走过去。要是以前，若不是足够分量的人物，是绝不可能喊他走过去的，就算走到他面前来，保镖也必定虎视眈眈。但今天不一样，黑蜈蚣真以为秦帅是东缅西狼堂野狼的手下，以为他是货真价实的飞龙杀手。试问天下江湖人，有几人敢跟唐门猖狂？除了那些海外来的，对唐门可能知道不深的，或是随时可以离开华夏江湖的高手，何况，除了内部高层杀手，外人根本就不知道东缅野狼基地是飞龙组织的据点。若非上官白雪的情报，秦帅也是不知道的。所以，他透露的这个信息起码百分之八十让黑蜈蚣信了。

黑蜈蚣走到秦帅面前，大约两步距离停住，问：“兄弟，什么事？”

秦帅说：“这话只能我们两个人说，不能让别人听见了。”

这么秘密！黑蜈蚣心想，难道对方知道这里是西虎堂据点，知道他也是飞龙组织的人，所以要说的是关于飞龙的秘密？反正，他没想到其他的疑点。因为这只是一个突发事件，而且是骷髅人和唐云杰的恩怨。他压根就没想到秦帅完全是醉翁之意不在酒，打得一出声东击西。

秦帅接近黑蜈蚣，把嘴凑向他的耳朵，假装要跟他说悄悄话。也就在两个人身体接近的瞬间，秦帅猛然出手，五指如爪，直接锁喉一击，抓向黑蜈蚣的咽喉。

黑蜈蚣顿时大惊失色，体内的气息瞬间逆流，脚下全力一蹬，身子凭空倒蹿，甚至都没有顾得上平衡，也没有考虑蹿出去的后果。他的潜意识只是让他以最快的速度倒退，离开秦帅的击杀范围。很惊险，秦帅的手都已经接触到黑蜈蚣的喉管了，但那一瞬间，黑蜈蚣却像一片树叶似的飘飞出去。

秦帅的偷袭落空，而黑蜈蚣也重重地摔倒在地上，摔得“轰”的一响，异常狼狈。紧接着，秦帅脚下一蹬，朝摔倒的黑蜈蚣扑出去。

唐云杰愣在那里，不知道秦帅为什么突然对黑蜈蚣出手。那些内保和飞龙杀手也都愣在那里，秦帅不是帮他们的忙，是他们自己人吗？都还在希望他狠狠地教训唐云杰呢！怎么秦帅突然对黑蜈蚣出手了？

这时，秦帅已经再度冲到黑蜈蚣的身前，使出暴风腿绝学之“力劈华山”，一脚自上往下重击而落。黑蜈蚣见状，赶紧在地上一滚，顺势使出“蜈蚣脚”，双脚如剪刀一般，夹向秦帅站着的那只脚。

速度很快，瞬息之间，攻击已至，黑蜈蚣的双腿将秦帅的脚夹住。一股强大的力量爆发出来，如波涛汹涌一般，秦帅的身子顿时倾斜摔倒。但秦帅的另外一只脚已经落地，用那只脚稳住地面，另外被夹住的那只脚进行反击，从黑蜈蚣双腿的夹缝之中长驱直入，反击黑蜈蚣的裆部。

裆部重击，不死必废。黑蜈蚣吓出一身冷汗，没想到秦帅在被他控制着一只脚的时候还能这么迅速地反击，而且攻势如此狠绝。他赶紧使出八脚蜈蚣步伐，手脚并用，在地上连按几下，仿佛蜈蚣一般就蹿了开去。

“兄弟们上啊！”终于，黑蜈蚣的一名贴身保镖，也是飞龙西虎堂黑钻杀手级别的黄蜂反应过来，一声咆哮，当即就朝秦帅扑出。

而就在四面八方的内保和飞龙杀手都准备蜂拥而出击杀秦帅的时候，“砰、砰、砰……”接连的枪声不断传来。上官白雪和二十几名潜伏在里面的猎鹰特种兵自后方杀出，毫不客气，直接就是荷枪实弹的开战！

就在这数秒内，起码有十余人倒在了猎鹰特种兵的枪下。而那些本来杀气腾腾往秦帅冲锋过去的飞龙杀手和内保都在子弹爆响声中乱了阵脚。大厅之中，全面暴露，如何挡得了子弹，于是，上百人就像没头苍蝇一样乱窜着寻找掩体，躲避子弹。

“不要动，都给我蹲下！”带头的周云峰大声地喊道。

秦帅在来之前吩咐过，如果在可能的情况下，里面除了飞龙杀手以外，还有些寻常的内保，在交战中尽量不要伤及他们的性命，只需要将他们控制起来即可，以抓捕黑蜈蚣为重。

果然，一些真正的内保听见枪声和喊声，马上就蹲在原地不动了。但那些伪装成内保的飞龙杀手则不然，他们本是亡命之徒，有命案在身，是不会让自己被抓的。他们就算是死，也会全力以拼。

顿时，那些飞龙杀手立马红着眼反扑向射击的猎鹰特种兵。而猎鹰特种兵可都是用枪的高手，在外围射击，那完全是一射一个准，冲在前面的好些飞龙杀手都应声倒地，但毕竟相隔太近，而且里面有钻石级的杀手，身法极快，也有过枪战经验，利用曲线步伐，忽左忽右，以及另外一些低级杀手的牵制，很快就冲到了猎鹰特种兵的面前。一瞬间，猎鹰特种兵的枪就不大好使了，只能变成近身肉搏。但这不重要，挑选进来的二十余名猎鹰特种兵都是擅长近身搏杀的好手，每个人的身手都不会低于一名钻石级的飞龙杀手。

双方顿时惨烈地厮杀在一起。一直愣在那里的唐云杰差点吓尿了，打着唐门的名号四处耀武扬威，也没几个人敢跟他对抗，他一直觉得自己像是苍生主宰，什么时候见过这种场面，子弹乱飞，人像树桩般地倒下，鲜血飞溅，哀号连连。

他是真被吓得差点哭起来，高声大喊：“我是唐门二少爷，我是唐门二少爷，你们的子弹小心点，别打到我了！保镖，保镖快点来挡住我啊！”

周云峰一路杀到唐云杰面前，几个保镖还做出戒备的状态，但那样子显然也有些发抖。他们虽然是唐门的人，是唐云杰的保镖，但并非唐门高手，而只是唐云杰带在身边当使唤的。所以，见到这大场面也被吓到了。

“还在这里干什么，等死吗？带着唐二少出去！”周云峰对着唐云杰的保镖低吼一声。

唐门在蜀中影响重大，唐问天尤其心疼这个儿子，如果唐云杰死在这里，不管是被猎鹰特种兵还是被飞龙杀手误杀，到头来都还是要猎鹰特种部队给交代的。

唐云杰的保镖听见周云峰的提醒，赶紧带着唐云杰往外面逃。周云峰赶紧给侯连武打了个电话，说唐云杰被保镖护着出去了，不要误伤到。随即转身投入战斗。

而此时的秦帅已经跟黑蜈蚣惨烈地厮杀起来。虽然那阵枪声让整个场子内混乱不堪，但黑蜈蚣却趁着这个乱子缓过神来，他立马就意识到这是官方行动，这里没法待下去了，只有杀出血路逃向东缅，去海外发展了。但秦帅对他死咬不放，他根本就脱不了身。秦帅的龙虎锥外加暴风腿，杀伐凌厉，招招致命，他在全力之下尚且难以应付，何况分心逃亡。最终也只好心一横，决心把秦帅干掉了再跑。反正今日一战，是必须踩着无数的尸体才能活着出去的。

“给我杀，给我狠狠地杀！”黑蜈蚣已经豁出去了，对手下一批亡命之徒厉声大吼着。

吼完之后，黑蜈蚣转身扑向秦帅，使出他的拿手功夫“蜈蚣脚”。黑蜈蚣的“蜈蚣脚”有些门道，跟秦帅的暴风腿不一样。秦帅的暴风腿以狂猛著称，而黑蜈蚣的“蜈蚣脚”以快和变化为核心。而且，两只手也变成脚一样，跟两只脚融为一体似的，忽而双手撑地，身子倒立，以双腿剪攻秦帅；忽而正面站立，双脚双手齐出，如同巨蟹一般，凶猛夹击。

秦帅跟他交锋了几下，差点着了他的道。但所幸秦帅的抗击打能力强大，黑蜈蚣没有击中他的要害部位，只是感觉疼痛，并没有受伤。秦帅被惹火之后，就用龙虎锥和暴风腿以迅雷不及掩耳之势猛攻，他不跟黑蜈蚣玩那些花的，直接以自己的长处果断杀伐，很快就杀得黑蜈蚣节节败退，只有招架之功，没有还手之力。

不过，很快就有两名黑蜈蚣的贴身保镖冲出重围，杀到黑蜈蚣身边帮他的忙，一起对付秦帅。跟随黑蜈蚣的都是黑钻杀手，那可不是闹着玩的。夜煞不过白钻杀手，而现在是两个黑钻杀手，外加黑蜈蚣这个红钻杀手，三大钻石杀手合力围攻秦帅，那简直就是狂风暴雨般地攻击。尤其是其中一名黑钻杀手还用了一把不足一尺长的弹簧刀，弹簧刀在黑钻杀手的手中，玩得滚瓜烂熟的，刀刀寒气逼人，秦帅被三人杀得连连倒退，他只好借着周围混战的人，躲避黑钻杀手的弹簧刀和黑蜈蚣的夹击战阵。

此刻，黑蜈蚣已经完全杀红了眼，狂妄地叫嚣着：“给我杀了他，杀了他……”

而此时的现场已经控制在飞龙杀手的手里。飞龙杀手本来有百来人，虽然被猎鹰特种兵闯入偷袭打伤了二三十个，但死去的多是级别低的杀手，级别高的杀手迅速反应过来，找到掩体后近身反击，存活了下来。剩下的飞龙杀手在黑蜈蚣那歇斯底里的叫嚣声中，也明白了今日一战除了杀出血路，没有别的选择，所以个个都杀红了眼。但二十多名猎鹰特种兵不但杀技了得，而且擅长战术和配合，两三人一组地配合着迎战，互相照应，使战斗力大增。

上官白雪看见了秦帅的险境，使出雪花针逼退两名飞龙杀手后，就冲到了秦帅这边来，一扬手又是几支雪花针偷袭向黑蜈蚣和两名黑钻杀手。趁着两个人闪躲雪花针的空隙，秦帅迅速一抬腿，把裤脚拉上去，顿时露出了绑在小腿上的军匕来。一顺手，秦帅就把军匕拔在手里，同样的手法，在另外一条腿上拔出第二把军匕。双刀在手，寒光凛冽，杀气逼人。

秦帅是不轻易用刀的，不为别的，他觉得赤手空拳能打得过对方的情况下，就没必要动刀。他若动刀，战斗力必会瞬间暴涨，而给他一把枪会更可怕。此时动枪不方便，但动刀却是必须的，三名钻石杀手围攻他，搞得他一招都还不了，连拔刀的机会都没用，幸好上官白雪过来替他解了下围，该是他反击的时候了！

秦帅飞身而起，扑向黑蜈蚣，一刀往其头顶百会穴凶猛插落。黑蜈蚣不敢相抗，赶紧闪躲，秦帅藏在后面的第二刀当即反撩出手，直接刺向黑蜈蚣的胸膛。但用弹簧刀的杀手斜里一刀，用弹簧刀挡住了秦帅的军匕。“铿锵”一声，一串火星四溅，那名黑钻杀手只感觉虎口发麻，脚下站立不稳，噔噔倒退，他的力量还是没法跟秦帅相提并论的。

当秦帅想一鼓作气地将其干掉之时，另外一名黑钻杀手的铁拳攻击而来，袭向秦帅的头部。闻到那股拳头的味道，秦帅不用去看，直接反手一掌。刀锋如电，一声惨叫，黑钻杀手倾力一击的铁拳，在将要击中秦帅的头部时，没想到侧对着他的秦帅好像侧面长了眼睛似的，突然一招反撩，匕首直接割断他的肘弯手筋，手臂顿时垂落。秦帅再迅速转身，一刀“毒蛇出洞”，另外一把匕首直接就刺入了黑钻杀手的肚子里。此时的秦帅不但启用了天赋嗅觉，而且军匕锋芒，神挡杀神，佛挡杀佛。四面八方，谁想偷袭他，无论是拳头还是刀锋，嗅觉都会在攻击未到之时告诉他，使他迅速做出反应。

两刀解决掉一名黑钻杀手，秦帅正准备回头对付黑蜈蚣，却发现上官白雪已经跟黑蜈蚣缠斗上，他当即就挥刀扑向另外一名用弹簧刀的黑钻杀手。可那名黑钻杀手对秦帅似乎心存顾忌，而且狡猾无比，竟然用田忌赛马的招数，不跟秦帅拼杀，反而绕了个弯，选择上官白雪袭击。

上官白雪正用“碧海柔波掌”与黑蜈蚣的“蜈蚣脚”全力搏杀，突然被用弹簧刀的黑钻杀手斜位偷袭，心中一惊，赶紧闪身后退。而黑钻杀手却不拿下她誓不罢休，弹簧刀连环杀招，咬紧上官白雪不放。

而秦帅一刀将黑蜈蚣逼退，从缝隙之间穿插过去，迎面一刀刺向黑钻杀手。黑钻杀手挥刀格挡，一串火星飞溅，他被直接震退数步，简直肝胆欲裂。就在秦帅准备飞身而起，趁势将其击杀之时，突然，嗅觉里传来一股浓重的钢铁气味，自斜后方而来。

秦帅回过目光一看，见一名飞龙杀手正从后方偷袭上官白雪，而上官白雪正和黑蜈蚣激战在一起，根本没有提防身后这凶猛一刀。来不及多想，由于距离太远，秦帅也无法冲过去替上官白雪挡住，他只好一伸手抓住上官白雪的手臂，把她往自己这边拉了过来。

“啊！”上官白雪突然被秦帅伸手一拉，重力之下失去平衡，直接倒向他怀里，吓得惊叫了声，但她马上就看见了身后那刺空的一匕首。然而，那刺空的一匕首却迅速掉转方向，再度往秦帅刺来。这下秦帅肯定不怕他了，当即挥着匕首格挡而出。但在他的匕首格挡而出的瞬间，脑子里就闪过了一个糟糕的念头，因为他嗅到身后那个黑钻杀手的弹簧刀也随即刺了过来。这是无法反应的，他应对前面的招式已经出手，没法突然变招，即便能突然变招，撤刀迎接后面的偷袭，也注定要挨前面这一刀。何况上官白雪还倒在他的怀里，更是牵制了他。无论如何，唯有全力以赴了。

摒弃了所有的杂念，秦帅全力迎击向胸刺来的一刀，在力量爆发出去的时候，那手顺势将怀中的上官白雪推开，脚下一旋，迅速转身，迎击向背后黑钻杀手的弹簧刀。然而，对方好歹也是飞龙组织的黑钻杀手，逮住了他怀里抱着的上官白雪，一只手封挡前面攻击的最佳时刻，以全力一击的偷袭，其速度之快，也是电光石火之间。秦帅的身子才转到一半，手中的匕首扬起，还没有挡出，弹簧刀就直接刺进了秦帅的手臂。这是幸运的，本来那一刀直奔秦帅背后的命门穴，准备了结他的。但是，秦帅脚下旋转，身子变位，手臂转动。本来刺向命门穴的这一刀，直接刺到了秦帅的手臂上，一股剧痛传来。“铿锵”一声，军匕掉地，那瞬间，上官白雪的心里一颤。秦帅把她推开之时，她的目光正好转过来，还没有来得及做出任何反应，就眼睁睁地看见那一刀刺进了秦帅的手臂。

“嗷！”刀锋入骨，秦帅痛得一声怒吼，瞬息之间，杀机四射。在黑钻杀手的弹簧刀抽出去之前，秦帅另外一只手上的军匕如惊虹一般划出，直奔向黑钻杀手的咽喉。

黑钻杀手大惊，没想到秦帅在一只手重创之下，还能这么迅速而凌厉地反击，当即松开还没有拔出来的弹簧刀，仓皇后退。但秦帅绝不会放过他，他根本不在乎另外一只手的伤，只是以另外一只手上的军匕凌厉追杀。终于，在黑钻杀手连退四步避开了秦帅连续的三刀之后，秦帅的第四刀刀锋泛着寒芒，带着强大的杀气，斜角四十五度，仿佛天外流星一般，划向黑钻杀手的颈部大动脉。

黑钻杀手仍然仓皇避开，军匕划破他胸前的衣衫，“嗤”地裂开一道口子。但秦帅的军匕才落到一半，突然手臂一个翻转，刀锋突然上撩，一招“回龙刺”，直刺向黑钻杀手的喉咙，动作之快，变化之诡，实在是让人难以预料。黑钻杀手还来不及反应，直接就被秦帅一刀刺喉，那眼睛瞬间瞪大。

秦帅将刀拔出，那喉间顿时鲜血如注，黑钻杀手的身体重重地倒下。秦帅血红着眼，转头看向黑蜈蚣。黑蜈蚣不禁打了个颤，没想到秦帅会这么勇猛，居然在手臂中了一刀的情况下，一口气攻出五刀，将一名堪称顶级的黑钻杀手给干掉。看来，他是遇见真正的杀神了，武功高的他见过，而且见得不少，但被一刀刺入手臂却似乎不痛，还照旧凶残搏杀的，他是第一次见。那得多强的心理素质，多强的忍耐性，以及多好的搏杀状态！

没有经过超级耐力训练的人绝对做不到！

更要命的是，原本上百的飞龙杀手转眼已经倒下一大片，相对于只有二十多人的猎鹰特种兵，飞龙杀手并没有占到什么便宜，反而被杀得死伤惨重。眼见大势已去，黑蜈蚣完全无心恋战。在秦帅的目光带着杀气爆射而来之时，他赶紧转身就跑。但上官白雪的手一扬，三根雪花针激射而出，分袭向黑蜈蚣的后颈、命门以及膝弯三处。黑蜈蚣可没有秦帅那样天赋嗅觉，能察觉到背后的偷袭。随即，黑蜈蚣脚下一软就栽倒了下去，上官白雪趁机冲上前。

秦帅喊了声："抓活的！"喊声刚落，手中的军匕脱手而出，直接激射向黑蜈蚣的屁股。因为那瞬间秦帅想起了夜煞落败准备服毒自杀的事。白钻杀手尚且有这种死士的觉悟，黑蜈蚣这种红钻杀手自然也是有的了。这个时候，黑蜈蚣若是想咬火毒胶囊自杀，但突然产生的剧痛，则会让他把嘴巴张开，没法咬下去。

果然，当黑蜈蚣连中三根针，自知今天已经在劫难逃时，打算咬掉藏在口中的毒胶囊，但突然之间被秦帅的军匕深深地刺入臀部，剧痛之下，嘴瞬间张大叫唤起来，加上又是匍匐着的，那毒胶囊直接就从他嘴里掉了出来。

上官白雪冲到，抬腿一脚就将黑蜈蚣的手臂给踩断，然后以膝盖顶压住黑蜈蚣的后背，把他的另外一只手也控制起来，冲着就近的猎鹰特种兵喊了声："扔副手铐给我！"

就近的一名低级别飞龙杀手还想偷袭上官白雪，解救黑蜈蚣，直接飞起一脚踹向了上官白雪的头部。这时，秦帅用那只没受伤的手使出金刚臂横空一扫，扫中其腰部，那杀手顿时栽落在地。上官白雪用猎鹰特种兵扔来的手铐将黑蜈蚣铐上，这时候好几个红钻杀手和白钻杀手见黑蜈蚣被抓，居然都血红着眼往这边冲来，想救他。

秦帅的目光一瞥，便瞥见了一名猎鹰特种兵的尸体旁边有一把手枪，当即一个飞身匍匐过去，将手枪抓在手里。而此时，至少有三名飞龙杀手已经冲到了上官白雪的面前，准备攻击她，营救黑蜈蚣。秦帅爬地上当机立断，看准几名杀手的脚，连续扣动扳机。虽然脚的目标不大，但距离近，而且秦帅的枪法是不用怀疑的。就算那些脚在移动，但秦帅还是灵敏地做出了准确的判断。

三声枪响后，三名飞龙杀手顿时栽倒在地。一名白金飞龙杀手见状，立马挥着手中的一根钢管折身往秦帅扑来。秦帅直接开枪射中了他的膝盖，白金杀手顿时栽倒在地。

“杀啊！”就在这个时候，响起震耳欲聋的吼声。侯连武在外面等了好几分钟，却不见有飞龙杀手逃窜出去，于是就按照周云峰建议的，派出了一队大约三十人的猎鹰特种兵进行支援。早等在外面摩拳擦掌的猎鹰特种兵，此刻被放进来，如同饿虎出笼猛虎下山，势不可当。因为地狱使者空降唐镇，袭击猎鹰基地，击杀猎鹰特种兵。无论是出于兄弟情义，还是出于一名特种军人的荣誉与尊严，这都深深地激起了所有猎鹰特种兵的仇恨，恨不得将地狱使者碎尸万段。即便是没法找到地狱使者交锋，对于跟地狱使者相关的罪犯，他们也绝对是仇恨满腔，杀气如霜！这一队猎鹰特种兵的到来，将本来人心涣散心中怯阵的飞龙杀手彻底吓了个崩溃。此时已经没人敢继续作战了，也没人管被铐上的黑蜈蚣了，都纷纷夺路而逃。

但哪里是那么好逃的，秦帅和几十名猎鹰特种兵杀气如虹，对无心恋战的飞龙杀手处处截杀。一时间飞龙杀手如树桩般倒下，即便有好些趁乱逃出去的飞龙杀手，也绝没有好运。外面的所有出口都有持手枪的人和狙击手目不转睛地守候着。在逃出海天娱乐城的二十米范围内有手枪射击，手枪没能拿下的，则狙击手进行终极狙击，锁定目标，一枪毙命！猎鹰的整个战略部署滴水不漏，绝不会给飞龙杀手半点漏网之机。很快，飞龙杀手就已经变成秋风卷落叶一般，衰败一片。

战场接近尾声，秦帅的身上也被鲜血染红，上官白雪走过去关心地说：“这里已经行了，赶紧的，我陪你去处理一下伤势吧。”

秦帅看了她一眼，没说什么。然后又看了眼地上的黑蜈蚣，只说了句：“把他给我带走！”

随即，秦帅给侯连武打了个电话，让他将整个海天娱乐城封锁起来，无论是不是杀手，此刻一个人也不准出去了！因为这个时候，有些杀手肯定会藏起来，或者伪装后逃出去。一开始杀手没有逃亡的想法，可以把普通人放出去，但现在，杀手发现有埋伏，就会想方设法地混出去。

侯连武说完全封锁只怕有难度，因为人手恐怕不够，里面一共去了五十多名猎鹰特种兵，外面也就四五十个了，而且守着前后左右的四个方位，一个方位也就十余人。

秦帅说："没事，我马上让戴安全调人过来配合你。另外，你派辆车子在外面等我，送我回猎鹰基地，让军医准备好，我手臂受伤，被刀子穿入，需要抽刀、止血、消毒和包扎。"

随即，秦帅打了个电话给戴安全，让他把人调往海天娱乐城，配合侯连武处理后续，整个海天娱乐城方圆一百米内必须全部封锁，人员只准进、不准出。然后，他和上官白雪带着黑蜈蚣离开了战场。现场的局势已经完全在猎鹰特种兵的控制中，不用秦帅在这里压阵了。他要去处理自己的伤势，然后陪黑蜈蚣好好玩玩。

外面早有侯连武准备好的一辆军车等着，秦帅和上官白雪带着黑蜈蚣上了车，开往猎鹰特种基地。

04 激流暗涌

当军医把基本的药物和器具准备好之后，秦帅在匕首插入的上方系上了一条带子，把带子缚紧，可以压迫血管，阻止血流。随即，秦帅把手放到了弹簧刀的刀柄上。

上官白雪忍不住心里一颤："怎么，你就这样拔吗？会很痛的！"

"是啊，你打算自己拔？"连军医也惊到了。

秦帅没说什么，只是将受伤的手臂放松，然后另外一只手臂也找准了一个最佳的发力点。做好准备，牙齿一咬。只是瞬息之间，握住弹簧刀柄的手一发力，很干脆地将弹簧刀直接拔了出来。没有半点犹豫，因为不能犹豫。秦帅很清楚，只要有半点犹豫，就等于让刀子在里面对肌肉组织进行再破坏。这种情况即便在手术台上，由手术医生缓慢地取出来，也难以保证不对肌肉组织再损害。但如果手法平稳，而且干净利落，从刀口进入的方向原路拔出，就能把伤害减到最低。所以，秦帅没有让军医走手术流程，而是自己动手。他对自己有信心，而且特别学过这种急救处理过程。

他力量爆发后，弹簧刀顺利拔出，一股鲜血顿时从伤口涌出。秦帅忍着痛让上官白雪再于他的手臂上方系一个止血带，让军医帮忙清洗血迹和消毒。

当秦帅等着军医替他清洗干净再缝合伤口的时候，他突然想起了什么，从身上摸出电话来，让军医和上官白雪不要说话，然后拨打了唐雨若的号码。

"喂。"唐雨若接了电话，她顿时感到喜出望外。她没想到秦帅晚上会打电话给她，他说晚上有事的，本来她还有些心神不宁地担心着呢。

秦帅问："我能问你点事吗？"

唐雨若问："什么啊？"

秦帅问："你之前给我的那个药，能治比较大的伤口吗？叫什么，玉肌膏是吧？"

"嗯，对，玉肌膏。"唐雨若心中一紧，"怎么，你受伤了吗？"

秦帅说："没，没有，是一个朋友受伤，我帮问一下。"

唐雨若问："伤口怎么样？"

秦帅说："是弹簧刀刺入的，伤在手臂靠近肱二头肌的位置，伤口虽然比较窄，但是很深，要是缝合的话，起码得缝合四层才行。"

"那么深的伤口啊，岂不是差不多对穿了？"唐雨若问，"那伤到骨头和血管了吗？"

秦帅说："骨头有点小伤，但没有整个断裂，静脉血管有伤到，但没伤到动脉。"

唐雨若说："那玉肌膏就不行，玉肌膏主要是针对皮肤表层组织的修复，对于伤及筋骨和肌肉组织损伤严重的，必须得用另外的药物，你可以带你朋友过来，我用另外的药帮忙处理。"

"过去找你处理不太好吧，一身是血，看着很不好的。要不我找个人过去，你把药给他，你教他怎么用就行。"秦帅撒谎说的是朋友受伤，自然没法带个朋友过去。

可唐雨若说："不行，用这药必须要我的手法对经络以及穴位进行推拿。一是减轻痛楚；二是促进血液循环，配合药效。单是用药的话很难应对那么严重的伤势。"

"那好吧，你在哪儿？"秦帅问。

唐雨若说："在家啊。"

秦帅说："行，我一会儿就过去。"

挂掉电话，军医已经替他把伤口都消毒清洗完毕，看着他问："现在就缝合吗？"

秦帅说："不用了，你帮我先用药棉和纱布先简单包扎一下就行。"

“那怎么行？这么大的伤口必须得缝合，不然很容易发炎的。”军医毕竟也从医多年，而且身为特种部队的医生，其医术和经验也是很丰富的。秦帅拔刀，军医知道那是可行的，主要看手法。但伤口不缝合直接用纱布包起来，里面的肌肉组织不接触，难以愈合，就会发炎、腐烂。

但秦帅说：“没事，我去找个朋友处理下就行。”

见秦帅这么说，军医只好照办。

在军医简单地用药棉和纱布将伤口包好后，秦帅又让上官白雪用毛巾替他擦了下身上，再看了一眼被扔在地上的黑蜈蚣，说：“帮他把屁股上的外伤简单处理下，然后找个秘密的房间把他关起来，没有我的命令，禁止任何人接近！”

说罢，从黑蜈蚣的身上把电话给搜了出来。

秦帅又给侯连武打了个电话，说把黑蜈蚣暂时关在猎鹰特种基地，但禁止消息走漏。另外，把海天娱乐城的所有监控保存到猎鹰手里，然后把那里的监控系统都毁掉，不要让任何人查看到今天整个行动的记录。

侯连武答应。秦帅又再打了电话给戴安全，让他马上在整个唐镇，乃至在网上发布追捕海天娱乐城老板黑蜈蚣的消息。秦帅这么做的目的，是想让张天虎知道黑蜈蚣没有落在警方手里。那么，黑蜈蚣没有落在警方手里，却落在了他的手里，张天虎就不会认为他和警方或者军方有关，他就可以以江湖人的身份和张天虎以及韩飞龙谈谈接下来的了断。如果知道他是官方的身份，无论是张天虎还是韩飞龙，都不会跟他谈。眼下案情扑朔迷离，他每走一步都必须滴水不漏。

给戴安全下达命令之后，他才转身离开，上官白雪跟在后面。

秦帅站住脚步：“你不要跟着我了，先回去休息吧。”

“可是你手受了伤，需要人照顾啊。”上官白雪说。

秦帅说：“这点伤不过小伤，没什么事的，你自己去休息就行了。”

说罢，也不理会上官白雪，大步地走了。

上官白雪站在那里，想说些什么，但却不知道怎么说出口。是该为之前的事说“对不起”，还是为今晚的事说“谢谢”，还是……海天厮杀的那一幕，在她的脑子里反复地浮现着。也许从那个时候起，她才见识到什么是真正的军人，什么是真正的男人。当她背后被偷袭，完全来不及反应的时候，秦帅不顾自己的危险，赶紧拉了她一把，使她避开了背后的致命袭击。然后那致命的袭击将矛头对准秦帅，秦帅单手应战。背后的偷袭再一次发动，若是秦帅反手把她推出去，推向背后的那道杀机，以她为挡箭牌，就可以化解他自己的危机，但秦帅是把她往一边推开的。然后，他独自面对危险，绝境求生。幸好他的动作迅速，反应很快，将危险降到最小，只是手臂上挨了一刀。但是，手臂上挨一刀，刀锋入骨，也是很严重的伤了。秦帅没有把伤放在心上，他甚至没管那只手臂，而是单手握刀，强悍地击杀了偷袭他的黑钻杀手，然后继续强悍杀敌。要知道她当时心里都在颤抖，一把刀穿在手臂之中，那得多疼啊！

她一直不服秦帅，觉得会那么点武功有什么了不起的，这世界上本事厉害的人多了去了。但那一刻她才发现，秦帅真正强大的，不是他的武功，而是一种意志、精神、信仰。包括回到猎鹰基地，在治疗室里，秦帅自己拔刀，那种男人的无限气概征服了她。他不是一名战士，而是战神！难怪上面会派他出来对付地狱使者，看来他说的，除了他之外，只怕没有对付地狱使者的最佳人选了，真不是吹牛的！

秦帅直接坐了辆出租车到了唐雨若的别墅。这次，他没有走后门，而是直接到了前门。别墅的狼狗隔着铁门冲着秦帅狂吠，秦帅打了个电话给唐雨若，说到了，在门口。

唐雨若当即通过监控看向大门外，看到秦帅手臂上缠着的绷带，T恤上的血迹，不禁吃了一惊："你不是说你朋友受伤的吗？怎么是你！"

"怎么，是我就不帮我治了吗？"秦帅开玩笑。

唐雨若心疼地说："等下，我马上来。"然后小跑着下了楼。

唐雨若止住了狗的叫唤，替秦帅打开了门，一脸担心与关切问道："怎么会这么不小心啊，伤哪里了吗？"

秦帅说："没，就手上。"

"你去干什么了，谁有那个本事伤得了你啊？"唐雨若问。

秦帅说："江湖之中藏龙卧虎，比我厉害的多了去了，能伤得了我，那是一件多么正常不过的事！"

“你到底是跟谁打了啊？身上这么多血。”唐雨若说着，把秦帅带到了楼上。

也许，在明亮的灯光之下，秦帅的样子才真正让唐雨若觉得心疼。一件T恤洒满了血迹，或许因为一番激战的疲惫、时间也很晚、失血过多等诸多因素，秦帅的眼神里有几丝疲倦，脸色显得苍白。

秦帅说：“江湖上的仇家吧，蒙着脸的一群人，我也没认出来。”

“那……”唐雨若问，“那些人呢？你把他们都解决了吗？”

秦帅说：“我哪里那么厉害，人家都是高手，围攻我一个，我好不容易杀出血路，能活着出来就算不错了。”

他自然不会撒谎说把对方都解决了，解决了人是会留下尸体的。而且，出了多条人命案，事情都会传出来，唐雨若岂不是明显就知道他撒谎了。只不过海天娱乐城的事也会传出来，唐雨若到时候也一定会怀疑的。但怀疑，他不承认，也只能是怀疑。

唐雨若轻轻地替秦帅解开了绷带还有纱布，取下药棉。看见那伤口，真是心疼得不行。

“这都是些什么人啊，居然如此狠毒！”唐雨若问，“要不要打电话给我哥哥，让他派唐门的人帮你，在唐镇搜索一番，肯定能把那帮人找出来的。”

秦帅说：“算了吧，听说唐门一向很少介入江湖恩怨，还是不要给你哥添麻烦了。而且，我也不想那么高调，让人知道我跟唐门有什么关系。”

“可是——”唐雨若担心地说：“万一那些人再找到你怎么办，你受了伤，就更不是他们的对手了。”

秦帅笑：“怎么，你这是担心我吗？”

“好好好，算是吧，你赶紧到床上躺下，我先帮你处理一下伤口。”唐雨若说。

“哦，好。”秦帅走进唐雨若的闺房，看着那么干净的床单和被子，再看了看自己的身上，对唐雨若说，“这，会给你弄脏啊。”

唐雨若说：“等下我换一床就是，不过，你的T恤还是得脱掉才行，这样才方便找准位置，推拿经络。”

“好吧。”秦帅说着，便脱下了T恤。

唐雨若的心瞬间就加速跳动起来，这一身结实而充满力量的肌肉总是让唐雨若毫无抵抗力，就像是当初在维加斯的街头，只是匆忙的一眼，那个叫死神的人瞬间触动了她少女的心扉。她总觉得秦帅就是那个维加斯街头出现的死神，她其实很想问秦帅到底是不是死神。但她知道秦帅就算是，也不会承认，问了也是白问。

唐雨若拿了一个淡红色的药瓶来，打开药瓶，里面顿时飘出一股特别清香的味道来，闻着令人心旷神怡，精神倍增，好像身体的力量得到补充一样。她用一个塑料的小勺舀了些淡红色药膏，涂在秦帅手臂的伤口边缘，用那修长而白皙的手指在伤口周围轻轻地摩挲着。

药膏涂上后传出一股清凉的感觉，让伤口的疼痛感减少了许多。那清凉的感觉一直沿着血脉往深层渗透进去，加上唐雨若温柔的摩挲，感觉真是特别舒服。

“这什么药啊，感觉好舒服。”秦帅问。

唐雨若说：“活血膏。”

“活血膏？”秦帅问，“这又是个什么东西？”

唐雨若说：“活血膏就是活血膏啊，活血则生肌，生肌则伤愈。”

秦帅问：“要多久能好啊？”

唐雨若说：“这个就说不准了。其一是看个人的体质，血小板的凝结功效和肌肉再生能力；其二是看身体对药物的吸收效果；其三就得看医师的技术了。”

“看医师的技术？”秦帅问，“什么意思？”

唐雨若说：“就是我帮你处理得好，多推拿一会儿经络，促进血液循环和药物吸收，在效果好的情况下，十二个小时之内，伤口就会生出新肌，逐渐愈合。七十二小时之内，就可以把疤痕去除，恢复原状。”

“哇，这么厉害啊！”秦帅说，“能消除疤痕这个好，不然在手臂上留一道疤痕，很影响以后找女朋友啊！”

唐雨若说：“那我就给你少用点药，让你留点疤痕好了，免得你自以为魅力太大，到时候去祸害别人！”

玩笑归玩笑，唐雨若还是很认真地替秦帅处理。在替他涂好药膏，对伤口边缘简单地轻揉一番之后，重新用一块纱布包着药膏，把秦帅受伤的位置绑起来。然后，她开始用那双柔软的手替秦帅进行经络和穴位的推拿。

不过，在那个时候他却想起了冷梦雪来。以前每天晚上他都要享受冷梦雪那独特的按摩手法，然后沉沉地睡去。这有几天没见她了，也没有打过电话。不知道为什么心中会突然想念她，也许是不放心吧，她那冷艳的性格，什么时候才能找到男朋友啊？他是真希望她在这如花的年纪能有一份美好的爱情，然后有个圆满而幸福的归宿，这才是人生的终极目标，而不是一直江湖漂泊，萍无所依。还有江山，不知道跟那个范诗琪发展得怎么样了，明天得打电话问一问。按道理说，那个龙柳的兄弟也要出院了吧，那梦雪和江山就不用在那里苦守着了。还有，得抽空到落日山庄去看一下贾豪明和龙柳，俩人的伤势也应该恢复得差不多了吧。唉，感觉人生好忙的节奏。

唐雨若在专心致志地替秦帅推拿着，一种温热的感觉在秦帅的经络之中缓缓流动，像是欢快的小溪流淌，又好像是身上长了翅膀般，轻盈地飘浮起来。他真想这样一直不停，那么人生就真的太美好了。

但唐雨若最终还是停了下来，轻揉需要很好的掌控力度，还是很费力的。

“好了，只需要静养一阵就好了，明天中午再涂一次药。”唐雨若说。

秦帅睁开眼睛，看见唐雨若那张美丽的脸庞上已经渗出细密的汗珠，身上半透明的黑丝裙也被汗水打湿，贴在雪白的肌肤上，看上去有一种特别诱人的美。

“看什么！”唐雨若脸色一红，嘴唇轻咬。

秦帅说：“你真美。”

唐雨若只觉得心中一荡，有一种美滋滋的感觉，但嘴里还是说：“废话，你现在才发觉吗？”

秦帅说："是啊，以前你的脾气太差了，把你的美都掩饰了，所以没有发觉。"

"早知道你这样没良心，就不帮你治疗了，还帮你推拿，手臂都酸了，一身都是汗。"唐雨若噘着小嘴。

"好了，不逗你了，时间不早了，你也该休息了。"秦帅说着起了身，抓起了那件扔在一边的T恤，说，"还是谢谢你了，晚安吧。"

说罢，转身就往外走去。

"怎么，你要走吗？"唐雨若突然问了句。

秦帅的心里一颤，努力稳了稳神，转过身来一笑："怎么，我不走，你还打算留我在这睡啊？"

唐雨若脸色一红："现在这么晚了，你本来就很疲惫，又流了很多血，是不适合走动的。不过你别想多了，我可以把床让给你，我去睡沙发。"

"谢谢了，我不是跟你开玩笑，我是真的要走。"说罢，秦帅毅然决然地下楼了。

唐雨若站在那里，其实还想说点什么，但最后只说了句："记得明天中午找我换药。"

"谢谢啊，早点睡吧。"秦帅安静地离开了。

其实，他也是很想留下来的。他之所以走，是因为还有更重要的事情要办——他要跟张天虎过招，这是必须要办的大事。儿女情长不及任务重要，这是军人的原则和信仰。哪怕他此刻身子疲惫，身体状况欠佳。但身为华夏的至尊王牌，那就是一台战争机器，永远不能因为自己的疲惫而放弃最佳的攻击机会。

秦帅离开了唐雨若的别墅，一个人走了很远。走到了青龙河滩上，河里的流水潺潺，不时传来蛙鸣的声音，对面山上夜鸟的扑腾，诠释着夜的生机。还有阵阵凉风吹过，令人心旷神怡。

秦帅从身上摸出了黑蜈蚣的电话，直接在通话记录里翻出了张天虎的电话号码，上面存的虎哥。不用猜测，能让黑蜈蚣喊虎哥的人，只有张天虎。不过秦帅还是对照了一下通话时间，增加判断，差不多确定就是张天虎，然后才把电话拨了出去。

“嘟……嘟……嘟……”通话铃声一直冗长地响着，秦帅知道张天虎肯定睡着了，需要点时间才会接电话。第一遍，客服那抱歉而优美的声音响起，说是拨打的用户正忙，或者不方便接听电话，请稍后再拨。秦帅又接着拨打，深度睡眠中的人不容易被动静惊醒，但能被持续的动静惊醒。也或许是张天虎听见了不想动呢，反正多打两遍他是必须接了，因为往往打了几遍的电话就表示有重要的事。

在第二遍后，张天虎终于接了电话。一接电话就表现出他极为不悦，带着深重的抱怨说道：“这么晚了，一直打有什么事啊？”

睡得正香的人被吵到是很容易发脾气的，尤其是面对下属，这种脾气说发就发出来了。

秦帅说：“这种时候你都还睡得着，张天虎，你也算个人才了。”

“啊，你是谁？”张天虎突然听出不是黑蜈蚣的声音，一下子睡意全消，一翻身就从床上坐了起来。

秦帅说：“你都派那么多人追杀我了，你还不知道我是谁？你这飞龙杀手组织天虎堂大哥是怎么当的啊？”

“是你！”张天虎心中一惊，马上就问，“蜈蚣的电话怎么会在你手里？”

秦帅讽刺：“他电话怎么会在我手里？用大脚趾也想得到好吧，肯定是他人落在我手里了啊，这么简单的道理，难道比一加一等于二还难吗？”

“蜈蚣会落在你手里？”张天虎一万个不信，“你有那个本事吗？你是当小偷，偷了他的手机吧？”他是肯定不信的。黑蜈蚣是什么人，是飞龙杀手组织里珍稀的红钻杀手啊，是西虎分堂的堂主，这还不算，他身边还有黑钻杀手和白钻杀手，各种高手如云。他怎么可能落在秦帅手里！

秦帅只是冷笑一声：“你不要再活在你那自以为的幻想里了，你的西虎分堂海天娱乐城已经完了，不剩一兵一卒，全军覆没。听清楚了吗？”

“胡说八道！”张天虎恼羞成怒。

秦帅说：“好了，你这种人是不见棺材不掉泪，不到黄河不死心。我好好地跟你说一说海天覆灭记吧，听清楚了。”

“本来呢，你们派了一个白钻杀手，叫什么夜煞的追杀我，落到我手里了，我就跟那个黑蜈蚣通过话，问是把你的号码给我，还是让我把人送给警察。”

“很遗憾，黑蜈蚣很猖狂，搞得他不怕警察一样。回电话给我，求我把人送给警察，那么我只好帮这个忙，把人送给警察了，送给他们的时候附信一封，仔细地说了海天这个飞龙的据点。”

“结果，警察也没让我失望，晚上的时候我见唐镇戒严，还有枪声四起，我就知道警察对海天动手了。所以我就找了个看好戏的地方，看能不能捡捡漏。”

“不出我所料，我看见黑蜈蚣这个红钻杀手逃出来了。但我确实不敢在门外面动手，因为遍地都是警察，所以我就悄悄地跟在了黑蜈蚣的身后，等他逃到镇外才把他拦了下来。当他看见我的时候，跟你一样，其实没把我放在眼里，听说是我出卖的海天，还很愤怒，想杀了我，结果像死狗一样地倒在我面前了。不过，我没有杀他，还留了他一口气，后面还有底牌亮给你。故事说到这里，你是不是该相信点什么了？”

“你真的毁了海天！”张天虎大怒。

秦帅说：“这事你就不要抱其他幻想了，摧毁海天只是给你们长点记性，因为我给过你们谈判的机会。你不要觉得飞龙组织多强大，而我是一个人，就可以把我吃干抹净。我要告诉你的是，我除了杀人的本事不比你们逊色之外，我还有很强大的大脑，极擅长给人挖坑。你也知道对于一个杀手来说，脑子比武功更可怕。惹过我的人连面壁思过的机会都没有。所以现在给你个机会，马上把情况告诉韩飞龙，让他选择，是继续陪我玩到底还是选择跟我对话！”

“对了，还有一句话你得转告一下韩飞龙，请他杀我的人只怕是没安什么好心，如果我猜得不错，那个雇主真正有仇的不是我，而是飞龙组织，但他知道我的可怕，所以才出钱请飞龙杀我，实际上却是借我的手帮他灭了飞龙，明白吗？”

“想跟龙哥对话，你还不够资格！”张天虎说。

秦帅说："够不够资格，你还没资格评论，因为你看起来也就是一介莽夫而已，通常只是炮灰的角色。韩飞龙出身亚马逊特种教官，他的脑子比你好使，把我的原话转告给他，他才有资格决定向我宣战还是跟我谈判。而且，超过明天下午六点，我的下一个目标就是摧毁你在江南省的飞龙组织东虎总堂，言尽于此了！"

不等张天虎说话，秦帅直接就挂了电话，他知道韩飞龙一定会打电话跟他谈判的。首先，他把最后通牒定在明天六点之前，其实是给飞龙组织一个知道真相的机会。他说摧毁了海天，张天虎不信。那么这个电话之后，张天虎肯定会报告给韩飞龙。然后韩飞龙会派人打探唐镇海天的事。而明天的唐镇之上到处都是关于黑蜈蚣的通缉令和海天覆灭的消息，韩飞龙就不得不信了。最后，韩飞龙知道秦帅不好惹，就会乖乖地跟他谈判。

接了秦帅的电话之后，张天虎一刻也不敢耽误，立马给韩飞龙打电话。唐镇的西虎堂可不是一股小的力量，里面有上百名杀手，花了飞龙组织很多的人力和财力，连韩飞龙也寄予厚望。因为蜀中是武术之乡，所以位于唐镇的飞龙杀手基地能向全球的飞龙组织输送优质杀手。加上海天娱乐城的价值，起码损失上百亿啊！虽然还没有确定海天娱乐城是否如秦帅所说已经被摧毁，但张天虎觉得这不会假，差不多就是铁板钉钉的事了。要不然，黑蜈蚣的电话怎么会落在秦帅手里？如果是秦帅偷了黑蜈蚣的手机，手机里面那么多信息，黑蜈蚣肯定也会马上打电话告诉他，让他知道什么情况。而黑蜈蚣没有打这个电话，说明手机不是被偷的，而是确实出事了。

"喂，怎么这个时候打电话来。"韩飞龙的声音很温和，而且不是睡觉的状态。此刻的华夏虽然已经是晚上，但海外，韩飞龙所在的地方其实是白天，只是他知道张天虎的地方现在是深夜，从没有在这个时间打过电话来，还是有些奇怪。

张天虎说："不好了龙哥，西虎堂出事了。"

韩飞龙的语气仍然淡定："出什么事了？"

张天虎当即就把秦帅说的情况说了一遍。

"海天被一锅端了？"韩飞龙也完全不信，"怎么可能，那里可是有百多名杀手，有二三十个顶级高手的。”

张天虎说：“想起来是不可能，但这小子也不像是说假话，毕竟蜈蚣的电话都在他手里。而且，而且他还提到了……”

韩飞龙问：“提到了什么？”

张天虎说：“他提到了我在江南的总堂。我想，会不会是蜈蚣说的？”

韩飞龙说：“那也有可能是被他抓住的那个夜煞说的呢，钻石杀手应该都知道总堂在江南，但他们并不知道在江南的什么地方。”

“嗯，也是。”张天虎说，“那现在我们怎么应对，是继续派人追杀这小子吗？”

韩飞龙问：“他打电话给你肯定不只是为了告诉你已经端掉海天，肯定还说了他想怎么样的吧？”

“嗯，有。”张天虎说，“他说想跟龙哥你谈一下这件事的解决方案，做个了断。”

韩飞龙说：“他算个什么东西，有资格跟我谈吗？”

张天虎说：“我也是这么说，但他让我带两句话给龙哥，让龙哥考虑考虑。”

韩飞龙问：“什么话？”

张天虎说：“他说他怀疑这是我们的雇主给我们挖的一个坑，雇用我们的人其实是跟飞龙有仇，跟他没什么关系，但知道他很厉害，所以花钱请飞龙干掉他，是想借他的手来灭掉飞龙。”

“他真这么说？”韩飞龙问。

张天虎说：“是。”

韩飞龙问：“你有什么看法吗？”

张天虎说：“这个，我现在脑子还有些混乱，感觉这家伙确实是有些斤两，怎么办还是龙哥你说了算吧。我个人还是觉得，就算他再厉害，想跟飞龙对抗，也只是以卵击石的下场。”

“这样吧，你找蜀中的朋友打听一下海天娱乐城的事情，如果海天被端属实，我再斟酌吧。”韩飞龙说。

张天虎说："他说希望能在明天六点以前等到龙哥你的电话，否则他就拒绝谈判，直接来对付我们江南总堂了。"

"狂！"韩飞龙的火气一下子就冒起来了，"够狂，这些年的江湖之上除了横空出世的地狱使者确实狂得有些本钱，老子还没见过其他人有这能耐，很好，咱们慢慢玩吧。"

张天虎说："那行，等我打听到消息再跟龙哥你说，先挂了。"

挂掉电话，韩飞龙陷入了沉思。气归气，但他绝不会小看秦帅。先不说秦帅干掉赵半山，抓了夜煞，粉碎飞龙两次的追杀，以及还未证实的海天事件了，单是秦帅敢打电话给张天虎，叫板飞龙这份胆识就已经令人刮目相看了。从他韩飞龙带领飞龙组织至今，无论是个人还是什么势力，有谁敢叫板过飞龙？无论是独当一面的高手还是雄霸一方的大哥，只要听到飞龙的名号，马上都能低下头，如今这个来历不明的江湖小卒，却屡次挫败飞龙组织，还口吐狂言叫板飞龙，这可不是一般人干得出来的。

难道这里面真有什么玄机？而且，秦帅说的雇主为飞龙挖坑的推测，韩飞龙自己也怀疑过的。秦帅也能看出这点来，说不准还真是这样。关键是天眼社还没有传来关于秦帅的消息，所以让他现在很被动。无论怎么说，他是飞龙的大哥，是在全球都璀璨的一颗明星，多少有实力的人都没有资格和他对话，如今一个无名小卒三言两语就吓得他跟他对话，这要是传出江湖，会让人笑话的。但假如这件事里真有阴谋的话，却又有对话的必要。一切还是等张天虎打听回来消息再做决定吧。

秦帅连夜赶到了猎鹰基地，他去见了黑蜈蚣。黑蜈蚣真就像只蜈蚣一样蜷曲在小黑屋的角落里。怎么说他也是一方枭雄，指挥着一大群高手，跺跺脚就地震的人物。但此刻，或许是因为经过一战之后太疲惫，或许是受了伤，也或许是心里受到了打击，外表看着格外萎靡，没有精神。像突然亮起的灯光，刺得睁不开眼睛一样。

秦帅把门关上，说："想不到吧，一天之前，我们在电话里通话时，你还很牛气求我把夜煞送给警察，求着警察来剿灭你，你觉得你像是唐镇上的主宰，可以无法无天，可以肆无忌惮，两根手指就能捏死我。结果呢？你沦为了阶下囚，老子随时可以捏死你！”

“要杀要剐，随你的便，不要跟我说这些风凉话。”黑蜈蚣似乎还有点骨气的样子。

“杀你剐你，那不是随时的事吗？”秦帅说，“但问题是，在我眼里，你就是一只毛毛虫，我都没有兴趣来对付你。不过，对于你在飞龙组织的位置所知道的信息，我还是有些兴趣的。”

黑蜈蚣问：“你想干什么？”

秦帅说：“我已经说得很明白了，拿点关于飞龙组织有价值的情报来，我化身诸天神佛，保你平安。拿不出来，我可就化身恶魔，让你求生不得求死不能了！”

“哈哈，你以为老子是吓大的，会怕你吗？”黑蜈蚣一声冷笑。

秦帅一笑：“很好，那我陪你玩玩吧，咱们有的是时间玩。”

说罢，上前往黑蜈蚣的大腿上一脚踩下，“咔嚓”的一声，骨头断裂。接着，秦帅再按住他的脚掌，一拳击出，直接把他的脚趾也打断了几根。然后，就挥着巴掌击打那断掉的脚趾。

本来骨头断裂后再受到外力的摧残，那断掉的骨头就会产生摩擦，痛至刻骨。黑蜈蚣开始还咬牙忍着，但秦帅慢慢地加大力量，让他断裂的地方发生更为激烈的碰撞，他终于感觉神经要崩溃一般，号叫起来。

“我说，我说……”

但秦帅还是没有住手，直接挥手一耳光打在黑蜈蚣的脸上，把他打了一个倒栽葱。脸上顿时现出几根指印，红肿了半边。秦帅再继续给他受伤的地方踢了一脚，说：“让你说，你偏傲娇，非得要老子给你颜色看，你以为你想说，老子就一定要听你说吗？你要知道，主动权在老子手里，老子高兴让你说，你才有说的机会。老子不高兴让你说，把你玩死也没关系。因为你不说，老子还有一万多种渠道找到我想要的。”

“我知道你想知道什么，我配合你。”黑蜈蚣彻底崩溃了。

之前在海天见秦帅手臂上挨了一刀还那么剽悍，他就已经服气了。之后又在军医的治疗室亲眼目睹秦帅直接把匕首拔出来。而此刻秦帅又如此的狂暴，他知道秦帅绝不是一般人，如果他要顽抗的话，根本就打不过去。

秦帅住了手："你大概已经乱了方寸，不知道从何说起，那我就提醒你一下吧。其一，据说唐镇有一处飞龙杀手训练基地，好像只有你知道地址、位置、人数；其二，张天虎的江南总堂在什么地方；其三，你如果还知道关于飞龙组织其他重要信息的，提供越多，我保证你活下来的机会就越大，受到折磨的可能性就越小。"

终于，黑蜈蚣还是老老实实地说了。唐镇的飞龙杀手基地位于玄虎山无阳谷，那里接受培训的飞龙杀手大约一百人，本来有两百多的，但随着海天场子的扩大，就调了一些人出来，还输送了一些到飞龙的其他堂口去。另外，张天虎在江南的总堂其实就是飞天楼，是一处集高档次酒店、餐饮、休闲、娱乐以及赌场等为一体的综合娱乐之地，堪称超豪华天上皇宫。除了这些，他还知道飞龙组织在东缅一带有一个总基地，是一处军火基地，通过江南天虎堂往内地走私军火，他在唐镇的军火就是从那边购买过来的。

"知道那个军火基地的位置和头目吗？"秦帅问。

黑蜈蚣说："位置不知道，我是通过虎哥牵线，然后听虎哥说是自己人，头目好像叫野狼，其他的就不大清楚了。"

"好吧，算你认真地说了点老实话，我争取能保你一条命，看你后面的表现吧，有需要你的时候我会再来找你的。"秦帅说着，离开了小黑屋。

秦帅在手机上看了下时间，已经是凌晨三点多了。他到了猎鹰基地的外面，看了看昏黄和已经冷清的街灯，心想，又该去哪儿呢？还是回租的房子去吧。他得跟川岛樱子多些接触，毕竟川岛樱子也不是善良之辈，隐藏太深了。若不是他的天赋嗅觉嗅出了川岛樱子来，他肯定打死都不会想到川岛樱子竟然是医院里那个可怕的杀人狂魔。在那么短的时间里，用一把小刀，杀掉了熊胖子和他的四名保镖。

突然，秦帅的脑子灵光一闪，他想起了熊胖子在足浴城外被一位巨人杀手砍掉一只手的事。那也是一个启动了全国的警察系统以及民间悬赏都没有任何消息的神秘杀手。他会不会跟川岛樱子是一起的？其一，武功都很强大、可怕、神出鬼没，手法干净利落，查无踪迹；其二，他们出手的对象都是熊胖子。或许他可以探探川岛樱子的口风，毕竟他曾怀疑过那个巨人杀手就是来无影去无踪的地狱使者，而恰好地狱使者、川岛樱子和朱象都是一体的，那个巨人杀手还真有可能就是地狱使者了！

秦帅回到了出租房，川岛樱子和杨雪莲自然是睡了。不过，一点也不例外，川岛樱子房里的灯很快就亮了。然后，秦帅在洗手间洗脸的时候，川岛樱子就出来了，她穿着一件粉色的真丝睡裙，睡眼惺忪，头发略有蓬松，粘了几丝在额角。

“啊，秦帅哥哥，你怎么了？”川岛樱子突然惊讶起来，整个人都醒了几分，“你脸色好苍白，身上怎么还这么多血？”

秦帅洗了把脸，把毛巾晾上，才说：“受了点伤。”

川岛樱子说：“这样子可不像受一点伤啊，到底是怎么回事啊？”

秦帅把身上带血的T恤脱下来，说：“我先洗个澡，等会儿跟你聊吧。”

“啊，洗澡啊？”川岛樱子挺担心地说，“可是你这手臂还包扎着，被水打湿了怎么行，水浸入纱布，伤口会溃烂的。”

秦帅说：“那也得洗啊，身上出了很多汗，不洗的话躺着会难受的，而且对身体也不好。毛孔都被汗液堵塞，毒素没法排出，很容易感冒生病的。”

“要不，我，我帮你洗吧。”川岛樱子懦懦地说。

“你帮我洗？”秦帅意外了下。

川岛樱子点头：“嗯，但你得穿着短裤，洗完了再换一条。”

“嗯，这可以。”秦帅说，“那谢谢你了啊。”

秦帅心里不禁有些小小的感动。真的，他觉得川岛樱子是真的喜欢他，而且确实对他好。每次他无论是一点回来还是两点回来，哪怕她睡了，川岛樱子都爬起来跟他说话。要知道，瞌睡正香的人是很不想起床的，必须要有一股强大的动力才能让一个睡得正舒服的人从床上爬起来，更不用说川岛樱子主动帮他洗澡了。

他嗅得出来，川岛樱子也是黄花少女，在这样的晚上愿意帮一个男人洗澡，这得需要多大的勇气。这份感情，他想质疑都找不到点。当然，他还不知道川岛樱子到医院去杀了熊胖子和四名保镖是帮他报仇的。

秦帅脱去了外面的长裤，留下了里面的短裤。川岛樱子也进了里面，关上了门，然后小心翼翼地拿着喷头，替秦帅抬着那只受伤的手，为他冲水。冲完水之后，又为他打了沐浴露。

川岛樱子的手特别白皙而温柔，摸在秦帅身上，有种说不出的舒服。而川岛樱子也是第一次用手去触碰一个男人的身体，那结实而隆起的肌肉，强硬而充满力量，让少女心慌慌的。

不知道为什么，看见川岛樱子那红彤彤的脸蛋，和她用温柔的手掌替他搓洗身子的认真，秦帅明知道她是个可怕的冷血杀手，但心底还是掠过那么一丝情不自禁的感动。他在心里问，她为什么不可以是一个普普通通的女孩？她又到底隶属于什么势力？

川岛樱子认认真真地替秦帅洗完了澡，此时她已经累出了一身汗。

“秦帅哥哥你先到外面去休息吧，我，我还得洗一个，出了好多汗。”川岛樱子说。

秦帅点头，到外面的沙发上坐下。川岛樱子回房间拿了换洗的贴身衣物，然后关上门洗澡。

秦帅坐在那里，心里竟然有些纷乱。为什么他始终觉得川岛樱子是个好女孩呢？真的，他已经知道她是冷血杀手了，可是在她跟他的接触过程中，他怎么都没有发现她的虚伪做作，没有发现她的恶意。他看到的只是一个纯洁的女孩很真诚地对他。有朝一日，他必与她兵刃相见，生死相搏吗？他能狠得下心，残忍地对付她吗？

川岛樱子洗完了澡，换了一条雪白色的短睡裙，看上去像个清纯的大学生，如花似玉。湿漉漉的头发搭在两边的香肩之上，发梢还滴着晶莹的水珠，雪白的肌肤上也还有些没擦干净的水珠滚动，更衬托得她像是一朵出水芙蓉，清纯而美丽，婉约而动人。

“秦帅哥哥。”川岛樱子也走到沙发这边来，挨着秦帅坐下，双眼里充满了关切，“还没说你这是怎么受的伤呢？”

秦帅说：“不小心遇到了仇家，他的武功太高，我不是对手，所以一不小心就……”

“仇家？”川岛樱子问，“谁啊，是唐镇的吗？”

她心里又在想，秦帅只要告诉她是谁，她一定会悄悄地去把那个混蛋给杀了。敢动她喜欢的人，简直是瞎了眼！

秦帅故意说：“说了你也不认识，问了有什么用。”

川岛樱子撒着娇：“我就想知道嘛，万一以后他到我们酒店来了呢，我知道他名字了，我就不给他房间住，然后我悄悄地告诉秦帅哥哥，找他报仇。”

“哈哈，你当酒店是你开的啊，你不让他住就行了。”秦帅笑。

川岛樱子说：“那我可以悄悄告诉你，找他报仇啊，到底叫什么嘛？”

秦帅叹息一声：“其实我也不知道他是谁。”

“怎么可能，不是说是你仇家吗？你怎么会不知道是谁？”川岛樱子问。

秦帅说：“因为跟我动手的是个杀手，是我仇家请的，明说了是帮人报仇，但他却没有说是帮谁，所以我也不知道到底是哪个仇家在对付我。”

“是吗？”川岛樱子问，“那杀手呢？什么来历啊？”

秦帅说：“什么来历我不知道，但他挺特别的。”

川岛樱子问：“怎么特别了？”

秦帅说：“身高差不多两米，很高大，穿着一件黑色的教士服，教士服上有个帽子，把头和脸都遮住了，像忍者一样，只露了两只眼睛出来，一看行头就知道是专业的杀手！”

说完这话的时候，秦帅仔细地盯着川岛樱子的反应。如果川岛樱子认识这个杀手，无论怎么掩饰，她的眼神和表情都会有动静。

然而，川岛樱子听说之后却皱起了秀眉，深感迷茫，然后装出一副吃惊的样子说：“是吗，两米，这么高啊，看着都好害怕。如果他到咱们酒店来，我肯定一眼就能认出来。”

难道那家伙跟川岛樱子不是一起的？反正，从反应上判断，川岛樱子应该不认识那个巨人杀手，因为这本来就是秦帅撒的谎，巨人杀手没有对秦帅出手，说明巨人杀手没有击杀秦帅的任务。如果川岛樱子和巨人杀手是一起的，听说巨人杀手对他出手，必然会有惊讶的反应。但川岛樱子没有，证明她确实不知道这个巨人杀手的存在。

本来在毒蛇杀人王排名前五的杀手基本上都是被分开训练的，彼此并不熟悉，尤其是地狱使者，是跟其他杀手完全分开训练的。大老板的手下，除了鹰眼总管谢飞鹰之外，其他人根本不知道毒蛇组织里有地狱使者的存在，他们一直以为地狱使者是其他杀手势力。大老板排的毒蛇杀人榜前五名，第二位就是地狱使者，但无论是第一还是第五的杀手，都并不知道第二位到底是谁。

“唉，时间不早了，早点睡吧。”秦帅见没有从川岛樱子嘴里试探出巨人杀手，也就不想在这么疲倦的时候跟她浪费时间了。

而川岛樱子的脑子里还在努力地刻画秦帅说的这个巨人杀手的信息。身高两米，穿教士服等，要是被她找出这个杀手，肯定会杀了他！

突然，她想起可以找大老板让鹰眼帮忙寻找，当即就拿出手机进了卧室。但在准备把电话打出去的时候又犹豫了，干爹让她在唐镇潜伏，找份平常的工作，普普通通地活着，她如果突然找鹰眼帮忙查巨人杀手，估计干爹会骂死她的。身为一名杀手，自己的职责是最重要的。而且，看干爹的手笔，应该是要在唐镇干一番大事啊。

川岛樱子终于还是没打这个电话，她想她自己多留意点就行，一旦知道这家伙行踪了，就直接拿下他，再让他把背后的雇主说出来，直接替秦帅斩草除根，永绝后患。

一个晚上睡得很香，秦帅被上官白雪的电话给吵醒了。

“喂。”秦帅懒懒地应了声。说实话他还没睡醒，昨天晚上差不多四点才睡，本来就失血过多，又疲倦，觉根本就还没补好。

上官白雪问：“怎么，还在睡觉吗？”

秦帅说：“我四点多才睡，不该睡吗？”

上官白雪说：“没说你不该睡，我只是想问一下你今天有什么计划安排吗？”

秦帅说：“当然有，但现在还不到时间，到时间了我会通知你，你的手机保持二十四小时畅通，我能随时找到你就行。”

“那好吧。”上官白雪挂掉了电话。

秦帅的语气和往常一样，没带点客气。若是以前，上官白雪也许会跟他针锋相对。但经过昨天晚上的事之后，她心里对秦帅心存感激和歉意，所以，她就不跟他起冲突了。

挂掉电话之后，秦帅还想睡的，但睡不着了，因为发觉今天确实还有很多事，沉重地压在他肩上，他必须起来战斗才行。

打了个呵欠，伸了个懒腰，秦帅就起了床。洗脸漱口后，他开始想今天该干些什么。最重要的事情当然是等韩飞龙的电话。如果万一韩飞龙不识趣，不打这个电话来，那么他就得做好下江南剿灭张天虎的准备。只要韩飞龙敢跟他有半点较量，他绝不会跟他客气，直至重击得飞龙组织身败名裂，灰飞烟灭！如果韩飞龙识趣，打这个电话和他谈判，那么他可以先忍一口气，和他合作一把，把矛头对准背后那股兴风作浪的神秘势力。

除了等韩飞龙的电话之外，秦帅想着还有一件重要的事。他当即拿出手机，打了侯连武的电话。

很快，电话打通了。“老板。”侯连武喊了声。

秦帅说：“你马上准备做一件事。”

侯连武说：“什么事老板请吩咐。”

秦帅说：“你马上派侦察兵前往玄虎山无阳谷，在那里有一个飞龙组织的杀手训练基地，找到那个位置，暗中监控起来。”

侯连武大感意外：“唐镇居然有他们的杀手训练基地？”

秦帅说：“唐镇群山连绵，地形隐秘，不正是建立秘密基地的好地方吗？”

侯连武问：“那要调大部队才行啊，在深山里面，一个杀手基地肯定人员不少。兵力不够，很难全歼的。”

秦帅说：“我没让你去全歼他们，你现在只需要派人盯着他们就行。至于动不动他们，什么时候动他们，我会通知你。没有我的命令，谁也不能轻举妄动。”

“是，我马上安排。”侯连武掷地有声地答应。

秦帅叮嘱：“记住，一定要派侦察高手隐秘侦察，不要被发觉了，杀手可也是擅长侦察和反侦察技术的。”

侯连武说：“我会用远距离侦察手段，放心吧老板，他们发现不了。”

秦帅说：“行，用远距离侦察手段吧。”

远距离侦察手段就是在离目标很远的地方，用望远镜或者一些侦察设备隐蔽侦察，这种军事侦察手段即便在正规战场上都很难被发现，对付这些杀手还是稳妥的。

打完电话后，秦帅似乎没有什么别的事了。秦帅随便收拾了下便出了屋，打算去街上那家豆浆油条店吃早餐。

刚出小区的门口，秦帅看见一个男子居然牵了五六只猴子。看见几只猴子并不奇怪，奇怪的是这些猴子都特别高大，像是一只成年的猎狗那么大。尤其是其中一只猴王，行走起来气势非凡，五只猴子跟在后面都低着头，格外驯服。猴王的眼睛东张西望，目光里有一股精光之气，看着让人觉得不怒而威。几只猴子的行走也井然有序，一看就经过非常严格的训练。

秦帅也不由得对那个耍猴人多留意了几眼。耍猴人戴着一顶破旧的草帽，穿着一件破了几个洞的普通背心，背心因为洗涤过多，本来的红色都差不多变成了灰白。大概因为经常行走于烈日之下，皮肤被晒得发黑。身高不过一米六几，因为偏瘦，看着也不算太矮。整个人的形象一看就是饱经风吹雨打，那种典型的走街串巷的江湖人。年龄大约五十岁，两鬓头发已霜白。如果不是因为几只体格比较大而又特别井然有序的猴子，秦帅肯定不会多看他几眼，因为秦帅知道猴子是十分闹腾的动物，走在路上，没事就上蹿下跳，像行军般规矩的猴子，他还真见得少。

耍猴人牵着猴子在街边找了一处门面关着的空地停了下来，然后摆开阵势就开始耍猴。秦帅只是看了几眼，就往斜对面的豆浆油条店走去，然后找了一个能够看得见耍猴的位置。

秦帅见过不少耍猴的，通常都是一个人带着几只久经训练的猴子，故意挑逗猴子，触怒猴子，猴子就会出手攻击，把耍猴人抓得十分狼狈，引来观众捧腹大笑。然后，观众就会扔钱，也有些是耍猴人借猴戏卖药、卖武术等。

因为觉得那几只猴子挺特别，所以秦帅想看看这几只猴子是怎么耍的，能耍出个什么名堂来。这一看，果然是令他深感吃惊的。耍猴人做了一个手势，一只猴子扑向他，但猴子怎么扑抓他都落了空，弄得猴子特别着急。最后，猴子一番歇斯底里地抓狂，放弃了攻击，躺在地上喘气，那模样引得周围观看的人，尤其是小孩子大笑不停。接着，耍猴人竖起两根手指，变成两只猴子一起，左右攻击耍猴人。猴子的攻击速度奇快，然而却仍然被耍猴人或躲或挡给防住了，猴子一直想抓到耍猴人的脸，却始终碰不着。

看到这里，秦帅就已经意识到这耍猴人不简单。恐怕不只是懂耍猴技艺，而是深藏武学，因为他那反应和速度已经到了一种行云流水的境界。猴子比一般的猴子也要快，但却始终无法攻击到他。即便后面再换三只猴子，包括猴王，也无济于事。

最后是六只猴子一起，把耍猴人围在中间。六只猴子十二只前爪，前后左右连环抓击耍猴人，其结果仍然一样，全被耍猴人给躲了或者挡了，每一次惊险得让观众以为要抓到的瞬间，却都被耍猴人恰到好处地化解，好像是早就排练过的一场很熟练的表演。

不过，秦帅却总有一种错觉，那不是一场排练过的表演，而是耍猴人深藏绝学。但耍猴人也并没有表现出其强大的力量以及反击技巧，一直都只是闪躲，只是格挡，似乎也只能证明他的速度和反应很快。而江湖三教九流，三十六行，每一行从业而精者都有令常人目瞪口呆的表现，也是不足为奇的。毕竟，耍猴人的年纪也五十多岁了。耍猴几十年，到这种年纪了，耍出个得心应手出神入化，也不是什么难事，一个耍猴人而已，怎么可能身怀绝世武学?

穿着白衬衫的女服务生将点好的豆浆油条端了上来。秦帅用油条蘸了下豆浆，咬了一口，突然就停住了。他看见店门口进来一个人，一个身板非常结实、光着头的和尚。和尚不像是和尚，但脑门有几点佛门戒印。所以，应该是正规受戒过的和尚。可他穿的不是佛袍，不是袈裟，而是一件花衬衫。神情里也有一种势不可当的杀气，直往豆浆店走进来，差点把一位准备出门的老头子给撞倒。

旁边的老太婆骂了句："急着投胎啊。"

穿花衬衫的和尚当即瞪了她一眼，老太婆被吓得一颤，扶着老头子赶紧走出了门。

穿花衬衫的和尚再回过头，那双目光杀气四射地直往豆浆店里扫视，直接落到了秦帅的脸上。但他还是到了吧台，点了豆浆油条，然后选了个秦帅身后的位置坐下。

秦帅当即启动了天赋嗅觉，还有那么多位置，这家伙偏偏要选他的背后，这显然是找准位置，一不留神就要偷袭的节奏啊。

这时，耍猴人的面前已经扔了好些零碎的钱。也许是耍累了，他带着几只猴子坐在街边休息。身后的花衬衫和尚心不在焉地吃着东西。秦帅嗅得出来，那家伙拿着油条，很长时间才咬一口，而且那一口咬得很重，咬牙切齿一般。他能判断得出来，那家伙肯定边咬着油条，边盯着他，在找一个最好的出手时机。或者在思考，偷袭他什么地方最好，用什么方式偷袭最好。

就在秦帅将油条吃完，端起剩下的豆浆，递往嘴边准备喝的瞬间，花衬衫和尚终于出手了。他认为秦帅一只手有伤，一只手端着豆浆的碗，正准备喝，整个注意力都已经集中在这碗喝下去的豆浆上面，加上他是背后偷袭，如此天时地利人和，完全足够一击必杀。

那瞬间，花衬衫和尚一掌切出，切向面前盛着豆浆的碗。那碗顿时"嗖"的一声激射而出，直接撞向秦帅后脑的玉枕穴，玉枕穴可是人体三十六大死穴之一。

秦帅是绝不可能让他击中的。就算他喝着豆浆，他的注意力、嗅觉也绝没有半点疏忽。当花衬衫和尚一动，他立马就反应过来了，将头一偏，反手挥出，将手中的碗反砸向花衬衫和尚。

"啪……"花衬衫和尚袭击秦帅的碗落空，砸碎在地上。秦帅反砸花衬衫和尚的碗也被闪开，飞到后边的墙壁上，撞了个粉碎。

豆浆店里胆小的女孩子吓得大声惊叫了起来。秦帅一个箭步就往豆浆店外面蹿出去，他不能在店里面跟对方交手，因为里面人多，很容易伤及无辜。而且人家开个店做生意，赚的是小钱，不能给人家打个稀巴烂，要打就得在外面空着的地方。

花衬衫和尚几个箭步就追到了豆浆店外面，见秦帅已经站在前面等着他，便没像之前那么穷凶极恶了，也放慢脚步，缓缓地走到了秦帅的面前，那目光里还是有无尽的嚣张，完全没把秦帅放在眼里地说了一句："果然有两下子，但老子花费那么大的精力去找你，今日此地，你难逃一死。"

他是真没想到在秦帅背后偷袭出手，还选了这么好一个时机，竟然被秦帅躲过了。但现在看着秦帅，一只手还缠着纱布，而且低垂着，显然不敢用力，那么今天的秦帅只能一只手，那铁定是瓮中之鳖，逃不掉的。

"哈哈……"秦帅冷笑了一声，"也不知道是哪里钻出来的佛门败类，出口就语无伦次。"

"老子不跟你废话，先杀了你再说！"花衬衫和尚说罢，脚下一蹬，像一头猎豹一样扑向秦帅，挥拳重击向秦帅的头部。

拳头未到，气流之中似有风雷隐隐。秦帅不敢大意，知道对方这一拳力逾千钧，不可小觑。当下使正八卦步伐，往旁边闪开，顺便一脚勾踢花衬衫和尚的下盘。他知道今天这一关凶险异常，必须小心应对。首先他一只手有伤，完全不能用力，身体的平衡力就会受到巨大的影响。而在他的战斗力大打折扣的时候，花衬衫和尚的武功似乎也非同寻常，出手之间，杀气太重，招招都凶猛逼人。在这种情况下，秦帅只要一个不小心，就阴沟里翻船了。

面对秦帅的下盘反击，出乎预料的是花衬衫和尚并未闪躲，而是迎着秦帅勾踢而来的脚，猛烈踢出。秦帅当时就有一种不祥的预感，在生死搏杀之下，无论是拳或者脚，如果对自己没有足够的自信，面对别人的拳脚攻击是绝不敢硬碰硬的。而花衬衫和尚还并不知道他的腿有多硬，居然敢迎击他猛踢的一脚！要知道小腿部位尤其少有肌肉，硬碰硬很容易受伤的，花衬衫和尚敢于如此，看来实力不凡。

果然，“乓”的一声震响，秦帅的脚和花衬衫和尚的脚实实在在地撞到了一起。仿佛踢在一块坚硬的石头上，一股剧痛传向秦帅的脑神经，紧接着一股摧枯拉朽般的力量汹涌而来。秦帅顿时站立不稳，身子急退，那与花衬衫和尚相撞的脚踩到地上都有些一瘸一拐的了。

看来这和尚的功夫真是邪门，要知道秦帅的腿是用沙袋和木棍筑基过的，然后再修炼了暴风腿，无论强度还是硬度都是非常可怕的。一般手腕粗的木桩，他可以直接一脚踢断。然而，和花衬衫和尚碰撞一脚，他却痛得不行。要换一般人肯定早被踢断了，而花衬衫和尚似乎一点没受影响，继续穷凶极恶地追杀而至，双手拳头如巨石一般直往秦帅脑袋上砸来。

秦帅没法接招，因为他只有一只手，一只手的速度再快也难以快过两只手，何况花衬衫和尚的速度本来就快。秦帅一连被花衬衫和尚逼退了五步，退到了耍猴人的圈子里，再退就得撞到猴子了。而那些猴子像是战士一样守着自己的地盘。秦帅也不想退了，花衬衫和尚双拳呼呼紧逼，惹恼他了，当即使出暴风腿来狂猛反击。左脚攻下盘，右脚攻上盘，双脚连环。遇到花衬衫和尚的硬拼腿法，他就避开，专找机会攻取上门。

然而，让秦帅实在意外的是，花衬衫和尚不只是腿硬，连他的手臂也坚硬无比。秦帅使出暴风腿绝招，在几招连环之后抓住一个机会，一招高压腿斜劈花衬衫和尚的颈部大动脉，只要这一脚就能要对方的老命。而花衬衫和尚却在那瞬间以手臂格挡而出。秦帅当时以为，他铁定一脚把花衬衫和尚的手臂给踹断，胳膊本来扛不住大腿，何况是他的暴风腿。然而，他踢在花衬衫和尚的手臂上跟踢在他的小腿上是一样的感觉，如铁石般坚硬，秦帅自己反而被踢痛了。但此时没有选择，若是退的话，反而被动，所以他只能全力抢攻。

下盘和上门都不行，花衬衫和尚的手脚太强。那么他就走中路！中路，即胯或者腰部、软肋等位置。这些位置用手和脚都不大好防守，采用高级战术，比较容易偷袭成功。

秦帅当即使用了虚张声势声东击西之术，一口气连踢八脚暴风腿，全攻花衬衫和尚的左方软肋。加上速度半点不减，越踢越快，让花衬衫和尚没法换气反击他，只能被动地格挡。

一连八脚下来，这种格挡就变成了惯性。而这个时候，秦帅突然换招，放弃了左边的腿攻，右边突然一脚以迅雷不及掩耳之势横扫花衬衫和尚的腰部，花衬衫和尚左方的手还以为秦帅要攻击他的左方，机械性地挡出来，没想到秦帅却已经换攻了右边。变招突然，花衬衫和尚根本来不及反应。

“嘭”的一声震响，秦帅前面铺垫了八脚的最后一脚，倾尽他全身的力量横扫到花衬衫和尚的腰上。这可是秦帅倾尽全力的一脚，是他决心将花衬衫和尚一击而倒的一脚，终极杀伐之招。

但结果却出人预料。秦帅仍然感觉这一脚踢在一块坚硬的铁石上一般，花衬衫和尚的身子只是颤了颤，被力量推得倒退了几步，并没有像秦帅以为的那样，当场惨叫栽倒。相反，秦帅的脚还产生了一种血液逆流的剧痛。

当攻击强硬的物体时，用力越大，反弹越强。花衬衫和尚虽然被秦帅这一脚逼退两步，但马上就稳如泰山，迅速反扑而来，宛若饿虎。秦帅的脚在地上都还没站稳，花衬衫和尚就已经凶猛扑来，拳脚连环，杀机瞬间如洪水暴涨。花衬衫和尚要趁这个机会将秦帅一举拿下，不让他再有任何反击的机会。

这时候，秦帅突然明白了，花衬衫和尚一定是练了铁布衫或者金钟罩之类的横练功夫，而且修为很强。他必须得借助兵器，攻击要害部位才行。本来龙虎锥对横练功夫的要害部位也有强大的杀伤力，但此刻他一只手，精力消耗过多，一双脚猛踢花衬衫和尚，也不知道起了多少个包，战斗力大打折扣，龙虎锥也爆发不出什么效果来，唯一能有效果的，就是脚上那双军匕。但花衬衫和尚进攻得太猛，像疯狗般地反扑，秦帅连招架之力都没有，节节败退，根本没机会去取出军匕。

而就在秦帅强弩之末时，花衬衫和尚看准机会，突然双手划出一个奇怪的姿势，“轰”地就往秦帅连拍两掌。突然间秦帅的瞳孔放大，因为他发现花衬衫和尚拍出的手掌异常巨大。也不知道是幻象，还是真的变大了。只是那巨掌之下，风雷隐隐，激流暗涌。掌还未近身，秦帅就有一种已经喘不过气来的感觉。

秦帅大惊，想要暴退，却感觉身子陷入掌力的旋涡之中，被禁锢了一般，居然动不了，心里立马就知道糟糕了。

然而，奇迹却出现了。当花衬衫和尚眼里的杀机暴涨，似乎要将秦帅击杀于掌下之时，突然涌出一道暗流，花衬衫和尚猛击而出的掌气突然溃散，消弭无形。而且还有一股强大的气流排山倒海而来，似乎要将他淹没一般，不禁吓得他面如土色，赶紧后退。甚至连退的余地都没有了，身子直接像是一片风中的树叶，轻飘飘地就飞了出去。

很快，那股暗流一撤，花衬衫和尚重重地摔落在地上。只感觉胸口一闷，一口鲜血就从嘴角溢了出来。

05 绝世高手

“谁，谁偷袭我！”花衬衫和尚环目四望，周围一切如常。卖糖葫芦的、卖煎饼的、耍猴的，都用陌生的眼神看着他，好像在看电影一样，跟自己半点关系也没有。

秦帅已经在这暗中相助之下缓过气来，一弯腰就从小腿上拔出军匕。花衬衫和尚见状，赶紧拔腿就跑。他已受内伤，绝学难用，肯定不敌秦帅手中锋刃。

秦帅想追的，但刚踏步出去，脚下一软差点栽倒。刚才连翻猛踢花衬衫和尚，当时一口气没觉得，这个时候才发现脚痛得不行，他只能眼睁睁地看着花衬衫和尚逃窜远去了。再卷起裤腿一看，小腿上方胫骨部位已经肿得老高，好像充满瘀血。

秦帅回过头来，看着那个耍猴人。耍猴人抬起头看他，目光里一片茫然，就像一个农村人到了城里，对于一切都很陌生，搞不懂秦帅要干什么。

秦帅直接走到耍猴人面前，说：“多谢前辈刚才出手相救。”

花衬衫和尚虽然不知道谁出的手，但秦帅知道。那股突然而来的暗流，瞒不过秦帅的天赋嗅觉。他嗅到了耍猴人在那瞬间身子突然的一个抖动，手掌顺势抬起摸头，那股暗流便汹涌而出了。耍猴人身子抖那一下，仿佛衣服没穿整齐地动一动而已，抬起手来也只是摸头。所以，没人看出他的异常，但没有瞒过秦帅。

耍猴人却还是一脸茫然：“谢我？相救？你在说什么，我，我怎么听不懂？”

秦帅说："我知道刚才是前辈出手打伤那混蛋的，前辈就不要再谦虚了。"

"你真的知道？"要猴人睁大眼睛。

秦帅很肯定地点头："当然了。"

要猴人很好奇："你怎么知道的？"

秦帅说："感觉到力量所来的方向，只有前辈你在这。"

要猴人说："哈哈，你被他的大般若掌力禁锢着，动弹不得，你哪里还能察觉到外力是从哪个方向来！"

"什么，那家伙用的是大般若掌？"秦帅吃惊地问。

大般若掌可是少林成名绝学，属于至高佛功之一，跟少林洗髓经、易筋经等齐名。

要猴人说："没错，就是少林大般若掌，掌如潮涌，潮起潮落一汪洋，汪洋无边，万物无岸。困你在中心，打你团团转。"

秦帅说："难怪那么厉害，我以为是什么邪门功夫呢，没想到是正宗的少林功夫。"

"那还算不得正宗的少林功夫。"要猴人说。

"为什么？"秦帅问，"大般若掌不是正宗少林功夫吗？"

要猴人说："大般若掌是正宗少林功夫，但还得看什么人练。有佛性之人，练为佛功；有魔性之人练，则为魔功。就好比刀子一样，在樵夫手里，是砍柴；在杀手手里，是杀人；在厨师手里，是切菜。用途不一，目的不一样，所表达的方式不一样，刀本身的意义也就截然不同了。"

"嗯，是这个道理。"秦帅说，"不过我看这家伙还真可能是少林出来的，不但受戒了，而且还会横练功夫，不知道是铁布衫还是金钟罩？"

要猴人说："显然是金钟罩。"

"是吗？前辈怎么知道？"秦帅问。

要猴人说："因为金钟罩比铁布衫的抗性要强大，铁布衫之气，到达境界，面带青气。而金钟罩到达境界，面露红光。那家伙面色微微泛红，说明他的金钟罩起码已达六重以上，还是有修为的。若是铁布衫六重的话，你的腿力那么强大，早把他踢扁了。"

“看来前辈才是真正的高人啊，双眼可洞悉天机。”秦帅不由佩服得五体投地。

耍猴人说：“你也不赖了，是目前为止，老子行走江湖，所见到骨骼最为精奇、基础最为强硬的人才了。”

“是吗？”秦帅问，“前辈这又是怎么看出来的？”

耍猴人说：“显然，你跟那花和尚对了那么多拳脚，他可是金钟罩六重境界，加上大般若掌，开碑断石的功夫。全身上下都跟钢铁一般硬，你硬攻他那么多招，还能好好地站在这里。要是换其他人，不用他反击，猛踢他两下，早已经躺地上了。”

秦帅得意一笑：“前辈厉害，这都能看得出来。”

耍猴人说：“你也别高兴太早了，你有长处，一样也有致命的短处。”

“是吗？”秦帅问，“我有什么短处啊？”

耍猴人说：“你有无限的资质，但没修内功，这是你的局限。”

“武术有内外功之分，外功多为招式和杀技，乃是高楼大厦之基础，汪洋大海之深底。唯有内功，才是无穷尽之力量。只修外功不修内功，就好比一个小孩子拿着一把利刃，让他杀一只老虎，有心无力。”

“说得更明白点，就像今天你与花和尚的交手，虽然你有机会击中他，但你力量不够，也是枉然。毕竟，要攻击到罩门不是那么容易的事。如果你内功强大，他就算有金钟罩又如何，他的级别不够高，而你的内功够强。就好比放一块钢板在你面前，你力量足够大，连钢板也能锤凹下去，这就是力量的优势！”

“嗯，还真是这么个理。”秦帅说。

耍猴人说：“那是当然。内功强者，聚日月精华，壮身体血脉。丹田之内，如苍穹大海，无边无际，生生不息。举手投足，排山倒海，惊涛骇浪。那才是武道之境界。你只修外功，就算再强，也不过在武道入门而已。”

“这么说来，前辈就是内功高手吗？”秦帅问。

耍猴人说：“高手不敢当，大师还是算的。”

秦帅一愣：“大师难道不比高手厉害吗？”

耍猴人说：“比较低调的说法，听不出来吗？”

秦帅说：“原来如此，没想到前辈还是个很幽默的人，既然前辈是内功的大师，那教教我呗。”

“教教你？”耍猴人白眼一翻，“你说得好轻巧。”

说着竟然从面前抓起几张五毛一块的递给秦帅：“不如我给你点零钱，自己去买冰棒好了，找师父学东西，没点尊敬，没点虔诚，跟逛菜市场买菜一样，谁教你这样没礼貌的？”

秦帅笑着说：“我看前辈你是个不拘小节的人，所以就跟你随便点了。随便起来才好相处嘛。”

“哈哈，你还算会说话。”耍猴人说，“不过，我可不是这么好打发的。想我教你内功可以，但你得答应我的条件。”

秦帅问：“前辈请说，什么条件？”

耍猴人说：“你得先跟我学会耍猴技艺，继承我的猴门衣钵，我才能传你内功。”

“学耍猴？”秦帅一愣。

“怎么，你瞧不起耍猴吗？”耍猴人眼睛一瞪，有些生气的样子。

秦帅说：“不是瞧不起啊，我觉得耍猴也挺好玩的。可是，我好像不太感兴趣。”

耍猴人说：“兴趣是可以慢慢培养的，而且，我觉得你还是有耍猴天赋的，合适。”

秦帅一愣：“前辈又是从哪儿看出我有耍猴天赋的？”

耍猴人说：“你的动作和反应都很快啊，动作快反应快就是耍猴的核心技艺了。怎么样，答应，还是不答应？”

秦帅还是很犹豫，说实话，他确实是想跟耍猴人学内功。耍猴人不动声色的一招就把花衬衫和尚击败，这杀伤力太强了，以前他是不怎么将内功看在眼里的，因为军方主修杀技，认为只要会高难度的杀技，速度够快，攻击准确，一只蚊子可以咬死一头大象，一条毒蛇可以咬死一只老虎。技术是很关键的东西，有点像天下武学，唯快不破的道理。但自从猎鹰基地出现了那个面具人之后，他就开始意识到内功和传统武学的不可思议。今日又见花衬衫和尚与这耍猴人，更是让他觉得，他有必要开始修炼内功。真正的强者不会排斥更优秀的东西，而是要想法吸收，提升自己。军方杀技与传统武学应该是各有自己的优势，如果分庭抗礼，那就看各自的修为如何。如果他手臂没伤，拼尽力气，找到花衬衫和尚的罩门，也有很大把握能将其击杀。但如果他练就内功，把军方杀技和传统武学融会贯通，那必定会更上一层楼，如虎添翼。可是，要他先学耍猴？他堂堂华夏军方第一王牌，学耍猴的话成何体统？那实在是太不像话啊！

"我说，我还是适合练内功啊前辈，耍猴，我真不擅长。"秦帅嬉皮笑脸的，"学起来肯定也会很笨拙，只是浪费时间。"

耍猴人很干脆："那咱们就没得谈了。不学耍猴，别想学内功。"

秦帅不解地说："前辈你为什么非得要我学耍猴呢？这个跟学生读书一样，应该让学生自己选有兴趣的课程，才能事半功倍嘛。学生不喜欢的课程，学起来痛苦，也学不出成绩啊！"

"胡说八道！"耍猴人问，"哪里学来的这些谬论！"

秦帅一愣："不是这个道理吗？怎么就是谬论了？"

耍猴人只反问了一句："那我问你，在你爷爷奶奶那个年代，多少人并不喜欢，只是为了在一起而在一起的，但他们不是把日子过得好好的吗？再看现在，多少人是因为喜欢选择在一起，然后有多少人在一起没几天就分开的？你告诉我，这是为什么？"

"这个……"秦帅一下子倒被问住了，马上反问回去，"前辈觉得是为什么呢？"

耍猴人说："很简单，你爷爷奶奶辈的人能在一起好好生活，是因为责任，而责任远比喜欢更重要。如果只是因为兴趣，因为喜欢而追求某一样东西，你总有厌倦，有不喜欢的时候。而如果是因为责任，你会一直放在肩上。"

"嗯，是这个道理。"秦帅说，"不过和耍猴有什么关系呢？"

耍猴人说："就是在告诉你，你不喜欢耍猴不要紧，只要你对它有责任就行了。”

秦帅笑：“要个猴而已，干吗要搞得那么郑重其事的，还要有责任？”

耍猴人说：“这可就是你孤陋寡闻了，你以为耍猴就只是耍猴这么简单吗？”

秦帅问：“不然呢？”

耍猴人说：“耍猴是一门古老的技艺，在过去的年代，它让很多人以此为生。这既能丰富别人的生活，又能养家糊口。所以，这应该是一种传统的文化，是老祖宗留给我们的东西。无论这社会如何进步，我们都不应该丢掉老祖宗的东西，应该把它好好传承下去。要不然，我们留给子子孙孙的，只有高楼大厦，只有大片被砍伐的森林和占用的土地，只有机械化的东西。”

“嗯，是这么回事。”秦帅说，“古老的文化需要传承。”

耍猴人问：“所以，你要跟我学耍猴吗？”

秦帅说：“本来，我是应该学的，毕竟这是一件好事。但眼下我有很多事情要忙，一时分不开心啊。”

耍猴人说：“浪费不了你什么时间的，你只要愿意学，每天抽一小时就可以。”

“要不，给我时间，让我考虑考虑？”秦帅说。

毕竟，这事关重大啊。堂堂至尊王牌学耍猴？成何体统。可看在内功的分上，还有耍猴人满满的历史使命感，他也不好当面拒绝，所以只能这么委婉地答复了。

耍猴人说：“可以，给你三天时间考虑。三天以后的傍晚，我在青龙桥下等你，你给我答复。”

“啊？”秦帅一愣，马上还是答应了，“好吧，三天后给前辈回话。”

本来他就算是委婉地拒绝了，因为他觉得自己真不会学耍猴。就算想学内功，那也会另外找机会，求高人。江湖上藏龙卧虎，他还是能问出几个大师来的。更重要的是，他现在真没时间去干那些不咸不淡的事。但耍猴人已经说了三天后的傍晚青龙桥下见，那就到时候再给答复吧，反正自己也还可以考虑考虑。

要猴人牵着六只猴子走了，六只猴子都很淡定，整齐有序地跟在要猴人后面。

秦帅回过神来，才想起那个对他出手的花衬衫和尚来。难道是飞龙组织又对他出手了？韩飞龙不打算跟他谈判，觉得可以拿捏他，要置他于死地？还是那股神秘势力干的？

看样子不像是神秘势力干的。因为那花衬衫和尚很大胆，也没有搞得那么遮遮掩掩的。神秘势力出手，都搞得跟忍者一样，蒙头遮脸的。

秦帅看了眼豆浆店，又看了眼街头，他看见好几处都有摄像头。现在这社会，只要有摄像头，要想找出其身份，也不是多难的事情。

当下，秦帅走到了一处比较安静的地方，拨打了戴安全的电话，让他吩咐唐镇派出所这边，到豆浆油条店这里调街道周围的监控视频，查一下那个花衬衫和尚的身份来历。如果查出其来历，第一时间报告给他。

打完电话，秦帅看了看手机上的时间，快到十一点了。突然，电话响了起来，他往电话屏幕上一看，上面竟然显示了两个字："老板！"

秦帅赶紧接了电话，喊了声："老板。"

影子教官问："你现在在哪儿？"

秦帅说："我在唐镇啊。"

影子教官问："唐镇什么地方？"

秦帅说："唐镇的一条小街道，怎么，老板你不会来唐镇了吧？"

影子教官没有回答秦帅的问题，而是瞬间动怒了："为什么美女蛇在酒店，你在一条小街道，你们是怎么搭档的！"

"这……"秦帅忙说，"我出来办点事。"

"出来办点事？"影子教官问，"你的意思是之前你们在一起，你才离开酒店，出去办事？你办什么事，需要避开她，一个人办吗？"

秦帅一下子被问得无言以对。因为在影子教官面前，他好像从来都撒不了谎。而且，他有一种预感，影子教官现在就在唐镇！

果然，在秦帅不知该怎么回答的时候，影子教官又直接用命令的语气：

“你马上给我到盛天酒店的608号房间来！”

“好。”秦帅应声。影子教官则直接挂了电话。

秦帅的心里顿时五味杂陈起来，不知道是高兴，还是忐忑，还是有些……说不清楚的情感。在他被放逐江湖的日子里，就像一个小孩子怀念童年一样，他时常都会想念影子教官。他好怕影子教官的严厉，严厉到不近人情。甚至很多时候，根本没把他当人，而是把它当牲口一样对待。但影子教官的身上，却偏偏又有一种谜一般的魅力。不只是那蜜桃成熟的身体之美，还有一种特别的气质，一种你似乎看见了什么，却又始终看不完全的神秘感。

那是在秦帅从八岁到十八岁的年龄里，一个正值成长发育的青春期，面对一个如此谜一般的女人，虽然是他的教官，但他心里肯定萌动过一些非分的想法，就像是一个少女忘不了自己的初恋一般。只不过，因为特殊的关系，他只能深深地藏在心里。放逐江湖的四年，他想念过。但没有影子教官的命令，他根本无法见到，只能是偶尔想想。没想到，影子教官来唐镇了！她来唐镇干什么？肯定跟他和地狱使者有关系。

秦帅当即在路上拦了辆出租车到盛天酒店。一路上他的心里都是那种十五个吊桶打水，七上八下的感觉。他想见影子教官，可影子教官在电话里的那份严厉，却又预示着他只怕不好过啊！

二十多分钟后，出租车才到盛天酒店。他以为盛天酒店是一个多大的酒店，原来是坐落在唐镇郊区的一个生意清淡、看着也挺破落的小酒店，看上去比宾馆好不了多少。

秦帅直接到了608门口，然后按了门铃。很快，门锁“嘎”的一声响，门没有打开，秦帅自己把门推开了。

影子教官已经转身走回去了，秦帅只能看见影子教官的背影，那姣好的身材，曲线玲珑，一头秀发如瀑布，飘逸地垂在身后。一条梅花色蓝白点及膝长裙，一双银白色半高跟鞋。这是秦帅熟悉得不能再熟悉的身影，四年没见，还是那么美丽迷人。

秦帅反手把门关上，影子教官转过身来，脸上却还是戴着一张没有任何五官脸谱的面具。看得见嘴唇鲜红，不是口红，而是那种自然的鲜艳欲滴。

影子教官的目光直直地盯在秦帅脸上，秦帅也与之对视着。以前他是不敢这么与影子教官对视的，但现在，也许在他心里，对影子教官更多的是想念，而不是畏惧，他想好好地看看她，这个曾经教会了他一切的女人，一个让他尊重和感激的女人。

“你觉得你现在独立了，可以翻天了，是吗？”影子教官冷冷地问。

秦帅一愣：“老板何出此言，我一直都谨记老板的教诲，勤勤恳恳、本本分分做事的，从没有耽搁任何任务。”

“那你跟美女蛇的搭档怎么回事？”影子教官问。

秦帅说：“还可以啊，有任务我们都是一起完成的，昨天晚上还端掉了飞龙组织的一个据点，是我们一起完成的。”

“那你们为什么没在一起？她睡的酒店，你呢？去哪儿了？”影子教官问。

秦帅说：“端掉飞龙据点之后，我去朋友那里疗伤了，疗完伤已经是凌晨一点，我又去飞龙基地提审了犯人，提审完犯人，差不多是凌晨三点，然后我就自己去找地方睡了。”

他不敢说去自己租的房子睡。一说出来，影子教官铁定会问租在哪儿，跟谁，为什么不让上官白雪住过去。要是让影子教官知道他和两个女人住在一起，他跳到黄河里都洗不清。毕竟，他是租房子之后才发现川岛樱子的问题。

“好吧，你忙到三点钟，确实做了不少事。”影子教官的声音突然大起来，重复着那个问题，“你为什么不回去找美女蛇？还有，这一个上午，她不见你人影，这是什么情侣！这是什么搭档！”

秦帅也觉得憋屈：“执行任务的时候，我会跟她搭档。但除了执行任务之外，不需要她的时候，我不想跟她在一起。”

“你不想跟她在一起？”影子教官问。

秦帅说：“是。”

“你忘记我是怎么教你了吗？你忘记那些学过的间谍、特工、卧底的课程了吗？”影子教官说，“特种人员执行任务，为了完成任务，是可以牺牲一切的，包括生命、尊严。如果是女成员，哪怕是身体都得牺牲。你觉得你有什么好委屈的？”

秦帅还是辩解：“现在还没有那么严重，用不着做那么大的牺牲，也没有任务需要这种牺牲，很多时候，也多她不多，少她不少。”

“放肆！”影子教官怒斥，“由此可见你的自以为是！你觉得我给你安排个搭档是多余的？你觉得军人以服从命令为天职是说着玩的？我怎么安排，还用你质疑？你要是这样觉得，可以。我马上打一个电话回去，将你从名单上抹去。地狱使者的案子，我亲手接管，你要退出吗？”

秦帅没有作声。也许换作任何一个人，用这种口气这么对他讲，他马上就会气冲斗牛，针锋相对。但是，说话的人是影子教官，她的严厉像是他流淌的血液一样，让他从某种感情上存有依赖，或者感激，因为是她的严厉成就了他。

“我知道我可能确实做得不够好，惹老板生气了。”秦帅说，“但是，这个美女蛇真不怎么样，一身公主病，而且，丁点事就往家里告状，一副了不得的样子，所以……”

“丁点事？”影子教官问，“你觉得一个女孩子被亲了是小事？你觉得丁点事她就会哭？不在意自己身体的女人，就算被男人睡了，那也是小事。但在意自己身体的女人，就算被男人碰到，那也是一种玷污，明白吗？”

“但是，本来是搭档，假冒情侣。她喊我回来睡觉，却说她睡床，我睡沙发。由此可见，她也没有把我当搭档，也很自私！”秦帅始终觉得上官白雪是有责任的，他不能一个人背了罪名。

“那要不然呢？”影子教官问，“你要跟她一起睡？还是你睡床，她睡沙发？”

秦帅又无言以对了。他的语言反击能力其实很强的，从来就没遇到几个对手，但在影子教官面前，他很弱。影子教官的每一句话总是能直击要害，让人难以反驳。

“你要知道，五十五张王牌，每一张都是我的心血，是十万挑一的精英。而你，是至尊王牌，是五十五名精英中的翘楚，我对你寄予厚望，是希望你忍人不忍，能人不能。说起来，她也许是有些过分，但你要懂得谦让，学会大度。你经受过寒暑淬炼，而人家是富家千金，她来生死第一线，你应该各方面都包容她，帮助她。这是我认为你身为一个男人应该做到的。然而，你却和她斤斤计较，势如水火！”影子教官的眼神里有无比的锋芒。

一瞬间，秦帅意识到自己可能真的有些心胸狭窄了。在上官白雪还没来的时候，他就已经有了敌对情绪，觉得她是来监视自己的。而他一生放纵不羁爱自由，自己做什么自己清楚，特别不喜欢被人指手画脚的。所以，在潜意识里就对上官白雪有了不满，以至于后面上官白雪有一丁点儿不好，他都和她针锋相对，现在想起来，确实是自己少了些风度。

“好了，我不想跟你说更多了，你就给我一个答案吧。”影子教官问，“王牌这里，你是走，还是留？”

秦帅抬起目光：“如果不是老板让我离开王牌，我自己永远不会离开王牌的。老板在我身上倾注了那么多心血，我也绝不是忘恩负义之辈，怎么说，我都要为老板出生入死做几件事出来，才算不负栽培。”

“你的意思是我说的话，你还是会听的吗？”影子教官问。

秦帅掷地有声：“是，一定会听的！”

影子教官说：“那行，我现在给你一个新任务。”

“新任务？”秦帅立马说，“有什么任务老板只管吩咐，我一定赴汤蹈火在所不辞。”

影子教官说：“没有你说的那么危险，你只要稍微用点心，我相信一定会成功。”

“是吗？”秦帅问，“那是什么任务啊？”

影子教官一字一句地说：“娶了美女蛇。”

“娶美女蛇？”秦帅完全愣住了，脑子里转了几个圈，还怀疑自己听错了，“老板你说什么，娶美女蛇？”

“没错，就是娶美女蛇！”影子教官很肯定地又说了一遍。

秦帅还是一脸迷茫：“为什么要娶她啊？不是搭档，假扮情侣吗？”

影子教官说：“搭档，假扮情侣，就是为了让你娶她！”

“这，我真有点糊涂了。”秦帅说，“老板你这到底是什么意思啊？”

影子教官问：“几年不见，你脑子堵塞了吗？”

秦帅说：“这事我确实没反应过来，老板你是在跟我开玩笑，还是说真的？”

影子教官问：“我跟你开过玩笑吗？”

秦帅摇头：“没有。但是我不明白的是，为什么我要娶她，而且，为什么搭档假扮情侣，就是为了娶她。”

影子教官说：“实话告诉你吧，这就是我的想法。”

“老板你为什么会有这样的想法呢？”秦帅觉得很费解。

影子教官说：“我知道你漂泊江湖多年，是该有个家了，所以我帮你留意了很久，发现美女蛇在相貌、才华以及家庭背景各方面都相当优秀。所以就想撮合你们，想方设法把她派来跟你搭档，希望你能好好地照顾她，和她生出情愫，修成正果，但没想到，你真让我失望！”

“原来，老板你派美女蛇来，不是为了帮助我执行任务，而是为了让我跟她好上？”秦帅问，他被这个真相惊到了。

影子教官说：“当然也有执行任务的因素，如果她对任务全无帮助，我会派她来吗？”

秦帅说：“搭档任务可以，但是，其他事我觉得就没必要了。”

影子教官问：“为什么没必要？你觉得她很差，配不上你？”

秦帅说：“不是配不上，是没感觉。”

当然，这是他的推托之词。他不能说对上官白雪没感觉，那么漂亮和性感的一个少女，要身材有身材，要脸蛋有脸蛋，怎么会没感觉呢？但他和她之间有嫌隙，不可能在一起。当然，重点是他已经有了喜欢的人。

“没感觉？”影子教官一下子怒起来，“你胡扯，那么漂亮的女孩你怎么会没感觉！我是女人我都觉得她无可挑剔了，你还想怎样？你别以为我不知道你是什么样的人，见着庸脂俗粉都忍不住两眼放光，心里明明猥琐得很，还装出一副正经的样子来！这件事没得商量，你必须按照我说的做！”

“老板，你这，真强人所难了。好比……”秦帅说，“老板你这些年为什么一直单身？不是因为你喜欢的那个人没有出现吗？若是能随便找个人凑合，那你现在也不会是一个人了，是不是？”

影子教官说：“我的事你别管，还是考虑自己的事吧。接受我的命令，一切如常。如若不然，你我到此为止，再无关系。王牌之中，也再无你的存在！”

“老板你为什么非得逼我娶她呢？”秦帅也越发感到纳闷了，偏偏逼他的人是他发誓会一辈子尊重、一辈子放在心里、可用生命报答的人。不然，他早就发飙了。

影子教官说：“你要相信我不会害你的。”

秦帅说：“我知道老板你不会害我，但有时候我会有自己的想法和选择，起码在爱情这件事上是如此。说实话，美女蛇长得很漂亮，但我并不喜欢她，没有过想和她亲密以及和她好上的念头。”

影子教官说：“那是你们之间有误会，你对她有偏见。我也跟你说了，她身上有很多优点，是在当下的富家千金身上难得看见的闪光点。”

“这个，我承认她也不错吧，但我就是不喜欢。所以老板你真别勉强我了，说真的，我宁愿娶老板，都不想娶她。”秦帅说。

“你，你说什么！”影子教官丰满的身体一颤，显然，秦帅那句话对她的冲击不小。

秦帅愣了下，反应过来，一不留神说出心里话了，马上就说：“我的意思是，老板你比她优秀多了。”

“好了，不跟你废话了。你直接给我选择吧！”影子教官说，“按照我说的做，还是要违抗我？这是两条路，我不逼你，你自己选。”

“难道，老板你与美女蛇有什么渊源，非要因为她而与我恩断义绝？逼我出王牌？”秦帅问。

影子教官反问：“你觉得是你比她优秀，我逼她赖着你吗？”

“那老板你说个我必须娶她的理由吧。”秦帅也不想过多争论。

影子教官说：“行，我跟你说说理由吧。我让她来，就是觉得她长得漂亮，有天赋和才华，还有那么大背景，前途不可限量。无论对你的未来，还是对你的后代，都是一件很有帮助的事。”

“老板的意思是想给我找个靠山？”秦帅问。

影子教官说：“是，这说起来似乎有些俗，可能我们每个人都觉得应该活得怎样的清高才算理想。但现实社会却并不理想。”

“你以为那些在各行业崭露头角的人都是真正的天才吗？不是。那些人可能确实有能力，但更重要的是他们得到了机会。而机会不是上天眷顾，是用背景、人脉以及技巧手段创造的，实际上有很多优秀的人因为没有机会而埋没了。”

“这我知道。”秦帅说，“社会规则历来如此，几千年都是，往上爬需要台阶。但我觉得我现在不需要。”

“是吗？那你告诉我你为什么不需要。”影子教官问。

秦帅说：“因为我的本事和我所在的位置已经足够我好好地生活，甚至足够保护好我的家人和朋友。我不用再去爬得多高，去浮华之中争名夺利。”

“是你现在的本事，包括你现在的身份，足够让你有这种自信。”影子教官说，“但我问你，十年后呢？二十年后呢？不用十年，我就会退役，而你也要不了多久。一名出生入死的特工人员，比拳击台上运动员的服役年龄要短得多，然后他们会有两条路可以选择。”

“一条是拿着青春损失费解甲归田，因为知道太多国家机密，所以必须深藏功与名，做个不准提起任何往事的普通人；一条则是转入国家重要部门，学以致用，可以做教官，做情报部门负责人，或者做其他特种行业的相关领导，步步高升。”

“很显然，没有背景的人会走第一条；而有背景的人会走第二条。难道你希望你这一身本事在有一天半点用处也没有？你希望你这位曾经的华夏军方第一号王牌默默无闻地隐退山林，一点作为也没有？”

秦帅说："那也没什么，对我来说，人生最好的选择就是功成身退。曾经辉煌过，偶尔回忆起来，觉得不枉此生，便够了。我没想在这名利的江湖上一直翻江倒海。历史从来都是长江后浪推前浪，多辉煌的人都终会谢幕，我不贪恋。"

影子教官冷看了他一眼："你以为你比我把人生和世界看得更透？那些有钱的人，总是觉得钱不过就是一张纸，很潇洒。可只有没钱的时候才知道，钱原来是命、是尊严。你现在有权力在手，你疾恶如仇，可以锄强扶弱。若是有一天你成为普通人，别说你很能打，就算你能打得过一群高手，但你还能打得过一群拿枪的，还能打得过一支部队？

"人在这世界上，是必须做强者的。即便你不想去恃强凌弱，也必须强大，才不至于活得憋屈。而真正的强大，不是你的拳脚多厉害，而是你手握权力的正道之剑！

"我知道你是个好苗子，心怀天下苍生，所以我才希望你的未来，不只是靠你的拳脚去帮助弱者，那太微不足道。而是希望你能站到更高的位置，去为社会创造更多的公平和光明！你明白吗？"

秦帅总算明白了影子教官的一番良苦用心。原来，影子教官是希望他以后能够走上仕途，让他真正成为一个站在高处呼风唤雨的显赫人物！

影子教官又说："本来我想，美女蛇自身的条件那么好，你能跟她结合，那是一件很完美的事情。而且，这种出生入死的搭档，很容易产生感情。尤其是要假扮情侣，肯定会不可避免地发生一些亲密接触，这样更是水到渠成。但你居然搞砸了！这是我做梦都没想到的！"

秦帅说："无论怎么说，我还是得谢谢老板为我考虑得这么周全，但感情的事，还是得靠缘分。"

"什么缘分！"影子教官说，"我从来就不信缘分那一套，这世界只有事在人为，没有遇得到等得来的事情！"

这个……秦帅不知道怎么去反驳。也许，他有反驳之词，但不想跟影子教官争论。

沉默半晌，影子教官才抬起目光看着他，问了一句："你知道我为什么一直到现在都是单身吗？”

秦帅的心中一动，问：“为什么？”

影子教官说：“因为曾经有机会的时候，他喜欢我，但没有说。那时候，我们其实都能感觉得到彼此的喜欢，我一直在等他说，但没有等到。”

“直到现在，他都没有说？”秦帅问。

影子教官说：“已经没有现在了，早在十多年前，他就在一次任务中牺牲了，后来我是听他朋友说的，因为我长得太漂亮，家里也很有钱，他觉得配不上，所以他想多立些功劳、升高些军衔再跟我说，但……”

秦帅发现，影子教官那美丽的眸子里，开始起雾，变湿。虽然时隔十多年了，但那些事仿佛就发生在昨天一样。

“所以……”影子教官意识到有些失态，很快便收敛了情绪，“两个人能不能在一起，并不是你说的什么缘分，缘分只是让两个人遇到。而两个人能不能在一起，还是要争取。如果那三个字说不出口，就算遇到再多次，也不过是擦肩。”

“十多年了，老板你也应该放下了，可以寻找自己新的幸福了。”秦帅安慰道。

“新的幸福？”影子教官看着秦帅，那双眼睛很明亮，很动人，但她摇了摇头，“曾经有一段时间，得知噩耗，我只觉得昏天暗地，活着无意义。于是我疯狂地训练，用训练的疼痛来折磨自己，慢慢地，我就忘掉了那种叫作爱情的东西。”

“可是，老板你还年轻，军方有那么多优秀的男人，你可以……”秦帅劝说。

影子教官看着他，说：“不说我的事了，还是说你吧，你还没给我答复呢。”

秦帅略微犹豫了下，终于还是说了：“其实，不是我一定要辜负老板你的厚望，而是，而是我其实已经有了喜欢的人。”

他知道如果不说，今天这一关，过不了。可说了，只怕也有麻烦。

“什么，你有喜欢的人了？”影子教官感到很意外。

秦帅说："是。"

影子教官问："好上了吗？"

秦帅点头。

影子教官问："什么时候的事？我交代任务给你的时候，你怎么没跟我说？"

按照规矩，秘密特种成员执行任务，是需要向上级领导提交家属信息的，之前提交过的关于父母之类的信息就不说了，主要是还有关于近时间段没有提交的妻子、儿子或者女友的信息。万一任务出了什么意外，上级部门会酌情对家属和亲人给予适当的安抚与帮助。而秦帅之前在王牌部队只有父母的信息，没有提及妻子或者女友之类。他接到关于地狱使者的案子时，也没有提及。所以，影子教官才会在后来想起撮合美女蛇和他。现在突然听他说起有喜欢的人，又好上了，所以非常意外。

而秦帅却不知道怎么说了。如果说是之前就有，那他接受任务的时候没有汇报，算是违规。而如果说是接受任务之后，那问题更大，因为在执行任务的过程里，禁止做任何私人的事情，尤其是追女生谈恋爱这样的事。特种课程里写的，感情的事极为容易情绪化，非常容易影响任务，所以是禁止的。

最终，秦帅还是说了："是接受任务之后的事。"

他知道，在影子教官这里撒不了什么谎。她知道后，肯定会进行调查的。

"你居然在接受任务之后追女生，谈恋爱？"影子教官有些怒。

秦帅说："其实，谈不上追，也没怎么谈。只是遇到了，有好感，然后顺其自然地就好上了。"

影子教官问："女孩叫什么名字，干什么的？"

秦帅说："唐雨若，开画廊的。"

影子教官又问："好多久了？"

秦帅说："也就一个星期左右，其实还算不上真正在一起，只是我们彼此都有这个意思。"

“你很喜欢她吗？”影子教官问。

秦帅点头：“是。”

“唉！”影子教官重重地叹息了声，“本来我都替你计划得好好的，没想到……现在反而弄巧成拙，陷我于被动。”

秦帅问：“老板你怎么被动了？”

影子教官说：“还用说吗，我本来是想成全你和美女蛇，让你背靠大树，为以后铺路。没想到，你不但没和她好好地发展，反而跟她闹出事来，让首长动怒，你说你以后能好吗？如果不是地狱使者的案子暂时需要你，指不定你已经怎么样了。但地狱使者之案，总归会完，你又如何自处？我亲自赶来，主要就是想让你和美女蛇的关系破冰，只要你能改变态度，不难获得芳心，到时候一切都能迎刃而解，可最后却是计划赶不上变化。”

“这个……”秦帅说，“我想还是顺其自然吧，感谢老板对我的栽培，我会心无旁骛，为国家鞠躬尽瘁，尽快拿下地狱使者的案子，至于以后的命运，以后再说吧。不是老板你说的吗，我们是强者，所以我们不应该相信命运，因为我们有扭转命运的能力！”

“好吧，事到如今，我也不能完全勉强你。”影子教官说，“但我还是希望你考虑下和美女蛇的事，毕竟，你说的那个什么唐雨若，你们也才认识没多久，可能只是一些喜欢，没多刻骨铭心。而且，我也知道，在江湖的四年里，你跟好些女的不清不楚，最后都是无疾而终。”

秦帅点头：“无论如何，我一定不会再给老板添麻烦。”

影子教官说：“你在江湖闯荡了四年，应该懂很多事了，有时候要学会高瞻远瞩，不要老是那种小混混的心态。丁点事都会计较的人，是成不了大器的。要学楚庄王，不鸣则已，一鸣惊人，明白吗？”

秦帅点头：“嗯，明白。”

影子教官说：“行了，你先去忙自己的事吧，有案子的事及时向我汇报。”

秦帅当即告退。

在秦帅离开之后，影子教官当即拨打了一个电话出去。电话打通之后只说了一句话："给我查一个叫作唐雨若的女孩，开画廊的，把家庭以及个人履历都给我查清楚。"

秦帅离开了盛天酒店。

虽然被影子教官训了一顿，但他并没有半点怨气。相反，他心里有一种说不出的情绪。影子教官所谋划的都是为他好，真可谓对他用心良苦，不但有曾经十年的栽培，让他变成顶天立地的男人，甚至把他未来十年之后的退路，他的归途，都帮他想好了，而且还处心积虑地成全他。但他让她失望了，在那个时候，他很清楚地在影子教官的眼神里看见了失望。那失望甚至变成愤怒，怒其不争。可是，就算和上官白雪在一起有千万般好，他也不会为富贵折腰，不会放弃唐雨若。要知道唐雨若爱上他，是以隐秘的唐门富家千金身份，而且并不知道他霸气的至尊王牌身份，以为他只是一个普通江湖小卒，人家能这么对他，岂是荣华富贵可辜负的！

秦帅突然想起了什么来，拿出电话，拨打了唐云豪的号码。

很快，唐云豪接了电话，喊了声："秦兄。"

秦帅问："大少忙吗？"

唐云豪说："还行，陪朋友玩一玩，秦兄有什么事吗？"

秦帅说："确实是有点事。"

唐云豪问："什么事，秦兄只管说。"

秦帅说："我想说说你家里那个老二唐云杰的事。"

"阿杰？"唐云豪意外了一下，"他怎么了？"

秦帅说："我昨天晚上到海天娱乐城去玩，看见他很嚣张跋扈地要灌一个女歌手的酒，砸一万块让人家一口气喝下三件啤酒，喝不完就得陪他玩，我觉得他的行为有些过分了。"

"有这样的事？"唐云豪忙问，"后来呢？"

秦帅说："后来我想出手教训他的，但有一个戴着骷髅面具的人先站出来打抱不平了，我就充当了下观众。"

"结果呢？"唐云豪问。

秦帅说："结果不知道怎么回事，可能是有人悄悄报了警，大批警察来了，我就走了。今天突然想起这事，觉得应该跟大少先说一声。我这个人特别讨厌仗势欺人、恃强凌弱的人，如果他再不收敛，被我遇到，只怕大家都难堪啊，所以希望大少能够好好管教管教他。”

“唉。”唐云豪叹了口气，“其实我以前就教训过他，但没什么用。大概因为相处的时间比较多，老爸和老妈又挺疼爱他，凡事都护着他，他知道我不可能把他怎么样，所以就肆无忌惮……”

“如果是这样的话……”秦帅说，“那事情就会很麻烦了，因为再被我碰到的话，是铁定会教训他的。”

唐云豪说：“如果他有什么事撞在秦兄身上，秦兄尽管下手，好好教训他就是，我绝不护短。毕竟是我亲弟弟，让我亲自暴打他，还是有些下不了手，而且爸妈会说。”

秦帅说：“大少能有这胸襟我就放心了，希望他走运，不要撞到我手上来吧。”

和唐云豪打完电话，秦帅想着，应该去找上官白雪，然后等韩飞龙的电话。怎么说，即便他不可能按照影子教官的要求和上官白雪在一起，但也绝不能再和上官白雪的关系恶化。他倒无所谓将来的路会怎么走，但他不想让影子教官担心。

也不知道他感觉的是否正确，在某个瞬间，他感觉到影子教官对他的关心已经超出了一种正常的关心。以前在接受训练的时候，他从不曾觉得，但今天他感觉到了。当他说宁愿娶影子教官也不愿意娶上官白雪的时候，影子教官的身躯颤了颤，她并没有动怒，这是能说明问题的。因为以前在基地的时候，只要盯着影子教官多看一眼，她铁定就是打雷下雨的脾气。甚至，秦帅曾经也夸过影子教官的身材好迷人，影子教官马上就警告他了。这让秦帅觉得，那简直就是一个魔鬼般的女人。但今天他那句藏在心里的话，一不小心冒了出来，影子教官的反应有瞬间的柔软，并没有迁怒于他。也许，是他想多了吧。也许，是他已经离开基地成长起来，所以，影子教官不会再像曾经锻炼他们那样严厉了吧。

秦帅在路边等出租车，准备去找上官白雪的时候，电话又响了。他一看，是唐雨若打来的，当下便接了，喊了声："雨若。"

唐雨若问："你现在在哪儿啊？"

秦帅说："正在大街上呢，有什么事吗？"

唐雨若说："不是说了你手臂上的伤中午还得涂一次药的吗？"

秦帅说："哦，是哦，你不说我都忘记了，不过，这才十一点多，还没到中午呢。"

唐雨若说："我中午可能会有事，没时间帮你弄，要不你现在过来我先帮你弄了吧？"

秦帅说："行，你在哪儿？"

唐雨若说："我在门市，刚好关门，你直接去我家吧，药也在家里。"

秦帅答应后，当即就拦了辆出租车去唐雨若的别墅。

出租车刚离开，唐雨若就开车到了。当下，唐雨若带着秦帅进了别墅里面。

"中午有事，什么事啊？"秦帅问。

唐雨若说："我也不知道，我妈咪打的电话给我，说是家里来了贵客，要我回去见见。"

秦帅问："你不是唐门没有公开的孩子吗？来什么贵客了要你去见？"

唐雨若说："我也很奇怪啊，不知道为什么，但妈咪让我回去了再说。"

秦帅说："看来确实是有很重要的贵客，不然你这个被唐家隐瞒了十几年的孩子，不会随便让外人知道的。"

唐雨若说："是，不知道干什么，回去看看就知道了。"

俩人说着上了楼，唐雨若替秦帅解开了缠着伤口的纱布，看见伤口已经愈合，长出了鲜红的嫩肉出来。

"恢复得还挺快的。"唐雨若说。

秦帅说："那都是你的功劳啊。"

唐雨若说："你的体质和恢复力很强，所以才会好得这么快。换一般人，这伤口应该只是并拢，还不会长新肉。"

秦帅说："那也还是多亏你的药，要是一般的外伤治疗，少不了一个星期的。”

“看来你还不是那种忘恩负义的人嘛，还知道我有功劳。”唐雨若语气一变。

秦帅笑：“那是当然，你若对我好，我都会记得，而且，绝不会亏待你的。”

唐雨若说：“可是你说的，男人要说话算话，别我现在对你好了，你转过身就想着怎么伤害我。”

秦帅说：“绝对不会，我想伤害你，那必定天打雷劈。”

“好了，没让你发誓。”唐雨若抬起头，看着他，突然说，“我今天上午听说了一件事。”

秦帅问：“什么事？”

唐雨若说：“昨天晚上我二哥在海天娱乐城闹事，一个戴着骷髅面具的人出来管了闲事，后来出现了大批警察还有特种部队的人，对整个海天娱乐城进行了封锁，我还特地过去看了，确实是，整个海天娱乐城已经停业，很多警察在进进出出。”

“嗯，这事闹得挺大的。”秦帅说。

唐雨若问：“你就是那个戴着骷髅面具的人吧？”

“我就是？”秦帅笑起来，“为什么你觉得我就是？”

唐雨若说：“因为你喜欢管闲事，而且，你总跟军方和警方有些什么关系，还有，你昨天晚上受的伤，只怕不是被什么仇家追杀，而是在娱乐城那里受的伤吧？”

“哈哈，你想象力够丰富啊。”秦帅说，“你怎么会这么想啊？”

唐雨若说：“因为，我希望我喜欢的人是个好人，我也希望我喜欢的人能坦白对我，不要总对我隐瞒什么。有时候，能得到对方的真话，也许比什么表达都更真挚。”

“这我知道。”秦帅说，“我本来就是好人，对你说的也都是真话啊。”

唐雨若说：“那你告诉我，你到底是不是死神，是不是特种军人？”

秦帅说：“我说过不是，但你不信，那么你就当我是好了。只要你高兴，你愿意觉得我是谁都可以啊。”

唐雨若说：“我说过，希望你陪我去周游世界，但你没有成全我啊。”

秦帅说：“等我把手上的事情忙完，好不好？”

唐雨若说：“你当初说喜欢我的时候，不是说你只是一个江湖闲人，你来唐镇就是想找个保镖之类的工作，你手上怎么又有那么多忙不完的事情了？”

秦帅说：“身在江湖，每天都在做了断，每天也都有新的江湖恩怨啊。”

唐雨若说：“那你的恩怨什么时候才能了结？”

“这个……”秦帅说，“争取两个月吧。”

唐雨若说：“又是争取两个月，不知道你这争取，争不争得来。有时候苦心守望，到头来却是竹篮打水，我心里会很失望的。”

“我知道。”秦帅说，“就算拼出性命，我也一定在两个月之后好好地陪你，这可以了吧？”

唐雨若点头：“嗯，我信你一次。”

说完，小心翼翼地替秦帅上了药，再好好地替他做穴位和经脉的推拿。唐母打了好几个电话催她，但她还是完整地替秦帅推拿完，缠上纱布，两个人一起出门。

唐雨若问秦帅去哪儿，要不要送。秦帅说不用，坐个出租车就行了。于是，秦帅就在那等出租车，唐雨若开车先走了。

秦帅看着车身远去，点燃了一根烟。他在想，唐家来了什么样的贵客，居然要唐雨若这个没有对外公开的女儿回去见呢？昨天他和唐云豪一起的时候，唐云豪也提到过，有贵客要来，他得亲自去蜀中机场接回来，应该就是这位贵客了。

如果这位贵客真跟唐家渊源深厚，有必要让唐雨若这没公开的女儿去见，为什么不在昨天贵客一到，就让唐雨若去见，而是选在今天中午呢？而且，唐雨若还问了她妈，是怎么回事。唐母并没有说是什么人来了，她必须见，只是说回去了再说。秦帅觉得，这里面肯定有什么缘由。难道，是跟唐雨若的终身大事有关？

事实上，秦帅猜得一点儿没错，就是跟唐雨若的终身大事有关。唐雨若回到了家里，马上看到了一个非常隆重的场面。在唐门豪华别墅的大厅之中，摆放着一张巨大的圆形餐桌，上面摆着各种请专人厨师做好的高档海鲜、珍稀菜肴以及酒类。旁边的沙发上坐了好几个人，包括唐云豪、唐问天，还有一个老头子和老女人，以及一个二十多岁的年轻人。

“喂，雨若，过来打个招呼，华夏武盟盟主轩辕叔叔，一代女侠裴阿姨，还有轩辕公子。”唐问天把唐雨若喊过去一个个介绍。

一下子，几双目光全都往唐雨若身上扫了过来，像是在查看一样商品似的，上下打量。尤其是那个轩辕公子，那目光里大放异彩，脸上本来假装出来表示友好的笑容，也被那无礼的眼神扭曲得有些不怀好意。唐雨若看着那眼神，莫名地就生出一种厌恶。

“爸，我找妈咪去了。”唐雨若说了声，当即就走。

“喂喂雨若，你坐一会儿，陪下客人啊。”唐问天喊，但唐雨若装作没听见就进去了。

“果然是名不虚传啊。”轩辕老头当即称赞，“唐兄千金比照片上要漂亮百倍啊，好一个大家闺秀。”

唐问天笑了下：“轩辕兄过奖了，她从小放养，所以缺乏家教，不像轩辕侄儿这么懂礼貌，还望轩辕兄多多包涵。”

轩辕老头看向儿子，问：“白玉，你觉得怎样啊？”

“嗯，唐小姐秀外慧中，一看就是出自名门，感觉很好。”轩辕白玉其实早已经心花怒放了。比起照片来，唐雨若本人更漂亮，简直是让他如获至宝一般惊喜。

唐问天哈哈一笑：“只要轩辕侄儿看得上眼，那就好了，你们可以在这里好好相处几天，然后把这事给定了。”

“怎么，爸，这是打算给雨若定亲吗？”唐云豪问。

唐问天点头：“嗯，是的。你以为轩辕叔叔百忙之中抽时间带白玉过来是来玩的吗？主要就是过来看看雨若，看能不能对上眼。既然能对上眼，那就好办了。”

“原来是给雨若相亲，你怎么没给我说？”唐云豪问。

唐问天说：“跟你说，你还不转眼就跟雨若说了？”又转头对轩辕长河说，“这两年提起给雨若相亲，她都特别反感，找各种理由避而不见，因为之前相过的确实也都不怎么样。所以，事先就没告诉她，怕她又躲了。但我相信，她看到白玉一表人才，了解轩辕家族的强大之后，肯定会有改观的。”

“哈哈。”轩辕长河一笑，“现在的年轻人都喜欢自由。我家白玉其实也是很反感相亲的，但看了雨若的照片，听说是唐兄的千金之后，马上就不反感了，还迫不及待地要来见一面呢。”

“嗯，好说好说。”唐问天说，然后看着唐云豪，“去把雨若喊出来，要吃饭了，顺便喊你老妈一起来。”

唐云豪应了声，事实上他心里已经预感到不妙了。老爸此举，只怕会触怒妹妹的。因为他知道小妹喜欢的人是秦帅。而且，不只是简单的喜欢，而是刻在心里。那是一个会让她流泪的男人，她怎么可能会接受别的男人？如果在饭桌上提出来，只怕妹妹当场就会拒绝，会弄得彼此都很难堪。

唐云豪知道妹妹的脾气，但他也知道轩辕长河的实力，以及在华夏江湖中的地位。他可是整个华夏武盟的总盟主，整个华夏江湖中的武林巨头，有谁不给他几分面子的？何况他还创办了属于自己的天骄集团。在全国的多个大城市开办了武术学校，培养了无数名华夏江湖的武林天骄。这些武林天骄无论是去地方称雄，还是在天骄集团任职，都可以为他出生入死，为他兴风作浪，铲除异己。当然，即便如此，唐门的实力也并不会输于轩辕长河。只是，平常抬头不见低头见，最好是不要有什么不愉快，更不能翻脸。

唐云豪到一边之后，马上就发了个信息给老爸。信息只有一句话：爸，你到楼上来一下，我有要紧事跟你说。他不好打电话，打电话怕老爸一时说漏嘴，被轩辕长河一家人给听见了。

过了两分钟的时间，唐问天到了楼上，唐云豪的房间里。

“有什么要紧事啊，这么神神秘秘的？”唐问天问。

唐云豪说：“爸你不应该让小妹相这个亲的。”

唐问天一愣：“为什么？”

唐云豪说：“因为小妹已经有喜欢的人了。”

唐问天再一愣：“谁啊？”

唐云豪说：“秦帅。”

他实在不知道怎么来介绍。因为秦帅没有什么来历，没有什么背景，甚至是做什么的，他都不知道怎么表达。

但唐问天还是追问了：“秦帅是谁？干什么的啊？”

唐云豪说：“具体是干什么的我也不大清楚，但我知道他武功挺高，人也还不错。”

唐问天问：“你认识他吗？”

唐云豪点头：“嗯，认识，交情还可以。”

“那他是哪儿的人，家里干什么的？”唐问天刨根问底。

唐云豪说：“这我也不大清楚。”

“雨若跟他好上了吗？”唐问天问。

唐云豪点头：“嗯，好上了。”

唐问天脸色一变：“那为什么没有告诉我？难道这么大的事还要瞒着我，你们还把我这个父亲放在眼里吗？”

“这个……”唐云豪解释，“小妹和他好上才没几天，估计是想找个合适的时间跟您说吧。毕竟，他们之间还闹了矛盾，分分合合的也不是很确定。”

“既然不确定，那就断了吧，不管那个秦帅是做什么的，他总不可能比轩辕公子还好吧。”唐问天说，“而且，他是至纯至阳之体吗？”

“这个……”唐云豪说，“不知道，我们又判断不出来，得医仙大师看过才能知道。”

唐问天说：“那就没什么可说的了，赶紧断了，轩辕公子是至纯至阳之体。”

“什么，轩辕白玉是至纯至阳之体？”唐云豪大大意外了下。

唐问天说：“那当然，要不然我怎么会想到跟他们结亲。我之前找人在全国帮忙打听至纯至阳之人，最好是各项条件优秀的，于是刚好有位很好的江湖医道大师帮忙发现了轩辕白玉，我才跟轩辕盟主联系，给了雨若的照片，说了大概情况，然后轩辕白玉也对雨若有意思，这才特地过来接触的。”

“可是，不知道小妹怎么想啊。”唐云豪说。

这事确实让他一下子没有了主意。虽然他和秦帅是兄弟，也极力支持小妹和秦帅好上。那是因为他知道小妹的年华不久，希望她在人世的时候能感受美好的爱情，不带遗憾而去。毕竟，虽然之前找到过几个至纯至阳之体，但确实都太不堪。要找一个至纯至阳，而且很优秀的男人，简直是大海捞针、难如登天。所以他心里已经做好准备，希望她和秦帅好好地走下去，直至她人生的最后。但现在这个至纯至阳，而且很优秀的男人出现了！是的，轩辕白玉很优秀，这个唐云豪也得承认。先从长相说，英俊潇洒、一表人才；从背景说，天骄集团和唐门集团都是世界百强企业，身家亿万。轩辕长河更是华夏武林的翘楚人物，轩辕世家的剑法，名震华夏。而轩辕白玉天赋奇才，长得虽然秀气，但体内有洪荒之力，如楚之项羽，唐之李元霸，筋骨强壮，力大无穷，再加上轩辕家族的剑法，已经是华夏江湖里闻名遐迩的少年英杰了。

“不管她怎么想，这件事是由不得她的！”唐问天的语气很强硬。

唐云豪说：“那也得先跟她说一声吧，免得到时候在桌子上事发突然，弄得彼此难堪啊。”

唐问天点头：“行，你把她喊来吧，我跟她说说。”

唐云豪便拿出电话，打了电话给唐雨若，让她到他的房间来一下，跟她说点事。

事实上，唐雨若已经知道怎么回事了，因为以前唐家请客基本上都是到外面的大酒店去，不会在家里。而且，这轩辕是一家子来的。加上非要喊唐雨若回来，所以，唐雨若隐隐地有些预感。果然，回家之后老妈就告诉她，是替她相亲的。

“相亲？”唐雨若马上就生气了，“我都说过多少次了，不要再给我安排相亲了，我不想浪费自己的时间，有缘的人自然会遇到，没缘的人再怎么凑也是凑不到一起的。你们还给我介绍什么！”

唐母解释：“这次不一样，人家轩辕公子不但是至纯至阳之体，而且家世深厚，一表人才，还年轻有为，跟你真是绝配啊。”

“那是你们的看法，我没觉得他怎么样。”唐雨若说。

“你这孩子……”唐母叹口气，“怎么就这么倔呢？医仙大师说了，一旦过了二十岁，你的身体就难以预料，这还有一个多月你就满二十岁了，你得抓紧时间才行，不然……”

唐雨若说：“生死由命，何必担心呢。就好比有些人整天忙忙碌碌，却还是苦一辈子，我什么都不用做，生在唐门，就有享不尽的荣华，有些事其实上天早就安排好了，何必挣扎，何必恐惧呢？”

“唉，你能不能不要说得像高僧一样。”唐母说，“轩辕公子就是机会，你不要再任性了，好好地表现一下，只要轩辕公子对你满意，这事就定了。”

“我说了，我不愿意就是不愿意。”唐雨若很坚持。

虽然也只是第一印象，但她对轩辕白玉并无好感，而且她不会放弃她对秦帅的那份感情。她一生的梦想就是，对一个男人从一而终。所以，只要秦帅不放弃她，她就不会放弃秦帅。即便秦帅放弃了她，她也不会再去爱上别的男人。

06 闯下大祸

在唐雨若说不在家吃饭，准备离开以表心志的时候，唐云豪就打电话喊她了。她想了想，还是去了。说实话，在这件事上，她对爸妈不相信，但对哥哥还是足够信任的。而且，唐云豪和秦帅也是感情不错的兄弟，哥哥应该可以帮她说服下爸妈。不然，就算她今天走了，爸妈也会一直缠着她不放。

可当唐雨若来到唐云豪房间的时候，发现老爸也在，便愣了一下，还是喊了声："爸。"那瞬间，她看了有些无奈的大哥，又看了眼目光锋利的老爸，有了一种不祥的预感。

"听说你跟一个叫秦帅的好上了？"唐问天开门见山。

唐雨若看了老哥一眼，知道肯定是他跟老爸交流过了，当即承认："是的。"

"好，你跟我说说，那个秦帅是做什么的？"唐问天问，"人品如何？家世如何？前途又怎样？"

唐雨若说："都不怎么样，但我喜欢他，就够了。"

唐问天问："你觉得谈个恋爱结个婚，跟买个宠物一样，只要喜欢就可以吗？你觉得你是唐门千金，你想怎么样都得由着你吗？"

唐雨若反问："我自己的事情不由得我，难道还要别人来决定吗？"

唐问天说："你身为我的女儿，却跟一个一无所有的江湖混混在一起。你考虑过我的脸面吗？"

"又没人知道我是唐门的人，我跟谁在一起，能影响你的脸面吗？"

唐雨若问。

唐问天说："但你早晚不是要回归唐门的吗？难道你结婚也偷偷摸摸的？你想一辈子都跟唐门划清界限？连唐门的长辈走了，葬礼你都不会参加？"

"好吧，就算这确实会影响唐门的脸面。"唐雨若问，"是我的幸福重要，还是你们的脸面重要？"

"这一样吗？顾及我们的脸面跟你的幸福有冲突吗？"唐问天说，"而且，这不是在为你的幸福着想吗？你不是说了，那个姓秦的什么都没有吗，他拿什么给你幸福。但轩辕公子就不一样了，要什么有什么，不比那姓秦的好一万倍！"

唐雨若说："我的幸福，不需要用金钱来堆积，只要我喜欢就够了。我喜欢的人，哪怕一无所有，我也愿意生死相随。我不喜欢的人，哪怕有亿万财富，我也不稀罕。"

唐问天冷笑一声："你是身在福中不知福吧，家里给了你一切，你就能做出一副视金钱如粪土的样子。你要真是普通人，为了柴米油盐发愁，你就知道有钱跟没钱的区别了！"

唐雨若看着眼前的老爸，"是的，我的房子、车子还有画廊，的确都是你们出的钱。既然你这么说，我可以把这些都还给你们，我自食其力地生活，我照样认为我喜欢谁，就跟谁在一起，我不喜欢，就算有金山银山，我也不会放在眼里。"

"你……"唐问天气得手指向唐雨若，真有想要给她两耳光的架势。

唐云豪见状赶紧挡在前面，说："爸你别生气，有话好好说。"

"她这样，你看还能跟她好好说吗？对了……"唐问天又看着唐雨若问，"那个姓秦的，是至纯至阳之体吗？"

唐雨若说："不知道，也许是，也许不是，这不重要。"

"这还不重要！"唐问天顿时火冒三丈，"事关你生死，你还觉得不重要！那你觉得什么重要啊？"

唐雨若说："我觉得，活得自由和开心最重要。能做自己想做的事，能和喜欢的人在一起，这一生无论长短，死而无憾。"

唐问天简直暴怒了：“命都没了，还谈什么自由和开心？你知不知道你还能活多长时间？”

唐雨若说：“不知道，该多久就是多久。这世界那么多人，每天都有人死于非命，为什么不可以是我呢？而且，有些人会死于疾病，有些人会死于天灾，有些人则死于人祸。没有病，也不一定就能活到终老。江湖人刀光剑影，恩怨不休，多么健康和强大的人，都可能瞬间死于一场杀戮，死去和活着，岂可强求！”

“我真是要被你气死了！”唐问天说，“家人为了你能活着，呕心沥血，各种担心你，你自己却全没有当回事，你有想过我们的感受吗？”

唐雨若不说话了。虽然老爸怎么强求她，骂她，但她知道那都是为她好。她知道家人为她的担心和付出，这是不可否认的。只是，对她来说，爱上一个人真的不容易，而且爱上一个人之后，她对其他的男人真的毫无感觉和心思。跟一个自己毫无感觉的男人在一起，越相处只会越反感。

“小妹，这事其实你可以考虑一下……”唐云豪终于也开始劝她。

他实在觉得难以启齿，但他还是做了权衡，他希望小妹可以好好地活下去，有这么个机会，就不应该放弃。如果她跟秦帅在一起，要不了多久就会香消玉殒，实在没必要。

唐雨若听到这话，失望地看着他：“哥，你还好意思说你是他的好兄弟吗？”

唐云豪说：“我知道这对秦帅可能会不公平，也是我不够义气。但我更希望我的妹妹能好好活着，我不希望跟我的妹妹天人永隔，我知道这很自私，但人生很多事，总是两难全。”

“不用跟她多说了，今天这事，就这么决定。跟那姓秦的必须一刀两断，然后好好和轩辕公子相处！”唐问天已经下了最后通牒。

“凭什么啊！”唐雨若还在抗争，“我的事我自己知道怎么办，不要你们替我安排！”

“如果你今天非得一意孤行的话，那就不要怪我六亲不认。”唐问天的态度很强硬。

“怎么，你的意思是如果我不答应，就不认我这个女儿了吗？”唐雨若问。

“没错，就是这个意思。”唐问天说。

唐雨若说：“行，如果你们非要这么逼我，我离开就是。”

“小妹，别冲动，有话好说。”唐云豪劝。

唐雨若说：“都已经不顾我的感受了，还怎么好说。不靠唐门，我照样会活出自己的人生。”

唐问天说：“行，你行，我就看你去活自己的人生。房子、车子，还有画廊，你全部给我还回来，我看你自己怎么去生活！”

“爸，你别……”

“行了，不要再说了！”唐问天愤怒地打断了他，“她这是自作自受，怪不得我。她不吃苦头，不会知道什么叫生活，真以为地球会一直围绕着她转呢！”

唐雨若从身上拿出两串钥匙，直接放到唐云豪的书桌上：“车钥匙、房子钥匙，还有画廊的钥匙，都在这里，都还给你。”

说罢，转身出门而去。

“小妹！”唐云豪喊了声，把钥匙都拿起来，然后追上去拦住她，“有话好说，别犟啊，爸也是为你好。来，钥匙先拿着，走，回去好好说。”边说边把钥匙塞到唐雨若手上。

但唐雨若并没有接，她说：“哥你不要说了，如果我真的可以放下他，或者可以再随便接受一个人，我不会故意这样。过去的那些年，我从没有喜欢上一个人，我也曾尝试去接受别人，但我性格就是这么怪。如果可以的话，也许我早就已经接受别的男人了，不会等到秦帅来。有些事我们可以逼自己，但有些事我们不能，因为一逼就到绝路。”

说罢，绕过唐云豪下楼。但走了两步又才想起什么来，回过头说：“对了，今天的事不要跟秦帅说，尤其不要说我有病的事，我不想他觉得内疚，或者有什么心理压力。我想和他像从前一样，开开心心地走完最后的路。如果你要背着我跟他说什么，让我们之间不愉快的话，我永远都不会原谅你，也不会再叫你哥，我说得出做得到！”

“小妹……”唐云豪突然觉得喉咙有些哽咽。

唐问天在后面吼："别管她了，是她自己要作死，让她自生自灭好了！"

"爸，你这样是不是有点太过了？"唐云豪问。

"你说我过分吗？"唐问天怒斥，"你觉得我过分吗？我是为了谁啊？为了她能活着，为了她能好好活着，我错了吗！？"

"以前医仙找的那几个，确实太差劲，辱没了她，我们看着也心酸，不想她为了活着太委屈，也丢唐门的脸，就算了。但现在，你说轩辕公子会辱没她，配不上她吗？她还脑子一根筋的，我还能怎样？"

唐云豪也没再说什么，也许老爸是对的。他知道家里为了治好小妹的病，花了多少精力。一个很小的孩子，在父母还格外心疼的时候，就只能眼睁睁地看着她被带走，被医仙带去那世外之地，精心救治。长成少女之后回来，那种和家人的骨肉情并未因相隔多年而生疏，家人对已经长得如花似玉的唐雨若格外喜欢。老爸说，只要她开口，唐门能办到的，必定有求必应。连唐云杰都嫉妒了，说他要点什么，都会被爸妈都骂，可突然冒个小妹出来，当宝贝一样地宠她。

不过，唐雨若并没有要唐门的显赫和荣华富贵，她选择了离开唐门的光环，去过普通人的生活。连那住的别墅，代步的车子，还有门市，都是老爸非买给她的。不能说家人对小妹不关心，只是，也许，这么些年以来，小妹喜欢上一个人不容易。要她放弃一个人很难，要她再喜欢上一个人更难。

在走出唐家大厅的时候，轩辕白玉那双眼睛盯着唐雨若的背影迟迟回不过神来，那种感觉，真的不是漂亮能形容的，全身上下都散发着一种迷人的气息，让人心生冲动。

"怎么，看着转不了眼啊？"轩辕长河笑，"反正早晚都是你的，飞不了的。"

轩辕白玉回过目光一笑："真是众里寻她千百度，蓦然回首，她却在唐门啊。爸你跟唐叔叔交往这么深，为什么早就没想起来呢？要不然，我们孩子都有了。"

"早？"轩辕长河说，"还能怎么早啊，人家现在才19岁，20岁都不到，难道你还要人家未成年就跟你，还是干脆定娃娃亲啊？现在不正好嘛。”

“是，正好，正好。只要能弄到手就行了。”轩辕白玉笑。

“你能和唐叔叔的女儿喜结连理，那不但是抱得美人归，以后咱们轩辕家在华夏可就真的是登峰造极了。”轩辕长河说，“轩辕剑加上唐门暗器，天下还有谁人能敌！”

唐问天从里面走了出来，尽管脸上刻意装出一些笑容，但仍无法掩饰心中的愤然。唐雨若倒是一拍屁股走了，但他怎么跟轩辕家交代？这可是他主动提的亲事，然后轩辕家才不远千里从西皇城赶来这蜀中之地。结果却在他这里撂了挑子，这事怎么说？

“怎么，唐兄一天这么忙啊，都快要吃饭了，这事情还没完。”轩辕长河笑着。

唐问天讪讪地笑了一下，脑子里却在想着怎么跟轩辕长河解释。一路上他都在想这个问题，本来他想直说，但觉得不能直说。要是轩辕长河知道他女儿有男朋友了，还喊轩辕家过来，摆明了是要他们啊，换谁都会生气的。他倒不怕轩辕家怎么样，唐门的实力并不会怕轩辕家，但问题是，两家因此结仇，实在没必要。而且，如若轩辕长河把这事往江湖上一说，问题就大了。首先，江湖中人并不知道唐问天有女儿，为什么会突然冒个女儿出来？江湖谣言众多，肯定就说是什么私生女。然后，身为唐门掌门，明明说了把女儿许配给人家轩辕家，然后却又说女儿有男朋友，这事江湖上又会怎么说？

本来按照唐问天的意思，是先让唐雨若和轩辕白玉彼此相中。然后他再公告江湖，说是自小把女儿送去江湖高人那里学艺，学成归来，便与轩辕公子喜结连理。江湖唐门和轩辕世家两大豪门说的话，假的那也是真的。但现在，要得罪轩辕家的话，情况可就大不一样了，轩辕家肯定会成为造谣者，而且会尽最大的能力把谣言传播出去，用以发泄心中的怨恨。无论怎么说，这事都是唐门理亏。所以，绝不能让轩辕家知道真相。

“怎么，唐兄有心事吗？”轩辕长河见唐问天不说话，脸色似乎也没有之前那么自然了。毕竟是老江湖，一下就看出事来了。

“嗯，有点事，被气到了。”那一瞬间，唐问天的脑子居然灵光闪过，有了应付之策。

“是吗？”轩辕长河问，“什么事把唐兄气到了，说来听听，看能不能为你分忧啊。”

唐问天说：“这不是喊小女回来跟轩辕公子见面认识下吗，这都回来了，居然接到一个朋友的电话，说有什么事，又跑出去了，喊都没喊住，唉！”

“这样啊，难怪刚才看见她出去了，还有些不高兴的样子。”轩辕长河说，“这没什么啊，朋友有事喊她，肯定朋友的事重要嘛，讲义气是好事，等她把朋友的事忙完了回来也可以啊。”

虽然嘴上说得大度，但心里却在想，真是没点规矩。而且，也太不给轩辕家面子了吧，轩辕家在华夏的江湖里，虽然比唐门的名气要差那么一点点，但现在他是武盟的盟主，是整个华夏武林的发言人，唐雨若居然无视他们，就算有急事，好歹也该过来打个招呼，不是吗？但看在唐问天的面子，和轩辕白玉对唐雨若很满意的分上，轩辕长河还是压住了心里那口气，装得特别大度的样子。

“唉，还是轩辕兄大人有大量啊。”唐问天说，“不过我跟她说了，把朋友的事解决了之后赶快回来。”

轩辕长河说：“没事，蜀中名山无数，尤其是蜀山天下最为闻名，正好借这个机会多叨扰唐兄，好好在这武林圣地游历一番呢。”

“那好那好。”唐问天说，“只要轩辕兄愿意，我必定陪着轩辕兄赏尽蜀中美景，让你不虚此行。”

“爸，玩归玩，我的事可不要给耽误了。”轩辕白玉提醒。

刚才只见了唐雨若一面，他心里就已经收不住了。这么美的人儿，不喊来陪着他，真是暴殄天物虚度光阴啊。

轩辕长河笑：“放心吧，这个唐叔叔会安排的，年轻人不要那么急，心急吃不了热豆腐。”

唐问天也只好说：“是的，我一定争取让雨若早点回来，然后和轩辕公子接触一下。我们做父母的，其实更希望把这桩心事了结，都怪我从小把她给惯坏了，唉……”

“都是这样，都是这样……”轩辕长河说。

很快，唐云豪和唐母也出来，唐云杰也从外面回来了。

经唐问天一介绍，唐云杰马上就跟轩辕白玉熟得不行，聊着就要跟轩辕白玉去西皇城玩耍。

其实轩辕白玉对这个唐家的废材鄙视得不行。但想着他是以后的小舅子，必须跟他熟啊，说不准能帮着在他妹妹面前说几句好话呢。

于是，一桌人表面上和和气气的，东拉西扯地聊着江湖事，吃着东西。

唐问天的心里也略微安稳了些。他后来想到的是，先不告诉轩辕家真相，只说唐雨若有事，先敷衍两天，然后一方面让唐云豪和唐母出面劝一下唐雨若，另一方面也指望唐雨若自己去感受生活的不容易回心转意。或者，他还得想法从那个秦帅身上着手。

吃过饭后，唐问天就把唐云豪喊到了一边，说了他的想法。如果这里不能给轩辕家交代，所产生的后果，对唐门的发展和名声会有很大影响，包括唐云豪以后在江湖上的发展都可能存在很多阻碍。所以，最好的办法还是说服唐雨若放弃那个秦帅，和轩辕白玉好上，这样才算完美。

唐云豪点头：“我尽力劝吧，但雨若的脾气，恐怕不那么好劝。”

“如果真的劝不回来的话，那你就去找那个秦帅，让他识趣点，滚出唐镇，滚得越远越好，让雨若断了这念头。”那瞬间，唐问天的眼神里杀机四射。

“这，这就没必要了吧，爸。”唐云豪说，“秦帅跟小妹在一起，只是平平常常的事情，现在也主要是小妹不肯放手，我们越是对秦帅做什么，越是会激怒小妹对我们的仇恨的。”

唐问天说：“那也得赶走他，不能让轩辕家知道。我约轩辕家来，可是说雨若没有对象的，如果让他们知道雨若有对象，这趟白跑的话，我就成了欺骗，没法给他们交代！”

唐云豪说：“那也是雨若没告诉你，你不知情，不是你故意欺骗他们啊。”

无论如何他觉得唐门绝不能这样去对秦帅出手。不但因为彼此是兄弟，不能互相残杀，更因为唐门这么做，实在没道理。

可唐问天却说：“不管怎么回事，总之人家是被耍了，心中自然有愤怒。先就这么定了，你还是先劝雨若，她自己能想通则好，她要想不通的话，就只有找那个秦帅了！”说完，也不管唐云豪的态度，转身就走了。

唐云豪站在那里很久，脑子里一片混乱。也许这对他来说，就是一件两难的事情。他知道劝回小妹的可能性微乎其微，而对付秦帅，他肯定出不了手。他出不了手，那么唐门的其他人就会接到命令出手。一旦唐门对秦帅出手，他在中间就真的为难了。就算他没有加害秦帅之心，但只要秦帅和唐门的仇结上，以后兄弟就难做了。还有，小妹知道唐门对付秦帅了，这对她又是一种什么样的伤害？说好会一直保护好她、心疼她的好哥哥呢？

唐雨若离开了豪华的唐家别墅，站在人来人往的路边，看着这偌大的世界，人潮汹涌，而她却仿佛在孤岛之上，无依无靠，无处栖息，还是忍不住鼻子一酸，眼泪模糊了视线。

她一生不求荣华，不求富贵，只愿岁月静好，却为何总会生出风波？家人其实都很爱她，她又何忍与他们决裂？但她没有选择，她就是喜欢秦帅，喜欢他一怒之下连杀几人的剽悍和血性；喜欢他嬉皮笑脸没点正经的温暖；喜欢在她危险的时候突然出现，让她激动得难以言状。而那个轩辕白玉，她只看了一眼，虽然长得也是一表人才，用大众的眼光来说，也算是英俊帅气，可她就是莫名地讨厌，她讨厌除了她喜欢的男人以外的任何一个男人用垂涎的眼神看她。

可是，现在该去哪里呢？她想起了秦帅，想跟他在一起，想在他的怀抱里好好痛哭一场，然后跟他一起浪迹天涯海角。但她忍住了，秦帅说他有事，现在是走不了的。而且，她不想让他知道现在发生的事情，如果她去找他，他会从她忍不住的眼泪里知道一切的真相。他可能会跟唐云豪翻脸，也会为了安顿她而劳神费力，她不想成为他的负担。

她想起了白冰冰，这个最好的闺蜜，或许可以去她那里暂住一下。当下，她略微平复了下情绪，就拿出电话，打给了白冰冰。

“喂，雨若。”白冰冰接了电话。

唐雨若问：“你现在在家吗？”

白冰冰说：“在啊，怎么，又要帮你照看门市吗？”

唐雨若说：“门市不需要照看了，我要去投奔你了。”

白冰冰问：“什么意思啊？”

唐雨若说：“电话里也说不清楚，我过去再跟你说吧。”

挂掉电话之后，唐雨若打了个车赶到了白冰冰的租房处。

白冰冰打开门，抬眼看着唐雨若，发现她的眼圈是红的，而且看起来有些肿，不由得很诧异：“雨若你哭过？发生什么事了？”

唐雨若进了屋，说：“我跟家里出了点事。”

白冰冰问：“出什么事了啊？”

唐雨若说：“他们非要介绍一个男的给我，我不答应，然后就闹翻了，我把房子、车子还有门市都还给他们了，现在就算是一无所有了。”

“不会吧，闹这么大啊。”白冰冰问。

唐雨若点头：“是的，差不多是不相干了。”

“对了，认识你也这么久了，你从来都没说你家到底是干什么的呢，现在总可以说了吧，是哪家豪门吗？”白冰冰问。

唐雨若摇头：“是什么都跟我没关系了。”

“唉，你也别搞得这么认真。闹得再大，毕竟是一家人，气一消，什么都好了。”白冰冰劝道。

唐雨若摇头：“这次好不了，他们是非得要我嫁，但我是绝不可能嫁的。”

白冰冰问：“怎么，那男的很差劲吗？”

唐雨若说：“不是很差劲，差劲的话他们也不会让我嫁了，但是再好，我不喜欢，也不会勉强自己。”

“不是我说你啊雨若，这就是你的不对了。你不能眼光老是那么高啊，你终究还是得嫁人，总这么挑怎么行？”白冰冰说，“只要那男的条件还不错，就可以试着慢慢发展啊，也许接触多了，就喜欢了呢？”

唐雨若摇头：“感情的事不是你想得这么简单。”

其实，她想说跟这男的多好多坏都没多大关系，重要的是她喜欢秦帅，而且约定两个月之后和好，其实现在已经算是和好了，只是嘴里没有说出来。但是，她没有对白冰冰说，因为她知道白冰冰也喜欢秦帅，而且她早说过不和她争秦帅的，白冰冰如果知道她跟秦帅好上了，只怕会误会什么。她得找个合适的机会，再好好地跟她说才行。

“先别管那么多了，你先住我这里再说吧，后面的事情慢慢来。”白冰冰安慰。

唐雨若“嗯”了声，说：“我过两天就去找工作。”

“找工作？”白冰冰说，“不至于吧，怎么说你卖画都还是挣了不少钱存着的吧？就算真不跟家里来往，你也完全可以自己买个门面，重新开画廊，不必像我们这种小老百姓，靠打工吧？”

唐雨若说：“其实我比你穷，我卡里也就一万多块钱，开不了门市的。”

白冰冰一脸不信：“怎么可能，你有时候一天都能赚一万多块的好吧，哭穷成这样，谁信哦。”

唐雨若说：“我挣的钱，每个月只留下够自己开销的，其他的都捐了。”

“都捐了？”白冰冰眼睛瞬间睁大，“你是在跟我开玩笑吧？”

唐雨若说：“没有，给你看看就知道了。不然，你找我借钱说没有，你还得说我骗你，不义气。”

说罢，从包的内层拿出了一沓收据之类的东西来。

白冰冰看着那一张张来自孤儿院和敬老院等的收据，眼睛睁得老大，惊讶得合不拢嘴，半晌才看着唐雨若：“你真的都捐了啊，捐了这么多，得好几百万吧？”

唐雨若说：“不知道多少，反正每个月我挣的差不多都捐了，只留下够自己用的。”

“为什么？”白冰冰完全不解，“你干吗都捐了呢？你辛辛苦苦地画画，卖画，干吗赚来都捐了？”

唐雨若说：“没为什么啊，就是想力所能及帮助别人。我自己能够生活，而且生活得也不错，要太多的钱也没意思。”

“要太多的钱没意思？”白冰冰说，“这话你都说得出来，谁说钱多没意思，老板一个月给我涨三百块工资，我好几天晚上都会激动得睡不着觉。”

唐雨若说：“因为你是财迷嘛，我又不是。”

其实，她是不能告诉白冰冰，因为她身体的原因，她也不知道自己什么时候会离开这个世界，钱财对她来说，真的就只是身外之物。她的人生比别人短暂，她希望在这短暂的人生里，做更多有意义的事，为这个世界的美好尽一份自己的力。哪怕是再微小的力量，但能帮一个就帮一个，看见困难的人站起来，露出对生活的希望与微笑，她也会觉得很开心。所以，从她开画廊的第一天，她赚的钱都只留自己的日常开销，其余的全部都捐出去了。一直以来，从未间断。

不理解归不理解，但白冰冰还是由衷地佩服，说真的，在这个各人自扫门前雪的社会，还能有像她这么乐于助人的人，真是少见，如果不是她亲眼所见，她绝不会信。

唐雨若说：“其实，人心还是向善的，而这份善良，从一个人传递给另一个人，另一个人就会再传递给别人，这样就会有越来越多的人变得善良。再险恶的社会，都需要有人去种植希望。”

“好吧，你境界高，我以后多跟你学着点。”白冰冰说，“不过，你这么好的人，还是希望你幸福，能早点跟你家人把隔阂化开。”

家人？想起来，唐雨若的心中又是一片黯然。有些事大概真的是命中注定，只有这么长的缘分吧。其实，她对这个世界还是很留恋的，留恋一直对她很好的家人，留恋像白冰冰这么好的闺蜜，留恋让她日思夜想的秦帅。

而秦帅，此刻正和上官白雪在一起。虽然他不能答应影子教官让他娶上官白雪的事，但他还是愿意努力化解与上官白雪之间的冰层，免得让影子教官担心和为难。他主动跟上官白雪说了审讯黑蜈蚣和打电话给张天虎，等韩飞龙电话的事。今天，主要就是等韩飞龙的电话了。韩飞龙的电话，将决定地狱使者之案的走向和进展。

不知不觉已是中午，秦帅喊上官白雪一起出去吃饭。才刚走出门，他的电话就响了起来。他拿出电话一看，是戴安全打来的，当即便接了电话，“喂”了声。

戴安全说：“刚才接到电话，那个穿花衬衫和尚的身份已经查出来了。”

“是吗？什么来头？”秦帅问。

戴安全说：“是蜀中熊门大哥熊瞎子的贴身保镖，外号叫作花和尚。”

“花和尚？”秦帅问，“有他更具体的资料吗？”

戴安全说：“具体的不是很清楚，因为还没查出他的真名，只知道他外号是花和尚，据知情人说他是正宗少林弟子，武功很厉害。”

“好吧。”秦帅说，“你大概也找唐镇派出所看过那个监控视频了吧？”

戴安全说：“嗯，看过了。”

秦帅说：“看过了就行，这姓熊的一而再再而三对我动手，老子已经忍他很久了，既然他想找死，那老子就好好地跟他玩玩。这件事只有你知道，我不管过去你跟他有没有关系，但这里给我打住，一旦有半点消息走漏，你该知道是什么后果！”

“我跟他没关系的，长官想铲除他，我一定全力配合。”戴安全说。

秦帅说：“以后喊老板，不要喊长官，说多少次了！”

戴安全说：“是，老板。”

秦帅挂掉了电话，那一瞬间，双眼之中瞬间杀机暴露！但是，秦帅觉得，现在还不能马上铲除熊门，因为他手上的伤还没有完全恢复，他必须等伤势完全恢复了，才会对熊瞎子动手。其实要灭掉熊门，跟他有没有伤没多大关系，因为他只需要一个命令下去，警察甚至特种部队都能立马出动，把熊瞎子给抓捕归案，将熊门扫荡得片甲不留。但他想亲自动手，从那个可恶的熊胖子一开始惹怒他的时候，他就想亲手灭掉这股恶霸势力。尤其是后来熊门派人打到贾豪明家里去，伤了贾豪明的老妈，后来又偷袭了贾豪明和龙柳，导致几人受伤。但那时候忙于地狱使者的案子，他也想低调些，就先忍着了。现在，地狱使者一方差不多知道他的存在和身份，而且案子也有了突破口，加上遏制了飞龙组织的咽喉，只等与韩飞龙的最后较量，真相很快就能浮出水面。所以，他现在可以随时抽空干点别的，等手上的伤一恢复，立马就可以挥师灭熊门，干掉熊瞎子和那个花和尚，尤其是那个花和尚，绝不能留他祸害人间。

秦帅问上官白雪想吃什么，上官白雪说："随便啊，你想吃什么都可以。"

秦帅说："我胃口很好，吃什么都可以。"

上官白雪说："你手有伤，得吃点有营养的，不辣的最好，不然会影响伤口。"

"那该吃什么？"秦帅问。

上官白雪说："海鲜吧，海鲜营养，还不辣。"

秦帅说："行，那就吃海鲜吧。"

说罢，两个人直接打了辆出租车，往美食城那边去，上官白雪搜了比较闻名的海鲜店，搜到了一家"黄记自助海鲜"。

上官白雪对秦帅的态度似乎也改观了许多。吃东西的时候，因为秦帅的一只手还缠着纱布，不大方便，上官白雪会主动问秦帅喜欢吃什么，帮他端来。吃虾的时候，因为秦帅的手有伤，不太方便剥，上官白雪干脆就帮忙剥了，他直接吃肉。这个时候秦帅才觉得，其实真像影子教官说的那样，换一种心境，或者换一种角度看人，感觉确实是不一样的，上官白雪也不完全像他以为的那么讨厌。

两个人正吃饭的时候，冷梦雪打了电话来，说龙柳的那两个朋友已经办理出院手续了，问接下来怎么办。

秦帅说："既然他们已经出院了，就没什么事了，你和江山先找个地方住一下，有事我再打电话给你们好了。"

何况，最多一两日他就会对熊门下手，而熊瞎子派花和尚也是对他出手，没有去找龙柳的兄弟，所以他断定龙柳的兄弟不会有什么事了。

冷梦雪想说点什么，但还是只能“嗯”了声。然后，秦帅就挂了电话。听着电话里的忙音，冷梦雪心里有种特别的失落。

“大哥怎么说？”楚江山问。

冷梦雪说：“说让咱们先找个地方住着，有事再打电话。”

楚江山说：“可以啊，那咱们就先找个地方住着吧。”

冷梦雪问：“是租房子还是住酒店啊，看大哥的意思，估计会在唐镇待上一段时间。”

“嗯，说不准是长期的，还是租房子节约些。”楚江山说。

“行，那咱们去找家中介，看看房吧。”冷梦雪说。

楚江山正准备跟冷梦雪去找中介看房的时候，范诗琪就打电话来了，约他去蜀山吃烧烤。

范诗琪的约，楚江山可是想也不用想就答应的。这几天下来，他已经深深地喜欢上范诗琪了，一个从没有谈过恋爱的大男孩，遇见一个长得漂亮，而且挺主动，又对他又挺好的富家女孩，简直迷得要着魔一般。吃饭睡觉都在想，睡着了都在笑。

“梦雪，那看房子的事就麻烦你了，我要有事去了。”楚江山说。

“那个富家千金打的电话给你吧？”冷梦雪问。

楚江山憨笑：“这你都知道。”

冷梦雪笑了下：“你以为你还是个藏得住秘密的人吗？好了，赶紧去吧，加把劲，好不容易有个女孩喜欢你，别给搞黄了。不然就真的只能打光棍了。”

楚江山一笑：“我会好好加油的，好了，先走了啊梦雪，你自己小心点。”

话说完，刚好一辆出租车过来，楚江山伸手拦下，上了出租车，和冷梦雪挥手再见。

突然间，冷梦雪的心里升起一股强烈的失落感。这车水马龙的路边，她一个人。在这人潮拥挤的城市，她一个人。她想大哥，可是不敢说出口，她怕大哥烦她，怕大哥生气。她始终期望有一天大哥会喜欢上她，她会得到想要的幸福。要对世界、对生活充满希望，因为谁也不知道这世界的哪里就会有奇迹，这是大哥说的。

冷梦雪沿着街边往前面找下去，一路都没有看见房屋中介。不料，路过一处高档轿车美容会所时，出事了。

唐门那个不争气的败类唐云杰正在这里养护他的布加迪豪华超跑，当养护人员告诉他车子已经养护完毕，他叼着一支烟从 VIP 休息室出来时，一抬眼就看见了冷梦雪。

“哇！”唐云杰的眼睛瞬间睁大，一脸被惊艳到的表情。冷梦雪的那种不食人间烟火的美丽，让唐云杰这位博览群芳的花花公子瞬间眼前一亮。

手下的保镖阿强一见唐云杰那样子，马上就很懂地问：“怎么样，杰少，喜欢吗？”

“废话，都漂亮成这样了，能不喜欢吗？”唐云杰说。

“那我去帮你约。”阿强讨好地说。

“一边去，你长得太丑了对人家不尊重，我自己来。”唐云杰说着，赶紧就上了布加迪跑车，“呼”地一脚油门踩下去，那跑车顿时发出猛虎般咆哮的声音来。

几名保镖也赶紧上了自己的车，跟在后面。唐云杰的车永远只用来坐女人，不让保镖或者其他一般男人坐。

冷梦雪正走着，突然一辆炫酷的跑车在身边停下了。

“喂，美女，到哪儿，我送你啊。”唐云杰穿得挺花哨，还戴着一副墨镜，看上去好洋气的感觉。

冷梦雪只是冷冷地看了他一眼，并没有理他，然后继续走自己的。

唐云杰就开着车跟在旁边，嘴里喋喋不休地说着：“别不好意思嘛美女，反正顺路，交个朋友呗。”

冷梦雪停住脚步，目光冷冽地盯着他，只说了一句：“你最好给我滚远点！”

这话说得很不客气，唐云杰那笑一下子就僵在脸上了，他的脸色立刻阴沉下去：“你说什么，再给老子说一遍！”

在这唐镇，这蜀中，这华夏江湖都没人敢忤逆唐门，这个女的，居然敢对他如此语气！所以，唐云杰瞬间就翻脸了。

冷梦雪本来是抱着秦帅叮嘱的不惹事的原则，对唐云杰一开始的轻浮，只想不理睬，然后警告一下。没想到唐云杰这么不识趣，那一瞬间她心里的怒气和杀气都暴涨起来。当下，就着唐云杰的话，她又说了一遍："我喊你滚远一点，你耳朵是聋了吗？"

唐云杰当即从车上径直冲下来，伸手抓向冷梦雪。

前一天他看上苏小薇，遇到秦帅，差点就被打了。要不是因为秦帅当时的主要目标是黑蜈蚣，他现在只怕都躺在医院里了。然而，今天他鬼使神差地又惹到冷梦雪。冷梦雪可不是他以为的那种长得漂亮任由拿捏的女孩，而是一个心狠手辣的角色！

眼见唐云杰的手抓了过来，冷梦雪当即使出擒拿手，迎着唐云杰的五根手指之间叉进去，仿佛十指交叉一般，随后手腕一沉，手臂上的力量瞬间爆发而出！

"咔嚓嚓！"

唐云杰除了大拇指外的四根手指一起被折断，痛得他瞬间杀猪般地大叫起来。

本来他也是会几招几式的，但他太轻敌了，直接就把手抓向冷梦雪，没有任何戒备，因为他根本就没有想过冷梦雪会功夫，没有想到她有反抗之力。而且，冷梦雪又是顶尖的高手，出手奇快，干净利落，没有给唐云杰任何反抗的机会。

不过，在唐云杰的手指被折断之后，唐云杰还是想到了反击。当即用另外一只手，掌掴向冷梦雪的脸。冷梦雪把头一偏，闪开唐云杰的手掌，脚下一个低铲，当即把唐云杰给铲倒在地，然后一脚就往唐云杰的裆部重重地踏了下去。那可是高跟鞋，而且还是冷梦雪怒气之下的出手，那一脚的破坏力太惊人了。

紧接着，又是一声撕心裂肺的号叫。冷梦雪的杀气已经收不住了，把唐云杰那里给踩废不说，还把脚往唐云杰的大腿和手臂上一顿乱踩。

这时，唐云杰的几个保镖已经停好车杀气腾腾地冲了过来。他们没想到，看上去一个弱不禁风的女孩，不过在几秒钟之内，就把唐云杰给废掉了。

他们赶紧冲过来帮忙，准备把冷梦雪这个凶手给拿下，也好给唐门一个交代，但他们几个哪里是冷梦雪的对手。冷梦雪三拳两脚，就把唐云杰的几个废物保镖给打得在地上断手断脚地哼哼了。别说替唐云杰报仇，光是冷梦雪的眼神，都吓得他们发抖。

冷梦雪又把目光落在唐云杰的脸上，还是不解恨，又狠狠地往他脸上踩了几脚。那高跟鞋跟狠狠地踩在唐云杰的脸上，踩一下就是一个血槽印，整张脸都差不多毁了。

“你敢打我，你死定了，你知道老子是谁吗？”唐云杰边哭边吼叫着。

冷梦雪根本就不按照他的剧情走。她二话没说，又狠狠的一耳光，直接打到他的嘴巴上，“哐啷”一声，直接就把他的门牙给打掉了两颗，嘴里一片血肉模糊，唐云杰连话也没法说了。

“你是谁也被打得跟死狗一样了，人渣，慢慢去医院躺着吧！”冷梦雪说了声，然后转身就走了。

她以为这事就这么过去了。因为在以往也有不少这样的事，一些纨绔子弟见她美貌，出言不逊或者举止不端，被她狠狠地教训，畅快淋漓，没有任何后遗症。而且她跟秦帅在一个地方都待不了几天，马上就跟周游世界似的换下一个城市了。但这次不一样，她要在唐镇留下来。而且，她打的是唐云杰，是唐门二少，是唐问天夫妇非常宠爱的儿子！

在冷梦雪走后，唐云杰的保镖看见他的惨状，立马打了电话给120，随后也拿唐云杰的手机打了电话给唐问天。唐云杰的牙齿被打掉了，血肉模糊，无法说话。而保镖没有唐问天的电话，所以只能拿唐云杰的电话打。

唐问天正陪着轩辕长河一家人往蜀山而去，突然接到唐云杰被打的电话，当即就急了起来，问：“谁打的，伤得严重吗？”

保镖说：“一个不认识的女人打的，打得很重。”

“很重是多重，给我说具体点。”唐问天说。

保镖说：“杰哥现在不能说话，满脸是血，身上应该伤不少，我们已经打120了。”

“混账！”唐问天开口就骂，“你们不是保镖吗，怎么保护人的，都是废物吗？”

保镖解释：“事发突然，那女的武功也很厉害，我们……”

“好了好了，不要废话了。”唐问天说，“赶紧先把他送医院，病房号告诉我，我过去了再说！”

打完电话，唐问天当即对轩辕长河道歉，说是发生了点事，他得马上去处理才行，就不能亲自陪着去蜀山玩了，他会让随行的其他人当向导。

轩辕长河问：“我听唐兄的电话好像是说令公子被人打了，还打得很严重？”

“啊？”唐问天一愣，但马上点头，“嗯，是的，阿杰出了点事。”

他本来是想瞒着轩辕长河的。毕竟这是一件很丢脸的事情，他唐问天的儿子，在这蜀镇之上，唐门的地盘上，居然被人打了？这要传出江湖，会让人笑掉大牙啊。可轩辕长河在旁边听到了电话的大概，他再故意否认，反而让轩辕长河觉得他虚伪，所以也就只好承认了。

轩辕长河听后很仗义地说：“既然是唐二公子出了事，那咱们今天的蜀山之行就先打住，一起回去看看是什么情况吧，谁敢如此胆大包天，对唐二公子下手！”

他其实也知道，唐云杰被打可能只是一个小意外。就算是大意外，那也难不倒唐门。至少目前还没有听说哪股势力能把唐门给压下去，但他还是要这么表示，是出于人情世故，让唐问天能感觉得到，轩辕家跟唐门是在一个立场，像一家人一样。这对轩辕白玉和唐雨若之间的事也会起到帮助。

唐问天还是推脱了下，说是不用麻烦轩辕兄，但轩辕长河非得坚持，说唐兄的事那就是轩辕长河的事。于是，这蜀山之行便暂时搁浅，立马在前面的支路上将车子掉头回了唐镇。

在路上时，唐问天打了电话给唐云豪，说是唐云杰被打了，让他赶过去看一下什么情况，同时打了电话给唐门的私人医生。

唐云杰被送到了唐镇的外科医院，也就是熊胖子被杀的那家医院，那算是整个蜀中最好的外科医院。虽然唐镇只是个镇，但它毕竟是整个蜀中的经济核心。加上这里住了太多的超级富豪，所以各种配套设施都很高级。

因为是唐门的公子，所以当唐云杰一被送到医院的时候，医院马上就派出最好的医生为其处理伤势。而结果是一只手断四根手指，一只手臂断，身上肋骨断了两处，脸上破了两块很大的皮，门牙掉了两颗，侧边的板牙掉了两颗，这些伤可能都还是轻微的。更重要的伤在裆部那里，还不知道具体结果，但只要一动那里，唐云杰都会痛得号叫。

医生说估计那里的桡骨或是骶骨可能断裂，也或者裆部的经脉组织甚至蛋丸受伤，得经过 X 透光才能具体知道。在医生先替唐云杰处理了脸上和嘴里的皮外伤之后，便被送去 X 光线检查。

唐云豪赶到了外科医院，问唐云杰在哪儿，保镖说送去透片了。唐云豪就问到底是什么怎么回事，保镖当即就把大概情况讲了一下。因为是对唐云豪，所以也就没有编造，说了实际情况。

唐云豪听后不由得骂："就是自己作死，都不知道警告过他多少遍了，偏就不听，总以为唐门罩着他，肆无忌惮，今天终于遇到狠人了吧！"

又冲着几个躺在病床上的保镖骂："也怪你们这些蠢货，跟着他就知道起哄，投其所好，不知道阻止！"

一保镖深感委屈："大少你又不是不知道杰少的脾气，他想做什么，我们哪里阻止得了。"

也是，唐云杰选的就是跟他臭味相投、溜须拍马的人跟随，谁要是阻止他什么，早就被他开掉了。

唐云豪又问了下唐云杰和几名保镖的伤势以及当时的打斗情况。唐云豪听后也眉头紧皱，整个事件冲突不超过三分钟。虽然唐云杰只会点三脚猫的功夫，但几名保镖再怎么不济，也还算得上一流高手，都是有些实力的练家子，而在那个女的手下却没有还手之力，举手间就被打断手脚倒地。

可见这女的武功不凡，属于顶尖高手系列啊！

唐镇有哪个女的，长得如花似玉，二十岁的年纪，却有如此高强的武功？真没听说过。即便是有这个女的，难道她是吃了熊心豹子胆了，敢对唐门的人出手？蜀中地带，谁不知唐门是江湖中的镇地之神，是整个蜀中武林的标志性势力！更重要的是，还不是随便教训，而是下死手。江湖上如果没有不共戴天之仇，是绝不可能下如此重手的！

“对了，阿杰有报唐门出来吗？”唐云豪突然想起问。

几个保镖对望了眼，其中一名摇了摇头：“不大清楚，杰少先开车走，追上了那女的，很快就停下来跟她说什么，我们的车子跟上去的时候，杰少已经打开车门下车，准备把那女的拖上车，结果一出手就栽了。”

“看来，那女的未必知道唐云杰是唐门的人。”唐云豪心想。因为他想不出江湖之中有谁敢对唐门的人如此出手。不过，从现在的情况看来，不管那女的知不知道唐云杰是唐门的人都不重要了，她打了唐云杰，唐门绝不会善罢甘休的。虽然他也觉得是唐云杰挑事在先，但他那疼唐云杰的老爸肯定不会这么想。唐门的人，尤其是唐门的公子，是不能侵犯的，谁敢侵犯，如触龙鳞。不然，传出江湖去，岂不是会损唐门颜面！

07　重磅炸弹

唐问天和轩辕长河等人赶到了医院，唐云杰已经透过片，但还得等结果。不过医生说，裆部那里的问题估计很严重，因为时间也过去一个小时了，唐云杰还是一动那里就痛得不行。如果只是一般小伤，不会严重成这样。

其实就算不知道裆部那里的结果，唐问天看见唐云杰那断掉的手指、肋骨、手臂以及脸上的伤，缺掉的牙齿，就已经心疼得不行了。怎么说唐云杰虽然武功不济，但在长相上也是一表人才。现在被打得这么惨，让唐问天如何不怒。

尤其是轩辕长河还在旁边说：“不会吧，谁这么可恶，把阿杰打得这么惨，这是什么样的仇啊？”

轩辕白玉在旁边帮腔：“管他是谁，竟然敢惹唐门，真是找死。”

唐问天咬着牙说：“无论她是谁，她都跑不了，就算她躲在老鼠洞里，我也要把她揪出来！”

说罢，问了下保镖的出事地点。唐问天当即打了个电话出去，打通之后便说：“我家老二在蓝爵高档轿车美护中心的前面一点被人打了，时间在一点左右，你找交警部门帮忙调一下监控录像，我要那个女人的照片！”

对面的人问：“要立案吗？”

唐问天说：“不用了，这点小事唐门自己解决得了。”然后就挂掉了电话。

“爸，你在这里处理一下吧，我还有点事要去忙下，有什么需要打电话给我。”唐云豪想离开，因为他不想介入进来。说实话，他个人觉得这个不争气的弟弟早就该出事了。以前借唐门之威到处惹是生非，人家是看着唐门这么大尊佛敢怒不敢言。唐云豪劝过，但他仗着爸妈撑腰，根本不理会。之前秦帅还特地打电话跟他说过这个问题，他转身又警告过唐云杰，结果和以前一样，唐云杰把他的话当空气，还说唐云豪不要自己清心寡欲，就来管他，剥夺他生活的乐趣。果然，这一转眼，出事了。

可唐云豪没有想到的是，那个女的竟然是秦帅的妹妹冷梦雪！如果他介入这事，看到交警队调来的照片，他肯定认得出冷梦雪，毕竟在维加斯的时候，他见过冷梦雪。如果知道是秦帅的妹妹，他起码可以暗中告诉秦帅，让冷梦雪暂时离开唐镇，避免与唐门的冲突。但他决定不管这事，所以，这件事阴差阳错地就闹大起来。

很快，唐云杰的透片出来了。一只手四根手指骨折，一只手臂骨折，两根肋骨骨折，这是早就确定的，不过也还是透了片。而裆部那里，桡骨和骶骨骨折，一个蛋蛋碎裂，瘀血在里面，需要手术。即便手术，那也只能是保命，以后在性方面的能力只怕会不健全。

“什么，你的意思是他成了太监！”唐问天一听这噩耗，没差点吐血。

唐云杰吓得当场哭了起来：“爸，我不要当太监啊，我还这么年轻，我还没结婚，还没有给唐门传后呢……”

“这个，你有什么办法吗？”唐问天看着唐门的私人医生问。

唐门的私人医生叫苗柏仁，也是一位中医方面的高手。他拿过 X 光片，左右看过一番之后，摇了摇头说：“桡骨和骶骨的位置奇特，很不好接骨，而且那个蛋蛋不是受伤，而是完全碎裂了，瘀血郁积，除了取出来，别无他法。除此之外，还有阴性经脉受创，就算找医界三大至尊，都未必行。”

唐问天当即大怒：“人家华佗扁鹊都能起死回生，一个蛋就让你们束手无策，还谈什么悬壶济世，医人救命！”

“或许，可以找个人试试。”苗柏仁突然想起。

唐问天问：“谁？”

苗柏仁说：“落日山庄的慕容庄主，听说医术玄奇，跟医界三大至尊应该差不了多少，据说他治过许多疑难杂症，堪称神医。”

“是啊，我倒忘记这个人了，他确实有些本事，就去找他吧。”唐问天说。

苗柏仁说：“只是他这个人脾气古怪，据说要问问题，回答对了才能帮，很多找他求医的都被他拒之门外过。”

“拒之门外？”唐问天咬着牙，“他拒别人就罢了，若敢拒我，我就踏平他的落日山庄，让他从华夏江湖之中灰飞烟灭！”

轩辕长河也说：“就是，他一个懂些岐黄之术的小角色，敢在这浩荡江湖耍大牌，那是自讨苦吃。走吧唐兄，就去找那家伙吧。”

唐问天点头，当即让自己的随从抱起唐云杰，赶往落日山庄求医。随从一动唐云杰，唐云杰便痛得杀猪般地号叫，边号叫边破口大骂冷梦雪。

“好了，闭上你的嘴！”唐问天一声吼，“早些时候让你少在外面生事，让你好好练功，你当耳边风，现在知道喊叫了！”他是真恨不得抽他几耳光，这个不争气的家伙！

随后，一行人浩浩荡荡地直奔唐镇郊外的凤凰山落日山庄。

看门的狗听见那动静，跑到门口一阵汪汪大叫。山庄里马上有个男子跑出来，看着唐问天一行问干什么的。

唐问天颇有些老气横秋的架势，说：“我是唐门的唐问天，我儿子受了点伤，想找你们慕容庄主帮忙医治一下。”

这跑出来的男子不是别人，乃是慕容烟儿的堂哥，慕容归一的侄子慕容青石。慕容青石当即也很不客气地说：“庄主今日有要事，谢绝任何拜访求医，改日再来吧。”

他对唐问天那好像命令一样的语气非常不爽。要知道这落日山庄来过多少达官显贵，都从未放低过自己的架子。毕竟是来求医的，怎么也得有个求医的态度。

可唐问天是把自己当土皇帝，当霸主一样看待，一见慕容青石如此无礼，完全就忍不住了，口气更是张狂：“竟然敢如此不把唐门放在眼里，赶紧去跟慕容庄主说，老子不跟你个开门的计较！”

本来他就是一个不容忤逆的人，何况有轩辕长河在，他的面子就更加重要了。慕容青石这态度，完全没给唐门面子，让他脸上如何挂得住。他不知道慕容青石是慕容归一的侄子，以为只是个普通开门的，所以语气就特别张狂。

可慕容青石根本就不理他，只是说了一句："别说唐门，就算是皇帝到了落日山庄，也得依落日山庄的规矩，怎么来的怎么走吧，恕不接待了！"

说罢，当即就准备把门关上。

"放肆！"唐问天喝了声，双掌一挥，两股强大的气流涌向关过来的大门，如同两道狂风席卷。"轰"的一声，两扇大门脱开慕容青石的手掌，往旁边打开去。而从门上传递出的力量汹涌向慕容青石的手掌，也使慕容青石站立不稳，"噔噔噔"地倒退了三步才站稳。

唐问天的眼神之间霸气侧漏，睥睨天下："真是要翻天了，弹丸之地，无名小卒，竟然如此不知天高地厚，我今天要不教训教训你这瞎了狗眼的家伙，你不知道这江湖的水有多深！"

话音刚落，再抬手一掌，一道掌气汹涌呼啸而出，直接袭击向慕容青石。慕容青石见状，赶紧脚下一滑，迅速往侧边闪躲。可唐问天不会给他闪躲的机会，在第一掌击向慕容青石之后，接着两掌封向慕容青石的退路。慕容青石闪躲虽快，却也不过是出狼窝，入虎口，又退到了唐问天的汹涌掌气之中，顿时被唐问天的掌力包裹住，冲击而出，像一片树叶般摔飞了出去。

"这点道行，就敢张狂！"唐问天满脸轻蔑，这时才对身边的保镖命令一声，"给我抓过来跪下说话！"

唐问天身边的两名保镖当即飞身而出，扑向踉跄倒地的慕容青石，准备把他抓到唐问天面前好好教训。然而就在那一瞬间，一道人影飘然而出。那人影也将手掌一挥，一股强大的气流汹涌而出。两名保镖大惊，各自拍出几掌迎击那道气流。只听到一声轰然的声响，气流四处飞溅。唐问天的两名保镖被逼得"噔噔噔"连退数步，一直退到唐问天的阵营才勉强站稳。

这时，在慕容青石的旁边，多出了一个穿着青色长衫、身材瘦削的老者，大约五十岁的样子，脸上无喜无悲无怒，平静如水。但那双目光却精光如电，让人觉得不怒而威。他只是看了唐问天一行人一眼，就没理睬，而是扶起慕容青石。

“兄台什么人？好强的内功！”唐问天的语气稍微客气了些。

他已经看出来了，这青衫老者的身手了得。刚才只是举手投足间就击退了他的两大保镖，这份功力不得不令他刮目相看。要知道他随身带着的四个保镖，不是普通人，而是号称唐门四大金刚的唐风、唐雨、唐雷、唐电。他们四个人的武功段数属于唐门七星高手。身份和武功足够在江湖上威望加身，开宗立派之辈。但两个人合力之下，却被来人一招逼退。所以，唐问天不由得一惊。

青衫老者扶正慕容青石，缓步走向唐问天等人。身后立即奔出好几个魁梧大汉来，个个都如怒目金刚，对唐问天一行人横眉怒对。还有慕容烟儿，到旁边扶着慕容青石，关怀备至。

“是什么人，竟然如此无礼，到我落日山庄来闹事！”青衫老者逼视着唐问天。

唐问天还是显得很傲慢：“不是我们来闹事，而是那人太无礼，我们来求医，让他报一下慕容庄主，他竟说慕容庄主忙，今日不待客接医，改日再来！”

青衫老者说：“我今天就是不待客接医，有什么不对吗？”

“怎么，你就是慕容庄主？”唐问天吃了一惊。

慕容归一说：“没错，正是老夫，我想问问，你出手打伤我的人，总该给个说法吧！”

“说法？”唐问天说，“是他太过傲慢无礼，我帮慕容庄主你教训而已。今日给你慕容庄主面子，还能饶过他，要是换别人，不废了他，那就不是唐门作风！”

“原来你们是唐门的人。”慕容归一说。

唐问天很得意：“是，唐门好歹也是江湖上的名门大派，江湖中多少英雄豪杰都得给七分面子，没想到在这唐镇本土，一个小角色竟然完全不把唐门和我这个唐门掌门放在眼里，慕容庄主觉得，他不该被教训吗？”

“你是唐门掌门唐问天？”慕容归一问。

“正是。”唐问天说，一派位高辈尊的样子。

哪知慕容归一说：“我不管你是唐门还是什么，在我落日山庄，达官显贵与布衣百姓一样，走到我这里来，就得遵守我的规矩。在这里，没有任何人有特权，听明白了吗？”

“怎么，慕容庄主的意思是，不给唐门面子？”唐问天的脸色一下子就变了。

对于他这种身份地位的人来说，几十年来都没人敢跟他半点不尊敬，突然有个人对他这种态度，他是真接受不了，何况还有轩辕长河在。

慕容归一丝毫不惧他的怒意，反而锋芒逼人：“我说了，在这里，没有面子这一套。唐掌门打伤我的人，还是给个合理的说法吧！”

“我要不给你说法呢？你想把我怎么样？”唐问天也蛮横了起来。

“不给说法，很简单，谁伤的人，必受这样的果。”慕容归一说。

“怎么，你是要跟我动手吗？”唐问天问。

慕容归一说：“你如果非要这么选，我会奉陪的。”

唐问天说：“那我儿子的伤呢，你还要不要帮忙治？”

“混蛋与恶人不治，这是慕容家祖德医训！”慕容归一说。

“看来你够狂。”唐问天咬着牙说，“我在这唐镇之上活了五十多年，还是第一次听说有比我唐门更狂的人，行，今天我倒要见识见识你有什么本事！”说着就要动手的架势。

轩辕长河忙拦着他：“唐兄息怒。”然后看着慕容归一说，“久仰慕容庄主大名，能听我一言吗？”

慕容归一说：“只要是公平公正公道，谁的话我都可以听。”

轩辕长河说：“我是华夏武盟盟主轩辕长河，刚好有事来唐兄这里小玩几天，恰好遇见唐兄二公子受伤，因为伤情比较重，一般医院和医生都没有什么把握恢复，听说慕容庄主医术通神，这才登门求见。也是唐兄求医心急，才与慕容庄主的人发生冲突，不过医者父母心，医当悬壶济世，不可见死不救。还望慕容庄主大人大量，不要计较这些不快，帮忙救人为上。”

“哈哈。”慕容归一冷笑一声，“大人大量？说这种话的人大概都是伪君子吧！若换个位置，有人找你求医，还打了你的人，你能医他？什么悬壶济世，医者父母心，你知道救一个好人是行善，救一个恶人，那是在为这个世界制造灾难，懂吗？”

“这……”轩辕长河竟被慕容归一这番话问得无言以对。

唐问天却更怒了，指着慕容归一就骂：“真是给你脸不要脸，今天你能救我儿子则好，不救的话，你看老子不踏平你这山庄！”

“曾经听说唐门在江湖之中作风正派，令人尊重。今日一见，不过欺世盗名，仗势欺人而已。”慕容归一说，“既然如此，我也不会怕你，你想怎么玩，我陪你。黄土三尺，不过埋骨而已。”

“好，既然你敬酒不吃吃罚酒，那就怪不得老子了！”唐问天骂得一声，当即挥掌扑向慕容归一。

挥手之间，那掌力如一股汹涌波涛，罩向慕容归一。慕容归一原地没动，只是肩膀一抖，手掌翻起，迎着唐问天猛击而出。那掌气行动缓慢，仿若涨潮，却气势雄浑，层层推进，与唐问天击出的掌气相交。

轰然的爆响之声，无数的气浪飞溅，站得近些的人直接被那气浪给逼得倒退。而在那爆裂声中，唐问天的掌气瞬间被吞没，而慕容归一的掌气却仍然如涨潮一般涌向唐问天。

唐问天大惊，也不知道这是什么鬼功夫，只好又连击数掌，将慕容归一逼近的掌气击爆。但慕容归一却双手如太极般悠然划动。在手划动的范围之内，源源不断的内气潮涌而出，随即双手一带，那气流如大浪淘沙般包围住唐问天。这是慕容家族祖传绝学“山海经”。聚天地之气，凝日月精华，于高山之巅，于大海之边，朝夕孕育，功成之日，守如山岳不可破，攻如大海量无边。

唐问天被慕容归一那太过雄浑的气流吞没而来，赶紧急退。同时间，抬手一挥，唐门暗器绝学之“一针见血”出手，一道银光激射而出。那尖利的银针在唐问天强大的内力催动下，穿过慕容归一的山海经之气，直射慕容归一的喉咙。这可是要命的杀招，慕容归一也不敢小觑，只好变招，那铺天盖地的山海经之气瞬间风云变幻，凝聚成一个球体似的，迅速挡于慕容归一的咽喉前。

银针射入那浑圆的球体之中，瞬间消弭无形。球体吞没银针之后，再次瞬间爆发，变成一股巨大的气流，呼啸着冲击向唐问天。

唐问天不甘示弱，从内功心法上他可能不是慕容归一山海经之气的对手，但他有唐门绝世暗器，杀遍天下高手，不愁拿不下慕容归一。慕容归一能破他的“一针见血”，但他还有更厉害的暗器绝招。这一出手，便是唐门绝世暗器之“咸鱼翻身”三连杀。“咸鱼翻身”三连杀虽然只是唐门中二级暗器手法，但在江湖暗器系列里，也堪称高难度了，尤其是唐问天这种强大的内家高手使出来，威力更是非同小可。

只见唐问天扬手之间，三把金色小刀成三角形，将慕容归一的头部固定在这个三角形内，上面的刀射头部，左右两把刀没有靶位，是为了有备无患的。稳稳的阵形带着尖锐的破空之声，激射而出。

穿入慕容归一的山海经之气时，那雄浑的山海经之气仿佛一石激起千层浪般，声声撕裂。气流被攻破，气浪四处散开。这就好比一块巨石，一处开洞，很难破开，但多几个位置开洞，然后同时着力，就很容易把整块巨石分解。

唐问天的“咸鱼翻身”三连杀破开了慕容归一的山海经之气，杀气直逼慕容归一的咽喉，仿若天外流星一般。

慕容归一没有闪躲，而是突然将口一张。奇怪的事情发生了，中间刺杀咽喉的小刀竟突然受力变了目标，不是射往慕容归一的咽喉，而是射向他的嘴。但在射向慕容归一的嘴时，慕容归一的牙齿突然咬下，竟然生生地将那柄金色小刀咬在了口中。另外两把小刀本是后备之招，慕容归一没躲，那两把小刀自然也就落空。慕容归一以嘴接到唐问天的小刀之后，突然脚下一蹬，身子斜四十五度旋转而起，左手画了个圈，一道圆形气流圈向唐问天，右手则猛地一掌击出，穿过那个圈，冲击向唐问天。这是山海经绝学之“明修栈道，暗度陈仓”，掌气呼啸，招式奇诡。

唐问天见状，不知里面藏着的招式变化玄机，不敢轻易应对，只是赶紧一个空翻而起，避开了那一招奇诡的攻击。人在空中，再猝然出手，使出唐门暗器“马蜂窝”。一大波钢针呼啸而出，如同大树上葫芦状的马蜂窝被捅破，一大群马蜂飞出来，密密麻麻地罩向慕容归一的头。唐问天的这一招“马蜂窝”，每一根针上都倾注了十足内力，具有强大的穿破力。一大片银针飞射，仿佛疾风骤雨，就算是慕容归一的山海经之气也难以抵挡。

针本来就是破真气的锐利之物，慕容归一不敢硬接，只好气沉丹田，身子如行云流水一般，横向划开几丈，惊险地将那“马蜂窝”之针避开。那些针全部深深地射进了后方院墙的砖石之中，可见劲道之强。但唐问天见一招得手，慕容归一被动闪躲，他便趁热打铁。跟着慕容归一迅猛追击而至，抬手又是一招“马蜂窝”呼啸射出，不给慕容归一喘息的机会。

慕容归一却突然提起真气，身轻若羽，只是轻轻一纵，便宛如大鹏展翅，避开了那些致命之针。飞到半空之上时，立马抓住机会反击，双掌自上往下击向唐问天头顶的百会穴。唐问天回过目光，掌气已经铺天盖地压迫而来。来不及闪躲，只好仓皇迎战。双掌连连猛击而出，迎击慕容归一的山海经之气。

“轰然”一声响，虽然唐问天连续反击，但奈何山海经之气波涛汹涌，惊涛骇浪，他的内功本来就不如慕容归一，而慕容归一又居高临下，他吃了一些亏，顿时被慕容归一击得连连倒退。

而慕容归一也抓住这个机会，使出山海经绝招“白驹过隙”，只见一道掌气击出，宛若惊虹而至。唐问天赶紧仓促发招，唐门暗器之三十六道“流星雨”脱手而出。只见三十六根银针分多种阵形，层层叠叠地冲击而出。

慕容归一的山海经之气被层层破掉。那些奇怪阵形的银针从前面和左右多角度包围向慕容归一，宛若飞蝗一般。要知道“流星雨”可是唐门至高暗器。一般为九道流星雨、十八道流星雨、三十六道流星雨、七十二道流星雨以及“至尊流星杀”的一百零八道流星雨。唐问天的这三十六道流星雨已经属于中级杀招，也称为天罡级，七十二道流星雨则为地煞级。

从唐问天出道江湖以来，练就这天罡级的三十六道流星雨，也花了不过十年时间，十年时间里和高手几次过招，但这些高手连他的十八道流星雨都没接得下，可见这三十六道流星雨有多么强大可怕。因为能和唐问天过招的人，那可都是江湖上的绝顶高手。要不是心中忌惮慕容归一的强大，唐问天不会一出手就三十六道流星雨的。这太致命，也太耗费内力。

一般来说，只要接不起这三十六道流星雨的人，就留不下活口。而唐问天并没有想杀慕容归一，只是想好好教训他一下。但结果却还是出乎唐问天的意料，当他的三十六道流星雨惊艳出击，冲向慕容归一的“白驹过隙”之时，慕容归一的“白驹过隙”远比唐问天以为的要玄奇。因为那被流星雨破开的山海经之气竟然没有消逝，而是分成细碎的杀机，宛若白驹过隙一般，带着顽强的生命力，于流星雨的锋芒之下，突出重围，而后丝丝掌气瞬间凝聚成一团浑圆球体，弹指间冲击向唐问天的身体。

“啊！”唐问天根本反应不及，被那股浑圆球体击中，护体之气被击散，从口中喷出，身子直接摔飞出去。还是轩辕长河眼疾手快，伸手往唐问天的背后一拂，一股气流顿时将唐问天给托住站稳。但唐问天还是被强大的气流击伤，只感觉胸口一闷，一股鲜血就从嘴角溢了出来。而这边的慕容归一其实也不轻松，使用“白驹过隙”那种高级变化的杀招，需要倾尽全力，而且注意力还得非常集中。但慕容归一毕竟是宗师级的高手，在那杀机如潮汹涌而来的时候，一边迅速急退，一边使山海经之气凝成浑圆球以阻挡。但在极为短暂的时间里，他的功力只能凝集三个浑圆球，挡住流星雨的三个阵形。每一个阵形是六根银针，也就是六道流星雨。所以，挡住三个阵形，便挡住了十八道流星雨。而另外三个阵形的十八道流星雨，没法挡开，他只是尽全力往缝隙里闪躲。躲开了两个阵形的十二道流星雨，但还是中了一个阵形的六道流星雨。六根针直接射入慕容归一的身体，痛得慕容归一的身躯一颤。但他很倔强地将丹田之气瞬间爆发出来，从内往外，把气流聚集向中针之处，将射进身体里的针瞬间逼了出来。

“给我上，拿下这个老东西！”唐问天见慕容归一受伤，立即对手下人下了命令。

必须拿下慕容归一，方能消他心头之恨。因为他受了很严重的内伤，而慕容归一只是受了很轻的外伤，那绝杀的几道流星雨都被慕容归一破解，后面击中慕容归一的流星雨，不过是虚张声势、无关痛痒的几道小流星而已。所以，严格来说，是他败了。虽然只是相差分毫，但说出去也还是丢人的。现在唯有踏平落日山庄，方能扳回一局，以正唐门威严。

“等一下。”轩辕长河突然喊了声，阻止了欲冲杀的唐门四大金刚及其他随从。

唐问天不解：“轩辕兄有什么事吗？”

轩辕长河说：“慕容庄主好武功，我想领教一下，若是能赢他，便让他医治二公子，若是输他，就算我技不如人，反正，跟其他人没什么关系，就不必大动干戈了，不然传出江湖，会说唐兄仗势欺人。”

“你更无耻吧，我爹明明受伤了，你还想领教，你就只知道占便宜吗？”慕容烟儿怒目相对。

轩辕长河一笑：“我阻止了唐门一众高手踏平落日山庄，免遭生灵涂炭，把杀戮降到最小，我无耻吗？”

“说得这么冠冕堂皇，真不知道你是吃什么长大的。”慕容烟儿说。

轩辕长河问：“那你说你们是要接受群殴，还是我跟慕容庄主单挑？你要知道，只要唐掌门在这里一个电话出去，不出二十分钟，就会有成百上千的唐门高手赶来这里。那时候，区区落日山庄，只怕会被踏得寸草不生吧！”

“谁敢动落日山庄，就先从我尸体上踩过去再说！”突然一个声音传来。

然后，众人抬起目光，便看见一个三十来岁，穿着迷彩色T恤，皮肤黝黑而强壮，还长了一脸络腮胡的中年人。

中年人的面孔很冷，像结了一层冰似的。仔细看，会发现在他的左额角，有一处几寸长的伤痕，伤痕很细小，若不是仔细看很难看出来。

“魏千军？”轩辕长河皱了皱眉。

“魏千军？”唐问天问，“就是那个有川西冷面杀手之称的家伙？”

轩辕长河说：“是的，他左额角的这道疤痕，就是跟漠北飞鹰决斗时留下的。”

唐问天说：“就算是又能怎样，虽然他在川西之地有点小名气，但在人才济济的华夏江湖中连根葱都不算，还想跟唐门作对？我一句话就能让他死无葬身之地。”

“哈哈，那你不妨试试！”魏千军冷笑一声，“别以为天下人都怕你们唐门！”

“你不怕？你的意思是你很牛了？”唐问天说，当即对身后的四大金刚一声令下，“我真的服了，现在这世道变了吗？是个人都敢跟唐门作对了，给我弄死他！”

“阿弥陀佛。”就在这场大战一触即发的时候，突然一声佛号响起。

众人环目四望，突然一道影子闪过，场中又多出一个人来，穿着白色的袈裟，光头受戒，慈眉善目，满面红光，带着微微友好的笑意。

“天行大师！”

“天行大师！”

轩辕长河和唐问天的脸色顿时大变，失声惊呼。

这个突然出现的和尚是华夏至尊之地少林寺的方丈天行大师！虽然江湖有谚语说“北少林，南唐门”。但怎么说，真正正统的，而且历史悠久，绝学震世的武学门派，还是少林。而且，少林在武林之中，淡泊名利，主持公道，又是国术荟萃之地，更让武林人信服和敬仰。所以，轩辕长河和唐问天一见天行大师，顿时感到意外和吃惊。

天行大师朝两个人竖手掌行了个礼，打招呼说：“幸会啊唐掌门，轩辕盟主。”

唐问天问道：“大师什么时候来了唐镇，在这落日山庄？”

天行大师说：“这两日才来，因和慕容庄主是故交，也有些私事，特来拜会。不知唐掌门和轩辕盟主怎么会都在这里，又是为什么事，好像有些剑拔弩张啊。”

唐问天恶人先告状：“我家犬子受了些伤，听闻慕容庄主医术了得，诚心上门求医，没想到他的人拒人于千里之外，还出言不逊，这才一时气愤不过动起手来。”

“哦，这么回事啊。”天行大师说，“慕容庄主确实是有些他自己的规矩，从不为任何人破例。而且，因为老衲造访，慕容庄主已经接连两日闭门谢客了，这事怨不得慕容庄主啊。”

唐问天说：“就算这事我不怪他，之前发生的就当没有发生过，那么现在既然慕容庄主已经在这里，而且大师也在，是不是可以帮犬子治疗一下呢？”

“这个……”天行大师把目光看向慕容归一。

慕容归一说：“给大师个面子，我力所能及吧。”

“爸，不要给他治！”慕容烟儿在一边犹自义愤填膺，“找到门上来闹事，还打伤青石哥，凭什么给他治啊！”

唐问天说：“都已经说之前是误会了，慕容姑娘何必还耿耿于怀呢？”

慕容烟儿说：“你打了人，凭什么说算就算，是唐门的人就可以仗势欺人吗？”

“好了，别吵了。”慕容归一回头对慕容烟儿命令了声，“大人的事，小孩子不要掺和。”

然后看着唐问天说：“你儿子的伤我可以帮他治，但刚才的事不能算过去，你必须亲自给青石和我道歉，道歉之后咱们再说。”

“这……”唐问天很为难，“慕容庄主没必要这么计较吧？你今日帮我，算我欠你人情，以后若是有用得着的地方，我一定会全力相帮。”

“不必了！”慕容归一说，“今日事今日了。当初唐门在唐不死老祖宗手里的时候，那是朗朗乾坤。而现在，此唐门非彼唐门，我并不想跟你们唐门有什么瓜葛，也没有想高攀你的意思。”

这话说得很不客气，一点也不给面子，唐问天的脸色不由得一变。本来他想发作，但还是忍了下去，为儿子求医才是大事，小不忍则乱大谋！

“好吧，今天的事是我唐某冲动了些，在这里我向那位小兄弟和慕容庄主赔个不是，希望慕容庄主大人大量，不计前嫌，帮犬子治疗。”

“行了，以后记住，不要觉得唐门有什么不一样，历史如镜，朝代更迭，今日中兴，谁知他日衰败。”慕容归一把目光看向唐云杰，“说吧，怎么回事？”

唐问天吩咐一声：“把检查报告拿给慕容庄主。”

当下随从把医院的 X 光片检查报告递给了慕容归一，慕容归一平静地看完。

“蛋丸碎裂，阴性经脉受损？”慕容归一问，“是怎么伤的，怎么会伤得这么重？”

唐云杰哭着脸说："用脚踩的。"

慕容归一皱眉："用脚踩，应该会把两个都踩破裂，不至于是一个破吧？他穿的什么鞋子？"

唐云杰说："高跟鞋。"

慕容归一问："是女人？"

唐云杰说："嗯，是个女的。"

"你是唐门的公子，连个女的都打不过？"慕容归一问。

唐云杰说："她武功很厉害。"

"她为什么要打你？"慕容归一问。

"这个，慕容庄主就不必问了吧，跟治病又不会有什么关系。"唐问天说。

慕容归一问："你是医生，还是我是医生？有没有关系是你说了算，还是我说了算？"

唐问天一下子被问得哑口无言。若是平常，他早就怒了。但今天是有求于人，再憋屈也必须得忍。

"说啊，什么情况？"慕容归一又问。

唐云杰只好说："我看她长得漂亮，想找她玩玩，结果她就发火了，然后，然后一言不合就对我动手了……"

"原来如此，难怪下手这么重，伤得这么狠。"慕容归一说，"她这是存心要废了你，半点也不留情啊。"

"慕容庄主可以帮忙治得好吧？"唐问天赶紧问。

慕容归一说："身上所有的骨折，包括桡骨和骶骨，我都能治得好，但这蛋丸，我就有心无力了。"

唐问天心中一惊："慕容庄主什么意思？是不帮忙治吗？"

慕容归一说："我说了，是无能为力，不是不帮忙治。"

"怎么可能！"唐问天的情绪一下子激动起来，"你一代神医，治过那么多疑难杂症，据说来找你治病的人，只要你答应治的，还没有失手过的，你肯定是因为刚才的事，故意不治的吧？"

慕容归一说："做人应该知足，桡骨和骶骨在盆骨旁边，断裂的后果，很可能是下肢瘫痪，以后只能坐轮椅。跟伤到坐骨神经是一回事，现代医学用手术的话风险太大，成功率太小，我能答应帮他治已经是给天行大师面子了。但这蛋丸的事，我说治不了就是治不了。”

“你分明就是在耍我！”唐问天说，“你治不了那还让我给你道歉！”

慕容归一说：“难不成你再厉害，还可以让一个不会治病的人把一种绝症治好？就你这样，还是唐门掌门，也真是贻笑大方了。随你吧，除了那个蛋丸的伤，我都可以治，你们要治则治，不治请便！”

“爸，我不想当太监啊……”唐云杰又哭起来。

“唐兄，那就先治其他的伤吧，蛋丸的事可以再另想办法，江湖浩瀚，能人众多，可以再打听打听。”轩辕长河还算是冷静，在旁边劝说。

他知道唐问天再怒也无济于事，不管慕容归一是真没法治，还是不愿意治，这都是没法强迫的事。慕容归一的性格本来就有些古板，何况还有少林天行大师在，难不成还要再打一场？如此一来，天行大师肯定不会袖手旁观的，最后江湖舆论肯定倾向少林，对他和唐问天都是相当不利的。

听了轩辕长河的话，唐问天也觉得是这个道理，无论如何得先把唐云杰的其他伤治了再说。毕竟那桡骨和骶骨也是很重要的，治不好就会瘫痪，哪里能大意。

“好吧，那就麻烦慕容庄主先帮忙治疗其他地方吧。”唐问天的语气完全弱了下来。

这大概是他这一生唯一一次如此憋屈的时候。以前老祖宗唐不死统领唐门，他是长子，天资也好，在江湖上可谓是春风得意，人人羡慕。后来唐不死闭关修炼更奇绝的唐门暗器境界，他继任唐门掌门，更是手握权力，意气风发，威风八面，谁敢忤逆于他！但今日，他在慕容归一这里，却没有占到半点便宜，真是让他有点杀人的冲动。

可他不傻，他知道今日此地就算冲动也没什么用。他再牛，也不能当着天行大师的面嚣张跋扈。毕竟，本来就是他没道理，这他自己也明白，一开始就是他压着别人的。

慕容归一让人把唐云杰送去他的医治间，但除了跟一个人进去打杂，其余人概不接待！

“我跟轩辕盟主和唐掌门都是旧友，慕容庄主可否借我一地，我跟两位朋友叙叙旧。”天行大师赶紧打圆场。

慕容归一如果要把轩辕长河和唐问天这两位华夏江湖的至尊人物关在门外，那确实是太不给面子了。他也知道慕容归一的脾气，喜欢的人可以慷慨以性命，而不喜欢的人绝不留余地。所以，只能他这位少林方丈来圆这个场。

“行，大师所求，自然应允。”慕容归一说罢，转身就进了山庄里。

“这老家伙，真是不知江湖水深，他这脾气，早晚都不知怎么死的。”唐问天心中愤愤不平。

天行大师说：“唐掌门也不必怨尤了，慕容庄主本不是江湖中人，也无心插手江湖之事，所以，唐掌门不能跟他谈江湖规矩。”

“好吧，给大师面子，我原谅他。”唐问天还给自己找脸。

而进里面的慕容烟儿还在向慕容归一抱怨：“爹，你干吗要帮那个混蛋治疗啊，他那老子，还有那一群人都没个好东西，何况他还是调戏人家女生才被打成这样的，只能是活该，你不救恶人的行医原则呢？”

慕容归一叹息一声：“原则有时候也是要变通的，我还不是为了你们着想。”

“为我们着想？”慕容烟儿问，“什么意思？”

慕容归一说：“落日山庄虽淡出尘世，身于江湖之外，却也在江湖之中。今日若全不给唐门面子，那个唐问天必会报复，落日山庄必然劫数难逃。我们已经离开天狼谷地，好不容易在这里稳定下来，我不希望再带着你们颠沛流离。再说那姓唐的也妥协了，看在天行大师的面子，我就帮他治疗一下简单的伤吧，反正，这简单的伤有很多医者都能治，不过这生殖的事情，我帮得了，但我不会帮他，这也算是对他们嚣张跋扈的惩戒了。”

“这生，生殖的事情还有别人能救吗？”慕容烟儿问。

慕容归一说：“除了我现在帮他，再也没救了。虽然江湖有大师，但这伤必须在一个时辰之内才能救。否则组织坏死，神仙难救。所以，他这里是注定得废了！”

“废了好，这种人渣就得废，太可恶了！”慕容烟儿骂。

在慕容归一替唐云杰疗伤的时候，关于蓝爵高档轿车美护中心前唐云杰被打的视频也已经传给了唐问天。唐问天看见那现场的一幕，恨得咬牙切齿。他心疼的儿子，唐门的公子，居然被打得没有还手之力，真是岂有此理！

唐问天当即截取了冷梦雪的照片和详细资料，发给了唐门执法堂，让他们倾尽整个唐门的力量，就算把唐镇掘地三尺也要把她找出来。三天时间内，如果唐门无法找出她，那么就花钱，请蜀中的侦探社出面。无论如何，必须不惜一切代价把她找出来，碎尸万段！

执法堂堂主唐星河是唐问天的亲弟弟，四兄妹里排老幺，见唐问天如此大动作找一个女人，就奇怪地问这是怎么了。当听唐问天说是唐云杰被打，而且打得很惨的时候，他也气愤到了，说会动用执法堂最大的力量，就算把唐镇翻个底朝天，也会把这女人找出来。

当事人冷梦雪却全不知情，因为她不知道她打的是唐门的公子。打完唐云杰之后她就找到了一家房屋中介公司，看好了一套两室两厅的精装套房，租了下来，然后又买了些日常需要的东西，感觉有些累，就洗了个澡，躺在沙发上休息。她不知道，当她在屋里安静休息的时候，整个唐镇的大街小巷都是唐门执法堂的弟子，在拿着照片寻找她。

而秦帅，也终于等来了韩飞龙的电话。当他和上官白雪吃完东西，回到酒店的时候，他的电话响起。屏幕显示，来电号码已隐藏。他第一时间便想到了可能是韩飞龙的来电，才搞得这么神神秘秘。当即就接了电话，“喂”了声。一个很低沉，却有些神秘魔力的声音传来：“你就是那个秦帅？”

秦帅说：“没错，秦朝的秦，将帅的帅。如果我猜得没错，你就是那个享誉江湖二十年的飞龙杀手组织创始人韩飞龙吧？”

那声音说：“没错，你不是一直在找我，打算跟我说点什么的吗？”

秦帅说：“是你先找我的吧，这江湖浩大，你我本来毫不相干。是谁，又出了多少钱让你杀我？”

韩飞龙说：“你不知道杀手是不可以泄露雇主秘密的吗？江湖三流杀手都知道的规矩，你觉得飞龙这种顶级杀手组织，会不守规矩？”

“哈哈。”秦帅笑了声，“这个时候你就不要再给我来江湖那一套，跟我兜圈子了吧。你能打这个电话来，表示你已经知道我们之间现在的状况如何，你肯定已经深思熟虑，决定跟我进行终极的谈判了吧？”

“能问你个问题吗？”韩飞龙问。

秦帅问：“什么问题？”

韩飞龙问：“你到底是干什么的？”

秦帅说：“什么都没干，但想在江湖扬名立万。”

“什么意思？”韩飞龙问。

秦帅说：“意思就是我本在江湖之外，世外隐修，但我现在来到了江湖，所以我就想在江湖上闯出点名堂，他日也可跟你一样，醒掌杀人柄，醉卧美人膝，岂不快哉。”

“你的意思是你本来是世外高人之徒，才初出江湖？”韩飞龙问。

秦帅说：“没错，就是这样。”

韩飞龙问：“能说是哪位世外高人之徒吗？”

秦帅说：“这就无可奉告了，既然是世外高人，那自然就不能随便说。不过，我可以隐晦地告诉你，世人都知道你韩飞龙可怕，杀人不眨眼，但跟我师父比起来，你差远了。虽然她名气没你大，但知道她的人，都把她当神。所以，有人让你来杀我，其用心显然不是让我死，而是借我的手，灭了飞龙，明白吗？”

“你？灭了飞龙？”韩飞龙说，“你是真不怕说大话闪了舌头。就一个西虎分堂，你都还得借军警的手才能对付，你的武功还能高到哪儿去？”

秦帅说：“你说这话可真是枉为亚马逊联合特种教官了，我跟张天虎说过，他没转告你吗？一个人的武功再高也敌不过天下。但一个人的头脑是可怕的，头脑聪明者翻云覆雨，所向披靡，明白吗？像鬼谷子和诸葛亮那样的人物，就算他不会武功，没有万夫不当之勇又如何呢？”

“你说你是谋士？是鬼谷子诸葛亮之辈？能一人敌雄狮百万？”韩飞龙问。

秦帅说：“这个不是我说，事实不是已经摆在眼前了吗？西虎堂是怎么灭的，我是怎么从军方和警察的手下活捉了你们西虎堂的负责人黑蜈蚣的，张天虎没跟你讲吗？若是泛泛之辈，岂能翻江倒海？”

韩飞龙说：“那不过是夜煞出卖了海天，才给了你可乘之机，让警方帮了你一把而已，算什么本事！”

“没错，是这样。”秦帅说，“可问题又来了，现在黑蜈蚣又出卖了张天虎，以及飞龙的很多情报。你要再跟我啰嗦，你在华夏的飞龙势力瞬间就能灰飞烟灭！”

“那时候，飞龙应该叫飞虫了吧？灭了华夏飞龙势力之后，老子可以再到海外给你布个战场。而且，我不再借军警势力，我借江湖势力，这些年飞龙纵横，结下了多少仇家，包括利益冲突、地盘纠葛，有多少强大的势力想踩你一脚，这个你比我更清楚吧？所以，别人认为飞龙不可撼，但在老子这里，只要动动手指头，就能把你踩得一马平川！”

“看来你算盘打得还不错，说得也挺轻巧的。”韩飞龙说，“我倒想问问你，你以为你都掌握了飞龙的什么情报吗？”

秦帅说：“既然你想知道，我也就不隐瞒你了，飞龙在华夏的总势力就是张天虎的飞天楼吧？你觉得华夏军警方面对这个消息感不感兴趣呢？还有，你知道飞龙在唐镇的杀手训练基地吗？你的位置太高，大概还不一定知道，但我告诉你，我知道。据说那里还有你的百多号杀手，随时给你补血，只要我愿意，能随时让他们灰飞烟灭，懂吗？”

“看来，那只死蜈蚣什么都对你说了！”韩飞龙话里已经有了些怒意。

秦帅说：“别以为你用军事化训练，把杀手训练成死士那一套很管用，钻石级杀手自带毒胶囊，任务失败就自杀，所以他们能为你守住所有的秘密，没人能卖得了你。但是你错了，落在老子手里的人，他连死的机会都不会有。别说黑蜈蚣，就算是张天虎，只要落到我手里，老子也能让他把你吐个一干二净！”

“看来，你确实比我想象的要厉害。”韩飞龙说，“虽然你够狂，但我还是得承认，你的确是我纵横江湖二十多年来，唯一一个可以称为对手的人。”

秦帅说：“那是当然，要不是恼恨背后那家伙借刀杀人，老子才不会跟你花这工夫。历来犯我者，杀无赦，没得商量。对于你也算是个例外。

所以，何去何从，你最好是想清楚！”

韩飞龙问：“说吧，你想怎么样？”

秦帅说：“我已经说了，是谁找的你杀我，价格如何，什么时候的事，我要这些信息。”

韩飞龙说：“行，既然这件事有些蹊跷，我也破个例告诉你吧。请飞龙杀你的人叫天九，是蜀东霍家国术堂的一位高级武师，但并非是他跟你有仇。他说他也是受一位老板所托，因为他的江湖人脉深厚，那老板拜托的他，于是他就找到了我们飞龙。”

“蜀东霍家，国术堂的武师？”秦帅眉头一皱，难道蜀东霍家也牵扯进来了？秦帅是知道蜀东霍家的。据说是清代民族英雄霍元甲的嫡传，迷踪拳的传承者。

“那个老板是什么人？”秦帅问。

韩飞龙说：“这个就不清楚了，我们接单，不会了解雇主太多，下单、预付、行动、任务完成、付尾款，然后把所有信息抹去，就跟从没有认识过一样。”

“但现在我必须得知道这个下单的老板是谁，你也必须知道。”秦帅说。

韩飞龙说：“可以，我想法找人进行调查。”

“什么时候能有结果？”秦帅问。

“这个……”韩飞龙说，“难说，少则一个星期，多则半月。我得派人亲自去蜀地找那个霍家武师才行，因为如果这里面真有什么蹊跷的话，电话联系恐怕会打草惊蛇，只有亲自去，控制住他，才能逼问出后面的真相。所以，时间肯定会长一点。”

“时间太长，恐有变故。”秦帅说，“要不这样好了，这事还是让我来办，你把那个武师的电话号码给我，我以你们飞龙的名义与他联系，我来约他，然后跟他谈谈。毕竟我这里离蜀东比较近。”

韩飞龙说：“可以，我马上把他的联系方式发给你。”

“对了，还有那个天九当初跟你们联系的具体细节，他是打电话给你们什么机构，或者亲自到你们的什么联络点来的吗？”秦帅问。

韩飞龙说：“他自己到我们蜀地的一个联络点下的单。”

秦帅说："我记得你们最开始派的是一个银牌杀手对付我，据说银牌杀手的价格在五百万左右吧？"

韩飞龙说："其实，比这低。"

"比这低？"秦帅问，"那是多少？"

韩飞龙说："当时因为对方说你是江湖上的无名小卒，我们也调查过，确实没有听过你的名号，所以就只要了两百万。"

秦帅说："但之前派来的杀手不是银牌杀手，价格不是五百万的吗？"

韩飞龙说："那是天虎为了谨慎起见，想着蜀中是武术之乡，所以派了高一级的杀手。"

秦帅说："看来，这个人还真是不一般，花两百万就毁了你一名银牌杀手、一名白钻杀手、一名红钻杀手和一个西虎堂。他的生意可比你这位世界第一杀手组织的老大赚钱多了。"

"你确定他不是跟你有仇才出钱杀你？"韩飞龙问。

秦帅说："是不是，到时候你就知道了。"

韩飞龙说："那行，我先给你找那个武师的联系号码，你需要什么，我再提供帮助给你。"

秦帅说："除了那武师的联系号码，还有你的。你打个电话来，搞个无号码显示，我怎么跟你联系？"

韩飞龙说："我在海外，联系有很多不便，有什么事你跟天虎联系就行，他会转告我，我第一时间给你电话，待会儿我会跟他说的。"

"行，那就先这样，之后有事再联系吧。"秦帅说着挂掉了电话。

韩飞龙打了电话给飞龙业务部的总负责人蓝鲨，让他把天九的电话号码发过来，随即把天九的联系电话发给了秦帅。然后给张天虎打了电话，说是暂时停止对秦帅的任何刺杀行动，如果秦帅有什么事打电话给他，要立马汇报。

"什么，停止对他的追杀？"张天虎很意外，也很不满，"他杀了咱们那么多人，还毁了咱们的西虎堂，就这么放过他吗？"

韩飞龙说："要不然呢？人家都知道唐镇的飞龙杀手训练基地还有你的飞天楼了，你想跟他鱼死网破，步西虎堂的后尘？这家伙不简单，头脑太精明，手段太狠辣，远比我们想象的强大！”

“什么，他知道飞天楼？”张天虎吃了一惊，“难道黑蜈蚣把我卖了？”

韩飞龙说：“就算你不相信也发生了，后面小心点吧，我跟他聊了下，也摸不出他的深浅，目前为止，还不知道他的来历，不知道他到底在打什么算盘。但我觉得，我们确实有可能被人算计了。如果现在一心复仇，那正好被人利用。所以，可以暂时停下来，把背后的事调查清楚再做决定。反正，他只要在这江湖之上，咱们就有机会干掉他，不必急于这一时。”

张天虎说：“好吧，龙哥你说怎样就怎样好了。”

韩飞龙叮嘱：“你自己小心点，不能保证那家伙会玩阴的，飞天楼的保安措施要加强，暗道设施要准备好，以防万一，可全身而退。”

张天虎答应后，挂掉电话，他心里还暗自愤愤不平。西虎堂可是他的心血，结果被秦帅弹指间灭了，黑蜈蚣是他的心腹大将，结果也将他卖了。而且，秦帅在和他的通话里，也把他吃干抹净，他都恨不得把秦帅用两根手指捏死。

“怎么了，虎哥，蜈蚣出卖我们了吗？”保镖马千里凑过来问。

张天虎说：“嗯，是的，他还是红钻杀手，竟然都没干过那姓秦的，还把老子给卖了，枉老子提拔他做西虎堂堂主，在唐镇那里醉生梦死乐逍遥，结果反过来咬老子一口。”

“这姓秦的这么牛啊，竟然连红钻杀手都不是他的对手！”马千里表示吃惊。

张天虎说：“不知道他是人是鬼，都没在江湖上听说过，竟然把老子的头都玩痛了，看来真是有几把刷子！”

马千里说：“这也没什么可担心的，他比一个红钻杀手厉害，那就多派几个红钻杀手呗。咱们天虎堂又不缺高手，随时拉一支队伍去，一人一脚都能把他给踩扁。”

张天虎摇头：“没用了，现在已经暂时讲和了，只能眼睁睁地看着他，没法动手。”

“不能动手，什么意思？”马千里问。

张天虎说：“龙哥跟那家伙通了电话，那家伙说很可能是有人给我们下的套，本来是跟我们有仇，但奈何不了我们，所以才给我们找了个钉子去碰，想借那家伙的手来对付飞龙。所以，暂停下来，调查真相。”

“胡说吧。”马千里说，“他是个什么玩意儿，能对付咱们飞龙吗？”

张天虎说：“我也觉得这不大可能，但又好像有可能，这可不可能都不重要了，重要的是龙哥认为可能，并且已经这么决定了。说是不但暂停对他的追杀，如果他有什么想法打电话给我，我还得第一时间报告给龙哥。显然，这是在合作了！”

“唉，真是想不通，我们堂堂飞龙组织纵横世界，凭什么要对一个小角色让步。”马千里一副心中难平的样子。

张天虎也说：“我也觉得憋屈，但先忍着吧。龙哥说了，等调查之后，无论结果如何，我们最终还是会找这家伙算账的，不可能便宜他。”

“嗯，那就好。”马千里说。

然而，让张天虎没有想到的是，这马千里不仅仅是他的保镖，或者说，保镖只是他的一个掩饰身份而已。马千里真正的身份，是鹰眼大总管谢飞鹰的心腹干将，是当年曾跟随大老板一起当过雇佣兵的高手。后来，谢飞鹰和大老板谋划要在飞龙里面安插棋子，也就是眼线。于是，以头脑精明而且擅长溜须拍马著称的马千里被安插到了天虎堂堂主张天虎的身边。

本来，大老板和谢飞鹰都想把马千里安排到韩飞龙身边。但可惜的是韩飞龙行踪不定，而且不轻易相信人，他们无法捕捉到韩飞龙的所在，加上韩飞龙身为亚马逊特种教官的精明，即便有机会接近韩飞龙，只怕也难以胜任。所以，最终就把马千里安排到了张天虎身边。

马千里擅长拍马屁，有个外号“马屁精”。说起来，拍马屁是件很虚伪的事情，很多人都看不惯别人拍马屁的行为，但是，如果有人拍自己的马屁，肯定会很高兴。因为人的劣根性，只喜欢听好话，不喜欢听真话。所以，马千里凭着一身高强的武功加上他那三寸不烂之舌，不但很顺利地卧底到张天虎的身边，而且在张天虎的八个保镖之中，一跃成为张天虎面前的红人，成为他最贴身的保镖。

张天虎和韩飞龙通话的时候，马千里已经听出些端倪。但他还是装作感兴趣的样子问了张天虎，最终证实。随后，他找了个借口离开张天虎，到一边换了张电话卡给谢飞鹰打了电话，把飞龙组织已经暂停追杀秦帅，秦帅和韩飞龙达成协议，决定调查雇主身份和动机的情况都说了。

谢飞鹰听后心里一惊，立马就给大老板打电话报告了这件事情。大老板听后很久都没有说话，电话里一直沉默。谢飞鹰带来的这个消息，无疑就是晴天霹雳，直接重击在大老板的心上，那瞬间他只感觉腿一软，眼前一黑。也许只有他才能意识到这个后果的严重性。飞龙杀秦帅，这是全盘棋的关键。只有飞龙和秦帅互相残杀，他才好找准机会登场，从而堂而皇之地出世问道。然而，飞龙和秦帅达成协议，要联起手来对付幕后的人，顺藤摸瓜，是肯定能找出毒蛇组织的。到那个时候，毒蛇可就是危卵一般了。

“你找谁联系的飞龙，这个人现在在哪儿？”终于，大老板开口了。

谢飞鹰说：“我找的鹰眼蜀东地区的一个成员，掩饰身份是一个烟酒供应商，由他找的他所看好的一个人，这个人在蜀东霍家是一名武师，叫天九。”

“蜀东霍家？”大老板问，“就是那个迷踪拳的霍氏家族？”

谢飞鹰说：“正是。”

大老板说：“他们肯定会去找这个天九，只要找到天九，就能牵扯出鹰眼那个成员，一步一步，就把咱们毒蛇给卖出来了。”

“这好办啊。”谢飞鹰说，“咱们先下手为强，干掉那个天九！”

“这个，有点难办。”大老板沉思着说。

谢飞鹰问：“怎么难办了，咱们的人约他出来，把他杀了就是。”

大老板说：“我不是担心杀不杀得了他的问题，而是担心杀了他的后果。”

“后果？”谢飞鹰问，“什么后果啊？”

大老板说：“秦帅和韩飞龙达成协议，本就怀疑这背后有坑。如果这个时候我们杀掉天九，岂不是此地无银欲盖弥彰，一下子就证明了他们的怀疑是正确的。”

谢飞鹰说：“就算我们不这样，他们只要找到天九，也照样会知道有问题啊。”

大老板说：“那不一样。我们杀天九，等于是帮他们来证实背后有鬼，而他们去找天九，虽然也有可能找到问题，但这里面有一个很大的区别。”

谢飞鹰问：“什么区别？”

大老板说：“那个天九不是一般人，他是霍家的高级武师，霍家在蜀东可是惹不起的势力，我们去找天九，会很麻烦。秦帅和韩飞龙去找天九，只怕也未必会顺利，明白我的意思吗？”

谢飞鹰脑子瞬间灵光闪过，如醍醐灌顶：“是啊，我怎么没想到，那天九也不是寻常之辈，不是那么好拿捏的。秦帅和韩飞龙去找他，很有可能跟整个霍家发生冲突，平白无故多了一个强敌，吃不了兜着走，还是大哥高瞻远瞩！”

大老板说：“不是可能和霍家冲突，而是一定的。”

“一定？”谢飞鹰问，“怎么，大哥有什么发现吗？”

大老板说：“没什么发现，这是显然的事情。但凡地方上的龙头势力，都有那么点不容侵犯的威严，或者说面子，就算是门下的狗都跟着觉得自己了不起，这就是所谓的打狗看主人。那天九是高级武师，不但武功厉害，在霍家的地位肯定也不低。他本是找飞龙下单，如今飞龙却要找他问下单的人到底是谁，这就是在破坏杀手的规矩，天九肯定不会配合，而且会生气。那么，这个冲突就是一定的了。”

谢飞鹰说：“但这是天九跟飞龙组织的事，而且霍家人找杀手组织，违背霍家祖训，霍家恐怕不会帮天九出面啊！”

大老板说：“道理是这样，但是，我有办法让霍家的人帮天九对付韩飞龙和秦帅。”

“是吗？大哥有什么办法？”谢飞鹰问。

大老板说：“办法先不告诉你，你只需要派鹰眼的人马上把天九给我盯住就行，一旦秦帅和韩飞龙的人接近天九，立马报告给我，我再告诉你怎么出手。”

“嗯，好。”谢飞鹰应声。

“还有……”大老板说，“你得办两件更重要的事。”

谢飞鹰问：“什么事大哥？”

大老板说："第一件事，就是让那个伪装成烟酒商的飞鹰成员立马把生意转给另外的成员，然后给我远走高飞，藏起来，藏得要比老鼠洞还隐秘。这样的话，即便天九一关被破，韩飞龙和秦帅也永远找不到我们的头上来。"

"高，实在是高。"谢飞鹰说，"大哥你这招釜底抽薪，简直是绝了。"

大老板冷笑一声："韩飞龙和秦帅以为能顺藤摸瓜？老子要让他们摸到条蛇，不但找不到真相，还被狠狠地咬一口！让鹰眼成员撤退，真相自然隐藏，而他们还仍然去找天九，我再在那里给他们埋一颗雷，这就是偷鸡不成蚀把米，赔了夫人又折兵！他们不是很牛吗？老子把霍家送给他们做敌人，给他们表演的机会，看他们牛！"

"哈哈。"谢飞鹰忍不住笑起来，"希望大哥给他们埋的雷是颗炸雷，炸得他们粉身碎骨。"

大老板说："跟我玩，他们还嫩了点，老子隐世二十年，一心修炼奇门遁甲行军布阵，岂是白混的。这还不够，等这颗雷炸响，我还有一记重磅炸弹要你去扔，铁定炸得他们粉身碎骨！"

"还有重磅炸弹？这么厉害？"谢飞鹰问。

大老板说："马屁精不是说秦帅知道飞龙组织的天虎堂势力在飞天楼，以此要挟韩飞龙走向谈判的吗？那我就给他们加点调料吧。"

谢飞鹰问："什么调料？"

大老板说："把飞天楼是飞龙组织在华夏总堂的消息透露给江南军方，让江南军方去收拾他们一下吧。"

"把飞天楼的消息卖给军方？"谢飞鹰一愣，"那马屁精不是危险了吗？"

大老板说："你没听清楚我说的是卖给江南军方吗？如果是卖给更高层的军方，死神肯定会知道消息，他会阻止，因为他现在正和韩飞龙合作。而让江南地方上的军方出手，秦帅会毫不知情。如此一来，韩飞龙铁定会认为是秦帅干的，毕竟飞天楼是飞龙华夏总堂的消息极为隐秘，而秦帅刚刚从黑蜈蚣嘴里知道，飞天楼就出事。如此一来，韩飞龙和秦帅的合作也就到此为止，会继续恢复成对手的状态！"

“又是一记重拳！”谢飞鹰简直佩服得五体投地，“大哥你真是绝了，一下子就化解了巨大的危机，变被动为主动了啊！”

大老板说：“你也不赖了，能掌控这么强大的鹰眼情报系统，没有足够精明的头脑，是玩不转的，而你玩得头头是道。只要咱们兄弟齐心，早晚能玩出一个大格局来。”

谢飞鹰说：“全靠大哥领导有方了，那行，我现在马上打电话给马屁精，让他有个准备，军方剿灭飞天楼，不能让他出了事。”

大老板说：“这个你不要通知他。”

谢飞鹰不解：“为什么？”

大老板说：“两点原因。其一，江南地方特种部队出手，还灭不了飞天楼，飞天楼的实力很强，钻石杀手都有上百人，没那么容易灭掉。而且，飞天楼肯定建有地下逃生通道，大兵压境，张天虎肯定会从地道走，马屁精是张天虎的贴身保镖，他肯定会第一时间跟着张天虎走。以张天虎和他的武功，那些一般的特种兵根本对付不了他们。”

“其二，飞天楼事件之后，张天虎肯定会考虑原因，最可能的当然是怀疑秦帅，但也会怀疑内奸。而只有让马屁精毫不知情，才是最好的掩饰。万一他知道这事，心理压力过大，露出点什么异常被怀疑了呢？所以，完全没必要让他知道。飞天楼突然受袭，他的正常反应才能最好地保护他！”

“嗯，对，还是大哥考虑得周到。”谢飞鹰说，“那我就不通知马屁精了，直接找鹰眼的人把情报卖给江南的地方特种部队。”

大老板喊：“等等，这消息你不能现在卖！”

谢飞鹰不解：“为什么？”

大老板说：“你现在把消息卖出去，江南地方特种部队马上就会对飞天楼出手，这逻辑有点不成立，他们明明才达成协议，秦帅是没必要出卖韩飞龙的，所以，韩飞龙会想到其他方面，难以构成对秦帅的陷害。”

谢飞鹰说：“也是，那怎么办？”

大老板说：“好办啊，等第一颗炸弹爆炸。他们去找天九，在天九那里出事，我会让两个人的信任降至冰点，矛盾很快产生，在这种时候，飞天楼被出卖，秦帅就算跳到黄河都洗不清，这才是最好的致命一击的时机！”

“嗯，大哥果然想得周到，真是滴水不漏。”谢飞鹰说，“那我就等霍家那里的第一颗炸弹爆炸之后，再卖消息出去。”

挂掉电话，大老板又悠闲地抽起了他的高希霸雪茄，这是他最喜欢的口味。高希霸雪茄是公认的雪茄第一品牌，虽然是哈瓦拉雪茄系列里最年轻的品牌，但在其头上笼罩着神秘的光环。

1968 年，阿韦利挪诺·拉腊从里贝拉手中接管高希霸，订下了三项原则，使高希霸雪茄成为世界上最好的雪茄。原则一：材料要精选再精选。在他的提议下，在布埃尔塔阿瓦霍地区建立了 10 个顶级烟草园，每年他挑出 5 个最好的烟草园来种植茄衣、茄套、浅叶、干叶和淡叶。原则二：采用独特的三段式发酵。这在各种哈瓦那品牌雪茄中是独一无二的，且只运用于浅叶和干叶这两种类型的烟草上。原则三：卷制高希霸雪茄的卷烟工人必须素质优良。

很多人有烟瘾，抽烟的时候想事情似乎能打通思路，灵感更多。而大老板对雪茄情有独钟，那不但是成功人士的一种范儿，也能帮他思考问题。韩飞龙和秦帅走向合作，一步将他逼到悬崖，真是让他心惊肉跳了一下。不过，他只是动动脑子，就扳回了主动权，给了韩飞龙和秦帅后手拳般的重重反击。接下来，就看好戏吧！

08　死神之怒

秦帅在收到韩飞龙提供的天九的号码之后，接着就给天九打了电话，说自己是飞龙业务部的人，因为刺杀秦帅一单出现了些问题，几次刺杀失败，有些后面的合作需要与他进一步探讨，约着见个面。

天九也没什么怀疑，就说可以。但他现在正在滨海出差，跟霍家大小姐一起，不方便说更多，大约这两天就会回来，回来了再联系他。

既然是这么个情况，秦帅也只好答应，让天九回来了给他打电话。他绝没有想到，他千辛万苦费尽力气破解谜团，和韩飞龙达成协议，共同出力揪出背后那只黑手，结果，大老板却早在张天虎身边安插了卧底，把他们的计划窥探得一清二楚。并且，迅速策划反击，为秦帅连挖两个大坑，决心将秦帅和飞龙一起埋在这两个坑里。

秦帅还在那里和上官白雪交流想法，对接下来的行动充满希望。只要跟天九接触，找出那个幕后雇主，真相立马就会浮出水面。幕后雇主肯定跟朱象是一伙的，他们知道秦帅是军方的人，然后借秦帅的手来对付飞龙。一旦韩飞龙知道这个真相，必然出手对付这股势力。那么，秦帅得到强援，就会和韩飞龙联手把这股神秘势力给揪出来，地狱使者也必然跟着浮出水面，大功告成！想起来真是一件激动人心的事情。

秦帅的电话突然响了起来，他拿出电话一看，是酒店那边的保安主任打来的，当下就接了电话，喊了声：“主任。”

保安主任说：“你请假的时间都到期了，怎么还不来上班？”

“啊，到时间了啊？”秦帅差点都忘记这回事了，当即便说，“我，我可能有另外的事要忙，这班没法上了。”

“没法上了？”保安主任说，“那你也得办离职手续啊，你这还是雪莲给你说的话，你不能让人家挂着啊，公司会找她要人的！”

“嗯，好吧，我过去办个离职手续。”秦帅说，然后挂掉了电话。

“什么班，什么离职手续啊？”上官白雪问。

秦帅说：“没什么，之前我要监视一个疑犯，所以在一家酒店冒充保安。”

“哦。”上官白雪问，“那疑犯呢，怎么样了？”

秦帅说：“疑犯也换了工作，所以我那个工作也没意义了，你自己玩下吧，我先去把离职手续办了。”

说罢，秦帅便出了门，在路上拦了辆车往酒店走。

之前他是没有地狱使者的线索，必须等待，而且为了看着唐雨若，所以才应聘了保安。但现在案子千头万绪，盘根错节，他根本就没时间在酒店那里耗时间，所以必须离职。而且，他在唐雨若的手机里装有卫星定位追踪器，有什么事，唐雨若会第一时间打电话给他。所以，不必天天守在对面。

然而，当秦帅打车赶到酒店那边的时候，他远远地就看到酒店对面唐雨若的画廊关着门。

什么情况？现在才下午三点多钟，唐雨若不可能下班，所以那只能是没有开画廊。秦帅想起了上午十一点多唐雨若打电话喊他去涂药，家里喊她回去吃午饭，说有贵客的事情。难道是因为要陪贵客，所以今天就没有开门？

他也没有多想，直接进了帝豪大酒店。杨雪莲和川岛樱子一见他来，脸上顿时笑逐颜开，跟他打招呼。

“哟，帅哥来了。”

“秦帅哥哥，你来了。”

秦帅说：“我来办离职手续。”

“办离职手续？”川岛樱子一愣，“怎么，你不干了吗？”

秦帅点头："嗯，最近可能有些家族的生意要忙，想低调埋名也不行了。"

"哟，帅哥要去做大生意了啊。"杨雪莲问，"那是要回蜀中去吗？"

秦帅说："有可能哦。"

"那租的房子怎么办啊，我们才租来住，合同是一年呢。"杨雪莲说。

秦帅说："房子？我还要住啊，唐镇这边也有我家的生意，我争取留在唐镇这边吧。而且，蜀中离唐镇也只有半小时的车程，我随时都可以来陪你们哦。"

"那也好，有好事可不要忘了我哦。"杨雪莲说。

秦帅笑："那是当然，雪莲姐你帮我这么多，我欠你人情呢。"

杨雪莲说："记得就好，行，我带你去办离职手续吧。刚才我哥还来这里问你怎么没来上班。"说着，起身就跟秦帅去人事部。

办完离职手续出来，秦帅看着坐在吧台那里的川岛樱子，那双看着他的眼神，里面充满了眷恋不舍。她可是个阳光爱笑的女孩，但此刻她的眼神里，却……

"好好干啊樱子，发工资了请我吃大餐。"秦帅装作什么事也没有，就跟她开了个平常的玩笑。

"说好帮我的事呢！"川岛樱子说。

"就这两天。"秦帅说，"我一定抽时间兑现。"

"哟，帅哥，你又答应帮樱子什么事啊？"杨雪莲问。

秦帅一笑："这个保密。"

杨雪莲说："不会吧，你和樱子都有秘密了？不会是好上了吧？"

"这个……"秦帅故意看了川岛樱子一眼，"我觉得樱子挺好的，适合做女朋友，也许，我还真打算追她呢，你觉得我有希望吗？"

川岛樱子那一瞬间就笑了，而且回答得很干脆："只要秦帅哥哥你约我，我随时都有空。"

这个时候她想，她不能老是把喜欢藏在心里，人生里没有那么多等待，就像她以为等秦帅上班了，两个人一起上班下班，慢慢地接触，慢慢地产生火花，然后好像就会水到渠成。但有许多事是计划赶不上变化的，她都没有准备，秦帅就来辞职了，然后她突然间就失落了。本来秦帅答应帮她治疗蛇类恐惧症的，说得好好的都推迟了。现在，秦帅不在这里上班了，两个人可能连见面的机会都很少了。而她又没法离开，她还得像普通人一样在这里好好工作，完成干爹交给她的任务。所以，当秦帅只是开玩笑地说觉得她挺好，适合做女朋友的时候，她马上就以假乱真，表明心迹。

杨雪莲一听，醋意马上就来了："人家帅哥只是开个玩笑，樱子你还当真了。帅哥以后可是大老板，哪里会看得上你这种小职员，还是好好地上班，不要白日做梦了好吧？"

川岛樱子的心里真是恨得杨雪莲牙痒痒，但嘴里却说："我知道秦帅哥哥这么说是开玩笑，可我是认真的啊，万一秦帅哥哥真对我有好感呢，那我愿意啊。"这话已经说得再明显不过了。

秦帅接着就说："真的吗？那樱子我可当真了，找时间约你哦！"

川岛樱子说："嗯，只要秦帅哥哥你约我，随时约随时到，我绝不会傲娇的！"说着话故意把眼神看向杨雪莲。

果然，杨雪莲被气得够呛。她那冷嘲热讽的话一下子就来了："哎哟，樱子你这是寂寞成什么样了啊，都主动成这样了？"

"好了，不跟你们开玩笑了，我先走了，电话联系。"秦帅见杨雪莲跟川岛樱子剑拔弩张的样子，他可不想让她们两个斗起来。因为，真斗起来的话，绝对会是灾难。表面上看是杨雪莲处处压着川岛樱子，可她要真把川岛樱子惹毛的话，川岛樱子铁定会杀了她的。他想弄清楚川岛樱子的来历，想弄清楚她潜伏在唐镇的目的，想弄清楚她背后到底隐藏了多少不为人知的东西，所以，他才故意抛出橄榄枝，表示对川岛樱子有意思，打算跟她发展一下。他这是为了任务，但他并不想因为这个任务牵连杨雪莲一条无辜的人命进来。

秦帅离开了帝豪大酒店，在出门的时候又看了眼唐雨若的画廊，门依旧是关着的。他拿出电话，拨打了唐雨若的号码。

电话很快就接了，秦帅开门见山："怎么，你画廊下午没有开吗？"

电话里一片沉默。那一瞬间，唐雨若的眼泪就流出来了。本来经过中午发生的事，她心里渐渐平复了一些。结果，秦帅突如其来的一句话，把她心里的伤口又狠狠地撕开了。

“怎么了，雨若？”秦帅立马察觉出有什么不对，赶紧问。

终于，唐雨若说了一句：“那画廊，以后不会开了。”

“什么，画廊不开了？”秦帅心中一沉，赶紧问，“怎么了，出什么事了？”

唐雨若又没声音了。她不知道该怎么说，只是，心里的委屈和难过完全无法控制，被这一问，像打开阀门一样，一股脑地涌了出来。这个时候，秦帅似乎是她唯一的依靠，唯一的亲人了。

“说啊，雨若，到底发生什么事了？”秦帅追问。

唐雨若流着泪：“我不知道该怎么说。”

“好吧，你现在在哪儿，我过去。”秦帅说。

唐雨若说：“我现在在冰冰家里，也不知道具体位置，你说你在哪儿，我过去找你吧。”

秦帅抬起眼睛看了看，不远处有一家两岸咖啡，当即就说了地方。

挂断电话之后，秦帅往两岸咖啡店走去，在里面要了一个包间。因为大厅里零零散散地坐了些人，唐雨若似乎哭了，在众目睽睽之下不大好。秦帅进包厢之后，就把包厢号发给了唐雨若。

到底是发生什么事了呢？唐雨若连画廊都不开了，提起来就哭。而且，还在白冰冰那里，没在家里？

秦帅拉开了包厢的窗帘，恰好看得见外面的马路，看着熙熙攘攘的人群，心里有些乱。有一点他大概猜得出来，那就是唐雨若应该跟家里吵架了，但为什么吵架，他不知道。

大约二十分钟的样子，秦帅看见了一辆出租车在咖啡厅旁边停下。车门打开，从上面下来的人居然是唐雨若！

唐雨若打出租车来的？她不是自己开车？看来，事情大概比秦帅想得严重。或许，唐雨若不只是跟家里吵架，而是决裂，把一切都还给了家里，所以，画廊不开了，车子没了，坐了出租车。

门铃声轻轻地响起，秦帅过去开了门。唐雨若站在门前，那双大眼睛盯着他，还有没完全干去的泪痕，眼睛有些红肿。

四目相对，秦帅觉得特别心疼，什么也没说，他张开双臂，将她拥抱在怀里，温柔地替她拨开脸颊的碎发，关切地问："到底发生什么事了？跟家里闹翻了吗？"

唐雨若点头，"嗯"了声，那眼泪一下子又忍不住涌了出来。

"别哭，有我在呢，我不是说了吗，就算天塌下来，我也会永远在你身边的。"秦帅从旁边的桌子上拿了纸巾，替她擦去了眼角的泪水，然后把她扶到旁边的沙发上坐下，"来，跟我说说，是怎么回事？"

"其实，也没什么大事，就是，就是，我家里要逼我相亲。"唐雨若说。

"逼你相亲？"秦帅一皱眉，"这有什么逼的啊？你说不喜欢就行了呗。"

唐雨若说："我是说了不喜欢，可家里都觉得那个男的条件很不错，非得要我跟他在一起。"

"现在这社会，还有这样的父母？"秦帅说，"女儿不喜欢，还非得逼着嫁？那男的什么人啊，很优秀吗？家里很有来头吗？"

一般情况下，肯定是对方条件很好，家里才会这么逼的。

唐雨若说："听说是什么武盟盟主的儿子。"

"武盟盟主的儿子？"秦帅一皱眉，"西皇城的轩辕世家？"

唐雨若说："是的，就是复姓轩辕。"

秦帅说："我就说什么人能让唐门逼着女儿嫁呢，原来是轩辕世家。说起来，这轩辕世家跟唐门还真是门当户对，除了他们，华夏江湖还真难找出第二家来了。"

"怎么，连你也帮他们说话吗？"唐雨若瞪着秦帅。

秦帅说："怎么会帮他们说话呢，我是从客观上讲。轩辕世家历来在华夏江湖上都有不低的地位，尤其是到轩辕长河这一代，靠着绝世的轩辕剑法和他的广大人脉，当上了华夏武盟的盟主，更可谓是春风得意马蹄疾。

而且，听说他有个儿子，也是个人才，不但长得玉树临风，还有天生神力，很了不起啊。没想到，他们到唐门求婚来了。”

“有你说得这么好吗？”唐雨若说，“我看见了，长得油头粉面的，一点男人味都没有，而且，眼睛老盯着人家看，很猥琐！”

“这么说来，我是那种有男人味的，让你喜欢的了？”秦帅笑。

这个时候，他得让气氛轻松些，让唐雨若遗忘那些不快。

唐雨若白了他一眼：“你比他更猥琐！”

秦帅笑：“你的意思是越猥琐的人你越喜欢了？”

“不跟你说了，人家难过死了，你还开心得起来。”唐雨若一脸不满。

秦帅说：“这有什么难过的，你不喜欢他，就拒绝呗。”

“是拒绝了啊。”唐雨若说，“但我跟家里闹翻了，现在都无家可归了。”

秦帅问：“你不是单独住的别墅吗？怎么会无家可归？”

唐雨若说：“门市、车子、别墅，全部还给他们了。”

秦帅意外：“为什么？”

唐雨若说：“我家里知道我喜欢你，然后就问你是做什么的，我说就是个普通人，然后他们就觉得我是自己什么都有，所以不知道钱的重要性，由着性子来。我说，我有或者没有，我都只会选择自己喜欢的，不会将就自己。然后，我爸就让我把所有的东西都还给他，让我自己去看没钱能怎么过，所以……我就都还了。”

“没事，有我在，你想要什么跟我说就是。房子，你要的话我送一套给你就是了。”秦帅疼爱地把她抱向怀里。

“是吗？”唐雨若说，“这么土豪，行啊，送一套给我啊。”

“真要？”秦帅问。

唐雨若说：“真的啊，我喜欢让吹牛的人无路可走，你既然要吹，我就看你怎么把牛皮吹破！”

“好吧。”秦帅说着，拿出了电话，拨打了个号码出去，然后开了扩音器。

很快打通，那边传来一个男人的声音，喊了声：“大帅，有什么吩咐吗？”

秦帅说：“吩咐不敢，有点小事情麻烦兄弟啊。”

那声音问：“什么事大帅只管说。”

秦帅问：“请问你在唐镇有多余的房子吗？”

“多余的房子？”那声音问，“什么意思？”

秦帅说：“我刚一时大方，答应了送一套房子给朋友，答应完了才想起我没有，那就只好找朋友要一套了，所以，就打电话找你问问了。”

“哦，这样啊，没问题。”那声音说，“在北郊的梨园别墅区，我还有套刚装修好的别墅，你要的话拿去好了，下午就可以去把户过了。”

“别墅啊？”秦帅说，“别墅还是太贵重了点吧，值几百万了，一般套房就好，几十万的礼我还是敢收，太贵重了有点受不起啊。”

“兄弟之间就别谈钱了。”那声音说，“就这样吧，你把你朋友的身份证和相关过户证件带着，既然是你这么看得起的朋友，那也是我的朋友，别说几百万，就是几千万，我也愿意啊。”

“嗯，那好，我征求下她的意见，然后给你回电话啊。”秦帅说，然后挂断了电话。

秦帅看着唐雨若问：“可以吧，梨园别墅区的别墅，带着你的证件，直接去过户就行，如果你要车子，我再打个电话。不敢说多好的车子，百把万的不是问题，当然，运气好点，人家一大方，也有可能送更好的。”

“都谁啊，居然那么大方，直接送别墅给你？”唐雨若问。

秦帅说：“你别管谁了，反正人家愿意就行了，要不要？”

唐雨若说：“我才不要，我以为是你的呢，原来是别人的。”

秦帅说：“那又没什么区别，我朋友的，只要愿意送我，那就等于是我的啊。”

“我想不明白，他为什么愿意送你这么贵重的东西，你又没什么权力，人家又图不了你什么。”唐雨若疑问。

秦帅说：“交朋友是为图什么吗？在过去的年月里，他们有事，我肝胆相照，两肋插刀，命也不顾。我现在需要点钱，还有什么可说的呢？所以，虽然你看着我没钱，但实际上我也算是个富豪，因为人脉才是一个人最大的财富，你觉得呢？”

“好吧，我服气了！”唐雨若说。

秦帅问：“那就跟我去看房子吧。”

唐雨若说：“我才不要，我又不是你的什么人，凭什么住你的房子啊。”

“朋友啊，只要是朋友，我的一切都可以拥有。”秦帅说。

“我们只是朋友吗？”唐雨若抬起目光看着他。

秦帅的心里一颤，但还是说了：“好像，还要两个月，我们才会考虑在不在一起，在这之前，只能算是朋友，很特殊的朋友吧。”

“如果，我不想等两个月，我现在就想有个结果呢？”唐雨若问。

“现在……”秦帅显得很犹豫，但还是直说了，“如果现在我们在一起，我们一定还会有很多架要吵，也许，会反目成仇也说不定，所以……”

“为什么，是因为你还要跟别的女人在一起，所以怕我计较吗？”唐雨若问。

这个，秦帅顿时不知道怎么回答了。

“说啊！”唐雨若又问了一遍。

秦帅抬起目光：“不是还要跟别的女人在一起，只是还可能会有某些接触，甚至有一些可能相对亲密的表现，你如果看见了，肯定又会认为我脚踏两只船，认为我无耻，我真不想你跟我吵。”

“那你告诉我，你是不是为了任务，需要跟别的女人演戏？”唐雨若问。

秦帅说：“这个我没法告诉你到底怎么回事，如果可以告诉，我早就告诉了，因为我对人有承诺，是不可以泄露半点的，你若是逼我说，不但是逼我失信，也可能会陷我于危险之中。”

“那好，我答应你，我不计较你跟别的女人有表面化的接触，只要你们有最后的底线，我就不怪你，这总可以了吧？”唐雨若说。

秦帅点头：“嗯，这个可以。”

唐雨若心中一跳。她看着秦帅，那双目光里的柔情一点点地溢了出来。那个时候，她突然有一种冲动。

“要不，你要了我吧？”唐雨若突然说。

秦帅一愣：“要了你？”

唐雨若羞红着脸，点了点头。

那一瞬间，秦帅的心中一惊。他毕竟不是普通人，而是华夏军方第一王牌，在他的大脑意识当中，任何人突然一反常态，必然有其缘由。为什么唐雨若今天突然选择完全相信他，还把自己给他？

“怎么，你不想要吗？”唐雨若见秦帅不说话了。

秦帅问：“你不是一直都在说，要跟我在一起很久，完全让你满意了你才会愿意给吗？”

唐雨若说：“你现在就让我满意了啊。”

秦帅摇头：“不是，你是不是对我隐瞒了什么，还有什么重大的事情你没有告诉我？”

“我能对你隐瞒什么啊，我又不像你有那么多秘密。”唐雨若虽然这么说，但目光还是有些闪躲。

确确实实，她之所以这么着急地想与秦帅和好，甚至都不再介意他跟别的女人有亲密行为，愿意把自己现在就给他，是因为她知道命运难料，气虚症留给她的时间已经不多了。下午她一个人在白冰冰那里的时候，有好一会儿的头晕目眩。本来，师父说过了二十岁之后会慢慢发作。现在离二十岁，还有不到一个月了。而且，大概因为和家里闹翻，引起了情绪上的悲伤，使她的身体状况不容乐观，可能会提前发作也不一定。她不想留下遗憾，所以，才决定不顾一切，把自己给了秦帅。

“你瞒不过我，你肯定有什么事，相信我，跟我说吧。”秦帅说，“我一定会为你解决好的。”

唐雨若是不会告诉他的。谁愿意听到自己爱人身患绝症，即将离去这样的噩耗？那样，连拥抱都会带着疼痛。

她还是摇了摇头：“真没什么啊，反正我说了给你，你要就要，不要就算了啊！”说这话，鼻子一酸，眼里瞬间就模糊了。

“是不是你还是选择嫁给那个轩辕白玉，只不过你爱我，想把你的第一次给我，给我之后你就去跟他了？”秦帅猜到了电视剧里的桥段。

唯有这种时候，一个女孩才会对心爱的人做这种决定，还带着眼泪。如果是真正到了给的时候，那一定是喜悦的，不会有泪。

“不会，我这一生只会爱你一个。”唐雨若流着泪，很坚定地说，“我不会跟别的男人，我爱你，会从始至终的。”

“那你为什么突然想跟我和好，突然要把自己给我？”秦帅说，“而且，我看出了你的难过，看见了你心里藏着的那些委屈和疼痛，如果你真的爱我，想跟我在一起一辈子，那就告诉我到底是什么事，哪怕拼了我的性命，我也会为你解决，你相信我，我能为你解决的！”

“真没什么，你就别问了好不好。”尽管眼泪越发汹涌，但唐雨若还是很坚持。她知道，也许秦帅的本事很大，能解决很多事情，但这事他肯定无能为力。她师父是医界三大至尊之一的医仙，所以能治她这绝症。但世间任何的绝症，需要医术，还需要药物。而现在没有药物，除非她选择嫁给轩辕白玉。

“如果你不说，那你就走吧，以后别说认识我了。”秦帅说，“我不希望我真心相待的人，对我没有一点信任！”

然而唐雨若却哭着说：“你凭什么要逼我说？你呢，我对你真心相待，对你信任，为什么不把你的事说出来！为什么你一定要保密！”

秦帅说：“我们肯定不一样的。”

“有什么不一样！”唐雨若哭着说，“你有苦衷，难道我就没有吗？我想知道你是不是特种军人，只要一天没有真相，我心里那块石头就始终落不下来，可你不会承认，因为你有任务，要隐藏自己，怕我给你说漏嘴。可我的秘密就必须说吗？我不想让自己那么狼狈，我希望一切都能美好地开始，美好地结束，你为什么就非要知道真相呢，赶我走是吧，我走好了！”说着，起身掩面就往外走。

秦帅一把抱住了她：“雨若！”

那一瞬间，唐雨若再也控制不住，扑倒在他的怀抱里痛哭起来。这世界如此美好，爱人的怀抱如此温暖，为什么命运要如此残酷，匆匆将她带走，带向漆黑而孤独的远方？她对这世界，从来都没有恶意。她一直在用心帮助每一个需要帮助的人，她让很多人的生活重新充满了希望。可为什么，这世界却容不下她？

“雨若，乖，跟我说，到底怎么回事。”秦帅捧着她梨花带雨的脸颊，心疼地问。

可唐雨若还是摇了摇头，近乎乞求：“你能不要问了吗？你知不知道，你每问一句，在我心里都是一道伤口，你每问一句，这伤口都会裂开，痛得抽搐！”

秦帅说：“但是，在我的人生里，就没有过不去的坎，最多，人生也就一死，没什么大不了。我只想知道到底是什么事，你相信我，我一定会帮你解决的！”

唐雨若不说话了，她只是哭，不停地流泪。在那绝美的脸庞上，像是下过一场雨一样。

秦帅没有说话，他总感觉有一种生离死别的味道，唐雨若的眼泪已经说明了一切。他都已经逼她了，可她还是不说。

唐云豪！秦帅突然想了起来，他应该知情。唐雨若不说，唐云豪应该会说的。当下，秦帅看着唐雨若，替她轻轻地擦拭了泪水：“晚上吧，晚上我们订个总统套房，好不好？”

唐雨若轻咬嘴唇，点了点头，“嗯”了声。

“走吧，我们先去把房间订好。”秦帅说。

唐雨若自己也抹了把眼泪，然后跟着秦帅离开。

秦帅问：“唐镇最好的酒店在哪儿？”

唐雨若说：“摩天楼的云海酒店，但我不想去那里。”

“为什么？”秦帅问。

唐雨若说：“因为摩天楼是唐门出资建造的，那里有唐门势力。”

秦帅一笑：“那又怎么样，我们去住酒店，会付钱，又不白住他们的，只要付钱，咱们就是上帝，他们还敢怠慢不成？”

“那好吧，你想去那里就去吧。”唐雨若说。

当下，俩人在外面拦了辆出租车，说到摩天楼的云海大酒店。车上的时候，秦帅也抱着唐雨若，唐雨若则靠向秦帅的怀里，那个时候，她把秦帅抱得很紧，生怕失去。

大约十分钟的样子，出租车赶到了摩天楼。

摩天楼堪称全世界最高的建筑，一共三百多层，高耸入云中，因此又称为云楼。

云海大酒店就在摩天楼的三百多层至顶层，据说打开窗外，白日见云朵，夜晚见星辰，所以取名云海。

秦帅带着唐雨若订了一间总统套房，价格一万八千八百八十八，比起其他地方的总统套房来，差不多贵一半，很多五星级酒店的总统套房为五千至一万。

“会不会觉得很贵，很心疼？”唐雨若问。

秦帅一笑：“怎么会呢，你明知道我是有钱人，明知道我很大方，一万多块小意思了。”

“又吹。”唐雨若说，“不过我就喜欢你这种打肿脸充胖子打掉牙往肚里吞的样子。”

秦帅说：“反正你就是不信我的实力，我也没有办法。”

“切，自以为是。”唐雨若说。

这个时候，她的情绪也恢复了许多，似乎忘记了那些令人悲伤的东西，享受着此刻和恋人在一起的幸福。

秦帅带着唐雨若到了总统套房里面。里面的奢华真是令秦帅感到惊讶，他得承认，他也是个喜欢享受生活的人，五星级六星级的酒店都住过，包括之前一直传扬着至尊奢华的迪拜帆船酒店他也住过，但都不及云海大酒店。这里有各种奢华的装饰，宛若皇宫，还设有小型浴室。站在阳台上，眺望远处，唐镇绵绵群山尽收眼底，云雾缭绕在身旁，宛若仙境一般，秦帅和唐雨若站在那里，回过目光，四目相对，宛若神仙眷侣。

秦帅捧着她的脸，然后轻轻地吻了上去。唐雨若闭上眼睛，安静地享受着。但秦帅突然停了下来，看着她说：“你在房间里待一会儿好不好？”

“怎么，你要走吗？”唐雨若的眼里掠过一丝失望。

秦帅说：“我想起我还有点事，必须去办一下，一会儿就回来。”

“嗯，那好，你要早点回来。”唐雨若说。

“会的。”秦帅说着，又亲了下她的额头，然后出了房间。

他把唐雨若送过来，就是想安抚她的情绪，先顺着她，然后他要去找真相。

离开云海大酒店后，站在路边，他打了电话给唐云豪。

“喂，秦兄。”唐云豪接了电话。

“在哪儿呢，大少？”秦帅问。

“哦，在一个朋友这里聊天，有什么事吗？”唐云豪问。

秦帅说：“找个地方，咱们聊聊吧。”

“嗯，好，那还是听雨楼吧。”唐云豪没有问更多的，直接答应，或许他预感到了是什么事。

当下，秦帅打了个车赶往听雨楼。在秦帅赶到的两分钟时间后，唐云豪也来了。秦帅点好茶，把单子递给了服务生。

“什么事秦兄？”唐云豪问。

秦帅说：“我想跟你聊聊雨若。”

“雨若？”唐云豪问，“她找秦兄了吗？”

秦帅点头：“是。”

“她跟秦兄说什么了吗？”唐云豪问。

秦帅说：“说有个西皇城的轩辕世家来唐门提亲，然后家里逼着她答应，她不同意，闹翻了是吧？”

唐云豪点头：“是。”

秦帅说：“我都忘记问她了，你是什么态度呢？”

“我？”唐云豪愣了下，“从内心讲，我当然是倾向秦兄，我也跟我爸提起过，说雨若喜欢的是你。但我爸是个很强势的人，唐门的事现在还轮不到我做主，家里的事更不行。”

秦帅说：“但她一个女孩子，本来日子过得无忧无虑的，突然房子没了，车子没了，你就不知道好好安顿一下她？”

“我知道她会去找秦兄的。”唐云豪说。

“错了，她没来找我。”秦帅说，“是我发现她门市没开，打电话给她才知道的。”

“她没去找秦兄，那她在哪儿？”唐云豪问。

秦帅说：“在她一个叫白冰冰的朋友那里。”

“我以为她去找秦兄了呢。”唐云豪叹息一声，“唉……”

秦帅问：“除了家里逼婚，还有其他什么事吗？”

唐云豪心中一颤，问：“其他什么事？”

秦帅说：“我问你呢，我感觉雨若的情绪有些不大对，不只是被逼婚这么简单，应该还有让她更受伤的事情，我们是兄弟，我希望你不要隐瞒我！”

“这，这个，我也不知道。”唐云豪说。

他其实很想说，但想起唐雨若警告过他，千万不要跟秦帅说她有病的事。因为，她不想给秦帅压力，希望能和他度过最后的快乐时光，否则，她再也不认他这个哥哥了。

“我都已经说了，我们是兄弟，不要跟我说谎，你还说？”秦帅说，“你这欲言又止的样子，难道还瞒得过我吗！？”

“唉。”唐云豪又是一声叹息，“秦兄你就不要追问那么多了，多陪陪雨若，对她好点就是了。她，是真的喜欢秦兄，为了秦兄，她愿意不惜一切……”

秦帅说：“她不说就算了，难道你还要帮她隐瞒？有什么事情，说出来大家想办法，瞒着有用吗？就算天塌下来，至少也要让我知情，这样能够多一个人想办法啊！”

唐云豪没说话，他的内心很纠结。

“说啊！”秦帅真是着急。

从唐云豪的反应看，他是知情的，但他也跟唐雨若一样，想隐瞒。明明离真相就只有一步之遥，触手可及，却看不清楚，怎能让人不急。

唐云豪抬起目光，说了实话："雨若跟我说了，绝不能对你说，如果说了，她就不会认我这个哥哥，而且，她也会更难过。"

秦帅忍不住吼起来："那你知道我是什么感觉吗，我感觉她在跟我生离死别，我明明感觉到了不测，但我却不知道到底会发生什么，不知道如何拯救。你觉得，你替她隐瞒，是在帮她，还是在害她？你帮她隐瞒，能解决事情吗？"

"好吧，既然秦兄一定要知道，那我就说了吧。毕竟，你说得对，我就算帮她隐瞒，也解决不了事情，她要怪我，我也没办法。"唐云豪说。

秦帅问："说吧，到底怎么了？"

唐云豪抬起目光，看着秦帅，说得很平淡："她得了一种病，估计剩下的日子不多了……"

"轰！"

这几个字仿佛晴天霹雳，重击在秦帅的心上。

"什么病？绝症吗？"秦帅急问。

唐云豪说："不是绝症，但她要选择放弃。"

秦帅一愣："没搞错吧，有病不治，她傻吗，为什么要放弃？"

唐云豪说："因为，她要治病，就得嫁给轩辕白玉。"

秦帅问："嫁给轩辕白玉跟治病有什么关系？"

当下，唐云豪就对秦帅讲了唐雨若的事情。因为生下来不久就被发现有气虚症，然后被医仙大师带走，一直跟随医仙大师，所以外人不知他家还有个妹妹。但治疗气虚症，需要一种特殊的药引，而这个药引就是男人，而且必须是一个体魄强健、血性至纯、阳刚之气鼎盛的男人！然后用天山雪莲和渡仙草，在男女之体融合之时，让那强大的阳血之气进入女性的身体之中，唤起女性荷尔蒙，与阳血之气的交融产生出新的能量。这能量会进入丹田，进入心脏，进入女性的命脉之地，唤醒被雪藏在身体中的力量。

天山雪莲和渡仙草早就准备好，但一直缺这个做药引的至纯至阳的男人，这种体质的男人很稀少。以前为唐雨若找到过，但人品和条件都差，唐雨若拒绝了，所以，这次千辛万苦地发现了轩辕白玉，家里本来欣喜若狂，以为这么好的条件她会喜欢，她会有救了。没想到，这个时候的她却因为秦帅，宁死不选轩辕白玉……

听完真相，秦帅整个人都僵住了，完全没有反应。他想象力再丰富，也绝没有想到，真相竟然会如此令他震撼，难怪她再也不愿计较过去的那些错与对，只想跟他现在和好，把自己给他。原来，留给她的时间已不多。

那时候，秦帅觉得喉咙有些堵，有一种热乎乎的东西在往上蹿。

“难道，除了这样，没有其他的办法救治了吗？”秦帅问。

唐云豪摇头：“没有，在医仙大师给出这种救治办法，而希望渺茫的时候，唐门几乎动用了所有的关系，我也游历江湖，寻找医道奇人，希望能有第二种救治办法，但没有。”

“好了，我再想想办法吧。”秦帅掷地有声地说，“无论如何，也绝不能让雨若有事！”

唐云豪的眼睛也有些湿润，喉间哽咽：“说真的，我是真心疼雨若。她虽然出身豪门，但她从小懂事；虽然与疾病作斗争，明知道生命短暂，但她一直都活得很阳光很坚强，她是个好女孩。所以，当我知道你在她房间装了摄像头的时候，才会不顾兄弟情义，感到愤怒。我不希望这个世界伤害到她，哪怕她的青春短暂，但我也希望她快乐地走完……”

“没事的大少，我一定会想办法救雨若的，不要灰心！”秦帅抓住了唐云豪的手，传递着一种强大的信心和力量。

秦帅站起了身：“我先走了，看能不能去找些朋友想想办法。”

那个时候，他的心里还是沉重的。如果，确实没有第二种治疗气虚症的办法，该怎么办？难道陪着唐雨若度过她生命里最后的短暂时光，眼睁睁地看着她香消玉殒？他如何能忍心看她如此青春年华花容月貌，却悲伤地离开！可是，让她跟轩辕白玉在一起，活下来？唐雨若不会愿意，他也绝对舍不得。

到底怎么办，就连一直以来面对各种生死任务运筹帷幄胸有成竹的他，也不知道该选什么答案。无论什么答案，都让人痛苦。

秦帅整理了一下头绪，突然想起了什么，他拨打了魏千军的电话号码。

魏千军接了电话，喊了声："秦兄弟。"

秦帅问："你现在还在落日山庄吗？"

魏千军说："在呢，有什么事吗，是不是发现地狱使者的踪迹了？"

秦帅说："不是，是有点事情麻烦你。"

魏千军说："有什么事秦兄弟只管说，只要我能办得到的。"

秦帅说："你去帮忙找下慕容庄主，问他两件事。第一件，你就说你的一个朋友患了气虚症，除了要至纯至阳之人作为药引的治疗办法之外，还有没有其他办法。第二件，他能不能辨别至纯至阳之体。"

魏千军答应："好的，我马上就去找慕容庄主问问。"

秦帅说："拜托了，我等你电话。"然后，挂了电话。

目前最希望的是，他就是至纯至阳之体。那么，事情就是最完美的。他和唐雨若在一起，也能治好唐雨若的病。但这种希望，只怕渺茫，华夏几十亿人，在这么些年才找出几个，不可能偏偏他就是。所以，还是得寄希望于别的办法。

秦帅想起了一个人，影子教官。一直以来，他是别人心中的神，而影子教官是他心里的神。

电话打通，影子教官只是淡淡地"喂"了声。

秦帅还是鼓起了勇气说："老板，我想找你帮个忙。"

毕竟，这是私事。在面对地狱使者如此大案之时，他如此忙着私事，是很犯忌的。但为了唐雨若，他必须争取一分一毫的希望。

"有话直说吧。"影子教官的声音有些冷。

秦帅说："我有个朋友得了气虚症，生命不长，听说需要找至纯至阳之体的男人为药引治疗，我知道老板你知道得多，关系网也大，就是想找老板帮忙打听一下，有没有哪位医术绝世的高人，能有另外的救治办法。"

"你现在是在执行任务，还是在普度众生？"影子教官问。

秦帅解释："人命关天……"

"够了！"影子教官厉声斥责，"人命关天？你还知道人命关天，一条人命而已。而地狱使者手里有多少条人命？他的存在，还会危及多少条人命？你知道轻重吗？我看你是真的不想在王牌干下去了吧！”

“就算老板你赶我出王牌，我还是得尽一切办法救她。”秦帅的声音里充满了坚定。

“看来，你果然是翅膀硬了！”影子教官说。

秦帅说：“不是我翅膀硬了，只不过我觉得，再伟岸的英雄，再强大的神，首先得是个人。如果，连自己的至亲至爱都不能保护，还谈何保家卫国！”

“行了，我帮你问问吧。”影子教官的声音突然软了下去。

“谢谢老板，老板放心，地狱使者的案子我一直放在第一位跟进，而且，线索越来越明显，真相就在咫尺，拼了我的性命，也绝不负老板厚望。”秦帅说。

给影子教官打过电话之后，秦帅又相继给蝶门大姐玉蝴蝶和江南叶小白等有大势力的朋友打了电话，让他们帮忙打听。

打过好几个电话之后，魏千军就回电话来了。说是帮忙问过慕容庄主了，慕容庄主说，他也不知道有没有第二种治疗办法。而且，他也不会辨别至纯至阳之体，必须得修炼过黄帝内经的医师才能判断，而慕容家族修炼的是旁门医术。

修炼过黄帝内经的？谁修炼过？秦帅不知道，看来只能找唐雨若的师父医仙大师了。

当下，秦帅打了电话给唐云豪，让他帮忙联系医仙大师，来检查一下他的身体，看他的身体是不是至纯至阳之体，虽然希望渺茫，但万一是呢。

唐云豪答应，说马上帮忙联系医仙大师，麻烦他赶来唐镇。

一通电话打完，秦帅也茫然了。该拜托的朋友、师长，都拜托了。现在，只能等消息了。但他还是感觉心头沉重，希望渺茫。连慕容归一这种出神入化的医道高手都束手无策，唐雨若那称为医界三大至尊之一的师父都没有更好的办法，真的还能找到第二种救治办法吗？还是多回去陪陪她吧。

秦帅回到了云海大酒店。

“回来了。”唐雨若打开门的时候，脸上带着美丽的微笑。

那些难受，已被她想明白。生命终有结束，但今天她和最爱的人在一起，她知足了。才不过一个多小时就等到秦帅回来，所以，她很开心，连开门都是跑着去的。但打开门，她却看见秦帅的神情里一片低迷。看着她的眼神，也没有之前那种嬉皮笑脸的轻松模样了。

“怎么了？”唐雨若问。

秦帅什么也没说，只是紧紧地将她拥抱住，哽咽着喊了声：“雨若。”

唐雨若的心中一颤，她突然从秦帅紧紧拥抱着她的手臂和喊的这一声中察觉到了什么，难道他知道了什么？

“你怎么了，发生什么事了吗？”她试探着问。

秦帅哽咽着说：“对不起。”

“怎么了秦帅，好好的干吗突然说对不起？”唐雨若问，“难道你现在要跟我说你喜欢上哪个女人，一切都是骗我的吗？”

秦帅摇头：“不会，我这一生只会爱你一个，不会爱上第二个女人。”

唐雨若问：“那你有什么对不起我的啊？”

“怎么，你还想瞒着我吗？”秦帅问，“你背负了那么大的压力，舍弃了那么多的东西，选择跟我在一起，你却不让我和你分担，还得为了忙活事情冷落你，你知不知道你这样一个人撑着，我会很心疼啊？”说着，那男儿的热泪竟然无法忍住。看着眼前貌美如花的女孩那么爱他，他却不能为她做点什么，于心何忍？

唐雨若的身子一颤。

“你怎么知道的，我哥告诉你的吗？”唐雨若挣开他的怀抱，生气地说，“他为什么要告诉你，我让他不要说的，他还想不想我认他啊！”

秦帅说：“你不要怪你哥了，是我自己感觉出不对，然后逼他说的。他要不说，我们的兄弟就没得做。而且，他也是希望你能好起来。”

“你为什么非要知道呢，现在知道了，有什么用吗？你是不是觉得我很可怜，然后很同情我，所以就会多抽时间陪陪我，还是觉得我陪不了你一辈子，睡一次算了！”唐雨若有些生气，她真不希望被秦帅知道的。每一个女生，都希望自己在所爱着的男人心里是最美好的存在。一个才活到二十岁的女生，在如花似玉的年纪，就要离开这个世界，像花儿一般枯萎、凋零，然后逝去，是一件很可悲的事情。

“你为什么这么傻呢？”秦帅动情地看着她说，“你可以嫁给轩辕白玉，然后好好地活下来，但你却非得跟我一起，你对我如此情深一片，我会那么凉薄吗？这辈子，我都只会爱你一个，永不会变，我要好好地疼你、爱你，让你做全世界最幸福的女人。”

泪水，从唐雨若的眼眶滚落，在美丽的脸颊上划下长长的痕迹。是难过，也是感动。

“可是，我没法陪你到最后。”唐雨若咬着嘴唇。

“会的，一定会的。”秦帅说，“事情还没到最后，不要绝望，如果到了最后，再说吧。现在，我们当这个噩梦根本就不存在，好不好？”

“嗯。”唐雨若说。

秦帅点头：“那现在你躺下，我帮你按按吧，在一起这么久，我还没有好好疼爱过你。”

“嗯。”唐雨若很听话地点了点头，然后躺到了那宽大的床上去。

想起唐雨若几次替他疗伤，那温柔的推拿。想起两个人相识以来的种种，有欢笑，有误会。因为爱他之深，所以误会也深，见他跟别的女人在一起，她恨他，不理他。他曾觉得烦恼，打算放弃这段感情。但走到今天，他才发现，她对他的爱是那么纯粹而坚定，那么无私而令人震撼。

唐雨若趴在床上，秦帅开始帮她按摩，那双宽厚的手掌让她感觉到从未有过的舒服。她能感觉到秦帅对她的爱，从这点看，她到这世界来一趟，也许是知足的。

“以后，天天都这样帮我按摩，好不好？”唐雨若实在是幸福得要醉了。

“好，以后我天天帮你按。”秦帅说。

秦帅边给她按着，边和她开着玩笑。幸福，无声无息的。

然而这唐镇，自地狱使者来了之后，自秦帅来了之后，注定是乱世之地，多事之秋。

在大约六点钟的样子，太阳渐渐西落，烤晒了一天的小镇上，那些躲在空调屋里的人，也像鱼儿一样纷纷跑出来冒泡透气。

冷梦雪在空调屋里睡了半天的觉，特别凉爽。这段时间守在医院那里，日夜保护龙柳的朋友，实在是很累。所以这一睡，格外舒服。做了好几个美梦，都是梦见秦帅，一些花前月下春暖花开的场景，很幸福。但她被电话吵醒了，赶紧拿过电话一看，是楚江山打来的，不由得有些小小的失望。她还以为是大哥打来的呢，当即接了电话，“喂”了声。

“在哪儿呢，梦雪？”楚江山问。

冷梦雪说：“在屋里呢，怎么，你玩够了，回来了吗？”

楚江山说：“嗯，回来了，你房子租好了吗？”

冷梦雪说：“昨天都租好了呢。”

楚江山说：“那不错，你吃饭没有啊？”

冷梦雪说：“还在睡觉呢，就被你吵醒了。”

楚江山说：“那出来吃饭吧，我在美食街的巴蜀川菜馆这里。”

“我还想睡会儿呢，感觉都没睡够。”冷梦雪说。

“还睡啊。”楚江山说，“也不看看什么时间了，都六点钟了，天都快黑了，赶紧过来，吃了饭再回去睡。”

“嗯，好吧，你等我会儿。”冷梦雪说着，懒懒地起了床。

简单地洗了个脸，也不化妆，直接换了身粉红T恤配牛仔短裤和帆布鞋就轻装出门了。不跟秦帅在一起的时候，她都懒得打扮，毕竟女为悦己者容。不过，天生丽质的她就算如此穿着，看上去还是很漂亮，很有朝气活力。

大约二十分钟的样子，冷梦雪便赶到了美食街。然后打电话给楚江山，问他所在的具体位置。

然而，就在冷梦雪下出租车，给楚江山打电话的时候，离她大约十多米的一个东张西望的男子看见她，眼睛亮了下，然后迅速从身上拿出照片来对照了下，神情为之一振，马上拉了旁边一个反方向四下张望的男子，悄声说：“雷子，你看，那是不是我们要找的那个女的。”

叫雷子的男子顺着那家伙的目光看过去，也从身上摸出照片对照了下，马上就有些激动起来："是，是，就是她，赶紧打电话给组长。"边说着已经拿出了电话。

而冷梦雪还全不知情，打电话问了楚江山的位置后，就往美食街里面走了进去。往里面走了不到三十米，就看见楚江山正在巴蜀川菜馆的大门口等她。巴蜀川菜馆，就是上次唐雨若约秦帅吃饭，然后悄悄报警出卖秦帅的地方。

"辛苦你了啊梦雪。"一见面，楚江山就说。

冷梦雪一愣："辛苦我什么了？"

楚江山说："让你一个人租房子啊，本来该我做的。"

冷梦雪说："租个房子，又不是多大的事。你呢，跟那个千金大小姐怎么样了？昨天晚上是不是得手了？"

楚江山憨憨地一笑："你想哪儿去了，手都还没牵呢。"

"不是吧，手都还没牵？"冷梦雪很意外，"这都多久了，手都还没牵，那你干什么去了？"

楚江山说："我也想牵啊，可是，可是……"

冷梦雪问："可是什么？"

楚江山说："我总觉得不大好意思，万一我去牵她，她把手抽回去了，那会好尴尬的。"

冷梦雪说："就算抽出去你再抓住就是啊，追女生脸皮不厚怎么行。"

"哟，梦雪你好像很有经验啊，说得好像你很懂是的。"楚江山说。

冷梦雪说："我看得多啊，都约这么久了，居然连人家手都没牵，我都替那女生着急，下次你跟她出去，要没牵她的手，就别回来了，我鄙视你。看着这么大个子，没想到在女生面前那么胆小！"

俩人说着进了巴蜀川菜馆，要了一张小桌子坐下，点完菜之后，又随便聊了些昨天楚江山跟范诗琪去蜀山烧烤的闲话。

菜都还没上来呢，冷梦雪的眉头突然皱了起来。楚江山是背对门口，而冷梦雪是面对街上，她看见好几个男子杀气腾腾地往川菜馆走了进来。

那一双双杀气腾腾的目光，都是盯着冷梦雪的，所以，冷梦雪有些奇怪。但她还是做好了戒备，万一对方向她出手，她也能随时反击。

其中一个中年男子果然走到冷梦雪的桌子旁边站住了，很霸气地指着冷梦雪说："你，给我出来。"

冷梦雪冷冷地问："你谁啊，我认识你吗？没来由地就跑出来乱咬人！"

中年男子说："你认不认识我都不重要，重要的是今天这笔账，必须得跟你算。这里面有许多无辜的人，我就不在里面跟你动手了，识趣点出来吧。"

虽然唐问天老气横秋，但唐门毕竟有老祖宗的规矩。江湖恩怨，不要累及无辜，这也是唐门在江湖上一直负有盛名的原因之一。

"你们谁啊，干什么啊！"楚江山站了起来，直面中年男子，一脸强硬。

中年男子说："这是我们跟她的事，你最好不要掺和，否则，别怪我没提醒你。"

"她的事就是我的事，什么事说吧，我跟你们解决。"楚江山说。

"就凭你？"中年男子从鼻孔里哼了声，斜着眼睛看楚江山，"你还是先找面镜子照照自己吧！"

然后又看着冷梦雪逼问："你是要我们在里面动手，还是自己出来？不管如何，你今天是别想跑了！"

"跑？你太狗眼看人低了。我也不想伤及无辜，到外面说吧！"冷梦雪说了声，就举步往外走。楚江山当即也跟在后面。

一出川菜馆，立马就有十余个唐门弟子把冷梦雪和楚江山包围起来。那个带头的中年男子冲着街上的人大喊了声："都让开点，今天这里有账算，不想殃及池鱼的，都躲远点，不然吃了亏就怪不得人了！"

这一声喊，街上的行人顿时跟见了瘟疫一般，马上闪得远远的了。

"说吧，要算什么账？"楚江山气势十足。

中年男子的目光还是看着冷梦雪："昨天中午的时候，在一家洗护中心前面，你是不是有打过一个开布加迪跑车的年轻人？"

这一说，冷梦雪马上就想了起来："原来是这桩事，有啊。你们的狗鼻子还挺灵的嘛，这就找到我了。”

中年男子冷笑一声：“惹了唐门的人，别说你在这唐镇之上，就算你躲到天涯海角，也照样能把你揪出来！”

“唐门？”冷梦雪眉头一皱，“怎么，你们是唐门的人？”

中年男子说：“你以为呢？你知道你昨天打的那人是谁吗？唐门二公子！现在你该知道你会死得有多难看了吧，废话少说，自己跪下，束手就擒，让我带回唐门去，说不准还能宽大处理。如果要反抗，你会死得很惨，很惨的那种！”

“哈哈，你以为唐门是法庭？”冷梦雪冷笑一声，“要早知道他是唐门的什么公子，我会下手更狠一些，或者干脆直接把他打死，那种人渣留在世上是祸害人的。什么本事都没有，就仗着家里有钱有势，无恶不作！”

“竟然还敢如此嚣张，那老子就不跟你废话了！”中年男子将手一挥，吼了声，“拿下她！犯唐门者，杀无赦！”

声音刚落，早有一名唐门四星弟子挥拳扑向冷梦雪。这是一个邀功的机会，拿下冷梦雪，会在唐门享有荣耀，成为英雄。可他们却不知道，冷梦雪不是一个好惹的人。那拳头还没近身，冷梦雪就已经移步上前，一手格挡其手臂，一手横掌拍击而出，直接一掌击在唐门四星弟子的腹部。唐门四星弟子“哇喔”地叫唤了一声，直接被冷梦雪这一掌拍飞了出去。

侧边一名唐门四星弟子想偷袭冷梦雪，楚江山直接火速冲出，使出霸王拳之“横冲直撞”，一拳迎着那家伙的胸膛轰击而出，直接将其胸骨打得塌陷，仰面摔倒。

战局很快打开。冷梦雪和楚江山被十余名唐门弟子分割包围，几人一组地围攻两人。但并没有什么用，这些唐门四星弟子本只是负责寻找工作，突然发现了冷梦雪，就近的人马上集结了过来而已。虽然唐门四星弟子在江湖上也算是一流高手了，但在唐门执法堂，等级很低。

冷梦雪出自飞雪谷，师从神秘高人九阴婆婆，练得是绝学冰魄神功，举手投足，寒力杀人。而楚江山乃是少林俗家弟子，练就众多少林绝学硬功，尤其擅长轰天击地霸王拳、刀枪不入铁布衫。

很快，就有四五个唐门四星弟子倒在冷梦雪和楚江山的手下，而两个人还只是用了普通的技击招式，没有用真正的绝学出来。

“有点本事，用暗器！”那个在外围观阵的中年男子见势不对，赶紧喊了声。

声音落，一扬手，便见一道光影闪过，直射冷梦雪。此招为唐门暗器中的“一针见血”，这本也是很强大的暗器杀技，但这个中年男子也不过是唐门五星弟子，他的功力跟唐云豪或唐问天比起来，相差太多，因此使出这暗器的威力也小了许多。

冷梦雪只是轻身一闪就躲开了，刚好退到一名唐门五星弟子的面前。那名五星弟子以为能捡便宜，一伸手，指间夹着针，就往冷梦雪的太阳穴上刺落。冷梦雪冷哼一声，心里杀机陡起。手臂一抖，冒出一股寒气，然后迎着五星弟子的手掌击出。两只手还没相交，五星弟子就突然感觉到寒意刺骨，痛得一缩，手上力道顿消，针都夹不稳，掉落在地上。而冷梦雪的冰魄神掌已经重击而至，只听到“咔嚓”一声，伴随着那种如冰块碎裂的声音，五星弟子惨叫起来。冷梦雪再抬腿一脚，直接将其踹飞了出去。

那个督阵的中年男子心里一抖，他没想到看起来如此漂亮如此娇弱的一个女孩，竟然如此强大可怕，举手投足，杀气逼人。而且，另外的楚江山也强悍无比，别人的拳头击打在他身上，他好像没事一样，但他只要一拳，直接就把对手打到吐血，倒地不起。看来这两个人都是江湖上难得的高手，光靠这几个唐门弟子是不行的。想到这，中年男子赶紧退开两步，从身上拿出电话，打算催问一下支援什么时候到。

由于一开始发现冷梦雪的时候，就已经层层报告到了执法堂总负责人唐星河那里，所以中年男子的电话还没有打出去，街口就陆续停下了许多辆车，从车上下来一大群人，这些人就是后续支援的唐门弟子，他们身上穿的衣服都有一个大大的“唐”字标记。一大群，起码是二三十人，迅速冲到现场来。

“给我上！把这两人拿下！”其中一个带头的男子目光一扫现场，当即下令。

顿时，二三十唐门弟子马上冲入战团。这次来的身手都要厉害得多，都是五星，或者五星半的高手。不过，以冷梦雪凌厉的冰魄神掌和轻盈的飞雪身法，还是她能够应付得了的。楚江山的铁布衫也有六成以上的修为，唐门六星以下的弟子击中他，只要不是头部及裆部这种要害部位，都没什么问题，而他的霸王拳，就算是唐门六星弟子也接不了。

外围观阵的是一名六星弟子，执法堂的执法使之一，人称“快手”的唐步峰。唐步峰看着场内的恶斗，不由得暗皱眉头。说实话，冷梦雪和楚江山的战斗力让他倍感吃惊。虽然目前看来，还是唐门弟子占上风，冷梦雪和楚江山终非其敌，但这样下去的话，即便拿下两人，唐门弟子也是死伤一片啊。几十个人赢过对方两人，而且伤亡惨重，这说起来也不体面。不行，得用唐门的优势解决两人。

“退开，用暗器！”唐步峰吼了声。

是的，此种情况，唐门弟子在近身搏杀上占不到便宜，最好的办法是退开，保持距离，用暗器解决。暗器的优势在于，你可以有一万种方式击杀对手，但对手却没法反击到你。

09 狼狈为奸

在唐步峰的这一声吆喝之后，唐门弟子立马就放弃了与冷梦雪及楚江山的近身搏杀，迅速往后退开，准备以暗器击杀俩人。毕竟都是执法堂出来的弟子，久经训练，应变神速，马上就重组战阵。

但冷梦雪和楚江山并不会比他们笨，跟随秦帅这几年，还是学到了不少实战经验的。他们也听说过唐门，知道唐门暗器，知道一旦距离拉开，他们会很吃亏。所以两个人当即紧贴着后退的唐门弟子就追杀上去，绝不把自己孤立出来，给唐门弟子用暗器的机会。最终，唐门弟子始终退不开，而且一下子又有两名唐门五星弟子在后退之中被冷梦雪和楚江山双双击倒。

“岂有此理！”六星高手唐步峰见状，决定亲自出手。半空飞起，一道银光射出。唐门暗器之“天外飞仙”，自上往下斜角四十五度射向冷梦雪的颈部动脉。这种暗器手法用在围攻之中，因为取位往下，即便射不中冷梦雪，也不会误伤其他人。

冷梦雪听到暗器呼啸而至，赶紧使出冰魄神掌击往右侧一名唐门弟子。将其逼退之时，顺着就往右侧闪躲开。一把银色小刀落空射入地下，直接射得只剩刀柄，那刀柄还在巍巍发颤，可见唐步峰的功力之强劲。

唐步峰趁势落地，再左右手连环，使出唐门暗器之“一分为二”，分袭冷梦雪的双脚。这也是专门应对围攻时的绝世暗器手法，因为射的是脚，所以就算对手躲开，也不会造成误伤，暗器会直接落到地上。

冷梦雪只得抬脚闪躲，射上面的话她还有可能用冰魄神掌击落，可射下面她却没法用脚去接。这时，旁边的一名唐门五星弟子趁机偷袭，一把小刀往冷梦雪的脖颈袭来，刀气逼人，冷梦雪不敢大意，当即使出冰魄神掌之“柳絮飞雪”，斜击对方手腕。击倒是击中了，五星弟子的手被一掌击断，身子也摔了出去，可唐步峰“一分为二”的第二枚暗器却趁机袭到。冷梦雪惊觉之时，已经来不及，直接被一把银色小刀射到脚踝的部位，痛得她叫唤一声，脚一软就栽倒了下去。

两名唐门五星弟子趁机出手，往倒在地上的冷梦雪发射唐门暗器。冷梦雪的手在地上用力一撑，身子就地翻滚，惊险地滚了开去。而正勇如猛虎激烈搏杀的楚江山听到冷梦雪的叫声，侧目一看，看见受伤倒地的冷梦雪，当即铁布衫配合霸王拳，接连击倒两名唐门弟子，往冷梦雪那边冲了过去。

唐步峰此刻正准备对冷梦雪进行最后的攻击。冷梦雪刚用“驴打滚”狼狈地避开两名五星弟子的暗器袭击，气都还没有喘过来，是个大好的机会。随即，唐步峰的手扬起，准备使出唐门绝世暗器“马蜂窝”击杀躺在地上的冷梦雪。

楚江山见状，一个箭步飞身而起，直接半空一脚，从后方袭击唐步峰的头部。唐步峰陡闻背后风声，赶紧滑步闪躲，避开了楚江山凶狠的一脚。待楚江山落地之时，立马甩手挥出，把本来对付冷梦雪的“马蜂窝”，用以对付楚江山。然而，刚好有个唐门四星弟子凑热闹偷袭楚江山，楚江山感觉那攻击而来的拳头力量不是特别大，当即直接伸手擒拿，锁住手腕，往面前一拉，便将那名四星弟子当了挡箭牌。数十根“马蜂窝”钢针顿时都射入了四星弟子的身体，痛得他瞬间号叫。楚江山的手臂再用力一抖，一拳击中其后背，直接把四星弟子击飞出去，撞向唐步峰，楚江山趁势也跟着猛冲过去。

唐步峰刚闪躲开撞来的四星弟子，楚江山就已经迅猛冲到，一记霸王拳轰击向唐步峰的胸膛。楚江山看出来了，唐步峰是这里的带头人，现在形势不好，必须擒贼先擒王。只有把唐步峰控制住，才好化解危机，救出冷梦雪。

但唐步峰却不是那么好对付的，唐门六星弟子，可称江湖顶尖高手，霸气侧漏之辈。楚江山一口气攻出十记霸王拳，也只是把唐步峰逼退了一截，却并无法直接拿下他。加上旁边的唐门弟子帮忙，唐步峰很快缓过神来，用暗器反击楚江山。

楚江山担心着冷梦雪那里，看见她一只脚受伤，不能站立，被唐门弟子势如虎狼地围攻，无法使用飞雪身法，全靠冰魄神掌在硬撑，形势岌岌可危。于是他赶紧放弃追杀唐步峰，冲到了冷梦雪身边，替她击退强敌。大哥秦帅说的，任何时候都要保护好梦雪。三个人里面，梦雪是妹妹，他们两个都是哥哥，如果秦帅不在的时候，楚江山要担起这个职责。

就在楚江山过去护住冷梦雪的时候，唐门弟子马上又铁桶一般地包围了过来。这包围才形成，街口上立马又停下来许多车，涌下来大批唐门弟子，起码有上百人之多，黑压压的一片。而且，走在前面的人，年龄都比较大，差不多四五十岁，气势也非常沉稳，一看就是唐门更强大的高手到了。

“梦雪，打电话给大哥。”楚江山一看这情况不对了。本来这里的唐门弟子都已经应付不来，一下子又来了这么多强大的支援，整条街都被唐门弟子给占领了一般，他和冷梦雪就算有三头六臂，那也不是对手啊。别说对方都是唐门高手，就算是一些废物，这一百多人让他和冷梦雪杀，也得杀到手软。

冷梦雪听见楚江山的提醒，反应了过来。当下，在楚江山奋勇拼杀，逼退唐门弟子的机会之下，冷梦雪一只手的冰魄神掌奋力格挡，另一只手则摸向手机，然后直接按了早已设定秦帅号码的快捷键，拨了出去。

秦帅刚和唐雨若收拾完毕，正准备出门吃饭。突然，秦帅的电话响了，一看是冷梦雪打来的，便赶紧接了电话。电话一接通，就听到了非常嘈杂的声音，略一分辨，是打斗的声音。

不好，梦雪有危险！秦帅当即对唐雨若说：“雨若你先自己去吃东西，我妹妹有危险，我得赶过去看一下。”

唐雨若说：“我跟你一起。”

秦帅说：“不要，情况很凶险，能让梦雪求救的，不是一般人，肯定很可怕，你还是……”

“别说了，走，我跟你一起去。如果情况实在不好，我也好帮你叫人啊。”唐雨若说着，拉起秦帅就走，容不得他拒绝。

秦帅只好说：“那说好啊，等下你只能在一边，见机行事，不要露面，不然我还得分身保护你！”

唐雨若说：“知道了，我不会拖累你的。”

两个人边说着已经出了房间。秦帅已经迅速启动了卫星定位系统，手机屏幕上一下子就显示出地址来。

“美食街巴蜀炒菜馆？”秦帅意外了下。

“美食街那边啊，你知道那个巴蜀炒菜馆的具体位置吗，不然那个地方很宽，车子又进不去，自己找的话，会很难找的。”唐雨若说。

“怎么，你不知道巴蜀炒菜馆在哪儿了吗？”秦帅问。

唐雨若说：“我哪知道，我虽然去那边比较多，但吃的东西也多，没有特别记过，应该没去过这地方。”

秦帅说：“你忘记把我骗到那里吃饭，悄悄打电话给警察，然后把我抓走了？那么记忆深刻的地方，你居然都能忘记！”

“啊？”唐雨若一愣，“那里啊。”

秦帅说：“不然呢。”

唐雨若说：“想起来了，是叫巴蜀炒菜馆，我都忘记了，你还记得这么清楚，是不是还在记恨我啊？”

“记恨？”秦帅说，“爱你都爱不过来呢，哪里还敢记恨。”

“算你有点良心。”唐雨若说。

俩人说着，出了云海大酒店，在路边上等车，居然没有出租车。因为这里来的多是一些超级富豪，都是开豪华轿车来的。

刚好一辆兰博基尼开过来，车子正停下，秦帅不由分说，直接上去打开副驾驶的门，对驾驶位上的女司机说了声：“麻烦，车子借一下。”

“你谁啊，凭什么……”

不过二十左右，长得挺漂亮，一头秀发拉直的女司机正准备发飙，结果秦帅一伸手放倒驾驶位的靠座，就把女司机提到了后排座位上去。然后，秦帅直接坐到驾驶位上，对唐雨若说：“上来。”

唐雨若愣了下，还是坐到了副驾位上。

“抢劫啊，抢车啊。”女司机一边打开车门一边喊着，向外面的保安求救，然而话音还没落，保安都还没反应过来，秦帅已经迅速启动了车子，本来准备下去的女司机吓得赶紧一屁股坐了回来。接下来的事情更是吓得她心脏差点跳出来，只见秦帅把她的兰博基尼当成跑车一样，如一头发怒的雄狮，咆哮一声就飙了出去，直接把她摔倒在后座上。

美食街巴蜀炒菜馆的门口，楚江山和冷梦雪两人都在拼着最后一口气搏杀，即使鲜血染红了身体，却也不愿倒下。

冷梦雪之前脚踝上挨了一记小刀暗器，后面又连着中了唐步峰两针。而楚江山也寡不敌众，中了唐步峰的好几把刀子，替冷梦雪挡的那些拳脚也重伤了他，鲜血从嘴角溢出。接着，脚下本已经虚浮的楚江山又被一名唐门五星弟子踹来一脚，他虽然略有反应，打算用胳膊去挡，但力量已经薄弱，直接被那一脚踹倒在地。

“江山！”冷梦雪见状，担心地叫了一声，当即愤怒地使出冰魄神掌击向那名唐门五星弟子。但另外一名唐门五星弟子趁机偷袭，一招“横扫千军如卷席”，扫中了冷梦雪受伤的那只脚，当即也站不稳，“噗”的一声栽倒在地。一名唐门弟子乘人之危，冲向冷梦雪，抬起一脚就准备往她身上狠狠踩下。

“住手。”突然一声喊，那名唐门弟子便住了手。因为喊这一声的，是全场总督战的唐门执法堂负责人唐星河。

后面带着将近百余高手赶到现场的，就是唐星河。毕竟是打残了他侄儿的人，对唐门是莫大的羞辱，所以，他决定亲自带人出马，看是何方神圣，竟然敢挑战唐门权威！只不过他带来的人都没有机会出手，只是包围了现场，以防万一地看了一场戏。因为执法使唐步峰带的二三十人小组，已经足够拿下冷梦雪和楚江山。而在唐门弟子准备直接对冷梦雪下杀手的时候，唐星河喊了住手。他喊住手，可不是打算放过冷梦雪。只是现在大局已定，冷梦雪和楚江山都是案板上的肉，想怎么处理就怎么处理，他要进行一个戏耍或者审判的过程。

一众唐门弟子让开，唐星河气势十足地走向场子中央。看着倒在地上、满身鲜血和污渍的楚江山与冷梦雪，眼神里闪过一丝冷毒："觉得自己很有本事、很牛吗？你就算再牛，跟唐门斗，也可以有一万种方式把你碾成渣！"

"唐门，你还好意思提唐门，几百个人围攻我们两个，赢了算什么本事，传出去也不过是个以多欺少的名声而已。"楚江山说。

"以多欺少？"唐星河冷笑一声，"你没见我带来的人都没机会出手吗？"

"不要说那么多废话了，有本事冲着我来，我跟你单打独斗，别为难一个女孩子！"楚江山咬着钢牙。

"还挺有种。不过你这点把戏就别在我面前玩了，你想让我放过她，怎么可能，她才是罪魁祸首，重伤了阿杰，就算拿她这条命也不为过，这个账我们会去唐门好好跟她算的。"唐星河说，然后指着地上的冷梦雪一声吼："给我带走！"

"谁敢动她，就从我的尸体上踩过去，杀人偿命，我看你们敢无视王法！"楚江山赶紧挡在冷梦雪的面前。

"江山，不关你的事，你让开，别管我，人是我伤的，让他们找我好了。"冷梦雪用力把楚江山往一边推，她知道这个时候楚江山想为她扛，但她打的是唐门的二少，而且打得那么惨，唐门绝不会跟她善罢甘休。楚江山这个时候护她，不过是螳臂挡车，自取灭亡！

"别做梦了，谁也别想走。"唐星河吆喝一声，"先带回执法堂，账慢慢地跟他们算！"

唐门弟子当即如狼似虎地扑上前。

然而，就在两名唐门弟子各自将手伸向冷梦雪和楚江山的时候，突然发出"嚯嚯"的声响，两样物体带着强大的劲道呼啸而至，凶狠地直击两人头部。两个人都吃了一惊，赶紧闪躲开去，结果是两块半截的砖头，轰然砸在了地上。两名唐门弟子没有再扑向冷梦雪和楚江山，而是惊慌地张望，看是谁在偷袭。

其余唐门弟子也和唐星河一样，环目四望，想知道这两块突如其来的砖头从何而来。然后，他们看见了一道急冲而至的人影，直接冲到了冷梦雪和楚江山的面前，目光中杀气四射，看着唐星河和一众唐门弟子，霸气侧漏地说："谁那么狂啊，光天化日之下，随便带人走！"

"大哥……"

"大哥……"

冷梦雪和楚江山一见来人，顿时心头大喜。

没错，来人正是秦帅。当他飞快地赶到美食街口的时候，刚下车就远远地看见了唐星河下令将冷梦雪带走，两名唐门弟子扑过去，他想也没想，眼睛一瞥，看见了边上的一块砖头。一掌两断，然后分别袭向两名唐门弟子，人也迅速冲到。

"你谁啊，想管唐门的闲事吗？"唐星河冷眼看着秦帅，他觉得有些面熟，但却一时想不起。

秦帅没理会唐星河的问话，而是伸手扶起了冷梦雪，楚江山自己也撑着站了起来。

"梦雪，怎么回事啊？"秦帅问。

冷梦雪说昨天在路上被一个男的调戏，她一怒之下将那男的暴打，没想到是唐门的二公子，今天他们的人找到她复仇，所以……

"唐云杰？"秦帅一听这个人就止不住火气上冒，"又是这个混蛋，打得好啊，没打死他算他走运了！"

"岂有此理！"唐星河听了这话，不由得也是火冒三丈，"什么人竟敢在这里口吐狂言触犯唐门，今天要不给你点颜色瞧瞧，你都不知道唐字怎么写的！"

说罢，唐星河竟然将手一挥，"咸鱼翻身"三连杀，带着强劲的破空之声，电光石火一般激射向秦帅身上三处要害。

秦帅在唐星河动手之间已经闭上眼，启动嗅觉。他察觉到三把小刀的方位，然后迅速地闪躲开去，三把小刀当即射中了两个站在秦帅身后方的唐门弟子。

唐星河的出手太快，而站在秦帅身后方的唐门弟子又没有看见唐星河的出手。就算看见了，他们也绝对反应不过来。幸好他们站立的位置跟秦帅不重叠，本来射向秦帅要害的小刀射中他们，却不是要害。只不过，唐星河这一招偷鸡不成蚀把米，也是很丢脸的事情。

“还有点斤两，那今天我就来陪你玩玩！”唐星河说罢，缓步走向场中。

刚才一招失手，他要亲自拿下秦帅，挽回颜面。他是谁，是唐门执法堂的负责人，是唐门掌门的亲弟弟，唐门的元老。拥有唐门暗器七星高阶的修为，在江湖上也差不多算是宗师级的人物了，怎么可能会在一个年轻后生无名小卒的手上吃瘪！

“干什么啊，住手。”就在唐星河和秦帅一触即发的时候，又传来一声喊。

众人抬目而望，不禁大感意外，竟然是一个美丽得灭绝人性的绝色少女！而唐星河看见来人，只是心中一颤，大感意外：“雨若，你怎么来了？”

唐雨若看了眼秦帅，说：“他是我朋友。”

她没有喊幺叔，因为这是公开场合，她还是得隐瞒身份。若不然，树大招风，被知道是唐门千金大小姐的身份，再一个人在外面行走，就未必安全了。

“他是你朋友？”唐星河一皱眉，突然想了起来。难怪他觉得秦帅很面熟，原来是那次唐雨若让他找执法堂的弟子帮忙教训一个人，提供了一张照片给他，正是眼前这个很狂的年轻人。

唐雨若说：“嗯，是的，是我朋友，唐老板这到底发生了什么事，会如此大动干戈啊？”

她后下车，向那个车上的女人赔了不是，然后才赶过来，所以没有听到冷梦雪对秦帅讲的打了唐云杰的事。

唐星河说：“这女的把你二哥……”马上想起唐雨若的身份是隐蔽的，就改了口说，“哦，是唐门二公子，给打成重伤，搞不好下半生都废了，这事连掌门大哥都发话，非报此仇，你就不要管了。”

“是吗？”唐雨若看了冷梦雪一眼，“她为什么要打二……唐门的二公子啊？”

秦帅说：“那是个人渣，半路上调戏梦雪，所以……”

“别所以不所以了，今天这事，她必须付出代价，谁敢管闲事，就是死路一条，所以，不相干的人最好走开！”

唐星河把目光看向唐雨若，说：“雨若，你站一边去吧，不要管了。”

唐雨若说：“可是，我朋友的事我不能不管。”

“不能不管？”唐星河有些生气了，“你管得了吗？你要知道是为谁的事！你起码也应该知道孰轻孰重吧！”言下之意，是自己的二哥重要，还是朋友重要。

但这事唐雨若是不可能不管的，秦帅的事就是她的事。唐星河以为唐雨若跟秦帅只是朋友，不知道她和秦帅之间的感情已经是生死之情。

“如果今天你们谁要动他，就先杀了我！”唐雨若走到了秦帅的身前，态度坚定。

那个时候，被秦帅扶在怀里，虽然伤口疼痛但心里却莫名幸福的冷梦雪，心里一颤。本来，她对唐雨若有很多成见。但在这个时候，她突然感受到了唐雨若对秦帅的感情。这个社会，丁点的事情都能让很多所谓的朋友找各种借口避而远之，何况这种生死一线的时候，谁得罪唐门，谁就命运难料。然而，唐雨若竟然为秦帅站出来，还如此坚定。

“你以为自己是谁啊，信不信老子……”

“住口！”

一名跟随唐星河的唐门六星弟子见唐雨若那样，不知她的身份，当即站出来骂，还准备动手，但被唐星河吼了回去。

“我都没说话，你出个什么声！”唐星河瞪了眼他。

那唐门弟子灰溜溜地退了下去。

唐星河又盯着唐雨若问了一遍：“你真的非管不可？”

唐雨若很坚定地说：“是的，他在我在，他死我死！”

唐星河似乎在瞬间明白了些什么，然后对周围的唐门弟子吩咐了声：“把人给我看好，谁也不能走，否则杀无赦！”

下完命令走到一边，赶紧给唐问天打电话。目前看来，他这个平常杀伐决断的执法堂负责人也不知道该怎么办了。冷梦雪伤唐云杰那么惨，必须追究。而唐雨若拼死阻拦，唐星河不能不顾她的安危。这事必须得唐问天这个唐门掌门出来说话，毕竟唐问天是唐雨若的爸爸。

而当唐问天听说之后，顿时勃然大怒："她是脑子进水了吗？居然胳膊肘往外拐！"

唐星河说："我觉得她跟那男的不大像是朋友关系，倒有点……"

"倒有点什么？"唐问天问。

唐星河说："像是情侣。"

"像是情侣？"唐问天心头一震，"那男的是叫秦帅吗？"

唐星河说："我没问名字，但看雨若那么坚决地护着他，要同生共死的样子，关系必定不是朋友这么简单了。"

"好了，你在那里看着现场，我马上过去。"唐问天说着就挂了电话。

"怎么，唐兄，雨若是有男朋友了吗？"轩辕长河问。

唐问天一愣，一时不知道该怎么回答。刚才他接唐星河的电话，以为只是关于抓捕冷梦雪为唐云杰报仇的事，所以就没有避开轩辕长河，因为这事轩辕长河本来就知道。没想到，唐星河却一个不留神说出了唐雨若的事。他一时情绪激动，就脱口而出了，忘记唐雨若跟秦帅的事是不能让轩辕长河知道的。所以，轩辕长河这一问，他顿时措手不及。

"怎么了，唐兄，你是有什么事瞒着我吗？"轩辕长河有些不高兴。

唐问天忙否认："没没，我怎么会瞒轩辕兄呢？"

轩辕长河说："唐兄有什么话不妨直说吧，其实就算不是刚才那电话，我也觉得不大对了，我们来这里有一两天了，只见过雨若一面，唐兄总以她在外面跟朋友有事推诿，但我知道肯定不是这样。什么事还能比终身大事重要吗？何况，见个面，说一说，也不需要费多少时间。"

终于，唐问天叹息了声，他知道确实瞒不过去了，当下就说："这事确实是我对不住轩辕兄，我本来是想撮合雨若和白玉，郎才女貌，门当户对，简直是天作之合。可我也是前天才知道，雨若竟然喜欢上了别人……我命令她跟那家伙断绝来往，她不听，所以跑了出去。我正让云豪想办法劝她回心转意，给轩辕兄交代呢。"

"是吗？那男的是谁啊，很优秀吗？"轩辕长河问。

唐问天当即就怒起来："根本就是个一无所有的江湖小混混，什么都没有，我也不知道她的脑子哪根筋坏了，居然会喜欢上这种废物！"

“一无所有的江湖小混混？”轩辕长河还不信，“真的就没有点来头什么的？”

唐星河说：“真没有，我问过她了，如果是有点来头我也还稍微好受一些。”

“那还真是有些让人想不通了。”轩辕长河说，“想唐门显赫，多少人高攀不起，而且雨若又长得如花似玉的，各项条件都很优秀，她怎么可能喜欢上一个屌丝呢？”

“好像唐伯伯刚才说什么胳膊肘往外拐和雨若喜欢的那个男的也在，难道跟杰少被打这事有关？”一边的轩辕白玉问。

唐问天点头：“是的，那个男的跟打杰少的那个女的好像有什么关系，然后，雨若站出来护着他，真是气死我了！”

“这怎么行。”轩辕白玉说，“怎么说杰少也是雨若的亲哥哥，被打得那么惨，她怎么能帮外人呢？肯定是被那男的蛊惑了，这种男的，就靠吹牛来骗单纯少女，真是可恨，唐伯伯，咱们去看看吧。”

他心里不淡定了，自从见到唐雨若本人，他心里就再也没放下过，都不知道催了多少遍他老子轩辕长河。唐镇的美景之地，他无心游玩，满脑子想的只有唐雨若。他已经下定决心，无论如何，他必须把这小美人给弄到手，不然真是枉过此生。然而，晴天一声霹雳，他突然知道唐雨若有了喜欢的男人，而且，那个男人还是个一无所有的江湖小混混，心里顿时就恼怒了。这是在找死吗，居然敢抢他轩辕白玉喜欢上的女人！所以，他马上就要求亲自去现场。他要在唐雨若面前一逞英雄，好好教训一下唐雨若喜欢的那个男人，然后把唐雨若给抢回来。

“这是唐伯伯的家事，我们就不要去掺和了吧。”轩辕长河说。

他跟轩辕白玉的想法不一样，他觉得唐问天欺骗了他，他心里不爽。而且，唐雨若竟然在外面有男人了，这已经不配他这么优秀的儿子了，所以联姻的心也没有了，他就想找个借口从唐门离去，再也不想帮唐问天的忙。

唐问天也接着说：“是啊，这是唐门家事，就不用轩辕侄儿费心了，多谢。”

轩辕白玉却很坚决地说：“不行，雨若那么好，我不能眼睁睁地看着她被那个混蛋给骗了，我必须去教训他，让他知道欺骗雨若的后果！”

“这……”唐问天有些为难。

“爸，走啊，难道你想咱们白跑一趟吗？现在人家抢我媳妇，你还能坐视不管吗？”轩辕白玉马上就逼迫他老子。

轩辕长河还在劝：“雨若已经喜欢别人了，要不，就算了吧。”

轩辕白玉急起来：“她喜欢别人，肯定是被花言巧语迷惑了，她本来应该是我的，现在被人抢了，我不抢回来，我能咽得下这口气吗？走吧，唐伯伯，别犹豫了。”

终于，轩辕长河也叹息一声，看着唐问天说：“唐兄，走吧，一起去吧。”

唐问天点了点头，也没再说什么。

一路上，轩辕白玉杀机凛冽，起码把秦帅骂了一万遍，说他太可恨了，扬言非得弄死他。他心里那么美丽的女人，简直完美得跟女神一样，竟然被一个江湖小混混给染指，气得他真有杀人的心，心想到那里了，立马就给秦帅好看！

美食街的巴蜀炒菜馆门口，战火等待之中，秦帅和唐雨若合力先替冷梦雪取出了脚踝上的小刀，用药物止住血，也为楚江山处理了外伤。

唐门暗器比较小，造成的伤口也不大，只要不是要害位置，对于秦帅和唐雨若这种有经验的高手来说，处理起来还是比较容易的。

唐问天一行人很快就赶到了现场。

“大哥，轩辕盟主。”唐星河很恭敬地喊了声。

唐问天的脸黑得像要打雷下雨似的，直接走到前面，怒视着唐雨若。唐雨若并没有怕，她是已经看透生死的人，她心中有是非黑白。今天，谁敢把秦帅怎么样，都得从她的尸体上踩过去！

唐问天又把目光移向唐雨若侧面一点扶着冷梦雪的秦帅身上，目光陡然锋芒，杀气逼人。

“你就是那个秦帅？”唐问天问。

就算不因为秦帅和冷梦雪的关系，唐问天对他也是相当仇恨的。因为他非常不配跟唐雨若走在一起，触犯了唐门利益，还让他在轩辕长河面前难以做人。如今再加上他和冷梦雪的关系，唐雨若拼死护他，唐问天心中的愤怒更是如滔滔江水，恨不得将其碎尸万段，杀之后快！

秦帅一脸傲气："没错，我就是秦帅，有什么指教吗？"

若是唐问天不把唐雨若逐出家门，若是唐问天的态度好点，看在他是唐门掌门的分上，秦帅也许还会表示尊敬。但现在秦帅心里的唐问天，根本就不配为人父，不配为大师，他也就当个市井无赖对待了。

"老子看他那样子就不爽，要站在一个女人背后求女人保护，根本就是个软蛋，还装出一副狂妄的样子来！"轩辕白玉心里的那股火一下子就憋不住了。

唐雨若那么坚定地护着秦帅，跟秦帅站在一起，他吃醋啊，怎么能这样呢，他轩辕白玉喜欢上的女人，却对别的男人这么好，他心里简直跟猫爪在挠一样。唯有打压和教训秦帅，方消心头之恨，所以一下子就当出头鸟了。

秦帅听到这话，当即把冷梦雪扶向唐雨若，然后走上前，直面轩辕白玉："你是哪里跑出来的疯狗，见着人就咬！说老子是软蛋，还说老子要女人保护，你有种出来跟老子试试吗？看老子不打得你满地找牙！"

"老子怕你啊，今天不弄死你老子就不姓轩辕！"轩辕白玉被秦帅一激，气势汹汹地说。

秦帅冷笑一声："原来你就是那个从西皇城而来，准备到唐门求亲，却没被看上的窝囊废啊。人家都看不上你，还死皮赖脸的，也真够厚颜无耻了！"

"嘴巴逞能算什么，有种出来单挑！"轩辕白玉脚下一蹬，就往秦帅所在的地方冲出。

秦帅正准备迎战，突然一道金色的光影一闪，直接射向了轩辕白玉，那光影带着破空之声和凌厉的杀气。轩辕白玉确实够厉害，面对如此凌厉的偷袭，竟然不闪不躲，直接一伸手接向那道飞射而来的光影，稳稳地接住。是一把金色的小刀！

秦帅不由得一惊，这家伙果然好厉害，不愧天生神力。那把破空而至的小刀杀气那么浓烈，竟然被他轻松接住！换作他是不敢的。

轩辕白玉和场中人几乎同时看向小刀射来的方向，然后看见一道人影从旁边的饭店阳台上飞落而下。

帅气，英武，唐云豪！

由于现场已经被唐门弟子围得水泄不通，唐云豪一时不好挤进来，就跃身而起，先到二楼阳台上，然后出手阻止了轩辕白玉对秦帅的攻击，再借着高处飞落场中。

“云豪兄？”轩辕白玉意外了下，他没想到这个偷袭他的人竟然是唐云豪，他现在可是在帮唐门的忙呢！

“你这是什么意思啊？”轩辕白玉一脸茫然。

唐云豪说：“这是唐门家事，应该由唐门的人解决，怎么说白玉兄是外人，还是不大好插手这样的事吧。”

“这有什么关系啊，我们是自己人，我帮你们呢。”轩辕白玉说。

“帮我们？”唐云豪说，“白玉兄觉得，唐门不够实力，这点小事都解决不了，需要人帮吗？如果传出江湖去，唐门还有何颜面立足江湖？”

轩辕白玉一时被问得无言以对。

“大少，没关系，这家伙很狂，以为自己牛到不行，他根本不是想帮唐门的忙，而是想在这么多人面前出风头，你这样阻止他，会让他很难堪的，你还是让开，让我陪他玩玩吧。”秦帅在一边说风凉话。

唐云豪说：“现在是解决恩怨的时候，可不是出风头的时候。咱们还是得说正事！”

他可不能让秦帅跟轩辕白玉打起来，虽然他不确定轩辕白玉和秦帅到底谁更厉害，但无论输赢，吃亏的肯定是秦帅。要知道秦帅此刻势单力薄，孤立无援。而轩辕白玉则不然，他老子和老妈都是高手，轩辕长河是武盟盟主，而裴芸香也是梅花派高手。唐云豪怎么高估秦帅，都知道他不可能干得过轩辕家这三大高手。何况，唐门肯定是会帮轩辕家的。一是唐问天本来就恨秦帅，而且冷梦雪伤了唐云杰；二是秦帅跟冷梦雪是一起的；三是轩辕家现在是唐门客人。怎么说，唐门现在都跟轩辕家站在一条战线上。这个手只要动起来，用大拇指都能想得出，秦帅会吃亏。唐云豪不能明着帮秦帅，他只能这样阻止。而且，他说的确实头头是道。

唐问天也走了出来，说："轩辕侄儿你先不要跟他斗这个气了，今天是唐门跟他的恩怨，就由唐门跟他解决吧。"

"但这家伙刚才招惹了我，我为自己的私事也想教训他。"轩辕白玉实在不甘就这么放过秦帅。

"孙子，不要那么狂，你想跟老子打，随时奉陪！"秦帅说。

"行，够种，你敢跟老子约吗？"轩辕白玉问。

"约啊，时间、地点，你说。如果你觉得这蜀地没安全感，就算约在你的西皇城，老子都奉陪！"秦帅说。

"不用西皇城，就在唐镇，老子照样能捏死你。"轩辕白玉说，"你说时间和地点吧！"

"可以，明天傍晚，青龙河滩，老子等你！"秦帅说。

"行，就这么说定了，天下人为证！"轩辕白玉说。

"好了，轩辕侄儿，你们约好了，你到一边看热闹吧，我跟他先解决唐门的事。"唐问天说。

"可以，唐伯伯你今天先干他一次，但不要干死了，留一口气给我，我要亲自弄死这无知狂徒！"说罢，轩辕白玉恨恨不已地退了下去。

唐问天走上前，逼视秦帅，目光里杀气如刀。他想亲手杀掉秦帅，但他的话还没出口，唐云豪已经不经意地走到他身边，在他耳边轻轻地说："爸，雨若的身份不能公开，家丑不可外扬，此时不能跟他说这事！"

唐问天的心头一震。是的，他正准备跟秦帅清算他哄骗唐雨若的事。经唐云豪这一提醒，他马上意识到不妥。虽然他气愤唐雨若的行为，但他还是爱这个女儿的，她的身份一直隐秘，不为外人所知，如若这个时候突然传出江湖，流言蜚语必然很多。重要的是唐雨若一个人在外面，只怕会不安全，毕竟她身体的原因，武功不够。还有，让全江湖都知道他唐问天的女儿跟一个江湖屌丝在一起，人家会笑话他作孽，会戳他脊梁骨的。

“好了，冤有头债有主。”唐问天对秦帅说，“今天唐门只是要抓打伤我儿子的凶手，跟你没关系，你现在可以滚开，唐门可以不追究。你和轩辕公子有约，留着他收拾你好了！”

“哈哈。”秦帅一声冷笑，“你真当你是唐门掌门号令天下，谁都得听你的话？现在是我妹妹的事，她的事就是我的事，今天谁敢动她，我杀谁。如果不信，咱们可以试试。别人怕你唐门，老子可不怕！”

“行，你作死是吧，老子就成全你！”唐问天怒起来，当即对后面的一众唐门弟子一声令下：“给我拿下他，对抗唐门者，杀无赦！”

“爸！”唐云豪急得喊了声。

唐问天也吼：“不要再废话了！”

这时，唐雨若又站到秦帅面前，大声地喊着：“谁敢动……”话还没说完，就感觉到身子一轻。唐问天直接出手，把她当提只小鸡一样地提开了。

“放开我，你干什么，放开我！”唐雨若挣扎着，但唐问天控制着她的经脉位置，她的力气一点都发挥不出来，再怎么喊也无济于事。

“哥，你愣着干什么，你要帮秦帅啊。”唐雨若自己挣扎不开，就冲着唐云豪喊。

唐云豪愣在那里，看着那如潮水般冲向秦帅的唐门弟子，不知道该怎么办。听到唐雨若的喊声后，顿时如梦初醒，往秦帅那边奔过去，吼声如雷：“都给我住手！”

他这一吼，霸气十足。都知道他是唐门大少，唐门未来的继承人，他说话了，唐门弟子谁敢不听，顿时都停住了脚步。

“你干什么，你要反天吗！”唐问天怒吼。

唐云豪说：“爸，先别动手，看能不能再好好说说。”

唐问天怒起来：“有什么可说的，她打伤阿杰，而且是重伤，谁伤的他，今日不死必废。你这是打算帮他们的意思吗？”

“我怎么会帮他们呢，我只是……”

“那就不要废话了，帮他们，从此唐门无你，照杀不误，不帮他们就滚开！”唐问天一声吼。

这一下唐云豪真是为难了。一方面是老爸，是他一直同血脉共命运的唐门；一方面是妹妹的愿望，是要好的兄弟。于亲来说，他肯定应该跟唐门站在一起；而于理来说，这事本来就是唐云杰无理。本来他不想掺和这件事，以求良心略微心安。但现在才发现打唐云杰的人居然是秦帅的妹妹，包括唐雨若也一起卷了进来，他实在是不知道该怎么做。让他离开唐门，与唐门为敌，他做不到。可让他看着秦帅几人被围攻，生死一线，也不能见死不救。

“大少，我知道你当我是兄弟，但这事你就不要管了。今日此地，我与唐门之怨，必须有了断。我若死，不过是命；我若死不了，那是我有本事。总之，没什么大不了的。你只要不对我动手，我就当你是永远的兄弟了！”秦帅看出了唐云豪的为难。

“那对不起了秦兄，我可以为你与天下为敌，但我不能与唐门为敌，不能与自己老爸为敌。”唐云豪说着，还是很愧疚地往一边走开了。

“大哥，要不，你走吧，这是我惹的事，我来了结。”冷梦雪看着秦帅，突然哽咽。因为她突然发现，今天的局面已经到了不能控制的地步。之前唐门只有二三十人，危险不是很大，所以她向秦帅打了求救电话。但现在的情形，就算大哥是神，也无力回天。唐门高手一百多余人，包括唐门掌门和众多顶级高手，而他们只有三个人。她和楚江山已经受伤，战斗力几乎为零，只有秦帅一个人是生力军。所以，这一战注定会败，她不想害了大哥。

秦帅肯定不会走，这种时候他能抛弃冷梦雪和楚江山吗？他只说了一句话：“今日即便是死，他们也得踩着我的尸体才能伤到你。不过，我的尸体可不是一般人踩得了的！今天，你就好好看着大哥是怎么杀人的吧！”

说完，秦帅首先从身上摸出了手机，手指迅速滑动，在通讯录里翻出侯连武的号码，然后递给楚江山，平静地说了声：“发个信息过去，美食街口，全力以赴！”

楚江山接过手机。秦帅一抬左脚，麻利地拔出军匕。再抬右脚，双手之中都有了利刃。还从没有过一次是在战斗之前先拔出两把军匕的。这两把军匕，是王牌特用武器，是影子教官用特别的钢铁材料所打造而成的，其质坚硬，其锋无比。虽不敢比干将莫邪之流吹毛断发削铁如泥，但对付一般的钢铁之器，却也能一斩为二。

“给我上，拿下他！”唐问天一声吼。

唐门弟子再一次如潮水般蜂拥而出，像是一场旷世的战争。秦帅站在那里没动，但眼里的杀机却如正午烈日一般暴烈，杀机四射。

一名想邀功的唐门弟子最快冲到秦帅跟前，挥拳猛击向秦帅。这个时候，前后左右都是唐门弟子，不好用暗器。一旦暗器被秦帅避开，就得误伤自己人，毕竟若非境界奇高的暗器大师，一旦暗器出手，就没法控制。可是比近身杀技，秦帅是最擅长的。秦帅面对袭击而来的拳头，不闪不躲，手中的两把军匕宛若毒蛇出洞，一刀直接插向拳头，一刀直接砍向其手臂，速度之快，令人咋舌。那也是一名唐门五星弟子了，江湖上的顶尖高手之辈，他以为拳头可以重击而中，没想到，秦帅的匕首突然插进他的拳头，然后一刀斩于肘弯，鲜血喷射。

秦帅接着抬腿一脚，将那残躯踹出去，阻挡住了后面的唐门弟子，突然转身，看见两名唐门弟子从左侧和后方冲到，准备攻击冷梦雪。秦帅不由分说，挺身而上，手中的双匕如蛟龙出海，一刀直接刺入唐门弟子的腹部，一刀直接插向另外一名唐门弟子的脖子。那名唐门弟子赶紧偏头闪躲，虽然避开了些，但并没有完全躲开，被匕首插到了肩膀上。但结果并不轻松，秦帅手臂用力，匕首往下一拉，直接就把他那条壮实的肩膀破开了一半，状况顿时惨不忍睹，那名唐门弟子瞬间哀号起来。那一刻的秦帅，再也不是江湖人。他的整个状态已经进入了一种境界，一种跟什么都没有关系，唯有你死我活的境界，就像是当年和天王牌、地王牌执行反恐任务那样。孤岛之上，三个超级王牌，面对一千多名超级恐怖分子，没有恐惧，只有一个信念，那就是要踩着尸体活出去。

这一次动手的，几乎都是唐门五星到六星的高手，四星高手根本就冲不进来。可是，这些在江湖上堪称高手的五星六星唐门弟子，此时却被秦帅一人双刀给杀得鲜血淋漓，尸横遍地。这不像是一场杀戮，因为，秦帅是闭着眼睛的。即便是闭着眼睛，可却没人伤得到他，没人伤得到楚江山和冷梦雪。相反，只要秦帅的刀一出，马上就断人手断人脚，无一虚发。而且，场面看起来并没有那种势均力敌的激烈感，更像是秦帅在那里随心所欲的一场表演。

唐问天看呆了，他活了五十多年，都没见过这种场面。一个籍籍无名的江湖小混混加上两把匕首，面对着数十名唐门弟子的围攻，秦帅却像是轴心一般，让所有人被动地围着他转！秦帅的反应之快恰到好处，似乎围攻者不是人，只是为他安排的道具一般。全场除了哀号没有别的声音，惨不忍睹。

终于，剩下的唐门弟子被吓到了，没有人敢冲了。也或许，再冲，就得踩着同门的身体，蹚着同门的鲜血，才能冲到秦帅的面前。而这时，在秦帅、冷梦雪和楚江山三人的周围，已经横七竖八地躺了不下二十个唐门弟子！

“人散开，用唐门暗器！”唐问天被气得简直要吐血一般怒吼起来。

唐问天终于反应了过来，唐门所擅长的是唐门暗器，而不是近身搏斗。刚才的围攻，前后左右都是唐门弟子，所以用暗器会误伤，一旦暗器没伤到对手，却伤到自己人，会成为笑话。而且唐门有训，但凡群战之时，要尽量少用暗器。毕竟，人多的时候，用暗器如子弹乱飞，一不留神就误伤了人。

在唐问天这一声吼之后，唐门弟子迅速退开。本来他们就有怯意，现在是唐问天让他们退，他们自然是求之不得。

秦帅抹了一把脸上的血，当然，是别人身上溅来的血，缓缓地睁开了眼睛。

“大哥……”冷梦雪喊了一声，这一声里饱含了太多的感动，还有心疼。

“后面的人都退开，都在正面用暗器！”唐问天下令。

当下，所有的唐门弟子都退到了秦帅的正面。因为这样发射暗器，即便落空，也不用担心误伤后面的自己人。

秦帅只对楚江山说了句："江山，你和梦雪退后，退得越远越好，但跟我保持直线，我会在前面替你们挡，但万一有挡漏掉的暗器，你要站在梦雪身前替她挡，毕竟你身体结实，受点伤也没事，只要护住要害就好。"

"大哥……"楚江山有些哽咽。

"不要说煽情的话了，快点！"秦帅说了声，主动往前走。

楚江山和冷梦雪退后，他挡在了冷梦雪的身前。

"杀了他！"唐问天一声吼，不，应该说是咆哮。他的权威和尊严一起被秦帅挑战了，这令他无法忍受，今日不杀秦帅，他不足以立足江湖！

"秦帅……你们住手……"唐雨若在哭着喊，但唐问天控制了她的腕脉，她挣脱不开，眼睁睁地看着那惨烈的一幕，心都碎了。

唐问天的一声令下之后，唐门弟子当即蜂拥而出，使出唐门绝杀暗器，要与秦帅进行最后的生死较量。

秦帅再次闭上了眼睛，站在那里，像一尊雕塑，一动不动。若是平日，他启动嗅觉，确定暗器袭来的方位，马上就能恰到好处地避开。但现在，他不能如此，一旦他避开，那些暗器都会射向后面，伤到楚江山和冷梦雪。现在他唯一能做的，是挡！他相信自己有这个实力，但他同样也知道，这是一个劫，能不能度过，除了看本事，还得看侯连武能不能及时赶来。

瞬时间，那如飞蝗一般的暗器激射向秦帅，秦帅凭着嗅觉提供的暗器方位迅速格挡。但暗器太多，他的嗅觉难以在同时间全部分辨出来。即便分辨出来了，有些暗器袭击头部，有些暗器袭击腿部，也很难全都挡开，秦帅基本上都只是防着上面的暗器，毕竟，他一双手的长度最多只能到裆部而已。他也不敢弯腰去挡下面，一挡下去，上面的暗器必定走空，射向他身后。所以一开始他就打算好了，无论如何，下面的袭击不要管，只护着上面就好。

一分为二的小刀双双射进秦帅的小腿。本来那名心狠手辣的唐门弟子想射秦帅膝盖的，射中膝盖，秦帅的腿差不多就会废了一般，因为膝盖是人体最重要的关节之一。但秦帅能让腿的任何部位受伤，也绝不能让膝盖受伤，所以在原地变幻了一下步伐，略微移动了下，那两柄刀子便射中了秦帅的小腿。

秦帅的脚痛得一颤，怎么说那也是刀子，锋利地射进了筋肉之中。但秦帅咬着牙，他硬忍受着那种痛楚，没有倒下去。因为他知道一旦倒下去，那飞蝗般的暗器马上就会射向后方战斗力几乎为零的楚江山和冷梦雪。

“都射他的脚，他防不了脚！”一边的轩辕白玉似乎突然发现了突破点，喊叫起来，让唐门弟子马上攻击秦帅的这个软肋。

“对，兵分两路，一路攻上，一路射脚。还有，散开些，专门射后面的人，看他能不能替他们挡！”唐问天也跟着下令。

“砰！”

“砰砰！”

就在秦帅千钧一发的危急时刻，突然传来了几声枪响。

“不许动，都不许动！”威严的吆喝声传来。

那些准备对秦帅三人进行最后致命一击的唐门弟子准备发出暗器的手顿时垂落下来，被这动静吸引过去。

众人回头一看，只见一大群全副武装荷枪实弹、脸上涂着草绿色油彩的特种兵电闪雷鸣般冲到现场，带头的正是猎鹰特种部队精兵连连长侯连武。刹那间，起码有六七十猎鹰特种兵立马挡在了秦帅和唐门弟子之间，把枪口全部对准了唐门弟子。

“都给我住手，放下武器！”侯连武威严地命令。

那一瞬间，秦帅心里的石头终于落地了。受伤的脚软了下，差点栽倒下去，但他还是倔强地稳住了。

“大哥。”冷梦雪没顾得自己脚上的伤，一瘸一拐地跑上前来扶着秦帅，满脸是泪。

秦帅淡然一笑：“没事的，吉人自有天相，我就知道我死不了。”

“大哥。”冷梦雪的眼泪大颗落下，声音哽咽。

“你们这是干什么啊？”唐问天走向侯连武，老气横秋地问。毕竟，以唐门在江湖上的实力和地位，外加某些合作伙伴的强大，以及可怕的关系网络，让他没把猎鹰的人看在眼里。

“干什么？”侯连武说，“这话应该我问你吧唐掌门，光天化日之下，唐掌门带这么一大群人，是想干什么？”

唐问天理直气壮地指着冷梦雪说：“那女的把我家二儿子打成重伤，现在还躺在床上，我只不过是来找她讨个江湖公道而已，怎么就把你们特种部队给惊出来了？特种部队的手管得这么宽了吗？连地方治安事件也管？”

侯连武一笑：“我所接到的报告是说美食街有恐怖袭击事件，所以赶紧带人来平乱！”

“哦，这么回事。”唐问天说，“那你现在应该知道这不是恐怖袭击事件，可以带着你的人走了吗？”

“不是恐怖袭击事件？”侯连武的目光一扫后面现场那些倒在地上断手断脚的唐门弟子和一地的鲜血，“这么多人，这么大的动静，这么血腥的场面，我看算得上是了。”

唐问天怒了起来：“你这是要故意刁难我，与唐门过不去吗？”

侯连武说：“你要弄清楚，现在不是我和唐门过不去，而是唐门在和法律过不去，身为一名军人，理当以保家卫国、维护社会治安为己任，今日有人破坏社会治安，对社会秩序造成恶劣的影响，我能视而不见吗？你若不服，可以随时投诉我，但现在，所有涉案人，我得一个不剩地全部带走！”

“给我铐起来！”侯连武对猎鹰特种兵一声吼。

“你敢！”唐问天气得脸皮发抖，与侯连武横眉怒对。

真是岂有此理，唐门势力，别说是在蜀中，就算是在外地，当地官方也会客客气气地处理，能睁眼闭眼的，绝不会强加干涉，结果现在在自己的地盘上，竟然如此对他。本来之前就遭遇了儿子被打致残，如今与秦帅一战大挫锐气，侯连武还不给他面子，这以后他和唐门还能在江湖上站得住吗？他还有脸去江湖上走吗？何况，武盟的轩辕长河此刻就在旁边看着。所以，唐问天是真的发飙了。

“怎么，你是要以身试法吗？”侯连武威严而问。

“以身试法？”唐问天冷笑一声，“你以为给我扣这么大帽子，我会怕吗？你以为就凭你，能吓得了我？你未免太小看唐门了！”

“你的意思是，我今天要抓人走，你就要动手是吧！”侯连武问。

唐问天说：“动手又如何，最多不过鱼死网破。何况，这里的人不过唐门十分之一，你以为老子怕你啊！”

“长官，这种人简直就是十恶不赦，仗着自己江湖称雄，人多势众，竟然敢无视王法，真是岂有此理，这种人不抓，不足以服众！”秦帅一瘸一拐地走了上来。

这听起来是在建议，或者怂恿。但实际上却是秦帅间接地在向侯连武传达命令。意思就是，不要管唐门势力如何、关系如何，他们敢犯法，就敢抓他！

“嗯，这位兄弟说得有道理。”侯连武应声。

秦帅曾跟他说过，不准在任何公开场合泄露他的身份，所以，他没有对秦帅行军礼，也没有一副领命的样子，只是听从建议一般，但他知道这是秦帅向他传达的命令。

“铐起来带走，谁敢反抗，当场击毙！”侯连武霸气地吼了一声。

猎鹰特种兵马上对唐门弟子动手。那些唐门弟子都看着唐问天，等待他下令。若是他一声令下，这些唐门弟子也都会拼了。但唐问天没有下这个命令，今日要真是与猎鹰特种兵放手一战，唐门就毁在他手里了，因为这一反抗，他的行为就会真正变成恐怖活动。

“好，他要抓就让他先抓，我看他现在抓，到时候他能怎么放！”唐问天还是做了退步。

“很好，你还知道识时务者为俊杰。”侯连武讽刺一声，下令动手铐人。

“侯连长，等等。”当几名猎鹰特种兵拿着手铐走向唐问天和轩辕长河的时候，唐云豪从战局外围走了过来。

“唐大少。”侯连武喊了声。

他曾隐藏身份入江湖执行任务，所以跟唐云豪认识，而且交情不浅。后来在唐镇上遇到，聚过好几次。

唐云豪说："我能说两句话吗？"

侯连武说："大少请说。"

唐云豪说："今天的事，唐门的行为确实影响治安，侯连长也该抓人。不过，唐门毕竟是华夏江湖的一块招牌，而且这些年的唐门集团无论是在为国家创造税收，还是解决百姓就业问题上，都有很大贡献。同时也在弘扬华夏武术、提倡全民健身等事上起到了表率作用。我爸可是唐门掌门，你这手铐一戴，可是有很多不好的舆论啊。"

"还有……"唐云豪指着轩辕长河，"这位是华夏武盟的轩辕盟主，他到唐门来做客，今天跟着来，也只是玩玩，你要随便把人给带走，也不合适吧？"

"轩辕盟主？"侯连武一愣，"西皇城的轩辕世家？"

轩辕长河说："正是，我正想说，我就看个热闹，还能被抓了，传到江湖上去，这武术之乡的唐镇，还有谁敢来呢？"

"看热闹？"侯连武说，"你看热闹不知道站远点？非得挤在案发现场？"听着轩辕长河的话有些讥讽，侯连武也不爽地回击。

"好了，侯连长别计较这个了，不知道能不能给点面子，考虑一下我的建议，抓几个人可以，就不要搞这么大动作了。"唐云豪说。

"这个……"侯连武装作思考，不经意地把目光看向了秦帅，看他的意思。

秦帅微微地点了下头，表示答应唐云豪的建议。秦帅很清楚，这一下是扳不倒唐门的，唐门背后的实力强大而雄厚，在江湖上的人脉相当广，而且是一个在世界上都有影响的企业和武术派别，这样顶多只能给唐问天一个教训。而且，唐云豪的话说得也很中肯，他得给唐云豪面子。

但唐云豪却注意到了这个细节，侯连武看向秦帅，而秦帅装作没什么事微微点了下头。

当下，侯连武就只抓了一些唐门弟子，其余受伤的全部火速送往医院。

侯连武看着秦帅，问："你们的伤也需要去医院吧？"

唐雨若马上就站出来："不用了，我可以帮他们处理。"

因为猎鹰特种部队的到来，唐问天也放开了唐雨若，唐雨若一下子就站到了秦帅的身边。

“你，不准跟他在一起，跟我回去！”唐问天当即阻止，并且身影一闪就冲过来，拦住了唐雨若的手。

唐雨若挣扎着：“干什么，放开我！”

侯连武也当即质问：“唐掌门，你这是干什么？无缘无故拉人家小姑娘干什么！”他当然不知道唐雨若是唐问天的女儿。

“我……”唐问天本来想说，我自己女儿，我管她关你屁事，但才想到外界并不知道唐雨若是他女儿，而且也没有写在户口簿上。

“赶紧放了她。”侯连武说，“她可是帮我们部队治过伤的，谁欺负她，我可不客气了！”

唐问天看了一眼唐雨若，只好悻悻地放开了。

“都先撤了吧！”唐问天不甘地一声吼，然后对唐星河说，“你安排人照顾一下受伤的兄弟，全权善后今天的事。”

唐星河应了声：“是。”

然后唐问天看着轩辕长河：“轩辕兄，咱们先走吧，来日方长，博弈才刚刚开始而已。”意思很显然，无论是对秦帅，还是对侯连武，他心里都有不满，日后肯定会报复。

“记住，跟老子约的明天，别跑了！”轩辕白玉临走前对秦帅狠狠地说。

秦帅冷笑一声：“你这种臭虫，老子随时奉陪！”

轩辕白玉也一声冷笑：“到时候你就知道了，你这点本事，不过井底之蛙而已，还嚣张！”

“怎么，你们又要干什么？”侯连武看着秦帅问。

秦帅说：“没什么，跟他有点私人恩怨，约了地方明天单挑解决。”

侯连武一愣：“可是你这身上还有伤，明天哪里能决斗啊，岂不是得吃大亏？”

秦帅一笑：“没事，就他这样的，我带着伤，闭着眼睛，照样能捏死他，以为出身轩辕世家就牛吗？”

“老子不跟你嘴上逞能，明天，不见不散。”轩辕白玉说完，转身离去。

侯连武还是装模作样地吩咐人把秦帅几人带回去先处理伤势，再做笔录。

“这家伙什么来头啊，这么年轻，居然有这么高的武功！在江湖上没听说过这一号人物啊。”离开现场后，轩辕长河终于忍不住疑惑。

唐问天摇头：“我也不知道他到底从哪个石头缝蹦出来的，之前也没有听说过。前天知道雨若和他的事，我问雨若，说他没有师出名门，没有显赫家世，在江湖上也是籍籍无名。今天是我第一次见到他。”

轩辕长河说：“真是奇了怪了，按照道理说，如此年轻，有如此高强的武功，在江湖上肯定会如雷贯耳的，我们居然都不知道有这一号人物。”

裴芸香也说：“他那一手刀法好奇怪，武林知名的刀剑术我不能说倒背如流，但起码也熟悉个大半，竟然见都没见过他的招法。而且他的招法里没有一点套路，完全是随心所欲见招拆招的感觉。难道他练成了武术最高境界中的无招胜有招？”

“嗯，他那刀法很怪，虽然看不出什么路数，但却能恰好避开对手的攻击，恰好能反击，不多一分，不差一毫，确实诡异。而且，整个厮杀过程之中，他居然都闭着眼睛！”轩辕长河眉头深蹙，“难道他不但练过听声辨位，而且，还达到了出神入化的境界？”

裴芸香说：“好像是，他虽然闭着眼睛，但前后左右的偷袭无一得手。就算那么多暗器一起攻击，除了下方力所不及，上面的暗器全部被他挡住。那种听声辨位判断之准，我也自愧不如。”

“你们不要再在这里给他戴高帽子，搞得他天下无敌了好不好？他能挡住暗器，干倒那么多人，确实也猛，但主要还是对手没本事而已。”轩辕白玉在一旁都听得不满了。

唐云豪在旁边听到这话，很不爽地说了句：“轩辕兄这话可就不对了，今天来的这些人，都是唐门执法堂的五六星弟子，在江湖上可都称得上高手的。若不然，轩辕兄你觉得，让几十个唐门五六星弟子用暗器攻击你，你能闭着眼睛接招？”

轩辕白玉被问得脸一红，但还是不服地说：“云豪兄此言差矣，天下武学各有特色，也各有弱点。他可能擅长听声辨位，所以能闭着眼睛接招。但我不一样，轩辕剑法冠绝天下，我根本就不用被动地站在那里等着挨打，我会用绝世的轩辕剑法挡住暗器，并且迅速反攻。这世界上最强大的武学，不是站在那里挨打，受得住，而是要最有效地干掉对手！”

“是吗？”唐云豪问，“难道轩辕兄你没发现，他站在那里，不是他的本事不够不知道反击，而是他想保护身后的人，故意站着不动的？若是后面无人，他会没法迅速反击吗？”

“好了，我不跟你争了。”轩辕白玉说，“你跟他是朋友，你肯定会帮他说。但到底谁高谁低，鹿死谁手，明天的青龙河滩，自然可见分晓，到时候你就会知道，我轩辕白玉在江湖上可不是白混的！”

“就是，云豪，难道你也学你那不争气的妹妹胳膊肘往外拐了？”唐问天趁机教训，“轩辕侄儿天生神力，少年即扬名江湖，现在更是出类拔萃，那难道是吹出来的？人家已经看见了那姓秦的本事，心中有数，还仍然有灭他之心，那自然是有底气的！”

轩辕长河也说：“是的，虽然那家伙的本事确实厉害，在江湖上算得上顶级的高手。但武学之道，总有克制之法，他的刀法再怪异，也比不上轩辕剑法，而且，武者较量，比招式，更比功力。不用说，他的功力跟白玉比起来，根本不值一提。即便他那听声辨位很厉害，但若使用干扰术，再出招够快，照样能将他击杀。”

“干扰术？”唐云豪心中一动，“什么干扰术？”

轩辕长河说：“但凡听声辨位，全靠耳力，只要刺激耳力就行了，用锐利之物的摩擦，瓷器与瓷器、瓷器与铁器的刮擦，发出尖锐的声响，都足以干扰听力，道理很简单。所以，再厉害的武功，都有破解之法。这是万物之理，一物克一物。”

“轩辕叔叔果然是老奸巨猾，哦，错了，果然是足智多谋啊。”唐云豪故意说。

唐问天甚至在一边狠狠地说："明天我再安排几个唐门七星高手，等那个秦帅跟轩辕侄儿决斗之时，暗中偷袭，不愁他死不了！"

"这个就不用了唐兄，白玉的本事足够干掉那个秦帅，完全不用多此一举。"轩辕长河。

"可是，不怕一万，就怕万一啊。"唐问天说，"小心驶得万年船。"

轩辕长河说："多谢唐兄的好意，我相信白玉完全能够解决那个秦帅，替唐兄你出一口恶气。废了他，雨若也许就能回心转意了。"

"那好吧，希望轩辕侄儿能为我出这口恶气。"唐问天说。

其实，听到这里的时候，唐云豪对轩辕长河倒有了几分敬佩，觉得他还算光明磊落。虽然认为轩辕白玉完全能赢秦帅，未免狂了点，但他不用暗算的手段，总算有武盟盟主的风范。

然而唐云豪不知道，真相不是这样的。当一行人回到豪华的唐家别墅之后，待到唐云豪离开，轩辕长河才把唐问天喊到了一边，说跟他商量点事。

唐问天问："有什么事，轩辕兄只管说。"

轩辕长河说："明天白玉跟那个秦帅的决斗，还是得麻烦唐兄帮忙派唐门的暗器高手偷袭才行。"

"轩辕兄不是说白玉完全能轻松解决他，不要我安排人的吗？怎么突然又要了？"唐问天深感不解。

轩辕长河说："我那只是故意说给云豪听，骗他的。"

"骗他？什么意思？"唐问天不解。

轩辕长河说："因为云豪比较倾向那个秦帅啊，如果我们当着他的面说安排唐门弟子暗算的事，他肯定转身就告诉那个秦帅了，那么咱们的计谋就没法奏效。搞不好，他还能想出计策，找人抓我们的把柄，从此被人耻笑。所以，我当时要装作正大光明的比试，那只是骗云豪。"

"原来如此，还是轩辕兄心细如发，看来轩辕兄能当上武盟盟主，靠的不全是绝世轩辕剑法，智慧也是很强大的啊。"唐问天说。

轩辕长河一笑："那是必须的，江湖之中尔虞我诈，名利之下钩心斗角。任何决策上但凡有丁点疏忽，都可能被算计得尸骨无存，我这也是熬出来的。当然，主要还是唐门不介入这些是非恩怨，我也才有机会，不然武盟盟主的交椅，怎么都是唐兄的。”

“轩辕兄谦虚了，那明天我就安排唐门高手，暗中相助轩辕侄儿一臂之力了。”唐问天说。

轩辕长河说：“嗯，挑最高的高手，暗器出手，外人难以察觉，杀人无形，最为稳妥。”

唐问天点头：“我派七星高手，唐门长老级人物出马，铁定一击而中，那秦帅不死必废！”

两大江湖名人，堪称名门典范，就这样达成了极为卑鄙而恶毒的共识。

10 发现真相

的确，如轩辕长河所料，唐云豪到一边之后，马上就给秦帅打了电话。让他明天自己小心点，因为轩辕长河想了办法破他的听声辨位，用什么瓷器和铁器刮擦的声音来干扰，他觉得这方法也是管用的，所以……

秦帅只是一笑："没事，我会的又不仅仅是听声辨位，就算不用听声辨位，我照样捏死他！"

唐云豪还是叮嘱："话是这么说，你还是小心点好，今天在现场，你的实力可谓发挥得淋漓尽致，我看着都惊呆了。但是，轩辕白玉并没有被震住，说明他心中有底气。而且，轩辕长河还分析了你，除了出神入化的听声辨位，再就是很怪异的刀法，但他们觉得还是不足以和绝世轩辕剑法相提并论。所以，还是小心点好。"

秦帅说："多谢大少关心，我肯定会小心的。"

"还有，帮我好好看着雨若，她的身体……"唐云豪说。

秦帅说："大少放心，这个不用说，她的事我一定会尽力的。"

唐云豪问："雨若呢，在做什么？"

秦帅说："正在帮我处理伤势呢。"

唐云豪问："到明天比赛，能恢复吗？"

秦帅笑："她打了包票的，不好找她算账。"

唐云豪说："那就好，你的伤势能恢复，比赛也有把握些。等雨若忙完了，让她给我打个电话。"

秦帅答应，然后挂掉了电话。

此刻的房间里有四个人，秦帅、冷梦雪、楚江山和唐雨若。这是侯连武特别安排的，让唐雨若给他们疗伤，外面还装模作样地派了特种兵看守。

冷梦雪在那里看着唐雨若仔细地替秦帅处理伤口，她心里的感情特别复杂。因为之前她对唐雨若有很多成见，而且还发生过冲突，水火不容。但今天，在那种生死场面，唐雨若选择跟秦帅站在一起。然后，还帮她处理了伤口。处理伤口时，唐雨若还跟她道歉了，说是之前不好意思，误以为她和秦帅的关系不清不楚，没想到她是秦帅的妹妹。

然而她心里还是有些酸溜溜的，她其实并不想只是做秦帅的妹妹，她就是想和秦帅有不清不楚的关系。但她看得出来，唐雨若对秦帅的感情是真的，而秦帅也很爱唐雨若。那个时候，冷梦雪的心里产生了一种莫名的绝望，她觉得她想和大哥在一起的心愿恐怕是不可能实现了。

“对了，我有件事想不明白啊，大哥。”楚江山突然憋不住了。

秦帅问：“什么事啊？”

楚江山看着唐雨若：“大嫂，我是应该喊大嫂的吧，她是什么来头啊，为什么那个唐门掌门会给她面子，她能挡在你面前，让他们有所顾忌？而且，对你出手的时候，唐问天还把她给拉到一边去，怕她被误伤。她不会是唐门的千金大小姐吧？”

秦帅说：“怎么可能，你什么时候听说唐门有个千金大小姐了？都知道唐门大少英杰人物，二少是废材，没听说有女儿家的好吧。”

“不对，不对，肯定是的。”楚江山说。

秦帅问：“什么肯定是的了？”

楚江山说：“我想起来了，那个唐问天下令对你动手的时候，嫂子突然冲着唐大少喊了一声“哥，你愣着干什么”，让他赶紧帮你。她明明喊的哥，很多人都没留意，但我留意了。对，就是喊的哥。”

“不会吧，真有喊哥？”秦帅其实清楚，确实是，那是唐雨若情急之下喊出口的，没掩饰得住，但他故意装糊涂。

楚江山说：“真的，不会假，我当时愣了下，还差点忘记了，这突然又想了起来。”

“哈哈，梦雪还跟我喊哥呢。”秦帅说，“这不也正常嘛，而且都姓唐，雨若跟大少老早就认识，喊哥多正常。”

唐雨若也说：“是的，我认了大少做干哥哥，而且也认了他爸做干爹，平常关系也比较近。”

楚江山还有些疑惑，但也没说什么了。

唐雨若给秦帅处理了伤势之后，想起唐云豪提醒她弄完了打个电话，便让秦帅自己躺着休息，然后就到外面打电话去了。

电话打通，她直接就问：“哥，你让我给你打电话，有什么事吗？”

唐云豪说：“我帮你证实了，秦帅确实是特种部队的人，而且地位很高，你完全可以相信他。”

“是吗？你怎么知道的啊？”唐雨若问。

唐云豪说：“后面我让侯连长别抓爸和轩辕盟主的时候，我看见侯连长装作不经意看向了秦帅，秦帅点了下头，然后侯连长就答应了。”

“不是吧，我怎么没看见秦帅点头？”唐雨若说。

唐云豪说：“要是表现得那么明显的话，都能看出来了。而且，之前爸跟侯连长冲突的时候，说侯连长只要敢抓，唐门必反抗的时候，秦帅也走过来说了一句话，建议了下，侯连长本来略有犹豫的态度就坚定了。那个时候我就有所怀疑，所以后面就比较留意了。”

“如果连侯连长都听他的命令，那他的军职比较高啊。”唐雨若说。

唐云豪说：“肯定的，而且你想啊，为什么特种部队会出现得那么及时？如果我猜得不错，秦帅好像把手机给了他一起那个兄弟，没听清楚他说的什么，但我猜想就是让他发信息调人。所以，侯连长说接到别人的举报电话，那是假的，应该是接到秦帅的命令是真。毕竟，唐门那么大面子，若不是有上级命令，侯连长不可能一来态度就那么强硬。”

“嗯，我想起来，还有上次请我来猎鹰基地帮忙解毒的事，完全就是秦帅让我来的。”唐雨若说。

唐云豪说：“而且，他的方方面面都像特种军人，还是特工级别的那种。现在看来，绝不会错了，他是个值得相信的人。

“可是……”唐雨若欲言又止。

唐云豪问：“可是什么？”

唐雨若说：“就算他再值得相信，我也没那个命可以一直陪着他了……”

“你别这样想。”唐云豪说，“我跟你说这个，就是在告诉你，你要有信心，如果秦帅真是军方的秘密人物，他可能有很多的关系和方法。他跟我说过，无论如何，会想尽一切办法救你。那个时候我不以为然，觉得唐门都办不到的事，他就更不用说。但现在看来，他说不准真有办法。”

“嗯，听天由命吧。”唐雨若说。

唐云豪说：“你自己照顾好自己，有什么事给我打电话，先就这样吧，我去看看爸会想什么办法对付秦帅。”

挂断电话，唐雨若觉得心里有一种说不出的幸福。这对她来说，的确是一件值得庆幸和欣慰的事情。别说秦帅是具有背景的秘密军人了，单是今天的场面，已经足够把秦帅的品行淋漓尽致地展现出来。在生死关头，能用命护着身边的人，天塌下来，也绝不皱一下眉头。这是她一开始就仰慕的英雄，也是她一直以来想嫁的男人。

而就在这个时候，唐雨若的电话响了，她拿出电话一看，居然是朱象打来的，当即就接了电话。

“你好，唐老师。”朱象说。

唐雨若说：“你好，有什么事吗？”

朱象问：“我想问下唐老师，黑妞明天要去画廊学画吗？”

“这个……”唐雨若迟疑了下，不知道怎么回答。

她中午的时候跟黑妞说了，下午有事，不用去，但没有说门市以后可能不开了。但现在，她起码确定短期是不可能开了。虽然不好说，但还是得直说，不然黑妞会一直等，朱象也会一直问，她会耽误了人家。

“怎么了唐老师？”朱象问。

唐雨若还是决定说了：“我家里出了点事，门市可能暂时不会开了，我也另外有些事要忙，不好意思，暂时教不了黑妞，所以，帮她另外找个地方学习吧，学费我帮她出。”

“不不不，怎么能让唐老师你来出呢。”朱象说，“到时候我自己想办法就好了。”

唐雨若说：“你别跟我客气，我知道你家条件不好，黑妞很有天赋，也很勤奋，不能让她耽误，看明天什么时候，我把学费给她送过去。”

“那好吧，我先去问问学费，然后找亲戚朋友凑一下，如果实在是为难了，再找唐老师帮忙吧。”朱象说，“唐老师你真是个好人，希望好人一生平安，谢谢了。”然后，挂掉了电话。

挂掉电话后，是另外一张脸，一张阴沉的脸。本来让黑妞跟着唐雨若学画是充当卧底，在关键的时候拿捏唐雨若的命脉，但现在画廊不开了，整个计划一下子被打乱了。

“怎么，出什么状况了吗？”一边的黑妞问。

朱象点头：“我们的计划可能行不通了。”

“计划行不通了？”黑妞也一愣，“怎么回事？”

朱象当即说了唐雨若要暂关画廊，让她另外找地方学画的事。

“搞什么啊。”黑妞一听就暴躁起来，“姐姐忍辱负重在她那里演戏，说话做事小心翼翼的，就为博取她的信任，她说不干就不干了。那怎么办？”

朱象说：“这得请示老板，看老板怎么说了。”

黑妞点头：“嗯，也是。那你赶紧给老板打电话吧。”

朱象没说什么，当即拿出电话，拨打了大老板的电话。

“喂。”大老板接了电话，只是应了声。下面的人主动打电话来，往往都是有情况，他需要先听着就行了。

朱象当即就对大老板说了情况，问该怎么办。

“画廊不开了？”大老板也顿时错愕，“为什么不开了？她都开好几年了，怎么突然就不开了？”

朱象说：“具体发生了什么事还不知道，但她刚才跟我打电话说的，确实不开了，让黑妞不要去学画了，另外找个地方学，她帮忙给钱都可以。

所以，我赶紧报告给老板，看怎么办。”

“等等，你先等等，我先了解一下发生了什么事再告诉你。”大老板说，然后挂掉电话，打了另外一个电话出去。这个电话是打给谢飞鹰的，让谢飞鹰问一下唐镇的鹰眼系统，是不是唐雨若或者唐门出什么事了。

“大哥怎么突然问起这个？”谢飞鹰问。

大老板说了朱象汇报来的情况，谢飞鹰说马上帮忙问。

大约在十分钟后，谢飞鹰就回了电话过来，说：“确实出事了，而且，是大事。”

“是吗？”大老板赶紧问，“出什么大事了？”

谢飞鹰说：“傍晚的时候唐门的人在美食街口围攻死神秦帅，轰动唐镇。”

“唐门的人围攻死神？”大老板更是意外，“什么情况？”

谢飞鹰说：“好像说是死神的一个妹妹把唐门二少给打了，打得有点狠，然后唐门找到了她复仇，死神就站出来帮他妹妹，所以就在美食街口冲突起来了。”

“结果呢，怎么样了？”大老板问。

谢飞鹰说：“死神一人血战唐门百余高手，杀得唐门高手死伤一片，轰动唐镇，只怕明天之后，会传遍江湖。”

“死神一人血战唐门百余高手，杀得唐门高手死伤一片？”大老板完全不信，“你是在跟我开玩笑吧，死神有那么厉害？他一个人能敌唐门百余高手？你当唐门的人都是废物吗？”

谢飞鹰说：“咱们鹰眼蜀中堂堂主蚂蚱精接到消息后亲自赶去现场看见的，他说当时把他都震撼了，他没见过那么可怕的人。”

“不对。”大老板说，“死神厉害我当然知道，你我都知道他是华夏军方第一王牌，他的强大不可想象。但我更清楚唐门暗器的厉害，而且你说还是打了唐门二少的复仇战，又是在唐镇这个唐门本土，出动的百多高手肯定不是虾兵蟹将，而是真正的高手，是这个道理吧？”

“是，蚂蚱精说，唐门掌门唐问天亲自带人出马的。”谢飞鹰说。

“那就是了。”大老板说，“唐问天可是江湖上的大师级人物，不但唐门暗器境界达到八星，其内力也异常深厚，能继任唐门掌门，那可不是闹着玩的，走出江湖，两根手指都能捏死一大片。他带领百余高手围攻死神，这些高手肯定都是唐门精英，就算死神是哪吒，有三头六臂，也绝不可能赢得了唐门的！”

谢飞鹰说：“道理是这样，但这一战根本没厮杀到最后。”

“什么意思？”大老板问。

谢飞鹰说：“事实上在死神最危险的时候，猎鹰特种部队赶来了，阻止了这一战。所以，说起来，就是死神赢了唐门。”

“这么说还差不多。”大老板说。

“对了，蚂蚱精还说了些细节。”谢飞鹰突然想起。

大老板问：“什么细节？”

谢飞鹰说：“在这过程中，那个唐雨若竟然出现了，她站在死神的前面，阻止唐门的人对死神出手，包括唐门大少唐云豪，也都站出来劝阻了唐问天对秦帅的复仇。”

“有这事？”大老板问。

谢飞鹰说：“是的，蚂蚱精说，从当时的情况看，死神和唐雨若应该是情侣关系，两个人的反应上有那种感觉，而唐云豪则公开说死神是他兄弟，在唐门和死神的冲突中，他无力阻止，最终站到了一边。”

“哈哈……”大老板莫名地干笑了声，“看来这出戏是越来越精彩了啊。那唐雨若和唐云豪这么做，唐问天又是什么反应？”

谢飞鹰说：“当然是暴怒啊，不过唐云豪站到一边后，他也就没多说什么。倒是那个唐雨若一直坚定地阻止，后来是被唐问天给直接控制住，强行带到一边的。”

“最后被唐问天强行带走了吗？”大老板问。

谢飞鹰说：“没有，猎鹰特种部队到来之后，唐问天放开了唐雨若，唐雨若就跑去跟秦帅站在一起了。最后撤退的时候，他想强行把唐雨若带走，但唐雨若不愿意，而且猎鹰的负责人也上前阻止了，唐问天似乎不好说唐雨若是他女儿，只是悻悻地走了。然后，唐雨若跟死神一起走的。”

“唐雨若跟死神走到了一起？哈哈……”大老板忍不住笑了起来。

“大哥你笑什么？”谢飞鹰不解。

大老板说：“值得笑啊。”

谢飞鹰问：“这怎么值得笑了？”

大老板说：“你想啊，一开始我是想利用唐雨若控制唐门，而现在，还能用她牵制死神，岂不是让她多了个功能？”

“大哥的意思是？”谢飞鹰问。

大老板说：“本来我想让黑妞悄无声息地卧底在她身边，到时机成熟再动手，但现在她突然关了画廊，又和秦帅在一起，用监视和跟踪的方法都不大可行。在死神这种军方王牌面前玩监视和跟踪这一套，那根本就是作死。所以，我只能先把这个唐雨若掌握在手里，在适当的时候当底牌了！”

“但这个唐雨若跟死神在一起，要把她掌握在手里不容易啊，那会跟死神起冲突。大哥不是说现在是飞龙和死神的残杀时间，我们只需要看戏，关于死神的事，我们都先忍着点的吗？”谢飞鹰说。

大老板一笑：“我当然不会在死神和唐雨若一起的时候动手，他们总会分开吧？就算他们不分开，我也能找机会让他们分开的！”

谢飞鹰说：“这倒是，对了，蚂蚱精还说了一件事。”

大老板问：“什么事？”

谢飞鹰说：“今天在唐门和死神的厮杀现场，还多了一个大有来头的人物。”

“大有来头的人物？”大老板问：“谁啊？”

谢飞鹰说：“华夏武盟的轩辕长河，还有他那个号称赛项羽的儿子轩辕白玉。”

“他们？”大老板一下子就来兴趣了，“他们在那里干什么？”

谢飞鹰说：“蚂蚱精说，看样子他们和唐问天是一块的，而且，轩辕白玉和死神还约了明天在青龙河滩一战。”

“轩辕白玉和死神？”大老板问，“他们为什么约斗？”

谢飞鹰说：“这个就不大清楚了。”

大老板说：“好吧，你让鹰眼的人明天跟过去，看他们能斗个什么结果出来。”

谢飞鹰答应。

挂掉电话，大老板又陷入了沉思。死神和唐雨若在一起了，他妹妹重伤唐二少，因此和唐门结下生死仇，然后，死神和西皇城的轩辕白玉约斗。这意味着什么呢？意味着两点：其一，如果他要掌控死神，可以在唐雨若和他那个妹妹身上做文章；其二，如果他无法把死神这颗棋子利用好对付飞龙，一旦失控，他可以利用唐门和武盟来对付死神。所以，死神注定是逃不出他手掌心的。但目前的话，他需要对谁出手呢？是唐雨若，还是那个秦帅的妹妹？

仔细地想了一番之后，大老板还是决定先对唐雨若出手。其原因很简单，如果抓走死神的妹妹，就只能对死神一人起到作用，而要是抓走唐雨若，则既可以作为让死神投鼠忌器的筹码，又可以要挟唐门。显然，唐雨若的作用要大些。

又经过一番深思熟虑之后，大老板回了电话给朱象，他说：“唐雨若不是说让黑妞另外找个学画的地方，差钱她帮忙出吗？”

朱象说：“是的。”

大老板说：“那行，大约在明天下午的时候你打电话给她，就说还差点，找她先借一下。她送钱过来的时候，你和绝杀组的人联系，在半道劫持她，火速送出唐镇，送到秘密的地方藏起来！”

“绝杀组的人？”朱象问，“上次猎鹰基地的营救行动，绝杀组不是全军覆没了吗？还有谁？”

大老板说：“那不过是绝杀一个组而已，这你就别管了，我把绝杀组负责人的号码给你，明天你跟唐雨若约完之后，你就把时间和地点告诉绝杀组负责人，让他部署行动。然后，你借钱的时候一定要跟她打个借条，等她返回去之后再让绝杀组动手。”

“为什么要给她打借条，然后等她返回去再动手，而不是等她来的时候就动手呢？”朱象不解。

大老板说：“你傻吗？唐雨若一旦失踪，必然惊动警方，甚至惊动那个秦帅，他们肯定会进行调查，万一查到你那里，知道是给你送钱来的半路就失踪了，秦帅肯定会怀疑你，借钱只是个幌子，如果你没有任何证据证明你是真的借钱，嫌疑就会很大。如果你确实是借了钱，还打了借条，就说明你和唐雨若借钱的事已经完成，她离开之后再出什么事，你就好说多了。”

朱象说：“嗯，好像是这么个道理。”

大老板说：“所以，为了逼真，你上午的时候还得去找个学画画的地方，问学费多少，然后答应把黑妞送去，这样面对后面的调查，就更能体现你借钱的真实性。如若唐雨若失踪，你被调查，你既能拿出借钱的借条，又能让学画的地方帮你作证，这样就可以把自己洗得很干净。当然，你别搞糊涂了，和绝杀组负责人打电话别用常用号，他们肯定会查你的通话记录。”

朱象说：“这样常识性的错误肯定不会犯，不过，我觉得……”似欲言又止。

大老板问：“你觉得什么？”

朱象说：“我觉得我们不用再跟那个唐雨若演戏了，绑架完她，我们就可以消失，所以完全可以在她来的路上行动。”

“你懂什么！”大老板说，“唐雨若要秘密绑走，而你和黑妞，还得像以前一样，当什么事都没发生过一样。”

朱象不解：“为什么？”

大老板说：“你想啊，唐雨若一失踪，你和黑妞跟着消失，意味着什么，意味着就是你们干的啊，你逃得了一时，还逃得了一世？只要军方或者警方收录了你的资料，事关死神的女人和唐门的女儿，国际刑警组织都会介入进来。虽然你也有本事把自己藏得很深，但这会影响你以后在全世界的行动，而且，你们在唐镇还有很多任务，所以你们必须安全潜伏在那里，明白吗？”

“嗯，是这么个道理。”朱象说，“还是老板深谋远虑，那就按照老板说的做好了。”

随即，挂断电话，对黑妞说了大老板的计划，明天上午去找画室联系学画，下午找唐雨若借钱，让绝杀组的人绑架唐雨若。

大老板很快就把唐镇绝杀组组长坂田一井的号码发给了朱象。坂田一井一直是唐镇绝杀组组长，上次袭击猎鹰基地，手下成员全军覆没，但大老板随后又调了两个组的人手来唐镇，听他调遣。

而在大老板一方的阴谋四伏之时，这边的唐雨若和秦帅却正享受着属于他们的幸福甜蜜时光。他们就在猎鹰基地对面的一家酒店，这样比较安全，万一有什么事，猎鹰的救援也来得及。楚江山和冷梦雪都住在隔壁，经过唐雨若的药物处理，不算太大的伤，恢复起来比较快。秦帅的伤也比较轻，主要就是脚上挨了两把小刀，还有十几根针。唐雨若替他换上了药，到酒店之后又替他进行了穴位和经络的推拿，感觉很棒。

那是一间只有一张大床的房。虽然在猎鹰基地的时候，带血的衣衫和身上的血迹都被擦干净，但还是有不少汗，感觉很不舒服。最终，秦帅还是看着唐雨若说：“只怕，还得麻烦你点事才行。”

唐雨若问：“什么事啊，到现在还跟我说麻烦吗？”

秦帅说：“身上好多汗，你得帮我好好擦一下。”

唐雨若温柔而娇嗔地说：“这点小事，还说得那么郑重其事的，至于吗？”

秦帅笑：“怎么说你也是唐门的千金大小姐，让你帮我擦身子，话还是得客气点嘛。”

唐雨若说：“你要知道，跟我说话客气的人，我都不会怎么搭理的。要到浴室里帮你好好洗洗吗？”

秦帅说：“伤在脚上，不好避开水，一洗的话，水跟着脚就流下来了，要是在其他地方倒还能避开些。”

唐雨若说：“好吧，那我就帮你擦擦。”

当下，唐雨若找了个盆，打了一盆水，放了条毛巾在里面，然后从头到脚地帮秦帅擦着身子。

“对了，你今天是怎么知道我门市没开的啊？”唐雨若边替他擦着身子问。

秦帅说：“因为我本来就在你画廊对面的酒店里上班啊。”

“什么，你在我画廊对面的酒店上班？”唐雨若大感意外，而且不信，“你骗人的吧？”

秦帅说：“真的。”

唐雨若问：“上什么班？”

秦帅说：“保安。”

“保安？”唐雨若更是意外，“你在那里做保安？”

“是的。”秦帅说。

唐雨若还是不信：“你怎么可能会在那里做保安，我从来都没有看见过你。”

秦帅说：“但我天天看着你啊。”

“别说得跟真的似的。”唐雨若说。

秦帅说：“你看吧，我一开始就对你真心真意，但你就是没相信过我。唉……”

“你真的在那里做保安？”唐雨若似乎看出秦帅的认真。她想到，一直以来，她对秦帅的话各种不信，各种误会，然而事实证明，秦帅从没有骗过她，他一直在真心对她好，她所有的猜忌和怀疑，都纯属子虚乌有。所以，不可能的事情，在秦帅身上，似乎都可能。

秦帅说：“是真的，而且，还是为你做的保安。”

“为我？”唐雨若愣了下，“干什么要为我去做保安？”

秦帅说：“可以悄悄地看到你啊。”

“为了悄悄地看到我？”唐雨若说，“你怎么越说越认真，我却越听越离谱？”

秦帅说：“不信的话你可以去对面帝豪大酒店人事部问问，看有没有个叫秦帅的人在那里做过保安，你就知道我有没有骗你了。”

唐雨若问：“你什么时候去的？”

秦帅说：“没多久，也就十来天，跟你在听雨楼相遇之后。”

“真的就是为了到那里能看到我？”唐雨若问。

秦帅说：“三分之一的原因吧。”

唐雨若问：“那三分之二的原因呢？”

秦帅说：“想保护你。”

唐雨若说：“可是你在别人的酒店做保安，能保护我什么，又不是在我的画廊做保安。”

秦帅说：“可以随时看到你的情况啊，要不然那个范九龙带人来找你麻烦，我能那么快就出现吗？”

“哦，是哦，你说起这事来还真是的。”唐雨若终于想了起来。那天范九龙到她的画廊找麻烦，结果才刚开始冲突起来，秦帅就突然出现了，她都没想到过他怎么会那么突然地出现。现在说来，还真有可能是秦帅在对面的酒店看见了，才会那么快过来。

“你真是为了看见我和保护我，才在那里做保安？”唐雨若又问了一遍。

秦帅点头：“真的。”

“你干吗现在突然跟我说这个？”唐雨若问。

秦帅说：“因为，因为我想让你知道我对你有多好，让你感到幸福。”

“我以为你是想找我邀功呢。”唐雨若故意说。其实心里已经幸福得不行，还有什么比自己深爱的人也深爱自己，而且默默地对自己好得无法形容而更幸福呢？

唐雨若帮秦帅擦完之后，随即对秦帅说：“帅，我们早点睡吧，你明天下午跟那个轩辕白玉还有一场恶战，得让伤势尽快好起来。那个轩辕白玉不是善良之辈，他知道你的厉害，还敢挑战，说明他是有真本事的。所以，这个时候你必须要好好休息。

秦帅点头。当下，缓缓地放倒唐雨若的娇躯，然后轻轻地拥抱住她。

“亲爱的，晚安。”秦帅在她唇上轻轻地吻了下。

唐雨若也道了声："晚安。"

"对了，我突然想起了一件事。"秦帅说。

唐雨若问："什么事啊？"

秦帅说："那个黑妞，不是跟着你学画的吗，你这画廊不开了，有跟她说吗？"

是的，这是一件很重要的事情，他差点忘了。黑妞可是有所图谋，卧底到她身边的。而现在唐雨若不开画廊了，也就意味着那个黑妞没法堂而皇之地跟在唐雨若身边，他们的计划没法顺利执行，肯定得换阴谋的。

唐雨若说："哦，有，先前在猎鹰基地的时候她爸给我打电话，问明天黑妞要不要去，我就委婉地说了。"

秦帅问："你怎么说的？"

唐雨若说："我就说有些事情要忙，画廊暂时可能不会开了，所以没法教黑妞画画。但黑妞很有天赋，也很勤奋，可以帮她再找个学画的地方，钱我可以帮她出。"

秦帅问："她爸怎么说？"

唐雨若说："没怎么说啊，就说自己去想办法，找亲戚朋友凑点钱，如果不够的话再找我帮忙。你怎么突然问起这个了？"

秦帅说："没什么，就是突然想起来了。"

"我觉得挺对不住黑妞的，说要好好把她教出来的，如果能有多一点的时间，顶多一年，我就能让她学会一些基本的绘画技巧，不说成为大师，起码谋生是没什么问题了。"唐雨若感慨道。

秦帅说："你也不必遗憾了，很多事事在人为就好了。不过，我现在需要对你提一个要求。"

唐雨若问："什么要求？"

秦帅说："不管是黑妞还是她老爸，无论什么时候打电话给你，或者有什么事情，事无巨细，你都必须告诉我，而且是第一时间告诉我。"

"为什么？"唐雨若不解。

秦帅说："没有为什么，你听我话就好了。"

唐雨若说："你让我做事，我总得知道点原因啊。为什么他们找我的事都得跟你说啊？"

秦帅说："因为我也挺关心他们，想知道啊。而且，不只是他们，包括你的任何事，我都想让你跟我分享啊，难道你不愿意吗？"

"好啊，以后我的事都告诉你，那你的事也都告诉我。"唐雨若心里觉得很幸福。

"好吧，我尽量。"秦帅说，"早点睡吧。"

唐雨若把身子往秦帅怀里蹭了蹭，像只温驯的小猫，被秦帅那结实的双臂环抱，感觉特别幸福和满足。

而秦帅却在想朱象和黑妞接下来要干什么。唐雨若说了，是朱象主动打电话给她问黑妞明天还要不要去画廊。说明他们也很急切地想知道唐雨若的动向，然后采取措施。如果他所料不错的话，应该就是这几天，朱象团伙就会有所行动。而他大概也不用放太长的线钓太大的鱼了，应该及时收一根线，钓两条鱼起来，毕竟手里还有江大海和川岛樱子这两个筹码。如果朱象那伙人早动手，他就早动。如果朱象那伙人还按兵不动，那就等把霍家天九的事情处理完之后，再把朱象和黑妞抓过来审一审，也许能掏出点什么也难说。就算他们是死士，掏不出东西来，起码也可以试探一下神秘势力的动静。

第二天，又是新的一天。而这新的一天比起昨天来，会更加激流暗涌，充满刀光剑影。

轩辕白玉在摩拳擦掌地等着废掉秦帅，夺回唐雨若。而唐问天和轩辕长河也早秘密安排好了两个唐门七星高手，就等秦帅和轩辕白玉激战正酣，吸引全场目光之时，找最好的机会对秦帅一击必杀。击杀所用的暗器为细针，难以察觉。到时候在两大长老的强大功力下，必定能一击重创秦帅，助轩辕白玉击杀秦帅。

另外，朱象也和黑妞去找了新的画室，说要学一年，谈好了学费，就只等下午的时候找唐雨若借钱，然后跟坂田一井通个气。而坂田一井那里已经是万事俱备只欠东风，就等朱象的消息了。

秦帅也起床了，不过是被上官白雪的电话吵醒的。上官白雪问："怎么一整天都见不着你人？"

秦帅说："有事呢。"

上官白雪说："听说昨天你在美食街和唐门的人冲突起来，闹得很大？"

"听谁说的啊？"秦帅问。

上官白雪说："两个到酒店来住宿的人，我刚好出电梯，他们在前台登记，说一个叫秦帅的，居然一个人力抗唐门，打了唐门的脸。我特地问了下，从年龄身高各方面都像你啊。"

"哈哈，我这是要出名的节奏吗？"秦帅笑。

上官白雪问："怎么，真的是你吗？你怎么会跟唐门起冲突？"

秦帅说："一点私事，没什么关系。"

上官白雪说："这还没什么关系吗，唐门可是江湖顶级门派，现在我们又在他们的地盘上，跟他们冲突起来，会对我们办案有很大阻碍的。"

"阻碍？"秦帅说，"那又怎样，谁阻我，我就踏平他，这不是很简单吗？"

"你要踏平唐门，你疯了吗？"上官白雪说。

秦帅说："江湖事你不懂，你就不要管了。有很多凡人眼里神一样的存在，不可超越，不可侵犯，其实只是传得那么厉害而已，实际上没什么了不起。我们每个人都可以成神，我们每个人也可以杀神！好了，我要准备起床，要忙事了，有事我打电话给你。"说罢，直接挂了电话。

听着电话里的忙音，上官白雪有些发呆。秦帅如此无视她，说实话让她有些受不了。可是她没法计较和生气。毕竟海天一战，秦帅为她负伤之后，她开始发现，秦帅是个不一般的人。她不但觉得亏欠他，感激他，也有些莫名地崇拜他。但她知道，因为之前那件事，秦帅肯定对她有成见，不会好好地跟她搭档配合。然而她又能有什么办法呢？

上午的时间，秦帅什么也没有做。现在地狱使者的整个案件进展，都要等霍家天九的电话，等他从滨海回来，然后从天九身上找出背后那只手，他才好真正大刀阔斧地干一场。然后就只有眼下，下午和轩辕白玉的决斗。

还有，关于唐雨若治病的事，还是没有一点消息传来，秦帅的心里开始有那么些不安。他又打了电话给唐云豪，问他跟医仙大师联系没有。

唐云豪说："联系了，大师在漠北那边，要好几天才能赶到唐镇，到了我第一时间通知你。你的伤呢，恢复得怎么样了？"

秦帅说："没事了，只是一点小伤，对雨若来说，根本就是轻而易举的事情。"

唐云豪说："那就行，希望你下午能赢那个轩辕白玉。"

秦帅说："放心吧，我一定会打得他满地找牙，让他自取其辱！"

唐云豪说："但你还是不能太大意，怎么说昨天下午一战，他亲眼见识了你的厉害，也多少知道些你的底细，而你对他却一无所知，从这点来说你就吃亏了。而且，就昨天那场面，多少高手能吓破胆，但他敢向你宣战，从这点看，我觉得他不是单纯的狂，而是确实有道行，所以……"

秦帅说："我懂的，他虽然有道行，但我是弹簧，遇强则强，我才不怕他，好了，我再调息一下，吃完午饭就去收拾他了！"

挂断电话，秦帅就回到房间里，简单地活动筋骨。

唐雨若说："你躺着，我帮你按下吧。"

秦帅说："行。"当即就躺到床上去。

唐雨若便用医仙传授给她的九宫推穴手，从秦帅头顶的百会穴，经玉枕穴，然后经双肩井任督二脉，缓缓推拿，让秦帅深呼吸，配合丹田之气在经络中游走。秦帅瞬间感觉自己的身体特别轻松欢快，跟长翅膀要飞起来一般。

才推到一半，就有人敲门了。唐雨若起身就准备去开门。

秦帅拉住她，问了声："谁啊。"

一个女孩子的声音："大哥，是我。"

冷梦雪的声音。秦帅点了下头，唐雨若便过去帮忙开门。

冷梦雪进了屋，第一眼就往秦帅看过来，看见他躺在床上，就问了句："怎么，大哥，你还在睡觉吗？"

秦帅还没回答，唐雨若便说："没有，起来好一会儿了，我在帮他做经络推拿。”

“做经络推拿？”冷梦雪愣了下。

唐雨若说：“嗯，推拿之后身体的经络会畅通，感觉会轻松很多，不会有疲惫感，精力也会更充沛，下午才能好好地教训那个轩辕白玉。”

这时候，冷梦雪的心里像是被狠狠地揪了一把。以前每天晚上，大哥都是要她帮忙推拿起码一小时才能睡得着觉的。那些肢体接触却没有任何语言的时光里，她满含期待，暗暗地期望会有奇迹。但现在看来，他跟唐雨若如胶似漆，她连和大哥在一起都成了奢望。

“梦雪，有什么事吗？”秦帅问。

冷梦雪说：“我是来问大哥有没有什么事，没事的话我跟江山去买点东西，有些日用品还需要买。”

“日用品？”秦帅问，“买什么日用品啊？”

冷梦雪说：“因为住酒店有些贵，想着大哥你在唐镇肯定要待上一段时间，所以昨天我就和江山去租了一套房子。但房子里只有些大件的家具，很多小的都没有。”

“哦，这样啊。”秦帅说，“那行，你们先去买吧，其实租房子住比住酒店好，酒店虽然方便，可是老在外面吃饭不好，还是自己煮饭吃起来放心些。”

“大哥下午几点去跟那个混蛋决斗？”冷梦雪问。

秦帅说：“这个，我会晚点去，让他等等我，等他打电话来了，我就慢吞吞地去。”

冷梦雪说：“那行，大哥去的时候打电话给我吧。”

秦帅说：“今天是单打独斗，你们去不去都没关系，他不敢跟我乱来的。”

“还是跟着去比较好。”唐雨若赶紧说，“起码有个照应，感觉那一家人很卑鄙阴险，不知道他们会玩什么花样。”

“跟我玩花样。”秦帅冷笑一声，“我能玩到他哭不出来，求生不得求死不能！”

“好了，小心点没错的。”唐雨若说，“梦雪，到时候我打电话给你。”

冷梦雪点头：“嗯，好的。”然后便出房间去了。

唐雨若说：“我还是担心我爸今天会帮他，借这个机会找你报仇。”

秦帅说：“应该没事。”

唐雨若说：“我比你了解我爸，他性格很要强，很要面子，是容不得别人反抗他的，你昨天让他颜面尽失，他肯定会借机报复你。”

秦帅说：“他倒是想报复我，但那个轩辕长河对他儿子的本事很自信，说完全能够解决我，让他不要插手。”

“真的吗？”唐雨若问，“你怎么知道的？”

秦帅说：“你哥告诉我的，他当时在场。”

“哦。”唐雨若说，“如果是这样的话，还有可能。不过，这么看来，那轩辕父子还真是有自信啊！”

秦帅一笑：“到时候他就知道什么是不自信了！”

唐雨若点头：“嗯，我相信你。”

虽然嘴里这么说，但她还是担心的。毕竟，轩辕长河是武盟盟主，是华夏江湖中的领军人物，而轩辕白玉又是天才，大有青出于蓝而胜于蓝的架势。还有一点，轩辕家来唐镇好像没带保镖来。以轩辕长河的武林地位，按照道理说应该保镖成群的，但没发现他们带保镖。这说明，他们家里这三个人的武功肯定都是极高，不需要保镖的。

下午差不多两点的样子，秦帅在等着那边轩辕家的消息时，唐雨若的电话先响了，唐雨若拿过电话看了眼。

秦帅问：“谁？”

因为这是一个敏感的时候，而唐雨若的朋友和社交都挺少，这个时候打电话给她，不是一般人，不是一般事。

唐雨若说：“黑妞爸爸。”

朱象？秦帅愣了下。心跳马上加速起来，这家伙是准备出招了吗？这念头间，唐雨若已经接了电话，“喂”了声。

“是唐老师吗？”朱象问得特别客气。

唐雨若说：“是啊，有事吗？”

朱象说：“我，我有点不知道该怎么跟唐老师说，毕竟，黑妞麻烦了唐老师那么多……”

“我也是力所能及，你就不要那么客气了，怎么，是黑妞学画差钱吗？”唐雨若问。

朱象说：“嗯，是的，我上午带黑妞去找了一家画室，那老师说学一年要四千块，我手里有三千多，还得留点用的，所以，看能不能找唐老师先借两千，后面存了慢慢还。”

“嗯，没事，两千块我还是有的，也不影响什么，你什么时候要？”唐雨若问。

朱象说：“最好是现在，早点给钱，就能早点跟着学。”

唐雨若说：“那行，我在泰安酒店这边，你到这里给我电话，我给你把钱拿下来。”

“泰安酒店？”朱象说，“我不知道在哪里，我对唐镇不是很熟悉，唐老师你有车，可能方便点，能麻烦唐老师帮忙送过来吗，我和黑妞现在就在画室这边，金盛路的锦绣画室。”

“嗯，那好吧。”唐雨若说。

“谢谢唐老师了，唐老师你真是好人，我都不好意思了。”朱象连声感激。

“什么个情况？”看唐雨若挂掉电话，秦帅问。

唐雨若说：“黑妞的爸爸信她找了家画室，一年学费四千，她爸手里只有三千多块，还得留自己用的，所以找我借两千。”

秦帅问：“他现在过来拿吗？”

唐雨若说：“他说他对唐镇不熟，我反正有车，让我帮忙送过去，我也不好说我没车了，反正打个的士也就十来块而已，没什么的。”

“他让你帮忙送过去？”秦帅问。

“是啊，反正我也没什么事，送就送吧。”唐雨若说，随即起了身，“你是在这里等我，还是跟我一起去啊？”

“等等。”秦帅喊。

唐雨若问：“怎么了？”

秦帅说：“让我想想。”

唐雨若说：“你去我们就一起，不去你就在家等我，这还要想啊？”

秦帅没答应，他确实在想。他不是在想跟不跟唐雨若去的事情，而是在想该怎么应付。很显然，朱象传递出来的信号是要对唐雨若动手了。因为只有他清楚，黑妞根本不是学画的料，朱象也根本不是差钱的人，他们玩的是把戏。现在找个借口向唐雨若借钱，而且还让她送过去，显然是在给她挖坑。

“你不去我走了啊。”唐雨若说着，已经举步往外面去了。

“等下。”秦帅赶紧喊。

唐雨若站住，问：“又怎么了？”

秦帅说：“你给他回个电话，说家里突然出了点急事，现在过不去，忙完了再给他送去。”

“为什么？”唐雨若一头雾水，“好好的干吗要说谎啊？”

秦帅说：“我突然右眼皮有些跳，你出门我不大放心。”

“不放心那你陪着我啊。”唐雨若说。

秦帅说：“现在已经两点多了，那个轩辕白玉恐怕已经等着急了，马上就会打电话来了。”

唐雨若说：“没什么事的，我打个的帮他把钱送过去就好了。倒是你的事，你得小心点，这右眼皮跳确实是不好的征兆。男左女右，男人的话左眼皮跳才好。”

秦帅说：“听我的，回个电话，等我的事情忙完了，我陪你去。不然，你这样一个人到外面去，我真不放心，我心中有牵挂，就没法专心应付轩辕白玉了。”

“可是……”唐雨若说，“他现在在那边等着，说想让黑妞早一天进去学。”

秦帅说：“这个时候他交了钱，也不可能现在就能学，怎么也得明天上午才跟着学，不急这点时间，听我的话，别让我操心，等我跟轩辕白玉打完了，你再帮他送去吧。”

“嗯，好吧。”唐雨若终于还是答应了，然后给朱象回电话，说是家里突然出了点急事，她要回去处理下，等她把家里的事情处理完，再给他打电话，帮他把钱送过去，如果实在着急的话，她就找个朋友帮忙送过去。

朱象要的是唐雨若，找个朋友送过去有什么用，当下就说：“不急，不急，没关系，等唐老师把事忙完了再说吧。”

转身，赶紧跟坂田一井打电话，说了下情况，计划改变，等唐雨若再给他打电话的时候，再联系。

“其实，眼皮跳灾跳财，只是民间迷信的说法，不见得是真的。”唐雨若在秦帅身边坐下说。

秦帅说：“我知道，但有时候宁可信其有吧。”

他本来想告诉唐雨若真相，告诉她一直热心帮助的那对父女，其实一直对她有觊觎之心，包藏阴谋。所以，今天借钱这事，只是他们为她挖的一个坑。但他没有说，因为唐雨若很单纯，不是个好演员。万一她知情了心里藏不住，跟朱象通电话的时候，语气有什么不对，或者去见朱象，有什么异常的反应，很可能坏事。毕竟朱象和黑妞这种人，都是演戏的老手，也是善于观察别人的高手。他们给唐雨若挖的这个坑，肯定不止朱象和黑妞两个人，肯定还有一个团队。而这个团队就像毒蛇一样藏在朱象周围的草丛里，冷不丁就会窜出来咬人。如果被朱象从唐雨若身上发现异常，这毒蛇就不会露面。所以，为了稳妥起见，还是不让唐雨若知情的好。

现在他和轩辕白玉有决斗，没法分身去对付朱象，而他又不能假手于人。像朱象和黑妞这股势力，只怕冷梦雪、楚江山、上官白雪或者猎鹰部队都未必对付得了，因为他们根本不知道这股势力的深浅，不知道这可能就是地狱使者的团伙。所以，必须他亲自来操控，才能跟钓鱼一样，运用好尺度和力度，把鱼钓上来。若不然，就算把鱼钩住了，用力过猛，鱼也会挣脱钩子逃掉。而且，让唐雨若不露痕迹地改变朱象的要求，肯定能打乱朱象的计划。等他把网编好了，再撒出去，才能网到大鱼。

没一会儿，秦帅的电话就响了。他拿起电话一看，是唐云豪打来的，当即便接了，喊了声："大少。"

唐云豪说："轩辕盟主已经在青龙河滩这里等你好一会儿了，让我打电话给你，问你来不来？"

秦帅说："来啊，怎么不来呢，人都在那里了是吧，行，我马上过去。"

唐云豪说："好，那我跟他们说。"然后挂掉了电话。

"你就在房间里等我吧。"秦帅挂掉电话，看着唐雨若。

唐雨若问："我为什么要在房间里啊，我要跟你去。"

秦帅说："你别去了，你又帮不了什么忙，去了只会让我牵挂。"

"你又嫌弃我！"唐雨若噘着嘴，很不高兴。

秦帅说："不是嫌弃，是真的会担心。因为你那老爸显然想强行带走你，想把你嫁给轩辕白玉，那个轩辕白玉也是癞蛤蟆想吃天鹅肉，美食街的时候要不是侯连长阻止，你就被你爸强行带走了，指不定什么后果呢。你去的话，你爸如果强行把你带回去，我势必跟他起冲突，到时候可能又会很乱的。"

"嗯，说得也是。"唐雨若也明白了过来。因为她清楚自己老爸的性格。现在跟秦帅结仇至此，老爸更不会同意她跟秦帅在一起。所以，很可能见着她就把她强行带回去，逼着她嫁给轩辕白玉了。

"乖，好好在这里等我回来，千万不能乱跑哦。"秦帅叮嘱。

唐雨若点头："你要小心。"

秦帅说："为了你，我必须好好活着。你记住了，不要乱跑，连房门都不要出，记住了吗？"

"连房门都别出，没那么夸张吧？"唐雨若说。

秦帅说："听我的没错，现在唐镇对你我来说，都很危险，指不定哪里就有眼睛在寻找我们，所以，还是小心点好。你听话点，别让我担心。"

"嗯，好吧。"唐雨若答应，又突然想起来，"对了，你把梦雪号码给我，我给她打电话。"

秦帅说："算了，别给她打了，这是去单挑，又不是打群架，再说了，就算是打群架，多去他们两个也没什么用。”

唐雨若说：“不行，必须打，有他们两个看着我也放心些。”

“那好吧，我给她打就是了。”秦帅当即打了冷梦雪的电话，然后跟唐雨若拥抱而别，又再次叮嘱她只能待在房间里，不要出去。

秦帅真正担心的，不是唐问天把唐雨若带回去，而是怕朱象的计划被突然打乱，会主动安排人手寻找唐雨若，这也是他不带唐雨若去青龙河滩的原因。因为朱象肯定知道唐雨若跟他在一起，也肯定知道昨天的美食街一战，知道他和轩辕白玉的约斗，朱象的人大概也会盯着往青龙河滩去的路。他们若看见唐雨若跟他在一起，就知道唐雨若说家里有急事是谎言，就会怀疑唐雨若说那话的动机，可能会嗅出什么来。所以，他没让唐雨若跟着，让她安静地待在房里。等他与轩辕白玉决战后，再来好好地对付朱象一伙人。

11 借刀杀人

青龙河滩上，也算是人山人海了。昨天美食街口的事情瞬间传遍了唐镇，传遍了蜀中，甚至传向了遥远的华夏江湖。那些知情的人，知道这么大的新闻，觉得很自豪，马上就绘声绘色添油加醋地对认识的人讲，然后那些认识的人又跟认识的人讲，甚至打电话说，整个事件顿时像瘟疫般扩散。他们不但知道了秦帅力挫唐门，也知道了秦帅和轩辕白玉在青龙河滩的约斗。远处的人是赶不及，但唐镇，乃至蜀中范围的人还是赶得及来凑这个热闹的。

秦帅带着冷梦雪和楚江山去的时候，不但整个青龙河滩，就连河岸上和附近的庄稼地里都是人，还有些人跑到了河对面的山上，爬到树上，来看这场世纪之战。

"哇，大哥，这是个什么场面！"楚江山被惊到了。

秦帅一笑："在我们这个国家，从来都不缺看热闹的人，只要哪里有热闹，就有围得水泄不通的人，而且，看热闹不嫌事大，恨不得把天捅个窟窿才觉得刺激。"

"来了，秦帅来了！"突然有人喊了声。

大概是昨天在美食街口见过秦帅的围观者，在张望中看见了从公路往这边走来的秦帅，所以兴奋地喊了起来。这一喊，马上群情哗然，很多只是在昨天听说过这个名字的人都想在今天一睹英雄的真面目。

而秦帅所过之处，人潮都很自觉地纷纷让开，更显得他那气势不可敌，睥睨天下一般。

轩辕白玉的很大一个团队就站在河滩上。这个团队包括唐问天和一众唐门高手，轩辕白玉的父母，和轩辕家的保镖。其实他们从西皇城来，是带了保镖的。只因为是到唐问天的豪华别墅，所以他们从西皇城带来的保镖就在唐镇上找了酒店住，没有到唐问天家里去打扰，跟唐问天出行时，也没有带着。所以，唐雨若没有看见，就以为没带。但经过昨天美食街口的事件之后，为了安全起见，也为了气场上的体现，轩辕长河把他的武盟十三太保都带在了身边。那一群人，站在河滩上，看着秦帅的出现，与那些汹涌而欢呼的观众截然不同的是，他们的眼神里都有咬牙切齿的杀气，恨不得将秦帅抽筋扒皮。

说实话，如果是心理素质差点的人，肯定会被轩辕长河那个场面给震住，双脚发软。但那点杀气相对于秦帅见过的场面来说，又算得了什么。他好歹也是踩着一千多具尸体，蹚着血水活着出来的至尊王牌！

“梦雪和江山你们小心点，我估计唐问天等下会趁火打劫，在青龙河滩上算唐云杰的账，别让他们偷袭了。”秦帅发现唐问天的目光从他脸上掠过，看向了冷梦雪，大概便知道了唐问天的脑子里在想什么。

“大哥你放心，我会注意着，不会让他们伤到梦雪的，你只管好好教训那个轩辕混蛋就行。”楚江山说。

秦帅走到了河滩上，往轩辕白玉的对面一站，斜着眼睛看他，脸上露出讽刺的笑容来：“我就随随便便来逛个菜市场，带俩朋友，你搞得跟如临大敌似的干什么？”

轩辕白玉说：“为你送葬啊，你以为你能活得过今天？”

秦帅一笑：“老子想活到什么时候，就活到什么时候，阎王也拿老子没办法，要不然你把阎王找来试试，看能不能把老子带走。说得你好像比阎王还厉害一样！装到这个分上，有意思吗？”

周围的人顿时轰然一笑。

轩辕白玉不由得脸一红，恼羞成怒：“老子不跟你斗嘴，是男人就凭本事说话。”

“出手吧，老子虽然远道而来，但不用休息，直接就可以收拾了你！”秦帅说。

“行，老子就让你睁着眼睛看自己怎么死的。”轩辕白玉杀气腾腾地出列。

秦帅的目光掠过跟轩辕白玉一行的人，然后把目光落到唐问天的脸上，唐问天的目光也在充满仇恨地盯着他。

秦帅淡然一笑：“恨我是吧，没关系，咱们的恩怨以后有的是机会解决。但今天，我奉劝你不要动手，也不要想对我妹怎么样。我知道你可能想怎么样，但我这么跟你说吧，我敢只来三个人，我就没打算怕你。你只要今天敢动手，我会让你再被狠狠地打一次脸，言尽于此，别怪我没提醒过你！”

唐问天阴笑一声：“你还年轻，不知道跳得高死得早的道理，但等下你就知道了！”

秦帅还是若无其事：“行，我等着，等着你放点大招，让我刮目相看一下。不然我真会小看你这唐门掌门，纵横江湖几十年，到头来被发现只会讲大话，那是多悲催的事情。”然后一指边上的冷梦雪和楚江山，“看吧，我妹和我兄弟都在那里，我敢说我能完好地带他们来，就能完好地带他们走。你能仗着唐门吓那些小老百姓，但吓不到我。众所周知，唐云杰在唐镇之上作威作福，你已犯了众怒。如果我猜得不错，今天这些看热闹的人里面，不知道有多少人听说唐云杰被打之后拍着巴掌叫好呢！”

“就是，打得好。”也不知从哪里高昂地吼出一声。

“嗯，打得好。”接着跟着有人喊。

然后，是一片人喊。

“想死了是吧！”跟在唐问天身边的四大金刚之唐风瞪着前面一派高喊的围观者，“谁再敢起哄，老子马上割了他嘴巴！”

果然，那些高喊的声音马上就停了下来，毕竟只是来看个热闹。而且，对唐门的忌惮那是发自内心的。要是被唐门的人发现还在起哄，就算现场不被弄死，事后也会被报复，谁敢冒这个险。

看见围观者从群情汹涌变得鸦雀无声，秦帅觉得很满意，他要的就是这个效果。本来，在群情汹涌的时候，秦帅只要站出来，作为一个带头人，振臂一呼，这些人都不会怕，他深深地知道领导的力量。但他没有这么做，他让唐风带着唐门的人把那些人都恐吓了。虽然这些人都不敢作声，但心里却会对唐门愈加不满，这股气压在心里，只要给他们点引线，随时都能爆发，而被压抑之后的爆发，会更可怕。

秦帅退到战场的中间，轩辕白玉气势十足地逼了过去，目光里格外嚣张，完全没把秦帅放在眼里，好像要把他捏死，方消心头之根。

“秦帅加油。”人群里传来呼声。

跟着就有人喊：“秦帅加油，秦帅加油……”

那些人不敢再辱骂唐门，就把这股力量转换过来，支持秦帅这个敢于对抗唐门的英雄。没错，当他们面对唐门噤若寒蝉之时，秦帅就像神一般站在那里，面对唐门这只老虎，这是他们心里真正敬佩的英雄！

相比秦帅一开始到这里，两三个人对比轩辕家和唐门数百人的那种单薄，秦帅的气场一下子就反压了过去。那看热闹的不下几千人，似乎全都成了秦帅的支持者，而轩辕家和唐门的那两三百人，就像是大海包围中的一座孤岛，随时都能被吞没一般。

“这家伙的心机很深啊，居然不知不觉地利用了这些围观者帮他助阵。”武盟军师诸葛鬼谷小声在轩辕长河耳边说。

从这名字就知道，诸葛鬼谷是一个擅长用计用脑子的人。在华夏历史之中，擅长运筹帷幄、决胜千里的大师级人物，首屈一指的就是战国鬼谷子，其次则是三国蜀之诸葛亮。而他名字直接就取了诸葛鬼谷，显然是有集两人智慧之和的意思。

不过他也确实不凡。一开始他还在奇怪秦帅敢只带两个人赴会，气场还那么稳。现在他才知道，原来秦帅是个擅长利用天时地利人和的高手。看似无心地抛出个唐云杰，结果马上就把一大群人拉到了他的战队，果然是高！

而轩辕长河却不以为然地冷笑一声：“他心机再深，今天也必死无疑！”

"动手吧。"秦帅看着轩辕白玉。

轩辕白玉冷笑一声："老子今天心情好，让你先动手，这样比较打脸，你出手吧，我接招！"

"哈哈，你果然是活得很天真。"秦帅说，"行，既然你这么狂，这么想出风头，那我就成全你，配合你表演一下。注意了！"

话声刚落，突然之间身子往前一扑。双手撑在地上，如同倒立。而实际上那双脚朝天，却成交叉之势，凶狠地翻踢轩辕白玉头部。这一招，是秦帅从北美街舞中悟出来的。杀伤力虽然不大，但却出其不意攻其不备，算是奇招。因为两个人对阵，你突然倒立下去，对手都不知道你要干什么，但注意力随着你扑下去的时候移到下面，而实际上的攻击却是倒立之后上边的两条腿。秦帅把自创的这招叫"指下打上"。

轩辕白玉才看向地面上倒立的秦帅，秦帅上面的脚就已经踢到。不过轩辕白玉的反应也很快，脚影一闪，他立马察觉，当即以手臂格挡住。但才格挡第一脚，交叉之后的第二脚就接着重击而至，这一脚压低了攻击，是踹的胸口，跟拳击中的后手拳一样，既快，且重。

轩辕白玉一个措手不及就被秦帅倒踹胸口，一股力量汹涌而来，顿时站立不稳噔噔倒退。毕竟，倒着攻击不如站着攻击的力量那么强大。秦帅这一脚虽然倒踹中轩辕白玉，却并没能伤得了他，只是让他挨一脚，倒退几步而已。但如此一来，也让轩辕白玉很没面子了。一出手，他就被秦帅干了一脚。周围那些围观者又狂欢起来，大声叫好，给秦帅加油。

秦帅在轩辕白玉倒退之时，趁势空翻站起。空翻站起之时，撑在地上的双手，顺势就抓了两把河沙在手中。

当秦帅才站起来，恼怒的轩辕白玉急于想把丢了的面子给找回来，趁着秦帅还没站稳，一个箭步凶猛扑到，一脚拉弓射箭就往秦帅的胸膛猛蹬而出。然而，秦帅却将左手一扬，猛力挥出，一把河沙往轩辕白玉的眼睛激射而去。

轩辕白玉一心复仇，而且又是趁秦帅才站稳的时候，想杀他个措手不及，所以主心在攻，根本就没有防，哪知道秦帅突然来这么一手。一片河沙扑脸而来，当即将头往一边侧开，避免河沙入眼，而他的头偏开之时，注意力分散，力量减弱，秦帅一伸手接住他蹬来的脚，将那脚往上掀起，同时挺步上前，往他另外一只站着的脚铲过去。这一切都在秦帅的计划之中，所以运用起来得心应手，行云流水。

只听到“轰”的一声响，继轩辕白玉的胸膛被秦帅倒踹一脚后，又再次被秦帅给击倒在地。秦帅打算一脚往轩辕白玉头上踩下去，把他踩成个智障的时候，轩辕白玉倒也不是吃素的，被秦帅摔倒之时，迅速将另外一只脚弹射而出，直奔秦帅裆部。秦帅只好被迫松开了他那只脚，退了开去。他感觉到轩辕白玉那一脚的力量很强大，如奔雷袭来一般。听说轩辕白玉有天生神力，看来不假，不但很能挨打，反击的力量也很大。他虽然击中轩辕白玉两招，但却一点都没有伤到他，可见轩辕白玉的本事确实很牛。一般高手经过他这奇绝的两招，早就不能动，躺在地上哼哼了。

轩辕白玉一招“乌龙摆尾”站起，一张脸都快要红成了猪肝色。他可是西皇城轩辕世家的天才高手，号称赛项羽啊，西楚霸王项羽当年何等英豪，横扫天下，势不可挡，因中刘邦奸计，才兵败乌江。但其神勇，就连对手刘邦也是不得不服的。而他现在称为赛项羽，一开始杀气逼人，还说要让秦帅先动手，结果，接连被秦帅干了两下，完全是打了自己的脸，他真恨不得找个地缝钻下去。那双手能把人撕成两块的神力根本就没发挥出来，无用武之地一般，真是气死人了！

“白玉，别急躁，稳扎稳打！”轩辕长河见儿子情况有点不对，赶紧提醒。

从力量和武功上讲，他对轩辕白玉很有信心。但是，从实战经验、心理素质和战术发挥上面，轩辕白玉跟秦帅完全不在一个档次。而到轩辕长河这种年纪就知道，任何一场战争或者搏斗的胜负，这些都是决定胜负的关键因素。武力的强大，只是其中的一个优势而已，如果只有武力强大一个优势，却丧失了其他方面的优势，必败无疑。就好比周瑜火烧赤壁，一计大败曹操八十万大军，这就是战术的重要性。

得到轩辕长河的提醒之后，轩辕白玉的脑子确实冷静了下来。本来急于想找秦帅拼命，来个你死我活的。结果瞬间就放慢了节奏，与秦帅拉开了距离，开始使出轩辕武系中的拳法，左右手连环攻击秦帅。天生神力，加上轩辕功法，使轩辕拳的威力极其强大，拳出之时，仿佛风云激荡，雷声破空，轰然而出。

轩辕白玉已经修炼了内家轩辕功法，功力虽然不够高深，但却也能将内气注入拳法之中，秦帅只看那气势就知道没法相抗，所以先不与其硬拼，只是用反八卦步伐后退闪躲。

见到秦帅被逼得后退了，轩辕白玉的气势立马就高涨起来。那双拳猛攻，不见拳头，只见拳影，劲气激荡，气势骇人，恨不得将秦帅一拳就打成肉饼。

秦帅一连退了数步，轩辕白玉的拳头如雨点一般，秦帅有好几下差点被他击中，但还是避开了，只是显得有些狼狈。

全场鸦雀无声，都为秦帅捏了一把冷汗。

“这节奏，大哥估计招架不住啊。”一边的楚江山说。

冷梦雪说：“大哥肯定能赢他的，大哥只是深藏不露而已。”

楚江山说：“大哥是还没尽全力，可这轩辕白玉也是，他真正厉害的不是拳头，而是剑法，说明他的真本事也还没出来。”

冷梦雪没说话了，说实话，她也有些为秦帅担心。因为一开始秦帅就击中了轩辕白玉两招，可对轩辕白玉却一点伤害没有，说明他的抗击打能力很强，如若攻击力再强大的话，秦帅就真的很难应付了。

接下来，秦帅的处境更难。在轩辕白玉的步步紧逼之下，面对轩辕白玉的一顿猛拳，秦帅终于有了反击的动向。他不退了，迎着那拳头就击了出去，要跟轩辕白玉硬拼的架势。

然而，“嘭”的一声震响。轩辕白玉拳头上的力量超级爆发，一股拳气震荡，如风云裂变，秦帅的身子如遭飓风席卷，一下子被轩辕白玉击飞出好几丈远，摔落在地上，溅起一片尘沙来。

轩辕白玉脸上狠毒之气爆发，眼神之中凶光大露，脚下一蹬就往秦帅冲了过去。秦帅一个“鲤鱼打挺”站了起来，还在困兽之斗一般，双脚连环踢起河沙，使河沙往轩辕白玉扑面射去。

然而轩辕白玉杀气大炙，气势如虹，他跟秦帅拼了一拳，见秦帅的力量远不如他，所以将全身的力量都使了出来，只求一拳把秦帅打成肉酱。面对那些激射而来的河沙，轩辕白玉也不躲了。之前他是被突袭，本能反应把头侧开，中了秦帅的算计，现在他有准备，根本就不怕那些扑面而来的河沙。他只是将轩辕拳至视线之前，迎着河沙凶猛击出，河沙马上如遭暴风席卷，散了开去。

轩辕白玉破解了秦帅的河沙干扰术，又一口气冲到秦帅面前，双拳连环猛攻，秦帅一口气急退。

他的力量不够与轩辕白玉硬拼，加上轩辕白玉的攻击速度很快，疾风骤雨没有破绽，秦帅没法接招，也没法强攻，只能退，只能躲。

很多人已经开始叹息，眼睛不瞎的人都已经看出来了，秦帅已经是强弩之末。

一边的轩辕长河和诸葛鬼谷包括唐问天之流，脸上都露出了笑意，得意的笑。秦帅之狼狈，大大满足了他们报复的心理。

唐问天又看向了一边的冷梦雪和楚江山，鼻孔里冷哼了一声。只要秦帅一倒下，他立马就会下令，让唐门高手冲出去废掉冷梦雪和楚江山，以报昨日之仇！他要让天下人知道得罪唐门的下场。

然而，只是瞬息之间，战场的变化立马令人瞠目结舌。轩辕白玉对秦帅穷追猛打，他看准秦帅已经几乎崩溃的状态和喘不过气的这个间隙，后手重拳如同炮弹发射般冲击向秦帅的头部。而秦帅又一次来不及退，只好走硬拼之道，在外人看来确实是这样的。

但事实不是这样。那一瞬间，秦帅迎击轩辕白玉的，再也不是拳头，而是中食指蜷曲成锥，奇形怪状之势的龙虎锥！龙虎锥专门破拳、破掌，甚至可破一些横练功夫。轩辕白玉天生神力，秦帅确实不敌。而且，在天生神力之下，轩辕白玉的血液流速很快，抗击打能力超强，如果不是双方倾尽全力地碰撞，秦帅就算是用龙虎锥也很难伤得了他。所以，秦帅干脆示弱，故意跟轩辕白玉硬碰一拳，被他击飞出去，让轩辕白玉坚定地认为，秦帅是碰不过他的。然后，秦帅再用龙虎锥霸气反击，必能重创轩辕白玉！

轩辕白玉果然上了当，看见秦帅被迫之下又只能硬接，心想着这一下直接可以把秦帅的手臂轰断。所以，他倾尽全力。可是他不知道秦帅龙虎锥的厉害。当轩辕白玉的拳头与秦帅的龙虎锥猛烈撞击在一起时，一声惨叫响起，那瞬间很多人以为是秦帅的惨叫。但接着看到的是，轩辕白玉那条强壮的手臂突然之间像蚯蚓一般缩了回去，不，应该是垂了下去，他才缩到一半，手臂已经没法受力，就垂落下去了。

轩辕白玉的手臂被秦帅的龙虎锥击中拳骨，顿时断裂，内气回涌，直接将手臂的经脉震伤。而那瞬间，秦帅势如猛虎，飞身而起，一脚飞踹向轩辕白玉。轩辕白玉大惊失色，赶紧用另外一只手格挡。但秦帅那一脚的力量太强大，轩辕白玉仓皇之下，一只手根本没法抵挡，“呼”的一声，那身子直接就被秦帅给踹飞了出去。

秦帅抓住机会，绝不停留，当即如出笼之虎，猛奔向轩辕白玉。轩辕白玉也赶紧翻身爬起，但才站起身来，秦帅已经迅速冲到，绝招大发，一出手就是暴风腿绝招之“惊涛骇浪”，直接一脚三式，以脚尖和脚后跟双重杀招攻击轩辕白玉膻中、气海和章门三大要穴，准备直接将轩辕白玉击残倒地，宣告结束。

然而，轩辕白玉毕竟是轩辕世家的天才，而轩辕世家最负盛名的是剑法。就在那一瞬间，只听到龙吟般的一声响，一道刺眼的光芒划过。秦帅的鼻息里马上穿过一股汹涌的精钢之味，脑子里闪过一个糟糕的念头。那光芒疾如流星，从轩辕白玉的腰间，直奔秦帅的咽喉而来。

轩辕剑法中的绝学“夺命流星”！

剑太突然，也太快。而且是在秦帅用暴风腿猛攻轩辕白玉之时，招式已出，根本没法退。就像一辆踩满油门的车子，迎面若有东西撞来，没法后退，唯一的办法就是打方向盘，往旁边让开。秦帅的意识之下，赶紧偏头。同时从侧面掌击向轩辕白玉握剑的手腕。还好，惊险地避开了剑锋。

轩辕白玉的剑刺空，秦帅的手掌随即击在他的手腕之上，但轩辕白玉却在那瞬间手腕一沉，剑往下削。轩辕剑法之“回环斩”，恰好就削到了秦帅的手臂之上。“嗤”的一声，秦帅的手臂顿时破开一道口子，鲜血喷涌而出。但他来不及多想，赶紧抽身后退。

轩辕白玉的手中是一把特制的软剑，那剑当成皮带一般系在腰间，外面被衣服遮住，所以根本就看不出来。秦帅其实嗅到过轩辕白玉身上的钢铁气味，但没想到是一把剑。因为皮带散发出的牛皮味、胶味以及轩辕白玉身上的汗味和皮带混杂在一起，冲淡了钢铁之味。加上那软剑很细，且窄，味道就更淡了。秦帅以为只是轩辕白玉的皮带上有钢铁成分的饰品，毕竟在腰间围了一圈，判断不出是刀剑的形状。结果，就着了轩辕白玉的道。

轩辕白玉一招得手，又再度逆袭。他将那软剑在手中舞得一片“嚯嚯”声响，挺身就往秦帅追去。秦帅一咬牙，将腿一抬，拔出军匕握在手中。虽然他一只手臂挨了轩辕白玉一剑，但和轩辕白玉比起来还是不相上下，因为轩辕白玉的一只手也挨了他的龙虎锥，骨骼断裂。只是看起来轩辕白玉要占优势些。

轩辕白玉一剑得手，随即杀气腾腾地追杀而至，手中软剑一抖，轩辕剑法之“明修栈道暗度陈仓”出手，明攻秦帅心脏，实则弹刺咽喉。

秦帅启动了鼻息，同时闭上了眼睛。当剑的味道从某个方向通过秦帅的鼻息传递向他的大脑时，轩辕白玉的剑还没刺到，他就已经先知方位，当即变幻步伐，避开轩辕白玉的攻势，斜里一刀，反往轩辕白玉的腋下攻出。轩辕白玉大惊，赶紧撤剑，同时将身子横移三步，避开了秦帅的军匕袭击。秦帅毫不犹豫，再度贴身而进。

在十八般兵器之中，各有所长，也各有所短。而匕首需要近身搏斗，越近越好，因为距离远了就鞭长莫及。而且，自古就有一寸短一寸险的说法。轩辕白玉见秦帅要近身，他才不敢让秦帅靠近过来，靠近了那把匕首是很要命的，怎么说他也见过秦帅在美食街口使用匕首的厉害。当即，手中软剑抖出，轩辕剑法之“盘龙飞升”，一剑五式变化，反刺秦帅身上的五大要害。

然而，他怎么样都瞒不过秦帅的嗅觉，秦帅嗅到他剑来的方向，立马就给他破解了，反从他剑法的死角之中挺进，军匕反撩轩辕白玉的腋下。轩辕白玉的剑式还没有完全发挥威力，但秦帅已经移动方向，后面的招式就没用处了，被秦帅一反攻，又吓得直退。

一边的轩辕长河又见秦帅闭上眼睛跟轩辕白玉打，以为他用的是听声辨位。当即就对身边的一名太保保镖说："干扰他！"

那名太保保镖应声，当即从身上摸出了一个录音设备来，打开之后，顿时发出一种极为尖厉刺耳的声音来。那声音让周围的好些人都受不了，赶紧捂住了耳朵，连唐问天等宗师人物也听得眉头大皱。

太保保镖还故意拿着那录音设备往秦帅和轩辕白玉的战场接近过去，想对秦帅造成最大的干扰。因为轩辕长河觉得，如果干扰了秦帅的听声辨位，他是绝对应付不了绝世轩辕剑法的。

唐云豪站出来了，挡在了大太保的面前，怒斥他："赶紧把这关了。"

大太保还没有说话，唐问天便站了出来，瞪着唐云豪问："你想干什么，又想管闲事吗？"

唐云豪说："现在是公平打斗，八仙过海各显神通，他们用这种卑鄙的手段，岂不为江湖人耻笑！"

唐问天怒说："这里只有立场，没有黑白。只有输赢，不论手段。他们怎么样是他们的事，难道你想要跟武盟结仇吗？"

"这种行为，是可忍孰不可忍，我身为唐门大少，绝不能眼睁睁地看着如此卑鄙的行为而无动于衷，我没法视而不见！"说罢，唐云豪一伸手抓向大太保手中的录音设备。

武盟大太保可不是寻常之辈，是轩辕长河的十三太保保镖之首，武功也是出神入化。见唐云豪来抢，当即往旁边闪了开。

"反了，你还想在唐门里待吗？"唐问天伸手拦向唐云豪，怒斥。

唐云豪义正辞严："唐门若无公道，我会以唐门人为耻！"

"放肆，竟然如此吃里爬外，你要再不滚开，我唐问天就当没有你这儿子！"唐问天彻底怒了起来。昨天唐云豪帮秦帅已经让他不满，没想到今天他又来这一出。天底下哪有儿子跟老子作对，帮外人的！

哪知唐云豪也硬气："你当没有我这儿子，我也当没你这老爸，没什么大不了，你既然如此不分是非黑白，我今天也就不必认你了！"

这时候，冷梦雪和楚江山奔了过来，他们也不能让大太保用这种卑鄙的方式干扰秦帅。他们所有人都以为秦帅用的是听声辨位，却不知他用的是嗅觉。

和轩辕白玉激战的秦帅被这激战外的动静惊动，当即找了个空当退开去，喊了声："大少，梦雪，你们不要管，站开去，我能应付，别添乱！"

这个时候，他和轩辕白玉正激战。如果冷梦雪和楚江山以及唐云豪跟轩辕长河的人冲突起来，吃亏的肯定是冷梦雪他们。因为唐云豪跟唐门决裂，唐问天必定找冷梦雪替唐云杰报仇，而冷梦雪和楚江山加上唐云豪，绝对无法抵挡，必须得他来操盘，才能对付得了。而他在和轩辕白玉激战，没法来操盘。

"听到没有，退回去！"见冷梦雪和楚江山还有要跟大太保动手的架势，秦帅又吼了声。

因为另外十二个太保也都往冷梦雪这边逼了过来，唐门弟子也蠢蠢欲动。

终于，那一声吼之后，冷梦雪首先退下，她最听秦帅的话。楚江山也跟着退了下去，而唐云豪则走到了冷梦雪和楚江山的那个阵营里。

唐问天在那里气得捶胸顿足："真是气死我了，居然在这样的场合丢我的脸，吃里爬外的东西！"

轩辕长河跟着煽风点火："云豪确实过了点，不识大局。怎么说，不为唐门荣誉，不顾唐门前程，起码也不能跟自己老爸作对啊，万恶淫为首，百善孝为先啊！"

唐问天恼怒地说："既然好好的唐门大少他不当，那就让他去当穷小子算了，我要让他知道忤逆我的后果！没有唐门，他什么都不是！"

"多谢大少！"楚江山很为唐云豪的行为感动，发自内心的感动。

在这种时候，谁都知道跟秦帅一起异常凶险，搞不好就是死路一条。

而唐云豪身为唐家大少，有荣华富贵无限风光，他居然能为了道义，为了兄弟，站出来跟自己的老爸抗争，这种行为，让楚江山不得不感动。

唐云豪淡然一笑："不用谢我，我只是凭良心做了我该做的。今日无论生死，我都会跟你们一起，与秦帅并肩作战的！"

而战场中，秦帅和轩辕白玉的激战已经走向尾声了。轩辕白玉的绝世轩辕剑法虽然厉害，但他的速度和凌厉对于秦帅的嗅觉来说，还不足以构成太大的威胁。相反，秦帅的军匕步步紧逼，只要贴身，都能惊得轩辕白玉直冒冷汗。军匕的锋芒，还有秦帅的勇猛，已经让轩辕白玉吓破了胆。毕竟他那么自信，无论从力量还是从剑法上，都有得天独厚的优势。然而他这优势却连秦帅的衣服边都沾不上，不得不让他感到崩溃。

轩辕白玉被秦帅杀得节节败退，汗流浃背。明眼人一眼就看得出轩辕白玉撑不下去了，如果不是轩辕剑法确实精妙，反击之时也能让秦帅忌惮，他早就被秦帅拿下了。

而就在此时，轩辕长河看着唐问天喊了声："唐兄。"

唐问天看向轩辕长河，轩辕长河点了下头。唐问天明白，轩辕长河的意思是轩辕白玉已经撑不下去，还是用预留的招数好了。预留的招数，就是安排的两个唐门七星长老高手偷袭秦帅。

唐问天也跟轩辕长河点了下头，表示明白。然后把手举得高过头上一点点，那样才容易让埋伏在人群里的唐门两大七星长老看见，但为了不露痕迹，他又摸了下自己的头。在外人看起来，那就是一个摸头的动作，但其实就是向两个七星长老给出动手的信号。

此时，秦帅在躲过轩辕白玉的一招轩辕剑法之后，当即一个反八卦步伐，绕向轩辕白玉的身侧，匕首一撩，直接刺向轩辕白玉的软肋。但在那出手之时，秦帅的心里猛然一颤。他嗅到了两道很细但来得很猛很凌厉的钢铁气味，脑子里闪过的第一个念头就是有暗器偷袭。于是，秦帅当即就放弃了刺向轩辕白玉的那一刀，赶紧变幻步伐离开原地，以避开偷袭。

而让他大感意外的是，当他抬起目光顺着偷袭来的方向看去之时，却看见了令人惊奇的一幕。他看见两片树叶飞来，竟然将那两根不同位置的针给恰好挡住了。他环目四望，没有看见人，那些看热闹的人并不知道发生了什么事，甚至没有注意到那两片树叶，也没有看见那两根细针。针的出现不露痕迹，靠近山的地方飘来两片树叶，也稀疏平常。

当然，这是瞒不过轩辕长河和唐问天的。这两只老狐狸都惊到了，他们可能比任何人都更清楚，这是一种怎样的震撼。那可是两个唐门七星长老级高手，藏在人群里，用细针偷袭，居然被一个神秘人用两片树叶给挡住了。首先，针先出，树叶后出，却能后发制人。其次，针具有超强的穿透力，再加上七星高手强大的功力冲击，就算是一块铁板也能被刺穿，但却没有穿过对方的一片树叶。可见对方的内气已经达到罡气级别了！

“有人偷袭！”唐云豪也发现了，站出来吼。

“有人偷袭，也有人帮我啊，怕什么。”秦帅说罢，当即就往场中扑了过去。

很显然，刚才偷袭的人是唐门的，只有唐门的暗器才能达到这种效果和威力。这已经不是一个人的卑鄙，而是一个团伙的卑鄙了！既然轩辕长河和唐问天用这种卑鄙的手段对付他，那他就会不惜一切把轩辕白玉拿下。

轩辕白玉也趁着秦帅被细针干扰的时候，绝地反击，一挺手中的软剑，一招“后羿射日”，暗藏三式变化，袭击秦帅眉心、咽喉和胸口三大要害。秦帅不躲了，他嗅准软剑刺来的方位，当即挺着匕首就往轩辕白玉的软剑挡了过去，挡得不差分毫。然后用了一个粘字诀，军匕顺着轩辕白玉的软剑滑下去。轩辕白玉还想撤招，但秦帅的军匕已经顺着他的软剑刺到他的手上，前面的两根手指瞬间被切掉，轩辕白玉惨叫一声，松开软剑，仓皇倒退跌倒。

秦帅准备趁机上前将其废掉，而那边的轩辕长河一见，当即往河滩上猛踢一脚，一块石头激射如箭，发出强大的破空声，直接撞向秦帅的头部。秦帅可不敢小觑这块石头，只好放弃对轩辕白玉的追击，躲了开去。石头落入对面的河水之中，轰然一声炸响，可见其力道之强劲。

轩辕长河和武盟十三太保几乎同时冲出来，其中一名太保扶起轩辕白玉，而轩辕长河和其余太保则包围秦帅，一副欲将其击杀的架势。而冷梦雪、楚江山和唐云豪也立马往秦帅这边走过来，与轩辕长河及武盟十三太保对峙，一触即发。

秦帅的表情相当淡定，完全就是一脸云淡风轻的样子。他看着轩辕长河淡然一笑："怎么，轩辕盟主，你这是要仗着你人多，围殴我吗？如果是这个意思，你不妨动手试试，我绝对接你的招！"

"对付你还用围殴吗，我单挑你！"轩辕长河也是老狐狸，他转念一想，真这么多人围殴秦帅，他这个武盟盟主说起来也是很丢人的。

"你单挑我？"秦帅一笑，"声音还喊得这么大，理直气壮的样子，我就想问一句，你有什么资格单挑我？"

轩辕长河说："今天是你和轩辕世家的决斗，这关系到轩辕世家在武林中的声誉。你之所以打败了我儿子，那是因为他学艺不精，剑法不成熟。所以，你要赢我，才算赢了轩辕剑法！"

"赢你？"秦帅说："老子打了半天，汗水流了一桶，手上受伤，血也流了一碗，这个时候你出来和老子单挑，你还说得理直气壮，要不要我再让你占点便宜，背着一只手跟你打啊？"

轩辕长河立马说："你如果觉得自己不行了，也可以找帮手啊。江湖历来如此，比自己的本事，也比人脉，比势力，你可以找人助拳助战。可如果你混得差，找不到人帮你的忙，那就怪不得我了。在这个社会，是要人品和人脉来决定生存状态的！"

"我的确佩服你，能把一件卑鄙无耻的事说得这么冠冕堂皇。"秦帅说。

轩辕长河说："我也不逼你啊，如果你找不到人帮忙出战，而你又怕了的话，那就没办法了。"

"秦兄，我来接他的招吧。"唐云豪站出来。

秦帅累了半天，又受了伤，这种极度劣势的情况下，绝对不会是轩辕长河的对手。当然，唐云豪肯定也不是轩辕长河的对手，但起码他是生力军。

但秦帅却说："不用了，大少你能帮我，我很开心，但我绝不能让你真正做出与唐门对立的事情来，我的事情我自己来！"

他不是逞强，而是他知道唐云豪出手，也必定一败。而他的天赋嗅觉，或许能占点优势。当然，他心里清楚，就算他有这种天赋，今日也绝对不是轩辕长河的对手。轩辕长河是武盟盟主，他的功力之深厚，肯定匪夷所思。他虽有天赋嗅觉，但手臂受伤，精力消耗过多，他的反应和速度跟不上嗅觉，虽然能嗅到危险，但躲不完，攻不及，也是徒劳。

“秦兄，还是……”

唐云豪的话还没说完，秦帅已经用手制止，然后看着楚江山和冷梦雪：“你们都站到一边去，我没说话，你们就不要轻举妄动了。”

楚江山说：“大哥，让我来吧。”

秦帅说：“不记得我说话不喜欢说第二遍的吗？”

楚江山没说什么，看了一眼冷梦雪，然后退了下去。

“秦兄……”唐云豪喊了声，不知道说什么。他心里很愤怒，轩辕长河这摆明了是卑鄙无耻，但他却做不了什么。也许，这是他二十六年以来，第一次感到有心无力的时候。以前身为唐门大少，行走江湖，呼风唤雨。只要听到唐门的名字，各路鬼神都给九分面子，所以，他看不惯的事情，立马就路见不平，干干净净地解决了。而现在，他像个小老百姓一样，感觉就算拼出他的命，也阻止和挽回不了什么。

唐云豪终于还是退了下去，他起码还是知道自己的武功不如轩辕长河的。何况，轩辕长河身边还有武盟十三太保，还有他老爸唐问天和唐门一众高手。

“哈哈，有种！”轩辕长河看了眼场中的秦帅，眼神里充满了恶毒的嘲笑。

秦帅跟他单挑，绝对必死无疑。别说秦帅现在已经受伤，就算秦帅是生力军，也绝不可能是他这位武盟盟主的对手。他的功力境界，已达到内气玄境中阶级别。绝世轩辕剑法在他手中使出，可使风云变色。其实，他都已经不用带剑了。他的内气，已经可凝形成剑杀人。

“你们都下去吧！”轩辕长河对武盟十三太保一声令下。

武盟十三太保应声“是”，立马都退了下去。

轩辕长河就用那种睥睨天下的目光看着秦帅，心里已经杀机烈烈，敢打伤他儿子，敢挑战轩辕世家的权威，今天若是不当场废了他，怎么出得了心中的恶气！

“武盟盟主，传说的存在，我来会一会吧！”就在秦帅凝神聚气，准备和轩辕长河拼死一战的时候，突然传来一个声音。

秦帅循声望去，顿时呆住。一个绝色的女人，长发束在身后，穿着一件白色衬衫，下面一条花布短裤，显得特别有女人味。大腿白皙而修长，穿着一双平底水红色帆布鞋。整个人看上去既显得妩媚性感，又有种简单与单纯的感觉。而让秦帅呆住的，并不是这些。这个绝色女人不是别人，竟然是影子教官！她的脸上，仍然戴着那张无脸谱的面具。

影子教官怎么来了？秦帅真是没想到。因为影子教官知道他有嗅觉天赋，所以处理过身上的味道，他永远都不知道影子教官身上是什么味，她身上的味道一直都在变换，让他无法捕捉。

全场再一次哗然。虽然影子教官戴着一张挡住了脸的面具，但只是那皮肤和身材以及整个人站在那里的感觉，就已经惊艳到观众了。

“你是什么人？”轩辕长河的目光上下打量着影子教官，不由得吞了口口水。

影子教官淡然地说：“一个路见不平的人。”

“路见不平？”轩辕长河冷笑一声，“你以为你是谁？你是救世主？你能管天下不平？”

影子教官说：“天下的不平我管不了，但眼下的不平，我是一定得管的。堂堂武盟盟主，竟然如此卑鄙，不但欺负一个江湖后辈，而且还欺负人家受伤，我这种不喜欢管闲事的人，都已经看不惯你了！”

“哈哈，看不惯？”轩辕长河说，“我会让你知道这个世界的生存规则，是看不惯的也得看，因为你弱了，就这么简单。”

“那行，我看看你有多强吧。”影子教官说。

然后看着秦帅说：“你下去吧。”

秦帅也装作不认识的样子，拱手说：“多谢这位美女，你小心点。”当即往一边退下去。

别人不知道这女的为何胆大包天居然出来挑战轩辕长河，但秦帅知道。可以这么说，轩辕长河是华夏武林中的顶级高手，而影子教官则是军方特种部队的领袖人物，都是站在巅峰之上的人，级别应该相当。但秦帅更愿意相信影子教官强过轩辕长河，他还从没有看过影子教官的真本事，今天是个机会，他可以一开眼界了。

突然，秦帅想到之前两片树叶射掉了两根针的事，难道也是影子教官在暗处帮的忙？如果真是的话，那影子教官的功力真是匪夷所思了。

“秦兄，你认识这女人吗？”唐云豪问。

秦帅摇头：“不认识啊，怎么了？”

唐云豪说：“我以为你认识，知道她厉害。如果不认识的话，我觉得她一个女的，绝不可能是轩辕长河的对手吧，很容易吃亏啊，要不我去替她？”

秦帅说：“我看她有些不寻常，她既然知道轩辕长河是武盟盟主，那自然也知道轩辕长河的深浅，她还敢出来，心中肯定是有数的，绝不是那种不知天高地厚意气用事的。”

唐云豪点头：“嗯，说得也是。”

此时，场中的影子教官已经和轩辕长河拉开了架势。轩辕长河一脸的阴毒，那目光盯在影子教官的身上，像毒蛇一样。而影子教官很淡然，就站在那里，岿然不动。

“开始吧。”轩辕长河说。

影子教官说：“我从来不先出手，让你先好了。”

“狂！”轩辕长河说，“那我就不客气了。”

话音刚落，轩辕长河的脚往河滩上一踹，顿时扬起一片河沙，往影子教官激射而出。影子教官站在那里，竟然动也没动，只是挥起左手，在眼前划了一下，就把眼前的那些河沙给拍落了，其他的河沙击打在她身上，她根本就没当回事，就像是一个小孩子抓了一把泥沙撒过来的感觉，无关紧要。

而轩辕长河趁势冲来，人还没到，顿时一股拳气爆发，轰然作响，冲击向影子教官的胸口。影子教官将身子一侧，那强力冲击的一拳顿时落空。可轩辕长河的攻击却是一拳紧跟一拳，气浪破空，声势骇人，如同暴雨惊雷。那些远远观看的人都担心拳气冲击太远误伤自己，纷纷往后退，把河滩上的战场让得更为宽阔。

然而，轩辕长河一连暴击了好几拳，都被影子教官给轻而易举地闪躲开了。顶多只是那暴烈的拳气撩动影子教官的衬衫，却伤不到她分毫。

轩辕长河不服气，加快速度，接二连三，一拳快似一拳，而且手脚并用。在轩辕长河的一番猛攻之下，只听得声声拳气的轰然爆响，还有漫天的河沙飞溅，已经看不见轩辕长河的拳脚。轩辕长河一口气逼了影子教官数十拳，然后用了一招轩辕拳中的“瞒天过海”，左手两拳，右手三拳，把影子教官的退路完全封死，让影子教官退无可退。

别无选择，影子教官只好与其硬拼了。面对轩辕长河轰击而至的拳头，气浪汹涌之中，影子教官上手交错拍出，迎击轩辕长河的拳。轰然爆响之声响起，地上的河沙顿时爆射，两条人影当即分开来。轩辕长河飞落丈外，落地后倒退了三步。而影子教官落地之后，后退了半步，整个人就稳住了。这一较量，只是从力道上，就可见高下。显然，影子教官要略胜一筹。

轩辕长河的老脸顿时一红，没想到他一代武盟盟主，竟然在一个看似娇弱的女人手下吃了瘪，真要输了，让他以后有何颜面立足江湖，耀武扬威？

“找死！”轩辕长河骂了声，再次冲出。这一次，他不像之前那么狂妄，以为只是三拳两脚就能拿下影子教官，他已经知道了影子教官的强大。所以，他准备使出绝世轩辕剑法。轩辕长河一出手，就是轩辕剑法中的绝招“一字长蛇”。只见那掌气如剑，片刻之间，就像好几支“剑”飞射而出，但这些剑却并非直刺向影子教官，而是左一支、右一支的排阵，并且呈现出弯曲之状，像是一条水中游动的蛇一般，当先一道剑气直射向影子教官的咽喉。

影子教官站在那里没动，待剑气近身之时，秦帅的心都提到嗓子眼的时候，奇迹突然发生了。没动的影子教官，突然像是一片被风吹动的叶子，往旁边飘开去。可当她的身子往旁边飘开时，轩辕剑法中“一字长蛇”后面的剑气马上灵活变动，急转弯飞射向影子教官。

然而，就在所有人以为这下影子教官必定中招的时候，影子教官的身子竟然再一次恰到好处，而且随性自然地飘开，使剑气落了空。

轩辕长河不服气，接连使出轩辕剑法中的“破神”“斩仙”“后羿射日”“飞流直下三千尺”“奔流到海不复回”等绝世之招。漫天锋利的剑气，呼啸而出，眼花缭乱，仿佛交织成网，将影子教官包围在其中，狂轰滥炸一般。

然而，那每一道凌厉而又凶狠无比的掌剑之气，眼看着就要穿透影子教官的身体之时，居然都被她恰到好处地避开了。仿佛那些凌厉的剑气，不是杀人的武学，而是一阵风，影子教官是树叶。风不能把树叶怎样，只是把它吹开而已。

轩辕长河真是感到崩溃了，他差不多已经使出吃奶的力气了。玄境中阶的内气修为，外加轩辕拳，还有绝世的轩辕剑法，如此高深莫测，却都伤不了影子教官。她好像根本不受力一般，无论轩辕长河用多么奇绝的招式，都无法捕捉到她。即便是剑网交织，影子教官也能从缝隙之中穿过。这好比一个平凡的人，面对一座大山，很想去推倒，却完全有心无力，这是很令人崩溃的。

汗水，已经浸湿了轩辕长河的衣衫，绝招已经将尽。最后一招了，只剩最后一招了。虽然已经战到没有信心，但轩辕长河还是要放手一搏。绝世轩辕剑法中的最后一招“千人斩”，是绝招中的绝招！只见轩辕长河突然腾空而起，双手都自上往下猛劈而出，瞬息之间，劈出多下。那双掌之间，顿时爆发出数道凌厉的剑气，呼啸而出，像是无数把巨大的铡刀，自天空铡落而下，排成细密的一排。在横向二十米之内，都是劈落的锋芒剑气，影子教官就被罩在那一排排的剑气之下。

周围的人看到这铺天盖地的杀气，简直都看神了。那个时候的轩辕长河，不像是一个武功高手，更像是神，翻手为云覆手为雨的神！如此强大，果然不愧是武盟盟主。但这对影子教官来说，不过尔尔。当那铺天盖地的锋芒剑气斩落之时，影子教官看似已经无路可逃，但她却不慌不忙，双腿往河滩上一夹，便带起一片河沙，河沙扬起之时，影子教官将那河沙往上一掌拍出。顿时，河沙爆散，往上面飞射，直接撞向自上而下的锋芒剑气。伴随着一阵撕裂之声，河沙细碎，剑气也跟着细碎。随即，影子教官移动步伐，那残余的剑气劈落下来，但已经不像之前那么锋芒和整齐有序了。影子教官的那片河沙迎着冲击，阻挡和化解掉了剑气上最主要的力量，同时也打乱了剑气劈落的阵形。影子教官再闪往缝隙之中，残余的剑气便彻底落空，击在河滩之上，仅仅是让影子教官的衬衫飘荡了一下而已。

而就在剑气尘埃落定的那个瞬间，影子教官终于反击了。只见她脚下一蹬，人如一道光影，直接扑向轩辕长河。轩辕长河见状，赶紧劈出剑气拦截，但影子教官却在剑气近身时恰好绕开，继续冲近，一直冲到轩辕长河的面前，抬腿就是一招高挂腿，直接劈向轩辕长河的头部。那是暴风腿之中的绝招，但在影子教官使来，比秦帅的威力不知道强大多少倍。

轩辕长河不敢招架，赶紧后退一步，而影子教官的另外一只脚接着以摧枯拉朽之势横扫而出，速度之快，电光石火。招式之熟，行云流水。轩辕长河还没站稳，影子教官的暴风腿就已经往他腰部横扫而至，仓促之下只好以手臂格挡。

“轰”的一声响，那一脚像踢在一个几百斤的沙包上。轩辕长河的脚下顿时站立不稳，噔噔后退。而影子教官接着凌厉追到，连环暴风腿，左右开弓，接二连三,一脚快似一脚。轩辕长河没有时间抢攻，影子教官的速度又太快，他只能选择挡，一连挡了十余脚。影子教官又立马将左右连环的招式变幻，变成上下连击，上压下踢。上面一脚直接劈轩辕长河的头部，因为影子教官比轩辕长河高，那一字马的腿又拉得很直，直接就能攻击到轩辕长河的头顶百会穴。

轩辕长河才惊险躲开，影子教官立马下面一脚，猛踢向轩辕长河的小腿。这一脚，电闪雷鸣般。本来左右连环暴风腿就已经差不多把轩辕长河给摧毁了，他惯性地左右手格挡，影子教官突然换招，上劈百会穴，他差点没反应过来，但总算情急之下一个后退闪躲开。

影子教官的脚后跟差点擦着他的胸膛落下，惊魂未定，影子教官下面一脚已经如毒蛇吐芯踢到。这下轩辕长河来不及躲，来不及挡，直接被影子教官一脚踢中小腿。小腿突然受到强大的冲击力，轩辕长河顿时脚下一滑，膝盖一弯就单膝跪了下去。影子教官再踢了他另外一只脚，他立马就变成双膝跪地了。不过影子教官知道让他跪着是不现实的，像轩辕长河这样的高手，瞬间就能反击，她要彻底地重创轩辕长河才是王道。当即，在轩辕长河双膝跪下之时，第三脚如风驰电掣般弹射而出，直接踹中轩辕长河的胸膛。轩辕长河像一枚出膛的炮弹般飞了出去，飞到几丈之外，重重摔落。

“盟主，盟主……”武盟十三太保见状，急忙奔过去。

轩辕长河恼羞成怒，挣扎着想爬起来，手才在河滩上一用力，“哇”，顿时一口鲜血喷出来，赶紧用另外一只手撑住地面，才没有栽倒下去，但也如风中残烛，摇摇欲坠。

秦帅心中的一块石头终于落了下去，看上去好惊险。之前的影子教官一直很被动，处于下风，终于绝地逆袭，很漂亮地重创轩辕长河。果然是他心中一直佩服的长官，敬仰的神。她依然那么强大，不可超越的强大。他心里有一种莫名的自豪，因为这个女人让他活得有尊严、有勇气、有希望。影子教官站在那里，虽然戴着面具，却如世间最美的女神，高贵而神圣。

周围的人群里，响起潮水般的掌声。

“轩辕盟主，你怎么样？”唐问天也过去表示关心。

轩辕长河抹了一把嘴角的鲜血，还给自己找面子：“大意失荆州，着了她的道，但没关系，一点小伤而已，唐兄，你按照你的计划执行吧，我的人都帮你！”

唐问天点头，然后把毒蛇一般的光芒看向秦帅，又看向冷梦雪。然后，他开始一副老气横秋的架势，凶光大露地说：“今天的比试算是告一段落了，但是，我还得算我的账！”当即将手指向冷梦雪，“这女的打伤我唐问天的儿子，我今日要跟她了断，谁若插手，便是与唐门为敌！给我拿下她！”

早已经准备就绪的唐门高手，瞬间闻风而动，往冷梦雪那边冲去。

秦帅站在那里，厉声一吼：“都给我站住！”

那些唐门高手都知道秦帅的威力，被他这一吼，不由自主地就站住了。

唐问天说：“你今天不要有任何幻想了，就算猎鹰想救你都来不及，你会给她陪葬，一起埋在这里的！”

秦帅冷笑一声：“今天我没想猎鹰帮我，因为我本来就有要不完的帮手。”

“有要不完的帮手？”唐问天冷笑，“谁啊，这女的吗？她武功再厉害，一个人救得了你？昨天我大意，没有带多少高手，也没有来得及使用唐门暗器。但今天我会让你们见识真正的高手，真正的唐门绝世暗器！”

“可以，我很想见识，但在我见识之前，容我问你个问题吧。”秦帅说。

唐问天问：“什么问题？”

秦帅问：“以你唐门的势力，可以兜得住多少人命，不让火烧身？”

唐问天说：“你放心，就你这三五条人命，还是有唐门弟子去抵得了罪的，为难不到我头上来。”

“也就三五条人命而已，那你还不带着你的人滚！还在这里张牙舞爪！”秦帅说。

唐问天问：“你什么意思？”

秦帅将手划了一圈，指着周围那些围观的人群：“今天这里的人，都是我的帮手，只要我说对抗你们唐门，他们都会毫不犹豫地冲上来，踩唐门一脚。我们就不说到底谁打得赢了，就算这些是乌合之众，唐门是高手，你有本事多伤几条人命，大概明天你就得吃枪子，你还有底气在这里横？”

“这些，都是你的帮手？”唐问天冷笑，“你在做梦吗？”

“我做梦？”秦帅淡然一笑，然后看着周围那些围观的人群，高声问道：“今天，如果我带头，把唐门在这里踩了，愿意跟我一起踩的，说句话，让他看看，唐门养着唐云杰那种人渣，嚣张跋扈，有多少人在恨他。

回答我，有人愿意跟我一起踩了唐门吗？”

“愿意，愿意，愿意……”

“灭了唐门，干倒他……”

吼声如雷，如浪潮般汹涌的声音而来。那些压抑在心里的声音，似乎终于找到一个机会吼出来。

唐问天一下子就愣了，那些唐门高手也都愣了，包括轩辕长河和他的武盟十三太保，都被这场景惊呆。

“现在，我数一二三，带着你的人给我滚，我今天可以放你一条生路，以后好好积德行善，还可保全。否则，我喊一声动手，辉煌唐门，今日至你身上，就有灭门之灾，你自己选吧。”

秦帅随即便喊：“一！”

唐问天的心抖了下。

“二！”秦帅没给他考虑的空间，接着又喊。

“走！”唐问天终于不甘地从喉咙里怒吼一声。

他不敢让秦帅数三，他心里很清楚，今天他是奈何不了秦帅的。他的眼睛不瞎，看得见这成千上万的围观者。他们憎恨唐门，因为唐门之强大，唐云杰无恶不作，他们却奈何不了，只能在心里恨着。他们虽然不敢对唐门怎么样，但只要有个人领头，尤其是秦帅这种英雄式的人物，振臂一呼，一呼百应！唐门有几百高手，真的打起来的话，未必会输给这几千普通人。但正如秦帅所说，要是伤亡大了，就算唐门背景深厚实力强大，最终也得伏法，这是一场大火，会毁了他，毁了唐门！